Dirk Blothner

Der glückliche Augenblick

Eine tiefenpsychologische Erkundung

Bouvier Verlag · Bonn 1993

Schriften zur Psychologischen Morphologie

Herausgeber:
Arbeitskreis Morphologische Psychologie

Redaktion:
Armin Schulte

ISBN 3-416-02474-5

 Printed in Germany. Umschlagvorlage: Bild-Scheibe eines Phenakistoskops (1832). Umschlaggestaltung: Susanne Salber. Satz: Wilhelm Schäfer. Druck und Bindung: Druckerei Plump, Rheinbreitbach.

Inhalt

Vorwort

Psychologisch hat man nicht viel davon, menschliches Beglücktsein durch ein Glücks-Gefühl zu erklären – damit würde an unser Erleben nur das Wort ›Fühlen‹ angehängt, und das besagt nichts. Nur einen Schritt weiter gehen die Psychologien, die das Erleben von Glück mit gesteigerter Harmonie oder mit der Befriedigung von idealen Wünschen zusammenbringen. All das erklärt nicht genug.

Demgegenüber stellt D. Blothner in seiner Beschreibung und Rekonstruktion der Lebensprozesse, in denen sich ›glückliche Augenblicke‹ einstellen, heraus, daß Beglücktsein mit Entwicklungsqualitäten zu tun hat, bei denen wir ausdrücklich verspüren, daß sie aus den Drehungen und Übergängen seelischer Formenbildung hervorgehen.

Beim Filmerleben tritt die stärkste Rührung dann auf, wenn spürbar wird, daß der drohende Verrat des Eins-Seins doch nicht stattfindet – wenn das Erleben in den spannungsvollen Übergang zwischen Vereinigung und Verfehlen, zwischen Treue und Verrat gerät. Analog findet der seelische Alltag seine ausgeprägten glücklichen Augenblikke, indem das Ganze der Lebenswirklichkeit zugleich als im höchsten Grade verfügbar und als der Verfügbarkeit entgleitend erfahren wird.

In glücklichen Augenblicken er-fahren wir etwas von dem Übergang zwischen dem Ganzen und den ihm immanenten Sonderungen und Eingrenzungen. Indem sich ein Hauptbild in ein Nebenbild wendet, in den Spiegelungen und im Ausdruck-Gewinnen des Ganzen verstehen sich die ›Glücklichen‹ einbezogen in die Drehungen und Verrückungen gelebter Bilder. Dieses Bewegt-Sein hat mit ›Harmonie‹ nicht viel zu tun. Hier sind Trans-Figurationen am Werk, die sich am ehesten noch mit den Bildern der Kunst und den Montagen des Films veranschaulichen lassen.

Hier läßt sich in der Untersuchung von D. Blothner ein neuer Ansatz zu einer psychologischen Zergliederung sogenannter Gefühle erkennen: Die stärksten Affekte – und das Beglücktsein ist ein Beispiel dafür – sind eine zugespitzte Selbsterfahrung seelischer Transfiguration. Der glückliche Augenblick hat bei den Menschen deshalb eine solch hervorragende Stellung, weil in ihm den Formen der alltäglichen Selbstbehandlung eine Zuspitzung der Grundkonstruktion seelischer Wirklichkeit gelingt: Sie erfahren sich in einem erregenden Übergang zwischen Gestalt und Verwandlung. Die Untersuchung von D. Blothner über die sogenannten Glücks-›Gefühle‹ macht daher auch deutlich, daß das Wesentliche des Seelischen dieses Nicht-Feste und Nicht-Harmonische ist – ein Wirkungskreis in Verwandlung.

In klarer Sprache, mit viel Verständnis für die Hintergründe des Problems und mit methodischem Geschick gelingt es dem Buch, eine neue Auffassung im Hinblick auf die sogenannten positiven Affekte zu entwickeln. Die Konsequenz, mit der ein Beweisgang durchgeführt wird, ist genauso beachtlich wie das Geschick, mit dem das Ganze der Untersuchung im Griff gehalten wird, ohne sich in Abschweifungen zu verlieren, die bei einer Glücks-Analyse ja immer naheliegen.

Wilhelm Salber

Vorbemerkungen

Das seelische Geschehen vollzieht sich nicht in gleichmäßigen Bahnen. Es weist Tiefen, Höhen, Beschleunigungen und Verlangsamungen auf. Es organisiert sich mal in verdichteten und mal in zerdehnteren Erlebensformen. Es versteht sich in ungebrochener Selbstverständlichkeit ebenso wie in herausgehoben erfahrenen Augenblicken.

Diese empirisch-psychologische Untersuchung beschäftigt sich mit den als herausgehoben erfahrenen Aufgipfelungen des alltäglichen Seelenlebens. Sie hat nicht diejenigen Höhepunkte im Blick, die sexueller Natur sind. Nach der ›Sexwelle‹, die die öffentliche Diskussion der sechziger und siebziger Jahre mitbestimmte, treten heute andere Lustbarkeiten in den Vordergrund des Interesses. Es sind Höhepunkte, die nicht an die unmittelbar leiblich qualifizierte Sexualerregung gebunden sind. Seit den achtziger Jahren sind es weniger sexuelle Orgasmen als vielmehr ekstatische Erlebnisse, Erfahrungen starker positiver Emotionen, die mehr und mehr ein allgemeines Faszinosum ausmachen. Besonders die jungen Menschen wollen heute ausgehen und ›eine gute Zeit‹ haben. Es zählt, ›gut drauf‹ zu sein und Spaß zu haben. Es werden Vergnügungen aufgesucht, die derartige ›positive Affekte‹ zu erzeugen versprechen. Ältere Zeitgenossen suchen positiv getönte Erfahrungen in alternativen Seelenübungen wie Meditation und Yoga. Ähnlich wie im öffentlichen Leben der sechziger und siebziger Jahre der sexuelle Orgasmus das Zentrum des privaten Lebens auszumachen schien, so bestimmt heute der ›schöne Augenblick‹ den Freizeitbereich. Die AIDS-Diskussion ebenso wie die ständig anwachsende Unterhaltungs- und Dienstleistungsindustrie hat diese Verschiebung der Lustbarkeiten zweifellos begünstigt.

Von der wissenschaftlichen Psychologie wurden die sogenannten ›positiven Affekte‹ lange Zeit wie ungeliebte Stiefkinder behandelt. Ihre Existenz wurde zwar nicht geleugnet und ihr munteres bis ausgelassenes Treiben auch hier und dort mit wohlmeinenden Bemerkungen bedacht. Den Hauptteil der Zuwendung erhielten aber negative Gefühlsäußerungen wie Angst, Trauer und Depression. Ihr leidender Ausdruck vermochte das Interesse der Psychologie für Jahrzehnte auf sich zu lenken. Sie wurden gegenüber ihren fröhlichen und unproblematischen Geschwistern vorgezogen. Letztere fanden meist nur dann Erwähnung, wenn es galt, die Eigenarten ihrer negativen Entsprechungen unterscheidend hervorzuheben.

Das hat sich nun – dem oben beschriebenen allgemeinen Trend folgend – geändert. Das ist gut so, denn damit rückte das psychologisch interessante, aber äußerst weite und wenig erforschte Feld der ›positiven Affekte‹ in den Bereich der methodischen Prinzipien folgenden Wissenschaft. Nur allzu leichtfertig und spekulativ wurde dieses Gebiet in halb- oder unwissenschaftlichen Publikationen behandelt. Die Psychologie beginnt nun nachzuholen, was sie jahrzehntelang versäumte.

Die vorliegende Arbeit liefert einen Beitrag zur systematischen, psychologischen Bedingungsanalyse ›positiver Affekte‹. Sie untersucht sie empirisch und dringt über mehrere Bearbeitungsschritte zu einer strukturellen Erklärung ihres Entstehens und Verlaufes vor. Dabei läßt sie sich von einem tiefenpsychologischen Gesamtkonzept des Seelenlebens leiten, der Psychologischen Morphologie.

Damit ist ein konzeptioneller und methodischer Rahmen gewählt, der nicht mit demjenigen zusammenfällt, in dem die ›positiven Affekte‹ traditionellerweise abgehandelt werden – der Emotionspsychologie. Die Methoden und Konzepte der zeitgenössischen Emotionspsychologie weisen das Instrumentarium für eine auf strukturelle Bedingungen des Funktionierens ›positiver Affekte‹ zielende Untersuchung nicht auf. Trotzdem kann eine Arbeit auf diesem Gebiet an ihnen nicht kommentarlos vorübergehen. Um den Beweisgang der Untersuchung jedoch in einem Guß zu belassen, wurde der Abschnitt, der eine Kritik der zeitgenössischen Emotionspsychologie verfolgt, in einem Anhang angefügt. Er ist für die morphologische Analyse des glücklichen Augenblicks nicht vorausgesetzt.

Hieraus ergibt sich auch, als Hinweis für den Leser, daß die Arbeit einen folgerichtigen Aufbau hat. Möchte der Leser zu einem vertieften Verständnis des glücklichen Augenblicks gelangen, sollte er bereit sein, sich auf einige Zwischenschritte einzulassen. Ohne diese wird das zentrale Kapitel des Buches – ›Zur Konstruktion des glücklichen Augenblicks‹ – nicht zu verstehen sein.

Ich bedanke mich bei Wilhelm Salber, dessen theoretisches Werk und methodische Haltung ebenso wie sein persönliches Interesse und Entgegenkommen wesentlich dazu beigetragen haben, daß diese Arbeit in der vorliegenden Fassung fertiggestellt werden konnte.

Köln, im Februar 1993 Dirk Blothner

I. Einleitung

In Momenten starker Freude, beschwingten Hochgefühls, in den ›schönsten Augenblicken‹ wandelt sich die Art der Wirklichkeitserfahrung für einige Momente in außergewöhnlicher Weise. Diese sogenannten ›positiven Affekte‹, die sich einstellen, ohne daß man bestimmen könnte wann und wo, werden meist mit Begriffen gefaßt, die die Silbe ›glück‹ in sich tragen. Mit ihnen wird auszudrücken versucht, daß es sich um außerordentliche Erfahrungen mit eigentümlich vielversprechenden Erlebensqualitäten handelt. Bezeichnungen wie ›Wohlbefinden‹, ›Zufriedenheit‹, ›Wohlgefühl‹ oder schlicht ›gute Stimmung‹ eignen sich dagegen weniger dazu, solche hervorstechenden Erlebenszüge zu fassen. Mit dem Wort ›Glück‹ scheint das *Höhepunktartige* des in Frage stehenden Phänomens tatsächlich am genauesten bezeichnet zu sein. Daher soll zur ersten Kennzeichnung des Untersuchungsgegenstandes ein Begriff gewählt werden, der jene vielversprechende Silbe ›glück‹ in sich trägt.

Doch damit wird ein reich bestelltes Feld betreten. Denn das Glück beschäftigt die Menschen bereits seit Jahrtausenden. Zudem ist es seit jeher die Domäne der Philosophie (Mc Gill 1967). Epikur zum Beispiel philosophierte bereits 300 Jahre vor unserer Zeitrechnung über dieses Thema. Die Psychologie ist eine Wissenschaft, die erst seit ungefähr 100 Jahren über ihre Voraussetzungen nachdenkt. Wenn sie sich diesem ›alten Thema‹ der Philosophie zuwendet, sollte sie die Arbeit auf der Grundlage einer genauen Bestimmung eines Begriffs vom ›Glück‹ beginnen, der sich mit ihren Konzepten und im Rahmen ihrer Systematik methodisch aufgreifen läßt. Die Frage läßt sich nicht umgehen: Wie kann die Psychologie des ausgehenden zwanzigsten Jahrhunderts eine Untersuchung der beglückenden ›positiven Affekte‹ des Alltagslebens rechtfertigen? Drängt sie sich damit nicht in Bereiche hinein, in denen sich bereits andere berufener und kompetenter bewegen?

1. Der Gegenstand der Untersuchung

»Glücklich? Das ist ein zu kurzes Wort, ohne Nuancen«, sagt Nemirovsky (zit. nach Tatarkiewicz 1962, 29). »Der Begriff ›Glück‹ ist wie der Begriff ›Liebe‹ so subjektiv, daß es schwierig ist, ihn für empirische Untersuchungen nutzbar zu machen«, meint Peterson (1971, 165). Graumann (1971) stellt fest, daß mit dem Terminus ›Glück‹ »kein einheitlicher psychologischer Begriff« (153) gegeben ist.

Die Zitate beweisen: Der allgemeine Begriff ›Glück‹ hat keine klar umschriebene Bedeutung. Eine empirisch-psychologische Untersuchung, die sich mit einem seiner Aspekte beschäftigen möchte, findet daher ihre erste Aufgabe in der Bestimmung des Begriffs, der ihren Untersuchungsgegenstand genau bezeichnet. Welcher Begriff vom ›Glück‹ versteht es, die höhepunktartigen ›positiven Affekte‹ zu bezeichnen?

Von drei Seiten wird die erforderliche Eingrenzung angegangen. Da sich die Philosophie am längsten und am kontinuierlichsten mit dem Glücksproblem beschäftigt hat, soll zu vorderst der Philosoph Tatarkiewicz mit einer *Begriffsklärung* zu Wort kommen. In einem zweiten Zugang zum Gegenstand wird Freuds Analyse des Glücks unter den Bedingungen der gegebenen Kultur dargestellt. Er geht der Frage nach, welche realistischen *Glücksmöglichkeiten* mit den Bedingungen der Wirklichkeit gegeben sind und soll damit einen Hinweis geben, welche Seiten am Glück überhaupt empirisch beobachtet und beschrieben werden können. Schließlich wird berücksichtigt, welcher Glücksbegriff in der *gegenwärtigen Zeit* und in der Kultur, in der diese Arbeit enstanden ist, vorherrscht. Über diese drei Zugänge erfolgt die erforderliche, allerdings noch nicht psychologisch spezifizierte, Eingrenzung des Gegenstandes der Untersuchung.

Das Problem des Glücks beschäftigt das Denken der Menschen seit jeher. In seiner »Philosophie des Glücks« berichtet Marcuse (1949) über nicht geringere als beispielsweise Epikur, Seneca, Augustinus, Spinoza und Nietzsche, die sich ausführlich mit diesem Thema beschäftigt haben. Die Literatur ist heute dementsprechend umfangreich und die Bedeutungen des Begriffes ›Glück‹ mannigfaltig. Der polnische Philosoph Tatarkiewicz (1962) faßt die vielfältigen Bedeutungen zu vier Begriffen des Glücks zusammen. Damit ist es ihm gelungen, in die Fülle eine Ordnung zu bringen. Im folgenden wird geprüft, welcher dieser vier Begriffe von Tatarkiewicz das Phänomen der sogenannten ›positiven Affekte‹ am treffendsten bezeichnet.

Tatarkiewicz unterscheidet zwei Begriffe, die das Glück *objektiv* zu fassen suchen von zwei Begriffen, die es *subjektiv* bestimmen. Als erstes spricht Tatarkiewicz »das Glück in lebensnaher Bedeutung« (14) an. Wenn sich für einen Menschen die Ereignisse zum Guten fügen, wenn er also zum Beispiel in der Lotterie gewinnt, einen liebenden Menschen heiratet, gesunde Kinder bekommt oder ein gutes Geschäft abschließt, heißt es ›er hat Glück‹. »Es handelt sich hier immer um eine positive Fügung von Ereignissen, um ein günstiges Schicksal oder einen günstigen Zufall« (14). Das Lateinische spricht bei dieser

Variante von Glück von ›fortuna‹. Die englische Sprache hat für sie das Wort ›luck‹ vorgesehen, die französische nennt es ›chance‹. Hier handelt es sich um ein Wohlergehen *aufgrund äußerer Umstände.* Wenn jemanden das Schicksal mit einer Reihe von derartigen Erfolgen oder Zufällen begünstigt, ist man schnell bereit, das ganze Leben dieser Person für glücklich zu halten. Man neigt dazu, solch einen Zeitgenossen einen ›glücklichen Menschen‹ zu nennen. So galt zum Beispiel Hiob solange als glücklicher Mann, wie er seinen beispiellosen Reichtum ungestört genießen konnte (Marcuse 1949, 24ff).

Das Glück im Sinne von äußerem Wohlergehen ist allerdings in der Regel eines, das von seinen Beobachtern – vielleicht auch von seinen Neidern – als solches etikettiert und *gesetzt* wird. Es wird von äußeren Umständen oder Fügungen ausgegangen, von denen, vielleicht weil man sie selbst noch nicht erfahren hat, angenommen wird, daß sie einen Menschen in jedem Fall glücklich machen müssen. Das sagt dann mehr über die Glücksvorstellungen desjenigen aus, der jemanden für glücklich hält, als über das Erleben des für ›glücklich‹ Gehaltenen selbst. Mit der Benennung von ›objektiv‹ glücklich machenden Umständen ist daher noch nichts über das *Erleben* ›positiver Affekte‹ gesagt. Das ist eine leicht zu beobachtende Tatsache, auf die nicht nur Russel (1930) hingewiesen hat. Über den motorisierten Wochenendausflug der begüterten Menschen der dreißiger Jahre in den USA schreibt er: »Auf der breiten Autostraße sehen wir am Wochenende, wie Männer und Frauen, von denen alle vermögend, manche sehr reich sind, ihrem Vergnügen nachjagen ... alle Autoinsassen haben nur den einen Wunsch, den andern Wagen vorzufahren, was bei der überfüllten Fahrbahn natürlich unmöglich ist; schweifen ihre Gedanken einmal von diesem Wunsch ab ..., dann fühlen sie sich gleich maßlos angeödet, und über ihre Züge legt sich ein Ausdruck kleinlichen Mißvergnügens. Ab und zu einmal sieht man eine Wagenladung voll farbiger Ausflügler, bei denen es vergnügt zugeht...« (11f).

Den ersten von Tatarkiewicz genannten Begriff vom Glück hat der Sozialwissenschaftler Scheuch (1971) im Blick, wenn er ihn in Zusammenhang mit der Zugehörigkeit zu bestimmten sozialen Schichten thematisiert. Er verwendet in diesem Kontext das Bild eines Spiels mit gezinkten Würfeln. Die Menschen, die einer höheren sozialen Schicht angehören, hätten in diesem ›Gesellschaftsspiel‹ größere Chancen, ›glücklich‹ zu werden als zum Beispiel Mitglieder der unteren Schichten (72).

Der zweite objektiv bestimmte Begriff vom Glück versteht dieses als »den Besitz der höchsten dem Menschen zugänglichen Güter« (Tatarkiewicz 1962, 15). Er ist der älteste philosophische Begriff vom Glück. Die Griechen nannten es ›Eudämonie‹. »Maß des Glücks in dieser Bedeutung war weder die Gunst der Ereignisse noch die Intensität der Freude, sondern die Größe der verfügbaren Güter. Welche Güter dies sein sollen, das entschied die antike Definition nicht; die Entscheidung gehörte nicht mehr zur Definition des Glücks, sondern war von der Ansicht abhängig, welche dem Menschen zugänglichen Güter die höchsten seien. Die Denker der Antike stimmten in dieser Hinsicht nicht miteinander überein. Die einen vertraten die Ansicht, daß das Glück durch moralische Güter bestimmt werde, weil sie von allen die höchsten seien; andere, es seien hedonistische, wiederum andere, daß es nur ein ausgewogener Komplex aller Güter sei. Aber für sie alle bedeutete Eudämonie den Besitz des höchsten Maßes an Gütern. Den Wert dieser Güter zu empfinden, war für die Eudämonie wenig wesentlich. Die Stoiker behaupteten sogar, daß das eudämonische Glück nichts mit dem Erleben von angenehmen Zuständen zu tun habe« (15f).

Das Glück, das an den Besitz ›menschlicher Güter‹ gebunden ist, wird über eine *Setzung* dessen bestimmt, was glücklich machen soll. Es wird angenommen, daß es bestimmte ›Güter‹ gibt, deren Besitz ausschlaggebend bestimmt, ob ein Mensch ›glücklich‹ ist. Auch dieser Glücksbegriff interessiert sich, ebenso wie der erstgenannte, weniger dafür, ob der Glückliche sich tatsächlich ›glücklich‹ *fühlt*. Im Gegensatz hierzu soll gerade das *Erleben* von Glück der Gegenstand dieser Untersuchung sein.

Der dritte Begriff vom Glück spricht diese seine subjektive Seite schon eher an. Tatarkiewicz setzt ihn mit einer hohen »Zufriedenheit mit dem Leben als Ganzem« (16) gleich. Er wird sowohl im philosophischen Diskurs als auch in der Alltagssprache in diesem Sinne verhandelt. Demnach ist derjenige ›glücklich‹, der insgesamt eine *positive Bilanz* ziehen kann, wenn er sich sein bisheriges Leben vergegenwärtigt. Nach diesem Verständnis ist derjenige Mensch nicht glücklich, der zwar die höchsten Güter besitzt, aber ihretwegen nicht zufrieden ist. Tatarkiewicz bemerkt dazu, daß mit diesem Glücksbegriff ein *Ideal* gesetzt sei. Niemand werde mit seinem ›ganzen‹ Leben zufrieden sein können. Realiter könne aber trotzdem derjenige glücklich genannt werden, der sich diesem Ideal in einem weitesten Maße annähert (22). »Dieser ... Glücksbegriff hat in der modernen Philosophie den Platz der Eudämonie eingenommen. Ihm zufolge besteht das Glück des Menschen darin, daß er mit seinem Leben zufrieden ist. ›Ich danke Gott, daß ich existiere‹ – hat Katherine Mansfield einmal in ihr Tagebuch geschrieben; dies ist eine der Formeln des so verstandenen Glücks« (17).

Auch bei dieser dritten vom Philosophen Tatarkiewicz gegebenen Definition ist nicht ausschlaggebend, ob jemand tatsächlich glückliche *Höhepunkte* in seinem Leben erfährt. Selbst wenn er sich weitgehend in einem mittleren, moderaten Erfahrungsbereich bewegt oder gar viel gelitten hat und nur in seiner Bilanz mit dem Ganzen gleichwohl ›zufrieden‹ ist, kann er sich ›glücklich‹ nennen. Wenn Lehr (1971) ältere Menschen daraufhin befragt, welches Lebensalter sie in besonderem Maße als glücklich erfahren haben, bezieht sie sich auf diesen Begriff vom ›Glück‹.

Zwar kann auch die ›Zufriedenheit‹, die sich bei positiver Bilanz plötzlich einstellt, Qualitäten aufweisen, die mit den höhepunktartigen ›positiven Affekten‹ angesprochen sind. Bei einigen Fällen der vorliegenden Untersuchung läßt sich tatsächlich ein prägnantes aktuelles Beglücktsein in dem Augenblick beobachten, in dem die Befragten in einem kleinen Ausschnitt das Ganze ihres Lebens vertreten sehen. Allerdings hat Tatarkiewicz diesen Sonderfall nicht im Blick wenn er feststellt: »Unter Glück versteht man eine *andauernde Zufriedenheit*« (21). Die aktuelle, höhepunktartige Freude angesichts des eigenen Lebensganges gehört daher eher dem letzten Begriff vom Glück an, der im folgenden als letzter dargestellt wird.

In einem vierten Sinn bezeichnet Tatarkiewicz das Glück nämlich als »ein besonders freudiges und tiefes Erlebnis« (14). Es handelt sich um einen unmittelbaren Zustand von ›Glückseligkeit‹ oder ›Beglücktsein‹. Das Glück ist so gesehen ein vorübergehender Zustand, der nicht an besondere Güter oder glückliche Ereignisse gebunden sein muß. Es weist auch nicht den dauernden und eher moderaten Charakter der »Zufriedenheit mit dem Leben« auf. Es ist eine *besonders intensive Erfahrung*, die in dem Augenblick, in dem sie stattfindet, das gesamte Erleben wandelt und zu größerer Lebendigkeit steigert. Tatarkiewicz spricht bei dieser Variante von dem »Glück in psychologischer Bedeutung« (ebd.). Um zu verdeutlichen, welchen Begriff vom Glück er hiermit im Blick hat, führt er Voltaire an, der sagt: »Man kann das Glück erleben, ohne glücklich zu sein« (zit. n. Tatarkiewicz 1962, 31).

Dieser vierte Begriff vom Glück ist derjenige, der die sogenannten ›positiven Affekte‹ am ehesten bezeichnet. Er ist auch der Begriff, der nach Meinung des Philosophen Tatarkiewicz von der Psychologie behandelt werden sollte. Die unmittelbar erlebte Glückserfahrung, die »einen Zustand *intensiver Freude*, einen Zustand der Glückseligkeit oder des Sinnenrausches« (14) bezeichnet, ist jene Variante des Glücks, die sich eine psychologische Untersuchung zum Gegenstand nehmen kann, ohne in die Domäne der Philosophie einzudringen. Die Bestimmung des Untersuchungsgegenstandes ist jedoch hiermit nicht abgeschlossen. Es lassen sich noch weitere Begründungen für die Konzentration auf die aktuelle *Glückserfahrung*, den *glücklichen Augenblick* anführen (s.u.).

Sigmund Freud nähert sich dem Thema in »Das Unbehagen in der Kultur« (1930) auf eine ganz andere Weise als der Philosoph Tatarkiewicz. Er geht nicht von einer Begriffsanalyse aus, sondern von *Grundproblemen der seelischen Wirklichkeit.*

Auf die Frage, »was die Menschen selbst durch ihr Verhalten als Zweck und Absicht ihres Lebens erkennen lassen« (433), antwortet Freud: »Sie streben nach dem Glück, sie wollen glücklich werden und so bleiben« (ebd.). In zwei Richtungen erstrecke sich das Streben nach dem Glück. Einmal gehe es um die »Abwesenheit von Schmerz und Unlust« und zum anderen um »das Erleben starker Lustgefühle« (434). Es falle, so meint Freud, nicht schwer, hierin das »Programm des Lustprinzips« zu entdecken, das den Lebenszweck setze.

Allerdings könne sich dieses nicht ungestört und auf Dauer durchsetzen. Sein Programm sei »im Hader mit der ganzen Welt, mit dem Makrokosmos ebensowohl wie mit dem Mikrokosmos« (434). Von drei Seiten her lasse sich das Leiden nicht vermeiden:

- Der eigene Körper sei zum Verfall und zur Auflösung bestimmt und zudem, um die eigene Erhaltung zu sichern, auf die Erfahrung von Schmerz und Angst angewiesen.
- Die Außenwelt mit ihren unerbittlichen, oft zerstörerischen Kräften lasse sich nicht restlos unter Kontrolle bringen. Gerade dort, wo sie gebändigt erscheine, schlage sie oft mit unerbittlicher Gewalt zurück.
- Die Beziehungen zu anderen Menschen und die Institutionen, die diese organisieren, erwiesen sich ebenfalls als unvollkommen. Sie würden für den Einzelnen immer wieder zu einer hervorragenden Quelle von Leid und Schmerz.

In dieser Situation, so Freud, könnten die Menschen »Hilfskonstruktionen« (432), die ihnen das Dasein erträglicher machten, nicht entbehren. Die relative Freiheit der Lebensgestaltung, die Formbarkeit der Natur, die Verfügbarkeit von Rauschmitteln und der »komplizierte Bau unseres seelischen Apparates« (437) stellten eine lange Reihe von Hilfsmitteln bereit, die alle darauf aus seien, das Leiden in dieser unvollkommenen Wirklichkeit zu mindern und die Lustgefühle in ihr zu vermehren. Das Streben nach Glück selbst lasse sich als solch eine »Hilfskonstruktion« verstehen. Freud legt jedoch dar, daß jede Methode zum Erreichen eines glückseligen Zustandes ihre Grenzen habe und oft ihr Verderben bereits in sich trage. »Auf keinem dieser Wege können wir alles, was wir begehren, erreichen« (442). Und: »Jede extreme Entscheidung wird sich dadurch strafen, daß sie das Individuum den Gefahren ausetzt, die die Unzulänglichkeit der ausschließend gewählten Lebenstechnik mit sich bringt« (443). Wem diese Verhältnisse zu schwierig, zu enttäuschend seien, sagt Freud, der könne sich über die Flucht in die neurotische Krankheit, die chronische Intoxikation oder die Psychose aus ihnen zurückziehen. Freud macht es drastisch deutlich: In unserer Wirklichkeit hat das dauernde Glück keinen Platz.

Im weiteren Gang seiner Untersuchung kommt Freud zu Leidensgründen, die er noch expliziter aus den Grundproblemen seelischer Wirklichkeit ableitet. Allein die Tatsache, daß ein entschiedenes Leben in dieser Wirklichkeit ohne das Unbehagen des »Schuldgefühls« (482ff) nicht möglich sei, sei schon Argument genug gegen die Vorstellung von einem spannungsfreien, glücklichen Leben. Auch die von ihm angenommene Durchformung allen seelischen Lebens durch antagonistische Grundtendenzen wie Lebens- und Todestrieb, lasse es nicht zu, ein spannungsfreies Leben führen zu können. Mit jeder Bindung sei zugleich ein Maß an Zerstörung gegeben (476ff). Es seien letztlich unlösbare Grundprobleme, die das Seelenleben bestimmten und es in Entwicklung hielten. Die Unvollkommenheit und das aus ihr resultierende Unbehagen seien konstitutiv mitgegeben. Hieraus gebe es kein Entkommen.

Hiermit hat Freud der Bestimmung des Untersuchungsgegenstandes einen eindeutigen Weg gewiesen. Seine Grundauffassung einer im Kern spannunsgvollen seelischen Realität vorausgesetzt, muß es unmöglich erscheinen, das Glück als einen dauernden Zustand verstanden, als ›glückliches Leben‹ in dieser Wirklichkeit anzutreffen. Das Glück als Zustand, nach dem die Menschen so beharrlich streben und über das sie so gerne sprechen, läßt sich nicht beobachten und beschreiben, weil es sich nicht ›leben‹ läßt. »Es ist überhaupt nicht durchführbar, alle Einrichtungen des Alls widerstreben ihm; man möchte sagen, die Absicht, daß der Mensch ›glücklich‹ sei, ist im Plan der ›Schöpfung‹ nicht enthalten« (434). »Was man im strengsten Sinne Glück heißt ... ist seiner Natur nach nur als episodisches Phänomen möglich ... Wir sind so eingerichtet, daß wir nur den Kontrast intensiv genießen können, den Zustand nur sehr wenig. Somit sind unsere Glücksmöglichkeiten schon durch unsere Konstitution beschränkt« (ebd.). Zur Bekräftigung seiner Auffassung führt Freud an dieser Stelle Goethe an: »Nichts ist schwerer zu ertragen als eine Reihe von schönen Tagen« (ebd.).

Auch Freuds Analyse legt der Psychologie indirekt nahe, sich mit den unmittelbar erlebten Höhepunkten, dem aktuellen, kurzlebigen ›Beglücktsein‹ zu beschäftigen. Das Glück als Dauerzustand ist unter den Bedingungen der gegebenen Wirklichkeit nicht beobachtbar.

Salber (1973) teilt Freuds Auffassung in den wesentlichen Zügen. Er schwächt sie aber etwas ab, indem er auch darauf hinweist, daß in diesem spannungsvollen Rahmen immer noch eine »Vielfalt seelischer Lösungsformen« (147) gegeben seien. »Auch Beweglich-Bleiben, Spannungen-Aushalten, Offen-Bleiben, Neu-Werden sind Lösungen, mit denen in jeweils eigentümlicher Weise Formen des Glücks, Unglücks, der Illusion und der Realitätsbewältigung verbunden sind« (ebd.). Ein Leben in dieser spannungsvollen Wirklichkeit muß also nicht zwangsläufig ins Unglück steuern. In einer ›unvollkommenen‹ Wirklichkeit kann es zwar kein vollkommenes Leben geben. Dennoch aber bietet die außerordentliche Kombinierbarkeit der Wirklichkeit Lebensformen an, die gleichwohl die Bezeichnung ›Glück‹ verdienen.

In den vergangenen Jahrzehnten scheint es zu einer Wandlung der Bedeutung von Glück gekommen zu sein. In den Nachkriegsjahren ging es darum, im kollektiven Wiederaufbau, in der Sicherung und dem Ausbau der individuellen oder familiären materiellen Existenz das Glück zu finden. In den von revoltierenden und moralisiernden Diskussionen geprägten sechziger und siebziger Jahren rückte die Frage nach überindividuellen Werten und Gütern in den Vordergrund. Das Glück der Menschen wurde als abhängig gesehen vom Engagement seitens der entwickelten Länder in der sogenannten ›Dritten Welt‹. Das Glück des einzelnen wurde zu einer Funktion der Verfassung der ganzen – ökologischen – Welt. Der individuelle Glücksanspruch erfuhr hiermit eine Relativierung und wurde in Frage gestellt. In den letzten Jahren, so scheint es, bahnt sich abermals eine Wandlung an.

Dabei steht jetzt allerdings nicht mehr das ›glückliche Leben‹ im Vordergrund, das durch äußeren Wohlstand oder menschliche Güter und Werte garantiert ist, sondern der ›glückliche Augenblick‹ ist es, der vorzüglich zum Faszinosum wird. Das »Glück in psychologischer Bedeutung« (Tatarkiewicz 1962, 14) wird im zeitgenössischen Leben zum zentralen Glücksbegriff. Die beginnenden neunziger Jahre sind durch einen ›Boom‹ des Ekstatischen geprägt. Die rapide Ausdehnung von Dienstleistungsbetrieben aller Art stellt Unterhaltung und Vergnügen in den Mittelpunkt der Freizeitgestaltung (Khan 1977). Das Alltagsleben wird zunehmend von den Gesetzen eines dynamischen Erlebnismarktes bestimmt. (Schulze 1992). ›Spaß‹, ›Lust‹ und ›Ekstase‹ verheißen den Menschen unmittelbar und schnell zu erreichendes Glück. Es zählt, ›gut drauf‹ zu sein, eine ›gute Zeit‹ zu haben. Diese Umdeutung zieht sich durch die Medien, die Freizeitindustrie und den Alltag der Menschen.

Das muß nicht heißen, daß die Menschen heute glücklicher sind. Eine »Zufriedenheit mit dem Leben als Ganzem« (Tatarkiewicz, 16), die Erfüllung des dritten philosophischen Begriffs vom Glück, muß mit der Akzentuierung des vierten nicht gegeben sein. Wie oben schon mit Voltaire gesagt wurde, muß der größere Spaß am Leben nicht an das Lebensglück der Menschen dieses Jahrzehnts gebunden scin: »Man kann das Glück erleben ohne glücklich zu sein« (ebd.).

Nicht nur in neueren Buchveröffentlichungen wie »Glück – Das Buch der schönen Augenblicke« (Thiele 1987) bestätigt sich dieser Trend zur unmittelbaren Glückserfahrung. Im bekannten Museum Rietberg in Zürich fand 1987/88 eine Ausstellung statt, die explizit die höhepunktartigen »Momente des Glücks« zu ihrem Gegenstand hatte (Keller 1987). Auch die Werbung setzt auf das ›kurzlebige Glück‹. Auf Plakaten und in Fernsehspots tauchen seit einigen Jahren vermehrt Bilder auf, die Momente des Hochgefühls und glücklicher Augenblicke zu fassen suchen.

Damit sind nur einige wenige kulturelle Anzeichen angesprochen, die die Wahl des Untersuchungsgegenstandes unterstreichen. Berücksichtigt man diese allgemeine Entwicklung zu der augenblickshaften Bedeutung von Glück, ist es nicht überraschend, mit welch nüchterner Selbstverständlichkeit auch die im Rahmen dieser Untersuchung Befragten immer wieder die Meinung vertreten, daß es das Glück als überdauernden Zustand nicht geben könne. Was man allenthalben an Glück erfahren könne, seien die flüchtigen, aber überaus schönen ›glücklichen Augenblicke‹. Es scheint in heutiger Zeit zum Allgemeingut geworden zu sein, was Heine mit den folgenden Versen ausdrückte:

> »Das Glück ist eine leichte Dirne
> Und weilt nicht gern am selben Ort;
> Sie streicht das Haar dir von der Stirne
> Und küßt dich sanft und flattert fort.«

Hiermit ist der Untersuchungsgegenstand von drei unterschiedlichen Seiten eingekreist worden und ein empirisch-psychologisch thematisierbarer Begriff vom ›Glück‹ gebildet. Tatarkiewicz hat den Begriff der unmittelbaren Glückserfahrung der Psychologie zugeschoben. Freud bezweifelt, daß das Glück viel länger als nur einige Augenblikke Bestand haben könne und hebt damit das Kurzlebige des Untersuchungsgegenstandes heraus. Die Menschen des ausgehenden Jahrhunderts haben den schönen Augenblick, das Ekstatische des Glücks, entdeckt. Die eingeholten Hinweise weisen alle in die gleiche Richtung: Der Gegenstand, um den es bei der hier vorliegenden Untersuchung gehen soll, ist am treffendsten mit dem Begriff ›*glücklicher Augenblick*‹ bezeichnet. Hiermit – und auch mit dem Wort ›Beglücktsein‹ – ist die Bedeutung des unmittelbaren Glückserlebens am genauesten getroffen.

2. Der glückliche Augenblick im Spiegel der Psychologie

Die akademische Psychologie beschäftigt sich nur sehr zögerlich mit der unmittelbar erlebten Glückserfahrung, dem Beglücktsein. Das »Handbuch der Psychologie« (1965) räumte den Affekten von Furcht und Angst noch circa 50 Seiten ein, erwähnte aber das ›Glücksgefühl‹ nur in wenigen Zeilen (2. Band, 428). Auf dieses Mißverhältnis verweist auch Zimbardo (1983) in seinem psychologischen Lehrbuch (380). Eine neuere, gründliche und breite Übersicht über die pychologische Literatur auch zum Thema Glücksmoment gibt Mayring (1991). Auch sei auf den Sammelband von Strack, Argyle und Schwarz (1991) verwiesen (s.a. Anhang).

Im folgenden kann nur eine Auswahl von psychologischen Arbeiten über das Glückserleben angeführt werden. Es handelt sich dabei entweder um Untersuchungen, die dem hier vertretenen morphologischen Ansatz verwandt sind, oder um Arbeiten, die sich dazu eignen, die morphologische Herangehensweise an das Phänomen ›glücklicher Augenblick‹ – auch indem sie sich von dieser abgrenzen – zu verdeutlichen.

Zur besseren Übersicht werden diese Arbeiten unter vier Gesichtspunkten betrachtet. Damit wird zugleich eine Einschätzung geleistet und angedeutet, welche Schritte der psychologischen Beweisführung die vorliegende Arbeit als notwendig auffaßt. Folgende Kriterien werden an die Arbeiten über das Glückserleben angelegt: 1) Beziehen sie sich auf *komplette Fälle* des Beglücktseins und wie protokollieren sie diese? 2) Stellen sie an den untersuchten Fällen *durchgängige*

Merkmale heraus, die das Beglücktsein zu kennzeichnen verstehen? 3) Sagen sie etwas über die im glücklichen Augenblick als wirksam aufweisbaren *Mechanismen*? 4) Gelingt es den Untersuchungen, die Punkte 1) bis 3) in einer Weise miteinander zu verbinden, daß es zu einer Rekonstruktion des *Funktionierens* von Beglücktsein kommt, welche die Züge der Beschreibung und der Erklärung zusammenfaßt?

Mit dem vierten Kriterium ist zugleich die spezifisch psychologisch-morphologische Perspektive der vorliegenden Untersuchung angesprochen. In deren Auffassung gilt ein Phänomen des Seelenlebens als ausreichend erklärt, wenn die Figurationen nachgebildet wurden, die dessen beschreibbare Entwicklungen durchformen. Solche *Erklärungen* strebt die vorliegende Arbeit an. Aus den empirisch beobachtbaren glücklichen Höhepunkten des Alltags will sie die *Züge der Konstruktion herausarbeiten, die für das Erfahren von Beglücktsein Bedingungen darstellen.*

Die Arbeiten, die im folgenden vorgestellt werden, erfüllen jeweils zumindest eines der vier genannten Kriterien.

Beschreibungen kompletter Fälle

Untersuchungen, die von konkreten Glückserlebnissen ausgehen, sind äußerst selten gegeben. Noch rarer allerdings sind Arbeiten, die sich auf ausführliche, auf Komplettheit zielende Beschreibungen beziehen. Es ist verwunderlich, in welch geringem Maße psychologische Autoren bei diesem Thema ein Interesse an den kompletten Erlebenszusammenhängen zeigen, wie selten von ihnen ausführliche Verhaltens- und Erlebensbeschreibungen angestrebt werden. Obwohl sie die Psychologie als ›empirische Wissenschaft‹ begreifen, überspringen die meisten Forscher doch diesen ersten, beschreibenden Schritt. Erstaunlicherweise stören sie sich nicht daran, wenn sie sich bei ihren Verallgemeinerungen oder Erklärungen keineswegs auf tatsächlich *beobachtete* und dezidiert *beschriebene* Glückserfahrungen stützen.

Oft wird über die Anfertigung kompletter Beschreibungen als Ausgangspunkt hinweggegangen, indem Fälle *konstruiert* werden. Silbermann (1985) steht hier als ein Beispiel. Obwohl er in seiner Arbeit eine ausführliche und bewegende Beschreibung anführt, aus welcher der glück*lose* Alltag eines männlichen Homosexuellen eindringlich deutlich wird, sind die in der Untersuchung erwähnten Fälle von *Glückserleben* ausnahmslos konstruiert. Zum Beispiel: »Wenn der

Künstler und Wissenschaftler, im Ringen mit seiner Arbeit, schließlich das Ziel erreicht und die zahlreichen Schwierigkeiten gemeistert hat, mag er die Harmonie, Ruhe und Zufriedenheit verspüren – leider viel zu kurz –, die im Grunde das Glücksgefühl ausmachen« (468; Übersetzung D.B.).

Strasser (1956), dem zugute gehalten werden kann, daß er streng genommen nicht zu den psychologischen Autoren zählt, verfährt ähnlich: »Denken wir auch an Musiker, Sänger, Schauspieler, die an der flüchtigen Natur ihrer Kunst keinen Anstoß zu nehmen scheinen. Was sie erstreben, das ist die Vollkommenheit des Augenblicks. Einmal diese Harmonie zum Erklingen, einen Abend lang dieser tragischen Dichtung Leben eingehaucht zu haben ... Das Glück dieser Menschen besteht in ...« (242). Selbst Freud (1916) vermeidet es nicht, die Geschichte eines »armen Teufels« (441) zu konstruieren, der nach einem Geldgewinn von einer starken Freude erfaßt wird.

Andere Autoren kommen zu ihrem Anschauungsmaterial, indem sie sich auf *literarische* Beschreibungen berufen. Es sei eingeräumt, daß Dichter in der Beobachtung und Beschreibung der Zusammenhänge von Verhalten und Erleben sehr versiert sind. Trotzdem aber darf nicht übersehen werden, daß sie ihre Schilderungen nicht nach explizit dargelegten, methodischen Regeln durchführen. Der Rahmen einer wissenschaftlich-psychologischen Beweisführung schließt daher den Gebrauch von Belletristik als beweisendes Untersuchungsmaterial aus.

Zu den Autoren, die sich trotzdem auf literarische Fälle stützen, gehört zunächst einmal Bollnow (1943). Allerdings muß auch bei ihm, wie schon bei Strasser, eingeräumt werden, daß er als Philosoph nicht den Verfahrensregeln einer empirischen Psychologie verpflichtet ist. Er entwickelt seine Auffassungen zu den glücklichen Stimmungen, indem er Beschreibungen von Baudelaire, Proust, Nietzsche und anderen analysiert. Das ausführlichste literarische Beispiel von Glückserleben, das Silbermann (1985) wiedergibt, stammt von H. Hesse. Schließlich bezieht sich auch der Psychiater Rümke (1924) in seiner Untersuchung zum ›Glücksgefühl‹ auf einige literarische Beschreibungen von Rietberger, Dostojewsky und De Quincey.

Es lassen sich aber auch Untersuchungen zum Thema anführen, die sich auf *empirische Fälle* von Beglücktsein berufen. So führt der in seinem Berufsalltag mit Patienten umgehende Psychiater Rümke, über die literarischen Beispiele hinausgehend, 9 Fälle aus seiner klinischen Praxis an. Einige läßt er mit niedergeschriebenen Protokollen ihrer Glückserfahrungen zu Wort kommen, bei anderen gibt er eine

Beschreibung des Erlebens, so wie er es von ihnen mitgeteilt bekam. Darüberhinaus beruft er sich auf das Erlebnisprotokoll eines Studenten. Maslow (1968) bezieht sich auf 80 freie Interviews mit Einzelpersonen und 190 Erlebensprotokolle von Collegestudenten (83). Allerdings legt er nicht eine einzige *vollständige* Beschreibung eines empirischen glücklichen Augenblicks vor. Auch die Fälle von »Flow-Erlebnis«, die die von M. u. I.S. Csikszentmihalyi (1988) herausgegebenen Arbeiten anführen, streben eine auf Komplettheit zielende Ablaufsbeschreibung nicht an.

Hoffmann (1981) bezieht in ihre, die faktorenanalytische Untersuchung vorbereitende, Voruntersuchung 105 Erlebnisprotokolle von »Gesamterlebnissen« (Hoffmann 1984, 517) des Beglücktseins ein. Allerdings dienen ihr diese Protokolle von Glückserfahrungen nicht als eigentliches Untersuchungsmaterial. Im Fortgang ihrer Analyse zerlegt sie die Erlebensprotokolle in »linguistische Beschreibungseinheiten« (519). Aus den auf diese Weise isolierten Kategorien konstruiert sie einen Fragebogen, den sie weiteren 260 Versuchspersonen vorlegt. In ihrem Überblick betont sie selbst, daß diese Art der Analyse nur »wenig über den Prozeß« (532) des Glückserlebens auszusagen vermag. Es seien damit lediglich einzelne Punkte in dem komplexen Geschehen markiert.

Eine Untersuchung von Scherer, Wallbott & Summerfield (1986) zu vier typischen ›Emotionen‹ in acht Ländern, in der auch Erfahrungen von Freude/Glück erhoben wurden, geht ebenfalls nicht von kompletten Beschreibungen aus. So läßt sich die bisherige Erkundigung mit der erstaunlichen Feststellung beschließen, daß nicht *eine einzige, den Wendungen des Erlebens dezidiert folgende, psychologische Beschreibung des unmittelbaren Glückserlebens* vorliegt. Eine solche läßt sich bislang nur in den Werken der belletristischen Literatur auffinden. Die Psychologie hat bis heute nicht einen unter methodischen Voraussetzungen ›komplett‹ protokollierten Fall von Beglücktsein veröffentlicht.

Beschreibungsnahe Kennzeichnungen

Das zweite Kriterium nimmt in den Arbeiten zum Glückserleben den größten Raum ein. Es ist überall dort aufzufinden, wo die Autoren, oft die konkretisierende Beschreibung überspringend, *allgemeine Merkmale* der Glückserfahrung herausheben. Die Untersuchungen, die hier zu nennen sind, sehen die Hauptaufgabe der psychologischen Bearbeitung des Gegenstandes entweder in der beschreibenden Markierung durchgängiger Züge des Beglücktseins oder in seiner faktorenanalytischen Zerlegung. Je nach zugrundeliegendem Konzept werden andere Kennzeichen herausgehoben.

Rümke (1924), der als Psychiater den Gegenstand aufgreift, hebt dementsprechend Kennzeichen heraus, die Grundfragen der psychiatrischen Diagnostik berühren. So ist es ihm beispielsweise wichtig, daß sich das Beglücktsein durch keine »Erniedrigung des Bewußtseinsgrades« (44) auszeichnet, daß dabei »keine Veränderungen im zentralsten ›Ich‹« (52) zu beobachten sind. Darüberhinaus meint er, daß das Glücksgefühl etwas qualitativ eigenes, auf nichts anderes Zurückführbares sei. Es falle daher auch nicht mit dem »religiösen Erleben« (54f) zusammen, oder dem eher als ›manisch‹ zu bezeichnenden »Fähigkeitsgefühl« (57f). Mal stehe beim Beglücktsein die veränderte Wahrnehmung der Außenwelt im Vordergrund, mal die der inneren Erfahrungswelt (48ff). In einigen Fällen trete das Glück in Zusammenhang mit Tagträumen auf, und in anderen sei »nichts als das Glücksgefühl selbst« (ebd.) zu beobachten.

Von der Psychologie aus gesehen mag man dem Psychiater eine derart heterogene Klassifizierung des Glückserlebens, die nur wenig zur Erfassung der im ihn behandelten seelischen Problematik beiträgt, vorwerfen. Aber gleichfalls psychologische Forscher können zu dieser, den unmittelbar gegebenen Erlebenszusammenhang auflösenden, Betrachtungsweise neigen (s.u.).

Auch Lersch (1951) thematisiert in seinem umfassenden Werk »Aufbau der Person« das Glückserleben. Zwar behandelt er es unter dem Begriff »Freude« (186ff), betont aber, daß das Wort »Glücksgefühl« (186) das gleiche, von ihm beschriebene Phänomen zu bezeichnen pflegt. Lersch betrachtet das Glückserleben nicht isoliert, sondern sucht es im Rahmen seiner psychologischen Systematik in das Ganze des Seelenlebens *einzuordnen*. Mit seinem Konzept eines »Funktionskreises des Erlebens« (11ff) sucht Lersch die Erfahrung aufzugreifen, daß Handlungen als ganzheitlicher Zusammenhang erlebt werden. Er kann damit Handlungsabschnitte wie Streben, Wahrnehmen und Tätigwerden zueinander in Beziehung setzen. Der Funktionskreis vollzieht sich in einer beständigen Ausgliederung dranghafter Regungen auf den gegenständlichen Erlebnishorizont (Streben). Das Geschehen kehrt dann als ein gefühlshaftes Angemutetsein, ein »Weltinnewerden« (13/14), zur Lebensmitte zurück (Wahrnehmen, Fühlen). Hieran schließt sich ein letztes Glied des kompletten Kreises an, das Lersch als das »wirkende Verhalten« (14) bezeichnet (Tätigwerden). Dieses zielt darauf, die im suchenden Streben entstandene Spannung zu lösen. Das Glücksgefühl hat seinen Platz in dem zweiten Glied des kompletten Funktionskreises.

Anders als Rümke sucht Lersch das Glückserleben in seiner, als Zusammenhang unmittelbar gegebenen, *charakteristischen Erlebensgestalt* zu beschreiben. Hierbei kommt ihm das Konzept einer Aufschichtung des Seelenlebens entgegen (Schichtenlehre). Er kann auf diese Weise die Gefühlsregungen wie die Freude als von unterschiedlichen Antriebserlebnissen des »endothymen Grundes« (80ff) durchformt ansehen und sie auf diese Weise *typisierend* beschreiben. Basierend wird die Freude von einer »Gefühlsregung des lebendigen Daseins« (180f) durchformt. Zugleich aber ist in ihr »als Oberton die Thematik des Über-sich-hinaus-Seins enthalten« (186). So erfährt im Glückserleben das eigene »Hier und Jetzt eine Überhellung und einen Aufschwung« (ebd.). Zugleich zeigt sich die gegenständliche Welt, besonders auch das Ding oder Ereignis, an dem sich das Glückserleben kristallisiert, »mit einem Antglitz der Helligkeit und des Lichtes« (ebd.). Die Dinge, die ganze umgebende Welt werden anders aufgefaßt. »Die echte Freude gibt unseren Wahrnehmungen einen besonderen Glanz, sie zeigt den gesamten gegenständlichen Daseinshorizont mit neuen Lichtern« (187), in ihr erscheint der »Gegenstand als tragender Horizont des Daseins« (ebd.). Das Ding gibt »Halt im Dasein« (ebd.). Das gesamte Glückserleben ist zudem durchformt von einer »Gebärde des Sichöffnens, des Umfassens und des Sich-verschenkens« (186f). Lersch unterscheidet zwei Arten von Beglücktsein. »Es gibt eine stille Freude, die in langen Schwingungen verläuft, aber auch eine freudige Erregung« (179). Diese Unterscheidung wird weiter unten wieder aufgegriffen.

Eine derartige Zuordnung des Beglücktseins zu durchformenden Antriebserlebnissen und »Gebärden« (186) hat den Vorteil, daß sie den erlebten Zusammenhang nicht von vornherein zersplittert. Sie kennzeichnet dessen wesentliche Züge, indem sie anschauungsnahe Grundgestalten im Glückserleben heraushebt. Es sei jedoch darauf hingewiesen, daß Lersch sich nicht auf Beschreibungen konkreter Fälle stützt. Seine Beispiele entnimmt auch er in der Regel der belletristischen Literatur (Schillers Gedicht »An die Freude«).

Während Lersch die *Gesamtgestalt* des glücklichen Augenblicks in seinen Beschreibungen festzuhalten sucht, geht es A. Maslow (1968) mehr um die Kennzeichnung hervorstechender *Züge der besonderen seelischen Verfassung*, die mit dem Beglücktsein gegeben sind. Er beschreibt die »Augenblicke höchster Glückseligkeit und Erfüllung« (85), die er als »Grenzerfahrungen« (83ff) versteht, als charakteristisch geformte »kognitive Geschehnisse« (85). Dieser Ansatz ist von besonderem Interesse, da er so den Gegenstand ›Glückserleben‹ zunächst als eine besondere seelische Form oder Verfassung begreift. Das Beglücktsein versteht er als eine *Erlebensform*, die sich durch ihre spezifische Organisation von anderen alltäglichen psychischem Zuständen signifikant unterscheidet. Diese *Form* ist der Gegenstand seiner Untersuchung. Die Einschränkung ›zunächst‹ muß hier gemacht werden, da Maslow in demselben Buch schließlich dazu übergeht, das Beglücktsein als etwas anzusehen, das sich im Rahmen eines »Menschen« (114) ereignet, dem es darum geht, das Problem der »Identität« (123) und der »Selbstverwirklichung« (ebd.) zu lösen. Diese Perspektive der Betrachtung läßt sich allerdings nicht mehr in den Rahmen der hier verfolgten, um die aktuelle Erfahrung zentrierten Untersuchungsrichtung eingliedern.

Die einzelnen Merkmale der Verfassung des Beglücktseins, die Maslow (1968) anführt (85ff), lassen sich folgendermaßen zusammenfassen: Die Glückserfahrung hebt sich von anderen Zuständen deutlich ab. Sie unterbricht spürbar den Fluß alltäglicher Formen des Verhaltens und Erlebens und macht sich in ihrer Eigenqualität deutlich bemerkbar. Damit ist zum Beispiel verbunden, daß Zeitlichkeit und Räumlichkeit in veränderter Weise erfahren werden. Der Augenblick kann manchmal ganz mit etwas Gegenständlichem ausgefüllt sein. Es läßt sich aber auch beobachten, daß die Gliederungen der Erfahrung, etwa Dinge oder Vorstellungen, in eigenartiger Weise gelokkert sind, ein größeres Eigengewicht aufweisen. Weiterhin ist mit diesen Grenzerfahrungen ein Mehr an Vielfalt, ein größerer Facettenreichtum verbunden. Die wahrgenommenen Figuren scheinen mehr von sich zu offenbaren; an ihnen bricht ein Spektrum an Eigentümlichkeiten auf. Was im Glück Gegenstand der Erfahrung wird, trägt sein Zentrum mehr in sich selbst, stellt sich gegen eine Einverleibung etwa durch einen funktionalisierenden Gesamtzusammenhang. Zugleich kommt es zu einer bedeutungsvollen Umwertung oder Dezentrierung. Krishnamurti zitierend, bezeichnet Maslow das als eine Art »wahlfreie Bewußtheit« (98), die auch Analogien zu der Haltung »gleichschwebender Aufmerksamkeit« aufweise, die Freud für den Analytiker fordere (ebd.). Auf diese Weise können gewohnte Wertigkeiten ihre Dringlichkeit verlieren. Quälende Erfahrungen wie Schmerz können einen ihnen zustehenden Platz im Ganzen erhalten. Soweit die gedrängte Darstellung der Maslow'schen Kennzeichen. Sie weisen weitgehende Ähnlichkeiten mit den Zügen auf, die das Kapitel II herausstellen wird (s.u. Erlebenskennzeichen und -qualitäten).

Der faktorenanalytische Ansatz von Hoffmann (1981 und 1984) kommt zu heterogenen, aus unterschiedlichen Kontexten stammenden Kennzeichen des Glückserlebens. Diese werden mit auf unterschiedlichen Ebenen der Abstraktion liegenden Kategorien bezeichnet wie: »Qualität der menschlichen Beziehungen«, »Schöpferische Kraft«, »Öffnung der Sinne«, »Erotik«, »Ruhe und Entspannung«, »Ekstase«, »Transzendenz«, »Zeiterleben« und »Bejahung von Leben und Sinnhaftigkeit des Lebens« (alle Zitate 1981, 168). Diese heterogenen Bezeichnungen, die, jede für sich, eigentlich der psychologischen Explikation bedürften, versteht Hoffmann als »Erlebensdimensionen« (ebd.) des Glückserlebens. Sie lehnt sich dabei an eine Untersuchung von Meadows (1975) an, der eine ähnliche, allerdings nicht von Anfang an empirische Dimensionierung der ›Freude‹ durchführte.

Der entscheidende Kritikpunkt gegenüber faktorenanalytischen Untersuchungen des Beglücktseins ist, daß mit ihnen der unmittelbar gegebene Zusammenhang zugunsten einer mathematisch geleiteten Analyse zerrissen und nicht wieder hergestellt wird. Nachdem Hoffmann (1984) die von ihr erarbeiteten 12 Faktoren dargestellt hat, muß sie zugeben, daß damit nur *Punkte* in einem komplexen, sich entwickelnden Zusammenhang herausgestellt sind: »Unter dem Gesichtspunkt der Beweglichkeit des Gefühls sagt eine Dimensionsanalyse, d.h. die Fixierung einzelner Punkte in dem Geschehen, die abstrahierende Betonung bestimmter Aspekte, wenig über den Prozeß des positiven Gefühls aus« (532). Diese Kritik läßt sich auch auf die Untersuchung von Wlodarek-Küppers (1987) anwenden.

Die vorliegende ›tiefenpsychologische Analyse‹ sucht dagegen das lebendige Ganze des Beglücktseins nicht aus dem Auge zu verlieren. Wenn in den Kapiteln II und IV Erlebensqualitäten und Mechanismen des Beglücktseins aus dem gegebenen Zusammenhang herausgehoben werden, so wird diese Analyse des Komplexen als ein *Zwischenstück* verstanden, das schließlich zu einer vertieften Einsicht in das *Ganze* des Beglücktseins verhilft.

Rekonstruktionen von Mechanismen

In der Folge geht es um diejenigen Untersuchungen zum Beglücktsein, die Mechanismen seines Funktionierens herausarbeiten. Die im letzten Abschnitt angesprochenen Arbeiten begnügten sich mit einer typisierenden oder zusammenfassenden Kennzeichnung des Erlebten. Die Autoren, die nun zu Wort kommen, gehen an den Tatbestand des glücklichen Augenblicks jeweils mit einem allgemeinen Konzept vom Funktionieren des Seelenlebens heran. Dementsprechend interessieren sie sich für das *Zustandekommen* der im Beglücktsein beobachtbaren Erlebenszüge. Ihre Untersuchungen trägt ein Wissen um grundlegende Aufgaben und Probleme des Seelischen (Metapsychologie) und sie fragen, welche strukturellen Mechanismen im Beglücktsein als wirksam aufzuweisen sind.

Freud hat sich weder empirisch noch ausführlich mit dem Phänomen des Glückserlebens beschäftigt. Aber im Rahmen seiner oben bereits dargelegten Abhandlung über die Glücksmöglichkeiten in der Kultur (1930), gibt er doch Hinweise auf einen Mechanismus, der erklärt, wie das Beglücktsein entstehen kann. Er geht dabei von der grundlegenden Aufgabe des Seelischen aus, mit andrängenden Erregungen fertig werden zu müssen. Ein »Lustprinzip« (434) sucht dem seelischen Apparat das Ansteigen von Bedürfnisspannung zu ersparen. Es drängt auf die Vermeidung von Unlust. Nun erlaubt es aber die Kompliziertheit des Seelischen, diese Tendenz zur unmittelbaren Spannungsabfuhr zu unterbrechen, ihr Zwischenformen abzugewinnen und einen Aufschub zu verlangen. Die auf Abfuhr drängenden Erregungen lassen sich aufstauen. Freud sieht den Moment, in dem derartig »hoch aufgestaute Bedürfnisse« (ebd.) plötzlich und heftig die Motorik einnehmen, als Grundlage für die gesteigerte Lust des Beglücktseins an. In diesem Sinne sagt Freud: Das was man »im strengsten Sinne Glück heißt, entspringt der eher plötzlichen Befriedigung hoch aufgestauter Bedürfnisse und ist seiner Natur nach nur als episodisches Phänomen möglich ... Wir sind so eingerichtet, daß wir nur den Kontrast intensiv genießen können, den Zustand nur sehr wenig« (ebd.). Die Möglichkeit also, daß es der seelische Apparat gestattet, auf Abfuhr drängende Bedürfnisse aufzustauen, ihren Umsatz zu verzögern, um diese dann in einem geeigneten Moment einer intensivierten Entladung zu überlassen, stellt die strukturelle Bedingung des erfahrenen Glücks dar.

Die *verzögerte und damit intensivierte Schließung* des »Handlungskreises« (Salber 1973/74, Bd.I, 43) ist der Glücksmechanismus den Freud herausstellt. Über die Qualität der hier in Frage stehenden, drängenden Bedürfnisse hatte er sich bereits 1898 in einem Brief an Fließ geäußert. Er schreibt: »Glück ist die nachträgliche Erfüllung eines prähistorischen Wunsches. Darum macht Reichtum nicht glücklich; Geld ist kein Kinderwunsch gewesen« (1950, 209). Für Freud kommt das Beglücktsein also über die plötzliche Abfuhr aufgestauter ›infantiler Wünsche‹ im Rahmen des Handlungskreises zustande.

In der Ganzheitspsychologie hat sich Sander (1932) wohl am differenziertesten über den Mechanismus geäußert, der bei der Produktion des aktuellen Beglücktseins wirksam ist. Mit seinen Untersuchungen zur »Aktualgenese von Gestalten« (1927, 101ff) hatte er bereits auf die »strukturelle Angelegtheit der Seele auf Gestaltung« (103) aufmerksam gemacht. Bei Überlegungen, die er zum Glückserleben macht, läßt sich erkennen, daß er dieses mit dem gleichen Strukturzug zu erklären sucht. Er geht davon aus, daß es innerhalb des »personalen Ganzen« (319) stets zu Spannungen kommt, da dessen Gliedstrukturen nur selten zu einer »harmonisch gegliederten Einheit« (ebd.) zusammenwirken. Kommt es in dem übergreifenden Gefüge zu einer Störung in dem Sinne, daß eine Gliedstruktur, etwa »die sexuelle Triebgerichtetheit« (320), sich unverhältnismäßig in den Vordergrund drängt, »so reagiert das psychophysische Ganze auf diese Gefügeverletzung nachhaltig in Gefühlen, wie etwa dem der ›Reue‹« (ebd.). Nur selten kommt es dagegen zu einem als beglükkend erfahrenen Ausgleich zwischen den Gliedern und dem Ganzen: »Und wiederum stellt sich dann, wenn die Gliedstrukturen, in Harmonie mit dem Ganzen schöpferisch sich durchsetzend ihre Erfüllung finden, die Gesamtstruktur entfaltend ausformen, das beschwingte Gefühl tiefsten Glücks ein, in dem alles Erlebte sich zum Ganzen rundet und in dem lebendig wirkendem Zentrum der Seele ruht« (ebd.).

Oberflächlich gesehen, ließe sich diese Erklärung mit dem »Erleben einer Vollendung« gleichsetzen, von der Strasser (1956, 238) das Glückserleben bestimmt sieht. Auch weist sie Ähnlichkeiten mit der Formulierung Kruegers (1953) auf, im Rausch komme es zu einer Befriedigung »eines Dranges nach Ganzheit« (148). Jedoch ergibt eine genauere Analyse der Sander'schen Darstellung ein anderes Bild. Es ist nicht nur ein *ganz*machender Mechanismus am Werk. Dieser wird von einer *Ausgliederung* ergänzt. Es ist das Ineinandergreifen von zwei Zügen, das Sander beschreibt. Zum einen kommt es im Beglücktsein zu einem Umsatz von Gliedstrukturen. In einem bestehenden Ganzen findet etwas Ausdruck, was vorher nicht führend wirksam war. Damit dieser Umsatz aber als Glück erfahren wird und nicht etwa als Schuld oder Scham zum Beispiel, muß es dabei zu einem Einklang mit allen anderen Wirksamkeiten des Ganzen kommen. Die Ausformung der Gesamtstruktur über den Umsatz eines Teilanspruchs geht im Beglücktsein mit einer *Abrundung* durch das Ganze einher. Umsatz von Gliedstrukturen *und* Vereinheitlichung sind also die Mechanismen, die sich aus Sanders Ableitungen herausheben lassen.

Silbermanns (1985) Erklärung des Zustandekommens des aktuell erlebten Glücks weist Ähnlichkeiten mit dem Konzept von Sander (1932) auf. Allerdings geht er in gewisser Weise hinter diesen zurück, da die Erklärung, die er für das Zustandekommen der Glückserfahrung anbietet, keine Rekonstruktion ihres *aktuellen* Funktionierens darstellt. Sie erschöpft sich in der allgemeinen Kennzeichnung der personalen Bedingungen ihres Auftretens. »Glücksgefühle sind die gekonnte Vollendung eines ›Ichs in Bestform‹; wenn seine Funktionen in harmonischer Abstimmung und Zusammenarbeit zur Wirkung kommen und sich seine Möglichkeiten für einen Augenblick zum Äußersten entfalten« (464, Übersetzung von D.B.). Die allgemeine Konstatierung eines harmonischen und aufeinander abgestimmten Wirkens personaler Wirksamkeiten sagt wenig über die Produktion aktueller Glückserfahrungen aus. Hier zieht man sich auf ›die Person‹ zurück und versäumt es damit, den zu untersuchenden gelebten Augenblick genauer zu zergliedern (s.a. Adam (1981).

Es sei eingeräumt, daß sich hierin ein generelles konzeptionelles Problem der Psychoanalyse widerspiegelt, nämlich das *Problem der Zergliederung des gelebten Augenblickes*. Obwohl Freud mit seiner Analyse der Traumbildung (1900), der Fehlleistungen (1904) und des Funktionierens von Witzen (1905) gezeigt hat, daß Augenblicke psychoanalytisch aufzuschlüsseln sind, sind doch viele andere psychoanalytische Autoren so sehr auf die Rekonstruktion von weiter gefaßten Einheiten, nämlich Lebensläufen zentriert, daß sie bei der Thematisierung des aktuellen Erlebens auch wieder auf diese gewohnten Einheiten des Charakters zurückzugehen geneigt sind.

Wie wenig Spezifisches damit ausgesagt ist, zeigt sich daran, daß Sandler (Joffe/Sandler 1967) zum Beispiel eine Erklärung zum Auftreten des ›Wohlbefindens‹ gibt, die der Erklärung, die Silbermann für das phänomenal zweifellos unterschiedene Glückserleben anführt, sehr ähnlich sieht: Sandler meint, das Wohlbefinden sei eine Begleiterscheinung eines »harmonischen und integrierten psychobiologischen Funktionierens« (737; vergleiche auch Lesoldat-Szatmary 1978).

Tunner (1978), der sich im Rahmen der zeitgenössischen »allgemeinen Gefühlspsychologie« (293) mit dem Glückserleben beschäftigt, bezieht sich in seiner Darstelllung nicht auf Strukturtendenzen, Konstruktionsprobleme des Seelischen wie Freud und Sander. Er sei trotzdem an dieser Stelle erwähnt, da er beispielhaft aufzeigt, wie eine Psychologie, die mit den traditionellen Aufteilungen von ›Affektion‹ und ›Kognition‹ operiert, das in Frage stehende Phänomen aufgreift.

Tunner geht von einer unmittelbar gegebenen Lustempfindung aus, die er als »Hingabe und Nähe an die Vielzahl ihrer möglichen Reize« (295) versteht. Diese Lust setzt er in der Entstehung des Glücks an den Anfang. Allerdings ist der lustvolle Augenblick etwas sehr Kurzlebiges. Er vergeht äußerst rasch. Die Erfahrung von Glück setzt an der Stelle ein, wo das Unmittelbare der Lust sich mit dem Mittelbaren des Gedachten verbindet. »In diesem Übergang des unmittelbar Erlebten zum begrifflich Gedachten dürfte die Möglichkeit liegen, Glück zu haben« (ebd.). Das Glück bedeutet »die Dauer der Lust im Gedachten« (ebd.). Tunners Erklärungen suchen nicht von einer Ablaufsregel des Zusammenhangs von Verhalten und Erleben aus, das Entstehen des Beglücktsein zu rekonstruieren. Er geht von unterschiedlichen Bereichen oder Schichten des Seelenlebens aus, die miteinander auf eine nicht weiter gekennzeichnete Weise in Verbindung treten können. Das Beglücktsein entsteht dort, wo unmittelbare Empfindungen von sinnlicher Lust sich mit Entwürfen über die Beschaffenheit der Wirklichkeit verknüpfen. Es entsteht an einer *Übergangsstelle*.

Obwohl sie nicht in das Denkgerüst dieser Arbeit passen, sollen, der Vollständigkeit halber, zwei Arbeiten aus der Neuropsychologie erwähnt werden, da die Arbeiten zum Thema ohnehin dünn gestreut sind. Die Arbeiten von Bättig (1987) und Wieser (1987) suchen das Beglücktsein aus dem neurophysiologischen Funktionieren der Gehirnteile zu erklären. Während Bättig, traditionell neurophysiologisch, das Glückserleben ganz auf Wechselwirkungen zwischen Gehirnteilen und auf die komplizierte Wirksamkeit von chemischen Transmittern zurückführt, lehnt sich Wieser zudem an neuere Erkenntnisse der Teilchenphysik an, die die durchgängige Organisiertheit der Materie hervorheben. So nimmt er an, daß das physiologische Korrelat der Glücksempfindungen in der, durch Instabilitäten induzierten, Überführung von neuronalen Ordnungsformen in neue Strukturen besteht (32). Die Angabe von neurophysiologischen Glücksmechanismen entfernt sich allerdings vollständig von den beobachtbaren Erlebenszusammenhängen (s.a. im Anhang: ›Die zeitgenössische Emotionspsychologie‹).

Das vorgefundene Dilemma ist deutlich geworden: Diejenigen Arbeiten, die sich in ihren Ableitungen auf konkrete Fälle des Beglücktseins beziehen, wie Rümke (1924), Maslow (1968) und Hoffmann (1981), zeigen kein explizites Interesse an den Mechanismen, die die aktuelle Produktion des Glückserlebens erklären. Andererseits gehen die Arbeiten, die auf strukturelle Einsichten in dessen Funktionieren zielen – Freud (1930), Sander (1967) – nicht von beobachteten und beschriebenen Fällen aus.

Austausch von Beschreibungen mit metapsychologischen Konzepten
In diesem Abschnitt werden Untersuchungen dargestellt, deren Beweisführungen zu Erklärungen kommen, indem sie die beobachtbaren Phänomene und ein allgemeines Konzept vom Aufbau und vom Funktionieren des Seelenlebens miteinander in Austausch bringen. Hiermit ist zugleich der methodische Standort der vorliegenden Arbeit gekennzeichnet. Ein derartiger »Austausch in Entwicklung« (Salber 1983, 160) kommt zu Erklärungen, die eine strukturelle Einsicht in das Zustandekommen des Glückserlebens eröffnen und dabei seine mitvollziehbaren Entwicklungen nicht aus dem Auge verlieren. Die einzige Arbeit allerdings, die diese Kategorie annähernd erfüllt, ist die von Helene Deutsch (1927).

Wie Freud Psychoanalytikerin, stellt sie allerdings noch weitere, einen anderen Aspekt des glücklichen Augenblicks betonende, Konstruktionen heraus. Im Rahmen ihrer psychoanalytischen Behandlungspraxis konnte Deutsch das Zustandekommen zweier Fälle von Glückserleben beobachten. Damit ist sie die einzige Autorin, die Erklärungen des Funktionierens von Beglücktsein aus der Analyse ausgedehnter Beobachtungen entwickelt. Ihre Argumentation soll aus diesem Grunde an einem ihrer beiden Fälle relativ ausführlich dargelegt werden.

Patientin A litt an Depressionen und Hemmungszuständen. Das Verhältnis zu ihrem Mann hatte sich von Anfang an ungünstig gestaltet. Sie empfand ihm gegenüber »eine real wenig begründete, aber unwiderstehliche Abneigung und Mißachtung« (411). Erstaunlicherweise erlebte aber diese Frau gerade ihr intensivstes Glück während des sexuellen Verkehrs mit dem von ihr abgelehnten Ehemann. Die Qualität ihres Beglücktseins umschreibt Deutsch folgendermaßen: Es sei als »beherrsche sie das Gefühl, als würde sie in einer anderen Welt leben – ›wie im Himmel‹. Ihr Mann verliere im Akte seine reale Bedeutung, es sei in ihr wie eine beglückende Verschmelzung zu einer wunderbaren, ihrem übrigen Dasein fremden Einheit« (ebd.). Nach dem beglückenden Koitus stellten sich regelmäßig Gefühle der Leere und Einsamkeit ein, und es kam zu einer erneuten Entfremdung dem Gatten gegenüber, die erst wieder durch den nächsten Sexualakt unterbrochen wurde.

Die Psychoanalyse der Patientin ergab, daß ihre Depression und Hemmung durch eine inzestuöse Bindung an ihren Vater motiviert war. Die Konflikte, die mit dieser infantilen Bindung verbunden waren, wurden in der Ehe wiederbelebt. Indem sie in den Zwischenakten ihrer Depression sowohl den Mann als auch sich selbst entwertete, schaffte sie sich die Vorbedingung dafür, mit dem ›ödipalen Objekt‹ vorübergehend lustvoll zu verschmelzen. »Infolge dieser zeitlichen Zweiteilung konnte sie den Sexualakt mit einer vielleicht sogar – wenn man so sagen darf – übernormalen Beglückung erleben« (412).

Doch damit gibt sich Deutsch nicht zufrieden. Sie möchte, von ihren beiden Fällen ausgehend, zu verallgemeinernden Aussagen über die Herstellung von Glückserlebnissen kommen. Die klinischen Fälle sieht sie als »eine quantitative Verzerrung der normalen typischen Vorgänge« (414) an. An den Phänomenen hebt sie besonders den Gesichtspunkt der ›Verschmelzung‹ heraus, die Beobachtung, daß die Patientin das Zusammensein mit ihrem Mann als eine eigenartige Einheit erlebte. Diese Erlebensqualität bringt Deutsch mit einem seelischen Grundproblem in Austausch, das ihrer Auffassung nach im glücklichen Augenblick eine vorübergehende Lösung erfährt. Mit diesen metapsychologischen Ableitungen erweist sich Deutsch als die Autorin, die das expliziteste Konzept über die Konstruktion des Beglücktseins vorlegen kann. Sie bezieht sich auf die Konzeption zweier entgegengesetzter Kräfte – »einer vorwärtstreibenden und einer regressiven« (414) – die sich beide in einem Zielstreben träfen, nämlich dem der »Erreichung eines Einheitszustandes« (ebd.). »Dieses Zielstreben, das Wesen alles Lebendigen, scheint nur *eine* Befriedigungsform zu haben: die Einheitserreichung« (ebd.). Die von Patientin A verfolgte sexuelle Vereinigung sei »die einfachste Form der Einheitsherstellung« (417). Der Zustand des akut und intensiv eingetretenen Glücksgefühls werde »durch die Herstellung einer ungestörten Ich-Nicht-Ich-Einheit auf dem Wege des harmonischen Zusammenwirkens zwischen Ich und einer vom Ich differenzierten Instanz« (418) zustande gebracht. Deutsch sieht darin eine »Rückkehr zum Zustand jener Epoche ..., in der das noch undifferenzierte Ich weder die Feindseligkeiten der Außenwelt noch die seiner inneren Instanzen kannte« (ebd.).

Aus verschiedenen Gründen sei aber auch diese Harmonie »in der höchsten Entwicklungsphase von Unlust gefolgt« (ebd.). Das Seelenleben könne bei solchen Befriedigungszuständen nicht stehen bleiben. Eine »Unlusterwartung« (416) zum Beispiel und das Bestreben den »Sättigungszustand« (415) wieder zu verlassen, drängten darauf, eine neue Spannung herzustellen. Das Streben nach dem lustvollen Einheitszustand »stehe unter dem Zeichen eines Zieles, das immer jeweilig, *nie* endgültig sein könne, weil es ›im Momente, wo es entsteht‹, für den seelischen Apparat bereits ›wert ist, daß es zugrunde geht‹« (416). So sehe sich das höhere Maß an Einheitlichkeit, das die Frau über die Befriedigung ihrer inszestuösen Regungen erreichte, alsbald mit den gesonderten Anforderungen des Über-Ich erneut konfrontiert.

Deutsch kann daher zusammenfassen: »Somit ist der Glückszustand ein endogenes, narzißtisch bedingtes Ichgefühl; es entsteht dort, wo die Ichgrenzen durch Herstellung einer Einheit zwischen Ich-Welt erweitert sind, durch Objektbesetzung, Sublimierung oder durch Erreichung der Icheinheit im Ich selbst« (419).

Die Untersuchung von Deutsch ist die einzige, die von der Beschreibung und Analyse konkreter, beobachteter Fälle zu Angaben über die Konstruktion des Beglücktseins kommt. Der Austausch von Beschreibung und metapsychologischem Konzept läßt sich allerdings noch methodischer verwirklichen. Die Beschreibungen von Deutsch können keineswegs als ›komplett‹, d.h. den gesamten Erlebensprozeß dokumentierend, bezeichnet werden. Die Autorin gibt nur wenige Erlebensqualitäten und keinen kompletten Verlauf an. Zudem beziehen sich ihre Erklärungen mehr auf die Charakterprobleme der Fälle als auf den Schritt-um-Schritt-Verlauf der Erfahrung von Beglücktsein selbst. Aus dieser Bezogenheit auf Störungskonzepte vom Seelischen erklärt sich wohl auch der Gebrauch des Begriffes ›Narzißmus‹. An eine empirische Untersuchung des aktuell erlebten ›Glücksgefühls‹ läßt sich jedoch die Forderung stellen, daß sie auch tatsächlich das *aktuelle* Funktionieren ihres Gegenstandes in das Zentrum der Analyse stellt.

3. Theorie und Methode der Untersuchung

Das unmittelbare Glückserleben, das Beglücktsein ereignet sich im Alltagsleben. Es kann sich an Dingen wie Briefen, Fotos, Blumen entzünden. Es steigt auf beim Warten auf die Straßenbahn, nach Feierabend im Lieblingssessel oder beim Spazierengehen am Ufer eines dahinfließenden Stroms. Wenn es auftritt, verleiht es dem alltäglichen Tun einen besonderen Glanz, eröffnet vorher nicht erfahrene Perspektiven und Möglichkeiten. Das Glückserleben ist etwas Herausgehobenes, es hat etwas ›Festtägliches‹ ohne an Festtage oder besondere Ereignisse gebunden zu sein. Eine Hochzeit garantiert noch keine Glückserfahrung. In der Regel kommt die Ausformung zu einem Beglücktsein eher banalen und unspektakulären Momenten zu.

Behandlung von Wirklichkeit

Die Einbettung des Beglücktseins in die Einheiten, die das alltägliche seelische Leben ausmachen, führt dazu, dieses zum Ausgangspunkt der konzeptionellen Standortbestimmung zu machen. Der glückliche Augenblick soll nicht einem ›Vermögen‹ zugeordnet werden. Er soll nicht aus außerseelischen ›Ursachen‹ erklärt werden. Er soll auch nicht ›experimentell‹ hergestellt und untersucht werden, sondern soll aus den Aufgaben, Problemen und Lösungen verstanden werden, die das komplette Seelenleben jeden Tag und jede Stunde aufs Neue beschäftigen und in Entwicklung halten. Bei der Untersuchung des Phänomens ›Beglücktsein‹ ist der *ganze seelische Wirkungszusammenhang* im Blick zu behalten. Das Glückserleben fängt mit den Bedingungen der gleichen Wirklichkeit etwas an, die auch von ›der Angst‹ oder ›der Langeweile‹ vorgefunden werden. Das zu untersuchende Phänomen wird daher als eine besondere, im Verlauf dieser Arbeit näher zu kennzeichnende, *Behandlungsform des seelischen Totals* aufgefaßt.

Das Beglücktsein wird daher auch nicht als ein ›Inhalt‹ des Seelischen betrachtet, der an besonderen Orten aufbewahrt wird, um in bestimmten Momenten aus diesen hervorzutreten. Obwohl Lersch (1951) mit dem »Funktionskreis des Erlebens« (11ff) einen vereinheitlichenden Ordnungsträger des Seelischen herausstellt, kann er mit diesem doch nicht die von ihm diskutierte Freude als eine besondere Behandlungsform des Ganzen beschreiben. Dagegen bringt er das Glückserleben an einem umgrenzten Ort des seelischen Aufbaus unter. So sieht es aus, als trete ›die Freude‹ in den Funktionskreis ein und verlasse ihn nach einer Weile wieder. Wenn Lersch überdies das Beglücktsein als »Gestimmtheit« (252f) und als »Gefühlsregung« (186f) unterschiedlich fixierten Schichten der Persönlichkeit zuordnet, hat es den Anschein, als melde es sich mal aus relativ festen Häusern und als bewege es sich mal auf freier Straße.

Auch wenn auf Hirnprozesse rekurriert wird (Bättig 1987, Wiesmann 1987), oder wenn das als Zusammenhang erlebte Beglücktsein mit mathematisch-statistischen Verfahren untersucht wird, geht in der Regel der Bezug zu den alltäglichen Aufgaben und Problemen des

Seelenlebens verloren. Daher betont Salber (1983) die Notwendigkeit, daß sich die empirische Psychologie an einem »Gesamtkonzept von Wirklichkeit« (10ff) orientiert, wenn sie sich mit gesonderten Fragestellungen befaßt. Wenn eine durchgliederte Vorstellung darüber besteht, welche Konstruktionsbestimmungen und Probleme das Seelenleben bewegen und welche Wendungen zu deren Vermittlung zur Verfügung stehen, lassen sich solch komplexe Gestalten wie der glückliche Augenblick verfolgen, ohne daß dabei der Bezug zu den erlebbaren Zusammenhängen verloren geht.

Psychoanalyse und Psychologische Morphologie, die unter dem Begriff ›Tiefenpsychologie‹ zusammengefaßt werden können, geben die Konzepte vor, von denen sich diese Untersuchung leiten läßt. Deren systematischer psychologischer Ansatz erlaubt es, das Beglücktsein von den allgemeinen und grundlegenden Aufgaben und Problemen des Seelenlebens her aufzugreifen. Die Psychologische Morphologie wird hierbei allerdings im Vordergrund stehen, da sie Methoden und Konzepte bereitstellt, die eine beschreibungsnahe und systematische Rekonstruktion alltäglicher Glückserfahrungen eher ermöglichen als die Konzepte und Methoden der Psychoanalyse. Letztere weisen nicht die Versiertheit in der Zergliederung gelebter alltäglicher Augenblicke auf, an deren Entwicklung die Psychologische Morphologie von Anfang an interessiert war (Salber 1988, 53ff).

Die Psychologische Morphologie (im folgenden auch ›Morphologie‹) faßt die grundlegenden Aufgaben, die das alltägliche Seelenleben beschäftigen, als »Behandlung von Wirklichkeit« (Salber 1977, 7) zusammen. Das seelische Geschehen kann nicht anders, als mit den Bedingungen dieser Wirklichkeit etwas anzufangen, sie in »Handlungseinheiten« (Salber 1965, 43ff) auszulegen und zu entwickeln. Damit ist von vornherein eine Doppelheit von gelebten Gestalten oder »Bildern« (Salber 1983) und einem allgemeinen System von Hintergrundbestimmungen gegeben. Der seelische Alltag setzt sich aus einer kontinuierlichen Entwicklung solcher Handlungseinheiten oder ›Bilder‹ zusammen, welche die Konstruktionszüge der Wirklichkeit in praktikablen Figuren auszulegen suchen.

Gegenüber dem Wirkungsganzen sind die gelebten Einheiten jedoch notwendig ›unganz‹. Diese ihre ›Unvollkommenheit‹ und ihr Bestreben, dennoch den Anforderunge des Totals nachzukommen, sind ausschlaggebend dafür, daß »Gestaltverwandlung« (Salber 1983, 56ff) als das bewegende Grundprinzip des seelischen Geschehens aufgefaßt wird. In metamorphosischen Wendungen suchen die gelebten Einheiten die Forderungen der ganzen Konstruktion zu erfüllen. Es läßt sich eine Folge von typischen Vermittlungsformen beschreiben, in denen sich diese »Selbstbehandlung von Wirklichkeit« (Salber 1985, 18) vollzieht. Solche »Versionen« (Salber 1983, 87ff) des aktuellen Nacheinanders stellen Instrumentierungen bereit, deren sich das Seelenleben in seinen Alltagsgeschäften ›bedient‹. In der Konstruktionsbeschreibung (s.u. Kapitel V) wird dargelegt werden, wie ›das Beglücktsein‹ als eine sich entwickelnde Einheit, ein bestimmtes Problem der seelischen Realität in verschiedenen Wendungen zu behandeln sucht.

Andererseits fällt das Seelenleben nicht mit den aktuellen Handlungseinheiten zusammen. Es läßt sich auch unter einem weiter gefaßten Blickwinkel auffassen. Die Morphologie hebt, in einer anderen Formalisierung, die Aktuelles übergreifenden »Wirkungseinheiten« (Salber 1969b) aus dem gegebenen Wirkungsganzen heraus. Mit dem Konzept der Wirkungseinheiten lassen sich Zusammenhänge von größerer Ausdehnung, etwa Charakterprobleme, Werbefeldzüge oder Filmnachwirkungen erfassen. Mit den Handlungseinheiten ist dagegen ein Verstehenssystem gegeben, das die Untersuchung des schrittweisen Nacheinanders seelischen Geschehens zu leiten versteht.

Diese Untersuchung macht das Beglücktsein als die herausgehoben erfahrene »Formierung« (Salber 1965, 67) – das heißt als einen Gliedzug – einer kompletten Handlungseinheit zum Gegenstand. Die gewählte Zentrierung ergibt sich aus der kurzen zeitlichen Ausdehnung des glücklichen Augenblicks selbst. Er erstreckt sich nur über kurze Zeiträume und kann nicht als eine eigenständige Handlungseinheit angesehen werden. Solche umgreifen relativ ausgedehnte Tätigkeiten wie ›Spazierengehen‹, ›Kochen‹ und ›Kaffeetrinken‹. Das Glückserleben ist aber in diese eingebettet, fällt in ihnen zu und bildet nicht deren »Thema« (Salber 1965, 65f). Als Formierung hebt sich das Beglücktsein von den basierenden Themen der Handlungseinheiten, in denen es auftritt, deutlich ab. Es *tendiert dazu, selbst zur Handlungseinheit zu werden.* Es zielt darauf, den gesamten Augenblick, ja die gesamte Wirklichkeit unter seiner vielversprechenden Perspektive auszulegen. Es ist eine Formierung, die ›nach dem Ganzen greift‹.

Die Festlegung der Untersuchungsperspektive auf aktuelle Abläufe von Handlungseinheiten wird aber nicht nur von der Sache nahegelegt. Mit ihr wird zudem ein *spezifisches Interesse* an der Konstruktion und dem Funktionieren von gelebten Augenblicken verfolgt. Auch eine ›Vorliebe‹ für die kleinsten komplexen Einheiten des seelischen Geschehens ist daher für die hier getroffene Auswahl des Untersuchungsgegenstandes mit ausschlaggebend.

Auf diese Weise kommt die Psychologische Morphologie zu einer praktikablen Eingrenzung des Untersuchungsgegenstandes. Eine psychologische Untersuchung ist auf solch eine genaue Formalisierung ihrer Einheiten angewiesen. Wie aber bereits angedeutet, fällt diese Formalisierung des glücklichen Augenblicks nicht mit dessen ›natürlichem‹ Gegebensein zusammen. *Faktisch* geht das aktuell erfahrene Glück in die Ausdehnungen übergreifender Lebenswerke oder Wirkungseinheiten über. Deren Zusammenhänge müssen zum genaueren Verständnis des konkreten Falles jeweils mitberücksichtigt werden. Das Glückserleben ist nicht in der Weise mit einem Male da, wie es in den psychologischen Büchern oft unvermittelt, unter einer neuen Überschrift plötzlich auftaucht. Vielmehr entwickelt es sich aus einer geschichtlichen Formenbildung heraus und führt diese in einer bestimmten Eigenart weiter. Das Beglücktsein braucht das ›Vorher‹ und das ›Überdauernde‹ zu seinem Auftreten. Es führt es weiter und baut darauf auf. Ebenso versteht sich das ›Nachher‹ nur aus den Veränderungen, die im Beglücktsein wirksam geworden sind.

Somit liegt das Hauptinteresse der Arbeit zwar eindeutig auf den allgemeinen Bedingungen und Ablaufsregeln, die *in jedem Fall von Beglücktsein* aktuell zur Wirkung kommen müssen, damit sich dessen besondere Erlebensqualitäten ausbilden können. Denoch soll bei der Rekonstruktion der einzelnen Fälle die jeweilige aktuelle Glückserfahrung nicht aus den umfassenden, individuellen Lebenszusammenhängen der Versuchspersonen herausisoliert werden.

Beipielsweise ist es nicht aus sich heraus verständlich, daß ein im Briefkasten vorgefundener Brief eine Beglückung auslöst. Die Zusammenhänge, die dies bedingen, greifen über das aktuelle Geschehen hinaus. Briefe werden täglich entgegengenommen, ohne daß sich damit eine Glückserfahrung verbindet. Der ›Brief‹ muß etwas auf eine ›glückliche‹ Weise weiterführen, was sich vorher schon angebahnt hatte. Auch ist es nicht selbstverständlich, daß eine Mutter glücklich ist, wenn sie ihr Kind zur Welt bringt. Würde man Silbermann (1985) Glauben schenken, müßte das der Fall sein (468). Auch hier ist die Frage, welches Zwischenglied in einer bereits bestehenden, um die Niederkunft zentrierten Wirkungseinheit, das Gebären selbst ausmacht. Was bringt der erste Schrei des Babys für diese Mutter zum Ausdruck und was für eine andere? Diese Fragen lassen sich nur beantworten, wenn die Glücksmomente aus dem jeweils wirksamen, den Augenblick übergreifenden seelischen Zusammenhang verstanden werden, in dem sie auftreten. Wenn die Untersuchung im folgenden bei einigen Fällen das aktuelle Beglücktsein in die Verstrebungen übergreifender Wirkungseinheiten verfolgt, wird sie jedoch den um Handlungseinheiten zentrierten Forschungsansatz dabei stets festhalten.

Das soll noch einmal betont werden. Die Arbeit zielt auf die *allgemeinen strukturellen Bedingungen des glücklichen Augenblicks.* Sie stellt heraus, welche Mechanismen und konstruktiven Vermittlungen gegeben sein müssen, damit sich die Handlungseinheiten des Seelenlebens von Zeit zu Zeit zu außerordentlich beglückenden Höhepunkten steigern können. Sie fragt: Was sind die seelischen Bedingungen sogenannter ›positiver Affekte‹?

Es wurde bereits gesagt, daß die hier vertretene psychologische Grundkonzeption als ›tiefenpsychologisch‹ bezeichnet wird. Die Morphologie steht in der Tradition der letzten von S.Freud erarbeiteten, »konstruktionsanalytischen« Gegenstandsbildung (Salber 1973/74, Bd.1, 182f.). Wenn im folgenden zur Erklärung des Beschriebenen weitere tiefenpsychologische Konzepte aufgegriffen werden, kann allerdings nicht jeder psychoanalytische oder morphologische Begriff expliziert werden. Die Arbeit muß aus Gründen der Praktikabilität darauf verzichten, alle Grundbegriffe der hier benutzten psychologischen ›Sprachen‹ im Einzelnen darzulegen.

Konzeptgeleitetes Interview und Erlebensbeschreibung

Die Angaben zu dem die Untersuchung leitenden Konzept vom Seelischen führen zu Forderungen an die in ihr zur Anwendung gelangenden Verfahren. Wenn das Beglücktsein als die Formierung einer kompletten Handlungseinheit begriffen wird, die ein ausgedehntes Ganzes von Wirkungsbestimmungen zu behandeln sucht, kommen nur solche Verfahren der Datenerhebung in Betracht, die es verstehen, die komplexen Bildungs- und Umbildungsprozeße von Handlungseinheiten aufzugreifen und nachzuzeichnen. Mit dem freien, aber konzeptgeleiteten Interview und der Erlebensbeschreibung, beziehungsweise dem Erlebnisprotokoll, sind die Instrumente bezeichnet, die es vermögen, die Wendungen des untersuchten Gegenstandes festzuhalten.

Hoffmann (1981, 85) und Tunner (1978, 297) bezweifeln, daß sich das Beglücktsein im *Experiment* untersuchen läßt. Sein in der Regel kaum zu beinflussendes Auftreten spricht dagegen. Die vorliegenden Untersuchungsergebnisse bestätigen, daß Glücksmomente in der Regel unabhängig von auf sie gerichteten Absichten und Erwartungen auftreten. Auch eine Untersuchung, die sich auf *Fragebögen* stützt, wie sie etwa in der empirischen Sozialforschung zur Anwendung kommen, kann bei dem gegebenen Untersuchungsgegenstand kein auswertbares Material erheben. Fragebögen lassen sich eher bei Meinungsumfragen einsetzen als bei Untersuchungen, die sich wesentlich auch auf unbewußte seelische Vorgänge beziehen. Durch schematisiertes Fragen werden eher Zusammenfassungen, Meinungen und Verallgemeinerungen über den glücklichen Augenblick ermittelt als genaue Beschreibungen seines Ablaufs (Lehr 1971, 89).

Es erscheint auch nicht angebracht, *statistische Verfahren* anzusetzen, wenn man bezweckt, das Beglücktsein in seinem empirisch gegebenen, lebendigen Zusammenhang zu untersuchen. Wie Hoffmann (1984) andeutet, eignet sich eine Faktorenanalyse nicht dazu, den »Prozeß des positiven Gefühls« (532) zu beschreiben. All diese Einwände schließen selbstverständlich nicht aus, daß sich andere als die hier interessierenden Aspekte des Glückserlebens nicht auch mit diesen Verfahren untersuchen lassen.

Doch zurück zur Erlebensbeschreibung und zum konzeptgeleiteten Interview, das auch ›Tiefeninterview‹ genannt wird. Die Erfahrung lehrt die außerordentliche Schwierigkeit der Beschreibung von Erlebenszusammenhängen. Allzu schnell wird an Stellen zu Erklärungen, Verdichtungen und ›Verdunkelungen‹ gegriffen, wo man sich die konkreten Erfahrungen nicht mehr verdeutlichen mag. In der Regel kann es nur ein gezieltes Training erreichen, die bei der Selbstbeobachtung üblichen Grenzen zu überschreiten. Unabhängig davon besteht allerdings die Einschränkung, daß der Selbstbeobachtung grundsätzlich Grenzen gesetzt sind. Das Seelenleben kann sich nur in beschränkten Maße selbst zum Gegenstand machen. Besonders im Moment des Glücks ist man kaum gewillt, genau zu beobachten, was sich mit einem ereignet. Daher kann Bloch (1933) sagen: »Unmittelbar erscheint dies Glück nie in seinem Gewitter, sondern erst mittelbar im Regenbogen bald nachher oder in der Nachreife bildhafter Erinnerung« (47). In der nachträglichen Erinnerung besteht allerdings die Neigung, die herausgehobene Erfahrung des Beglücktsein unzergliedert zu lassen, da eine genaue Auseinanderlegung leicht mit Ernüchterung einhergeht.

Das von einem geübten und gut ausgebildeten Psychologen durchgeführte, *konzeptgeleitete Interview* kann dagegen die für die Erlebensbeschreibung geltenden Grenzen erweitern. Es ist das beweglichste und damit am besten geeignete Verfahren für den in Frage stehenden Untersuchungsgegenstand. Das Tiefeninterview weist die Wendigkeit auf, die erforderlich ist, um Widerstände gegen eine Zergliederung des unmittelbar erfahrenen Glücks aufzulockern und zu überwinden. Der Interviewer kann die Versuchsperson gezielt und konsequent am Thema halten. Indem er immer wieder auf genauere Beschreibungen drängt, indem er auf allzu vereinfachende Formulierungen aufmerksam macht und, indem er sich von einem Vorentwurf des Untersuchungsgegenstandes und dem allgemeinen psychologischen Konzept bei seiner Befragung leiten läßt, kann er die Begrenzungen überschreiten, die mit der Selbstbeobachtung der Versuchspersonen notwendig gegeben sind. Das Tiefeninterview löst daher die Anforderungen des Gegenstandes am weitesten ein. Der qualitativ und quantitativ größte Teil des empirischen Materials wurde deshalb unter Einsatz dieses Verfahrens erhoben.

Der psychologische Kern des glücklichen Augenblicks kann aus den Erzählungen der Versuchspersonen nur heraustreten, wenn diese in verschiedenen Wendungen einer Analyse unterzogen werden. Die einfachen Aussagen der nach Glückserlebnissen befragten Versuchspersonen, sind als *Behandlungen* der in Frage stehenden Erfahrung anzusehen. Sie sind, unter den Bedingungen der kulturellen Ausdrucksmuster entstandene, *Annäherungen* an den Gegenstand. Die seelischen Phänomene enthüllen ihre Konstruktion nicht ohne weiteres. Diese müssen in methodischen Schritten erst zur Sprache gebracht werden. Nur das konzeptgeleitete Interview kann den damit gegebenen Anforderungen gerecht werden. Mit ihm ist es möglich, schon bei der Datenerhebung das Beschreibungsniveau des empirischen Materials zu überprüfen und zu verbessern. Der Interviewer kann, indem er die aktuelle Beobachtung seines Gegenübers einbezieht, scheinbare Selbstverständlichkeiten in Frage stellen und dazu anregen, Ungenauigkeiten zu präzisieren. Er kann Widerstände gegen eine genauere Beschreibung freilegen und überwinden. Er kann den zu untersuchenden Gegenstand *in methodischen Versionen herausentwickeln.*

Austausch in Entwicklung

Die Gestalt, die den oben beschriebenen Einsatz von Verfahren kennzeichnet und das methodische Prinzip dieser Untersuchung ausmacht, kann als »Austausch in Entwicklung« (Salber 1983, 160) bezeichnet werden. Diesem gemäß wird der Untersuchungsgegenstand in verschiedenen, weiter unten explizierten Schritten in Austausch mit dem ausdrücklichen Konzept vom Funktionieren des Seelischen *herausentwickelt*. In einem spiralförmigen Austausch zwischen den Bestimmungen, die das Konzept ausmachen, und den erfahrbaren und beobachtbaren Phänomenen, wird ein Austausch in Gang gebracht.

Ein wesentlicher Teil des Vorgehens wird von Zügen der Verhaltens- und Erlebensbeschreibung (Salber 1969a) bestimmt. Dabei ist zu berücksichtigen, daß die beschreibenden Verfahren zwar ›direkt‹ an den Beobachtungen ansetzen, jedoch stets von dem Austauschprinzip geleitet werden, das sie in Verbindung mit den Grundannahmen des Konzepts hält. Dieses methodische Vorgehen weist Merkmale der wissenschaftlichen Rekonstruktionstätigkeit auf, die S. Freud (1933, 188f) mit der Arbeit eines gestaltenden Künstlers am Tonmodell verglichen hat.

Der Austausch in Entwicklung läßt sich über die Angabe von vier Versionen überschaubar machen. Die *erste Version* verbindet das Konzept von Handlungseinheiten mit der Forderung nach ausführlichen, möglichst kompletten Beschreibungen des erlebten Zusammenhanges. Selbstverständlich läßt sich ein gelebter Augenblick in unendlichen Differenzierungen nachzeichnen. Joyce (1922) hat in seinem Roman »Ulysses« versucht, einen einzigen Tag in seine Verzweigungen hinein zu beschreiben. Obwohl das Buch ungefähr 800 Seiten zählt, ist es doch unübersehbar, daß immer noch erhebliche Lücken bestehen, daß selbst eine Beschreibung dieses Ausmaßes einen gelebten Tag nicht ›komplett‹ festzuhalten vermag. Die Komplettheit ist daher nicht als ein angestrebtes Maß zu verstehen. Die Fallbeschreibungen sind ebenso von Forderungen der Praktikabilität bestimmt.

Im Interview wird solange auf genauere Beschreibungen gedrängt, bis ein *zusammenhängendes Bild von der Entwicklung eines Glückserlebens* entwickelt ist. Nur solche Beschreibungen tatsächlich gelebter Fälle können in weiteren Versionen bearbeitet werden. Die Untersuchung zielt auf allgemein wirksame Züge der Konstruktion, sie kann diese aber nur erarbeiten, wenn sie von den einzigartigen konkreten Erlebenseinheiten ausgeht. Der Einsatz von Interviews soll garantieren, daß nicht verallgemeinernde Aussagen und Meinungen mit Erlebensprozessen vertauscht werden. Die Darstellung der Arbeit kommt den Forderungen dieser ersten Version methodischen Vorgehens nach, indem sie die allgemeinen Konstruktionszüge jeweils aus kompletten Beschreibungen ableitet. Wenn sie im Kapitel II zudem Erlebensqualitäten des Beglücktseins heraushebt, variiert sie die erste Version im Sinne einer ›zusammenfassenden‹ Beschreibung.

Zugleich ist damit der Übergang zu der *zweiten Version* eröffnet. Ihr geht es darum, in den kompletten Erlebnissen wirksame *Grundverhältnisse* oder *Grundgestalten* herauszuheben. Besteht die erste Version mehr in einer Verlaufsbeschreibung, der es um die Entwicklung der Gestaltlogik des Beglücktseins geht, so erhält die Rekonstruktion in dieser Wendung einen mehr *typisierenden* Charakter. Die Fälle werden mit dem allgemeinen Konzept in Austausch gebracht, indem auf wiederkehrende Qualitäten geachtet wird, die ihrerseits auf *durchformende Polaritäten oder wiederkehrende Grundprobleme* des Seelischen hinweisen. Auf diese Weise wird typisierend herausgehoben, welche allgemeinen Züge die konkreten Geschichten des Beglücktseins durchformen. Wenn im Kapitel III die psychologisierende Fragestellung formuliert und damit eine das Glückserleben durchformende Grundkategorie oder Problematik des Psychischen herausgehoben wird, finden die Forderungen dieser zweiten Version des Austausches in Entwicklung eine Berücksichtigung.

Wenn im Kapitel IV die Mechanismen des Glückserlebens angesprochen werden, befindet sich die Darstellung bereits im Übergang zu der *dritten Version.* Diese hat mehr konstruierende und formalisierende Züge. Es geht in ihr weniger um eine Charakterisierung oder Typisierung von anschaulichen Qualitäten, sondern um einen *formalisierenden ›Nachbau‹ des Zusammenwirkens der Konstruktionszüge und -mechanismen*, die die Entwicklungen des Beglücktseins tragen. Hier werden, im Austausch mit dem Konzept des seelischen Totals, einzelne Züge in der Art zueinander in Beziehung setzt, daß ein in sich zusammenhängendes Gefüge oder eine »Materialsymbolik« (Salber 1983, 142) sichtbar wird, in deren Spielraum die Phänomene ihren Zusammenhang finden. Die in Kapitel V gegebene Konstruktionsbeschreibung und die Beschreibung der für das Beglücktsein spezifischen Drehfigur beziehen sich auf diese dritte Version des Austausches in Entwicklung.

In einer *vierten Version* wird schließlich das psychische *Problem* herausgestellt, das mit dem Beglücktsein aufgerufen wird. Hiermit tritt der Gegenstand der Untersuchung mit letztlich unlösbaren Paradoxien in Austausch, denen in Morphologie und Psychoanalyse eine zentrale Rolle zukommt. Die Rekonstruktion hat damit ihren entwickeltsten Stand erreicht. Das Beglücktsein wird als der *Lösungsversuch einer jener ›unlösbaren‹ Paradoxien* interpretiert, die letztlich den Kern des Problems von »Gestaltverwandlung« (Salber 1983, 56ff) ausmachen. Hier berühren sich die zentralsten Kategorien des Konzepts mit den einzigartigen, konkreten Fällen des gelebten

Glücks. Indem im Kapitel V das besondere Konstruktionsproblem der Glückserfahrung angesprochen wird, geht die Beweisführung auf die Forderungen dieser letzten Version ein. Der Austausch in Entwicklung findet damit einen Abschluß. Das erreichte Niveau der Rekonstruktion erlaubt einen ausreichend prägnanten Einblick in die Bedingungen und das Funktionieren des Beglücktseins. Es ist ein Gegenstand entwickelt, dessen Durchgliederung die praktikable Differenzierung aufweist, die der Zweck der Untersuchung erfordert. An dieser Stelle kann die Rekonstruktion abgeschlossen werden.

Ein methodischer Einwand

An dieser Stelle macht sich ein methodischer Einwand geltend. Es wurde dargelegt, daß es der vorliegenden Arbeit darum geht, die allgemeinen strukturellen Bedingungen des Beglücktseins zu rekonstruieren. In vier Versionen arbeitet sie heraus, welche seelischen Strukturzüge dessen *aktuelles Funktionieren* bedingen. Weiterhin wurde gesagt, daß die psychologische Untersuchung sich dabei der Verfahren Tiefeninterview und Erlebensbeschreibung bedient. Diese Verfahren protokollieren das Phänomen im Nachhinein. Die Untersuchung stützt sich also im Wesentlichen auf *Erinnerungen* der Befragten über den in Frage stehenden Gegenstand der Untersuchung. In einigen Fällen handelt es sich um Erinnerungen von Glückserlebnissen, die bereits mehrere Jahre zurückliegen. Die Frage stellt sich, ob es der nachträglichen Befragung und beschreibenden Protokollierung überhaupt möglich ist, verläßliche Ergebnise über das aktuelle Nacheinander und Funktionieren des Beglücktseins zu erhalten.

Gerade bei dem Thema ›Glück‹ läßt sich beobachten, daß Menschen dazu neigen, Lebensabschnitte als ›glücklich‹ zu bezeichnen, die sie aktuell gar nicht als glücklich erlebt hatten (Lehr 1971). Viele Menschen sprechen von den Kriegsjahren als ihrer glücklichsten Zeit, obwohl sie damals in größter Not und Unsicherheit leben mußten (Sacks 1985, 52). Bei ihnen kam es im Laufe der Zeit zu Umschichtungen und Umbewertungen von ganzen Lebensabschnitten. Die Einstellung zur Vergangenheit änderte sich also.

Solche Phänomene weisen darauf hin, daß das ›Gedächtnis‹ nicht als ein neutraler ›Informationsspeicher‹ verstanden werden kann. Die empirische Psychologie muß mit diesem Faktum rechnen und es methodisch berücksichtigen. Lehr (1971) ist diesbezüglich zum Beispiel der Auffassung, daß die empirische Psychologie differenzierende Befragungstechniken zu entwerfen habe, die es verhindern, daß bei der

Untersuchung von zurückliegenden Ereignisssen Stereotypen oder Beschönigungen erhoben werden (89).

Im Unterschied zu Lebensabschnitten, die recht große und kaum zu überblickende Einheiten darstellen, bringt der Untersuchungsgegenstand ›glücklicher Augenblick‹ Merkmale mit sich, die dagegen eine ereignisnahe Protokollierung – auch von länger zurückliegenden Erlebnissen – möglich machen: Das aktuelle Glückserleben ist ein Augenblick von außerordentlicher, die übliche Erfahrung sprengender Qualität. Mit ihm erscheint die gelebte Wirklichkeit als Ganzes in einem *veränderten und gesteigerten Licht.* Er hebt sich per se von dem Strom der Alltagserfahrung ab. Zudem ist der glückliche Augenblick in der Regel an bestimmte, *unverwechselbare Einzelheiten* gebunden. Gegenstände, Ausblicke, situative Konstellationen spielen bei ihm eine große Rolle. Dies verleiht ihm eine unverwechselbare Ausprägung. Wegen seiner relativ kurzen Zeitdauer, seiner eigentümlich gesteigerten Erlebensweise und seiner Gebundenheit an reale Dinge und Situationen bildet das ›Beglücktsein‹ im Fluß der Zeit eine weitaus deutlicher abgegrenzte und gegliederte Figur als ein ganzer Lebensabschnitt. Letzterer umfaßt meist Zeiträume von mehreren Jahren und die Erinnerung an ihn gleicht eher einem vereinheitlichenden, schematisierenden Bild als einer differenzierten Anschauung. Einen wirklich ›glücklichen *Augenblick*‹ behält man daher in seiner Eigenart konstanter in Erinnerung als längere Abschnitte des Lebens.

Viele Untersuchungen hinterfragen die Erinnerungen an glückliche Augenblicke nicht. Sie bitten die Versuchspersonen, diese schriftlich oder mündlich nachzuerzählen, und sehen sie als Beschreibungen der Ereignisse an (z.B. Maslow 1968; Meadows 1975; Hoffmann 1981; Scherer, Wallbott & Summerfield 1986). Mit dem Verfahren Tiefeninterview werden die Erzählungen jedoch schon bei der Erhebung einem methodischen Zweifel ausgesetzt. Wie oben dargelegt, wird das psychologische Interview die in einer ersten Version erzählten gelebten Momente methodisch hinterfragen, zerlegen und zerdehnen. Es läßt sich schon bei der Befragung von einem Konzept leiten, wonach die Erzählungen der Menschen nur eine *erste Version* der Wirklichkeitsbehandlung darstellen. Der geschulte Interviewer gibt sich erst zufrieden, wenn sich der Bericht seiner Versuchsperson zu einer einzigartigen Gestalt zusammengesetzt hat, die das in Frage stehende Erlebnis anschaulich nachvollziehbar nachzeichnet. Dabei berücksichtigt er auch das Wissen über den untersuchten Gegenstand, das er sich in Voruntersuchungen und vorausgehenden Interviews bereits gebildet hat (s. Austausch in Entwicklung). Eine klischierte Zusammenfassung kann daher bei einem methodisch durchgeführten Tiefeninterview keinen Bestand haben.

Auch Wallbott & Scherer (1985) sind der Auffassung, daß eine nachträgliche Befragung verläßliche Daten gewinnen kann. Allerdings setzen sie bei der Erhebung ihres Untersuchungsmaterials Fragebogen ein. Die Autoren stellen fest, daß durch die Anlage des Fragebogens und die Art der Fragen tendenziell sichergestellt sei, »daß zumindest die wichtigsten Bestimmungsstücke emotionaler Situationen erfaßt werden können, indem beispielsweise explizit nach spezifischen objektiven Situationscharakteristika wie der Lokation eines Ereignisses oder der Charakteristika der beteiligten Personen gefragt wird« (88). Auch eine gewissenhafte Instruktion der Befragten könne verhindern, daß ungenaue Zusammenfassungen oder Beschönigungen als Erlebnisse ausgegeben werden. Wallbott & Scherer berufen sich dabei auf Magnusson & Stattin (1981). Letztere betonen die »Aufrichtigkeit und ernsthafte Anteilnahme von Versuchspersonen, denen die Möglichkeit gegeben wird, eigene Erfahrungen zu beschreiben« (zit. n. Wallbott & Scherer 1985, 87).

Die Psychologie kann das Beglücktsein nicht in statu nascendi untersuchen. Es ist ein spontan auftretendes Erlebnis, das sich experimentell kaum herstellen läßt (Tunner 1978, 297; Hoffmann 1981, 85). Auch dürfte es nur in Ausnahmefällen möglich sein, einen Menschen über sein Erleben zu befragen, der sich aktuell glücklich fühlt. Nur die Selbstbeobachtung befindet sich direkt am Puls der Ereignisse, weist aber andererseits notwendig Beschränkungen auf. Das Beglücktsein läßt sich auf breiterer Basis nur im Nachhinein protokollieren. Wenn die wissenschaftliche Psychologie solch spontane und nur wenig zu beeinflussende positive ›Affekte‹ untersuchen möchte, muß sie die dazu geeigneten Methoden und Verfahren entwickeln. Die in den vorangegangenen Abschnitten dargelegte Methode eines Austauschs in Entwicklung stellt die Voraussetzungen bereit, die es erlauben, Augenblicke des Beglücktseins einer psychologisch-wissenschaftlichen Analyse zu unterziehen.

4. Das empirische Material der Untersuchung

Die am Psychologischen Institut der Universität Köln durchgeführten Befragungen zu insgesamt 170 Fällen von glücklichem Augenblick begannen im Sommer 1985 und endeten im Frühjahr 1988.

Die 111 Fälle von Beglücktsein, die über Tiefeninterviews festgehalten wurden, stellen den quantitativen und qualitativen Kern des Untersuchungsmaterials dar. Sie sind der Ausgangspunkt der psychologischen Rekonstruktion, weil sie das empirische Material in seiner weitestgehenden Durchgliederung repräsentieren. Die Hypothesen zu der im Beglücktsein wirksamen Konstruktion können um so treffender ausfallen, als die Untersuchungseinheiten genau und umfangreich protokolliert worden sind. In der Regel dauerten die Explorationen ein bis zwei Stunden, wurden zum überwiegenden Teil auf Tonträgern aufgezeichnet und in wörtliche Transkripte übertragen.

Selbstverständlich gibt es ›ergiebige‹ und ›weniger ergiebige‹ Interviews. Ein Verfahren, dessen Einzelschritte so wenig festgelegt sind, ist auf die übertragbaren Fertigkeiten des psychologischen Interviewers mehr angewiesen als ein standardisiertes Verfahren. Der Erfolg der Befragung hängt daher auch von der Kompetenz der Interviewer ab, das die Untersuchung leitende Konzept der Psychologischen Morphologie gegenstandsbezogen und schöpferisch anzuwenden. Jede zu befragende Person kann einen anderen Zugang erfordern und jeder Fall weist andere, einzigartige Variationen des untersuchten Gegenstandes auf. Es läßt sich bei den Interviews nicht vorhersagen, welchen Verlauf das Gespräch nehmen wird. Manchmal ist es zunächst erforderlich, die Befragten in eine Lage zu versetzen, in der sie sich einigermaßen entspannt der Beobachtung ihrer Erlebnisse zuwenden können. Ein anderes Mal läßt sich gleich bei ihren ersten Bemerkungen ansetzen. Die Tiefeninterviews wurden vom Verfasser der Arbeit und von fortgeschrittenen Psychologiestudenten unter seiner Anleitung durchgeführt.

In der Hierarchie des empirischen Materials nehmen die in 33 Erlebensbeschreibungen festgehaltenen Fälle die zweite Position ein. Hierbei handelt es sich um schriftlich niedergelegte Selbstbeobachtungen von Probanden, die in der psychologischen Eigenbeobachtung und -beschreibung geschult und ausgebildet wurden.

Selbstverständlich können diese Fälle nicht die gleiche Verläßlichkeit aufweisen wie die durch Interviews festgehaltenen Glückserlebnisse. Wie bereits angesprochen, findet die Eigenbeobachtung ihre Grenze in der notwendig ausschließenden Perspektive, die das Seelenleben zu sich selbst nur einnehmen kann. Trotzdem können die durch Erlebensbeschreibung erhobenen Fälle das gesamte Untersuchungsmaterial sinnvoll ergänzen. Sie sind zwar nicht in dem Maße differenziert beschrieben wie diejenigen der Interviews, aber sie lassen sich doch zur Kontrolle der aus den Interviews abgeleiteten Konstruktionen einsetzen. Zudem sind sie in der Regel dazu in der Lage, typische Ausprägungen von Beglücktsein nachzuzeichnen, so daß sie gegebenenfalls auf Ausprägungen aufmerksam machen können, die in den Interviews nicht aufgefallen waren.

An vorletzter Stelle stehen die Erlebnisprotokolle. Hierbei handelt es sich um 26 schriftlich niedergelegte Eigenbeobachtungen von Glückserlebnissen, die von nicht geschulten Versuchspersonen angefertigt wurden. Deren unterschiedliche Genauigkeit und oft wenig beschreibungsnaher Stil erlauben es nicht, sie zum Ausgangsmaterial für abgesicherte psychologische Rekonstruktionen zu nehmen. Sie werden in dieser Untersuchung als die Fallvariation komplettierendes Material angesehen. Bei ihrer Auswertung war die Frage leitend, ob sie die aufgestellten Hypothesen bestätigten, oder auf noch nicht berücksichtigte Züge des Beglücktseins aufmerksam machten. Diese Art des Untersuchungsmaterials wurde gewonnen, indem von Zeitungslesern, die über die Presse von der hier dargelegten Untersuchung erfahren hatten, eigene Glückserlebnisse aufgeschrieben und dem Psychologischen Institut zugesandt wurden. Die überwiegende Mehrheit ist eine über das Kriterium der ›Beschreibungsnähe‹ getroffene Auswahl von Zuschriften aus allen Teilen der Bevölkerung auf einen Artikel von A. Stankau im Kölner Stadt-Anzeiger, der über die Untersuchung in der Ausgabe vom 28./29.5.1987 berichtete.

Aufstellung der Fälle nach Geschlecht und Alter

Fälle weiblich:		107
Fälle männlich:		63
insgesamt:		170
Alter	bis 19:	4
	20 bis 30:	105
	31 bis 40:	18
	41 bis 50:	10
	51 bis:	16
ohne Altersangabe:		17
insgesamt:		170

In der weiteren Darstellung werden vier ausführliche ›Fälle‹ von Beglücktsein aus der belletristischen und philosophischen Literatur angeführt (Grimm, Mann, Nietzsche, Proust). Diese sollen keinen Beweiswert haben. Sie dienen lediglich zur anschaulichen Ergänzung des untersuchten Materials und zur Bekräftigung der hier vertretenen Seherfahrung. Nicht ganz ohne Neid muß festgestellt werden, daß Philosophen und Dichter nicht selten zu Auffassungen des glücklichen Augenblicks und zu Einsichten in dessen Funktionieren kommen, ohne den langwierigen methodischen Aufwand zu betreiben, zu dem die psychologische Wissenschaft sich verpflichtet fühlt.

Wenn die empirische Psychologie den literarischen Beschreibungen eine Beweiskraft im Rahmen dieser Untersuchung abspricht, hebt sie sich damit deutlich von dem Vorgehen der »philosophischen Anthropologie« ab, das Bollnow (1943) verfolgt. Dieser vertritt die Auffassung, daß die Selbstbeobachtung als Materialquelle zu wenig verläßlich sei, da sie durch unexplizierte Theorien geleitet sei. Da der Philosoph Bollnow über den methodischen Einsatz von Verfahren wie Interview und Erlebensbeschreibung nicht verfügt, bleiben ihm allein die Beschreibungen der Dichter und Denker als Ausgangsmaterial zu seiner Abhandlung über die gehobenen Stimmungen. Er sieht allerdings diese Wahl nicht als eine Notlösung an, sondern als den einzig zu rechtfertigenden Weg der philosophischen Anthropologie. Der literarisch »fixierte Ausdruck« (7) des fließenden und schwer zu fassenden menschlichen Lebens weise für die Philosphie den höchsten »Quellenwert« (ebd.) auf.

II. Beschreibungsnahe Kennzeichnung des glücklichen Augenblicks

In diesem Kapitel geht es darum, die Fülle des Untersuchungsmaterials durch eine Beschreibung durchgängiger Erlebensqualitäten übersichtlich zu machen. Es soll dargelegt werden, in welch besonderer, eigentümlicher Weise der glückliche Augenblick *erlebt* wird, in welchen typischen *Erlebens*richtungen er sich ausformt. Hierüber erschließt sich der Untersuchungsgegenstand der methodischen Bearbeitung im Übergang zwischen erster und zweiter Version (s.o.).

Da es sich hier zunächst um das ›bewußte Erleben‹ handelt, geht die Beweisführung auf dieser Stufe mit solchen beschreibenden und typisierenden psychologischen Untersuchungen (Lersch 1951, Maslow 1968, Hoffmann 1981) weitgehend konform, denen es *nicht* um eine Analyse der Mechanismen und der Konstruktion des glücklichen Augenblicks geht. Auch ist in dieser Version den literarischen Schilderungen der Glückserfahrung nichts wesentlich anderes hinzuzufügen. Seitdem die Menschen das Beglücktsein beschreiben, streifen sie, mehr oder weniger explizit, die im folgenden beschriebenen Erlebensqualitäten.

Der entscheidende Unterschied besteht darin, daß im Rahmen der vorliegenden tiefenpsychologischen Arbeit mit der zusammenfassenden Beschreibung des unmittelbaren Erlebens nur der *Auftakt* zu einer in drei weiteren Versionen fortzuführenden, rekonstruierenden Analyse gegeben ist. Bei der Beschreibung soll nicht haltgemacht werden, sondern die nachfolgenden Kapitel werden der Frage nachgehen, welche seelischen Grundprobleme, Mechanismen und strukturellen Gefüge als ›Produzenten‹ der beim Beglücktsein beobachteten Erlebensqualitäten aufzuweisen sind. Von der Beschreibung ausgehend wird zu Erklärungen übergegangen, die einen Einblick in das – auch unbewußte – *Funktionieren* des Beglücktseins eröffnen. »Psychologisch erklären heißt, Wirklichkeit in Behandlungsformen zu Wort kommen lassen; genauer: ihre Figurationen als Erklärungsgefüge ausdrücklich nachbilden« (Salber 1987, 176).

1. Das leitende Beispiel: Der Blick aus dem Fenster

Bevor mit der beschreibenden Kennzeichnung des Beglücktseins begonnen wird, wird ein kompletter Fall in der ersten Version vorgestellt. Der Leser kann sich hierüber ein anschauliches Bild von dem

Untersuchungsgegenstand ›glücklicher Augenblick‹ machen. Es handelt sich um die ausführliche Beschreibung eines Falles, der sich besonders dazu anbietet, die Erlebensqualitäten des Beglücktseins verhältnismäßig komplett und deutlich zu veranschaulichen. Wenn auch die Arbeit das Glückserleben in seinem allgemeinen Aufbau und Funktionieren, so wie es sich durch die einzelnen Versuchspersonen hindurch aktualisiert, zum Gegenstand hat, so können doch relativ komplette Fälle einen ausgezeichneten Beispielswert abgeben. Der hier dargelegte Fall wird überdies im Verlauf der weiteren Beweisführung immer wieder aufgegriffen werden. Wie ein roter Faden soll er die jeweils in Frage stehenden Aspekte des komplett nachzubildenden Gegenstandes veranschaulichen. Zur besseren Kennzeichnung wird er, wie in der hieran anschließenden Beschreibung, stets im *kursiven* Schriftbild erscheinen.

Wie an den meisten Wochenenden auch, hält sich eine junge Studentin zu Besuch bei ihrem Freund auf. Die beiden wohnen circa 300 Kilometer voneinander entfernt und können sich daher nur selten sehen. Der junge Mann arbeitet als Journalist bei einer Tageszeitung und ist auch sonntags beruflich beansprucht. So bleibt in der Regel nur wenig Zeit, die das Paar entspannt und ohne Hast miteinander verbringen kann. Die Probandin ist nicht zufrieden mit dieser Lage. Es wäre leichter für sie die Bedingungen anzunehmen, wenn es ihr gelänge, die kurzen zur Verfügung stehenden Zeiten für ein zufriedenstellenderes Zusammensein mit dem Freund zu nutzen. Jedoch kommt es immer wieder zu Mißverständnissen, Streitereien und gegenseitigen Vorwürfen. Sie kann es einfach nicht verwinden, daß ihr Freund so wenig Zeit für sie hat.

Am Vortag war sie mit dem Beisammensein recht zufrieden. So fällt ihr die Trennung am Sonntagvormittag, als ihr Freund in die Redaktion aufbricht, nicht ganz leicht. Sie vertröstet sich mit der Aussicht, ihn am Abend vor ihrer Heimreise noch einmal wiederzusehen. Als sie aber allein in der Wohnung ist, kommt eine treibende Unruhe auf. Wieder beschäftigt sie die Frage, ob sie die Situation so wirklich hinnehmen möchte. Sie zweifelt daran, daß die langen Fahrten und die Entbehrungen am Ort das aufwiegen können, was sie schließlich von dem Zusammensein hat. Da sie außer Grübeln mit dem Tag noch nicht so recht etwas anzufangen weiß, macht sie sich erst einmal ans Aufräumen. Eigentlich besteht gar keine Unordnung, aber die Unruhe treibt sie zu Bewegungen an. Immer wieder versucht sie dabei, sich das ›Soll und Haben‹ ihrer Partnerschaft vor Augen zu führen, kommt aber zu keiner zufriedenstellenden Bilanz. Sie ist auch nicht in der Stimmung, an dem Referat für das Studium weiterzuarbeiten, das sie sich mitgenommen hatte. Schließlich verläßt sie die Wohnung, um Zigaretten zu holen und dehnt die Besorgung zu einem kleinen Spaziergang aus. Als sie in die Wohnung zurückkommt, gehen ihr zwar immer noch die nagenden Gedanken durch den Kopf, aber sie fühlt sich doch ein wenig ruhiger. Sie nimmt sich einen Stuhl, rückt diesen ans Fenster, zündet sich eine Zigarette an und setzt sich. Sie blickt hinaus.

Vor dem Haus spielen Kinder. Eine sonntägliche Ruhe bestimmt die Szenerie. Eine junge Frau führt ihr Baby im Wagen spazieren. Ein Mann und eine Frau steigen gerade aus dem Auto. Wie die Probandin dieses unauffällige Treiben betrachtet, geschieht etwas. Die alles dominierende Anspannung lockert sich, und ihr Erleben schichtet sich mit einem Male vollständig um. Eine wohltuende Ruhe breitet sich in ihr aus. Die nagenden Grübeleien hören auf. Zugleich fühlt sie sich mit den Menschen auf der Straße auf eine eigenartig vertraute Weise verbunden. Dieses Kommen und Gehen der unterschiedlichen Generationen, diese Verbindungen, in denen Mann und Frau zusammen auftreten – all das wirkt jetzt wie ein Sinnbild des Lebens. Es ist als blicke sie nicht nur auf eine sonntägliche Vorortstraße, sondern zugleich auf das Leben überhaupt. Zugleich steigt eine vorher nicht verspürte Kraft und Zuversicht auf. Sie fühlt sich jung, energisch und, bis in die feinsten Verästelungen ihres Körpers hinein, lebendig. Die Probleme, die sie kurz vorher noch bedrückten, stellen ihr keine quälenden Aufgaben mehr. Sie ist sicher, daß sie ihr Leben in den Griff bekommen und bestimmen kann, was sie tun möchte. Kein Zweifel: Die Studentin ist glücklich.

Doch damit nicht genug. Als ihr der veränderte Zustand deutlich wird, kommt es zu einer Steigerung ihres Beglücktseins. Als sie in der neuen Ruhe und Entspanntheit den Menschen auf der Straße zuschaut, beginnt sie in ihren Gedanken abzuschweifen. Sie betrachtet ein kleines Mädchen und denkt dabei an ihre eigene Kindheit. Als wären die Begrenzungen von Raum und Zeit aufgehoben, ist es, als schaue sie auf sich selbst, wie sie als Kind auf der Straße zu spielen pflegte. Ähnliches geschieht ihr, als sie der Frau mit dem Kinderwagen nachschaut. Ihre Schwester kommt ihr dabei in den Sinn. In dem eigentümlichen Gang der Fremden, die sie außerordentlich prägnant wahrnimmt, erkennt sie die charakteristischen Bewegungen ihrer Schwester. So gerät ihr Erleben in einen Zustand hinein, in dem die Ausschließungen des physikalischen Raumes nicht mehr gelten. Als ihr Blick über die Dächer streift, fällt ihr Paris ein. An den gegenüberliegenden Häusern brechen Straßenfronten der französischen Hauptstadt auf. Sie stellt sich vor, wie reich und aufregend das Leben doch sein könnte, wenn sie in Paris lebte.

Ihr Glück findet darüber eine spürbare Steigerung. Sie fühlt sich aufgehoben in dieser Welt, von einem haltenden Ganzen getragen. Die innere Ruhe und das Gefühl ungebremster Kraft scheinen unzerstörbar. Die unterschiedlichen Anforderungen und Notwendigkeiten des Lebens erhalten eine neue Gewichtung. Die Tatsache, daß ihr Freund sonntags arbeiten muß, ihr Wunsch, daß er dagegen mehr Zeit mit ihr verbringen möge, ihr Studium und das Getrenntleben – all dies hat nun in ähnlicher Weise einen Platz nebeneinander gefunden wie die unterschiedlichen Generationen und menschlichen Verbindungen gleichzeitig und mit gleichem Recht die Straße vor dem Haus bevölkern. Wie die Menschen dort unten nebeneinander leben, hat alles seine Berechtigung und wirkt in einem übergreifenden, tragenden Ganzen zusammen.

Die junge Frau bleibt noch eine Weile am Fenster sitzen und folgt den aufsteigenden Einfällen und Empfindungen. Sie könnte nicht angeben, wie lange dieser glückliche Augenblick dauerte. Doch schließlich verspürt sie eine Tendenz, sich von dem Fenster abzuwenden. Es ist genug. Sie sieht sich nun dazu in der Lage, die Arbeit an dem Referat wieder aufzunehmen. Es fällt ihr leicht, sich auf den Stoff zu konzentrieren und es ist, als habe sich ihr eine neue Dimension des Themas erschlossen. Die im Glücksmoment gefundene Ruhe und Ausgeglichenheit hält noch länger an. Als jedoch ihr Freund am Abend, erschöpft wie immer, nach Hause kommt, gerät sie nach und nach wieder, wenn auch lange nicht so stark wie am Morgen, in die gewohnte Spannung hinein. Trotzdem gelingt es den beiden, einen zufriedenstimmenden Abend miteinander zu verbringen. Man kann nicht sagen, daß die Probandin abends immer noch ›glücklich‹ ist. Das Beglücktsein selbst dauerte nur wenige Minuten. Aber es ist doch so, daß sie ihre Schwierigkeiten anders angehen kann und noch einige Zeit eine entspannende Gelassenheit in sich trägt.

2. Rahmende Kennzeichen

In den Verlaufsbeschreibungen der 170 in die Untersuchung einbezogenen glücklichen Augenblicke, lassen sich sieben voneinander deutlich abgrenzbare phänomenale Kennzeichen aufweisen. Die drei ersten markieren den Rahmen, in dem das Beglücktsein auftritt und ausklingt. Daher werden sie hier als *rahmende Kennzeichen* angeführt. Der Kern der Glückserfahrung wird von den Zügen bestimmt, die dessen besondere Eigenart, also das mit ihm gegebene charakteristische ›Mehr und Anders‹ aufweisen. Sie werden von den Befragten als die unverwechselbaren und herausgehobenen Eigentümlichkeiten des Beglücktseins ausgegeben. Als *Erlebensqualitäten* des glücklichen Augenblicks werden sie weiter unten beschrieben.

Das Beglücktsein läßt sich nicht absichtlich herstellen. Auch läßt es sich nicht willentlich festhalten. Es tritt unwillkürlich auf; meist in Situationen, in denen am wenigsten damit gerechnet wird. Wenn es sich eingestellt hat, tendiert es dazu, zum Hauptthema zu werden, es möchte die gegebene Handlungseinheit transzendieren und selbst zur Handlungseinheit werden. Allerdings geht es schon bald, ebenso unwillkürlich wie es kam, wieder verloren. Diese Erfahrung hat in der Götterfigur der launischen Fortuna einen mythischen Ausdruck erhalten.

Zufallen und Aufsteigen

Man möchte fast sagen, das Beglücktsein kann aus jeder nur erdenklichen Situation erwachsen. Die 170 protokollierten Fälle, ebenso wie die erstaunlichsten Berichte über Glückserlebnisse in der Literatur, sprechen dafür. In seinem Kommentar der Fotoserie einer chinesischen Folter kommt Bataille (1961) zu dem Schluß, daß das am lebendigen Leib sezierte Opfer einen Ausdruck von Seligkeit zeige (244ff). Bekannt sind auch die Briefe von Rosa Luxemburg (1922) aus dem Gefängnis, in denen sie mehrere Glücksmomente beschreibt: »In der Gefängniskirche ist Gottesdienst; dumpfes Orgelspiel dringt undeutlich heraus, gedeckt vom Rauschen der Bäume und dem hellen Chor der Vögel ... Wie ist es schön, wie bin ich glücklich, man spürt schon beinahe die Johannisstimmung – die volle, üppige Reife des Sommers und den Lebensrausch« (40). Das Beglücktsein ist nicht an bestimmte Situationen oder Dinge gebunden wie das die naive Auffassung meist annimmt. Es kann selbst in solchen Lebenssituationen auftreten, von denen man annehmen möchte, daß sie notwendig mit Leiden verbunden sind.

Im leitenden Beispiel setzt der glückliche Augenblick nicht in einer Handlungseinheit mit eindeutigem Thema ein. Sie läßt sich eher als eine Schwebelage bezeichnen, die wesentlich durch unergiebiges Grübeln bestimmt ist. Nachdem sich eine vorherrschende Verspan-

nung ein wenig gelöst hat, fällt das Beglücktsein mit dem Anblick der sonntäglichen Straßenszene zu. Eine Profilierung der basierenden Handlungseinheit wird zum Wende- oder sogar zum ›Zündpunkt‹.

Hiermit ist eine Form gekennzeichnet, in der das Beglücktsein auftritt. Es fällt über anderes zu. Mit dem Eintreten eines Ortswechsels, dem Erscheinen eines anderen Menschen, dem Vorfinden eines Gegenstandes, dem Vernehmen einer Melodie oder der Empfindung eines Geschmacks wandelt sich die Handlungseinheit zum glücklichen Augenblick. Zwar scheint es zunächst, als sei es von diesem oder jenem ›verursacht‹ worden. Jedoch ist in den meisten Fällen nicht anzugeben, wie es durch die jeweilige geringfügige Veränderung im gegenständlichen Feld zu einem Beglücktsein kommen kann. Es sind, ganz im Gegensatz zu der naiven Erwartung, keine ›an sich‹ glücksbringenden Ereignisse oder Überraschungen, die in diesem Zusammenhang auftreten. Der Tiefenpsychologie ist bekannt, daß Ereignisse wie Heirat, Beförderung, Geburt eines Kindes etc. zu körperlichen oder seelischen Erkrankungen führen können. In einer Gewichtung der bei Ausbruch von Erkrankungen wirksamen Lebenssituationen stehen solch scheinbar beglückende Ereignisse wie Heirat und Geburt eines Kindes weit vorne (Holmes/Masuda 1970).

Mit der Bezeichnung ›zufallen‹ drücken die Beglückten aus, daß sie keine kausale Beziehung zwischen dem Ereignis und dem so außergewöhnlichen Wandel im Erleben erkennen können. Obwohl sie das Beglücktsein selbst nicht als alltäglich erleben, zentriert es sich in der Regel doch um alltägliche Dinge und Begebenheiten. Zum Beispiel tritt es mit einem Blick aus dem Fenster auf, macht sich am Durchbrechen eines Sonnenstrahls durch eine graue Wolkendecke fest, belebt sich an einer Bekannten, die man beim Spazierengehen trifft oder stellt sich her, als beim Frühstück der Löffel ein bis auf den Punkt weich gekochtes Ei köpft. Es ist nicht ohne weiteres einzusehen, daß jemand Glück empfindet, wenn er aus dem Fenster schaut, die Sonne scheinen sieht oder ein Ei ißt. Wieviele Male tut er ähnliches und es kommt zu keinem auffälligen Stimmungswandel! Es ist nicht garantiert, daß ein Anruf, ein Schlager oder der Geschmack eines in Tee aufgeweichten Gebäcks mit einem außergewöhnlichen Glücksempfinden einhergehen. In der Regel werden sie es nicht tun.

Dies gehört zur Eigenart des Beglücktseins: Insofern es zufällt, ist es zwar um etwas anderes zentriert, dieses andere aber kann nicht als dessen ›Ursache‹ angesehen werden. Es ist eher ein Überraschungsmoment und etwas Unverhältnismäßiges, was in den meisten Fällen zu beobachten ist.

Marcel Proust (1979) hat in seinem Roman »Auf der Suche nach der verlorenen Zeit« eine Reihe solcher glücklichen Augenblicke beschrieben, die sich um unscheinbare Gegenstände zentrieren. Das Stückchen ›Madelaine‹ im Tee, die Empfindung beim Tritt auf zwei ungleich hohe Pflastersteine, das Geräusch eines gegen einen Teller geschlagenen Löffels und die Empfindung einer gestärkten Serviette selbst können kein Glück erzeugen. Und doch fällt es mit diesen alltäglichen Empfindungen zu. Auch Nietzsche (1883-85) spielt auf diese Art des Einsetzens von Beglücktsein an, wenn er sagt: »Das Wenigste gerade, das Leiseste, Leichteste, einer Eidechse Rascheln, ein Hauch, ein Husch, ein Augen-Blick – wenig macht die Art des besten Glücks« (212).

Rümke (1924), der sich als Psychiater mit der Frage der Genese des Beglücktseins befaßte, erscheint das Zufallen des Beglücktseins so unmotiviert, daß er »alles Theoretisieren über die kausalen Zusammenhänge des Glücksgefühls (für) unfruchtbar« hält (69). Er kann nur von dreien seiner Fälle sagen, daß sie »in einem verständlichen Zusammenhange zu einem anderen Zustand stehen« (70). In der Regel erweist sich für ihn die Kontinuität, im Sinne des Erlebens, jedoch als zerstört.

Es lassen sich auch Glückserfahrungen beobachten, die ohne einen vom Erleben bemerkten Anlaß oder Anhalt auftreten. Sie lassen sich erst gar nicht zu einer Ursache in Beziehung setzen, da nichts vorzufinden ist, das sich als eine solche bezeichnen ließe. Zwar gestalten sich auch diese Glücksmomente am Gegenständlichem aus, indem sie zum Beispiel mit dem Bemerken einer veränderten Art von Wahrnehmung einhergehen. Dennoch ist das Einsetzen dieses Beglücktseins nicht an bestimmte Gegenstände gebunden, sie werden nicht als sein Anlaß oder seine Begründung erlebt.

In der Literatur wird daher von einem Aufsteigen der glücklichen Stimmung gesprochen (Bollnow 1943, 76). Ihr scheinbar vollkommen unbegründetes Auftreten bedeutet eine noch größere Überraschung als das Zufallen des Beglücktseins. Eine Befragte bemerkt: »... es macht klick, und da ist plötzlich irgend ein neuer Bereich erschlossen. Plötzlich und unerwartet geht es weiter ... Es kommt wirklich von innen, es ist nicht beeinflußbar.« Ein anderer meint: »Auf einmal ›wum‹ und es ist da.« Worte wie ›mit einem Male‹, ›plötzlich‹, ›ohne, daß ich wußte warum‹ suchen dieses Aufsteigen des Beglücktseins zu bezeichnen. Rümke faßt solche Erlebnisse als »autochtone Glücksgefühle« (66) zusammen. Sie steigen »im Strome des Erlebens plötzlich auf ohne sinnvolle Kontinuität mit den vorangehenden psychischen

Konstellationen. Sie sind plötzlich da, unerwartet, und werden von dem erlebenden Subjekt nicht mit dem Vorangehenden in Zusammenhang gebracht. Das Glück wird nicht als motiviert erfahren« (ebd.).

Manche gelungenen Beschreibungen von derart aufsteigenden glücklichen Augenblicken erlangen ein hohen Bekanntheitsgrad. So auch Prousts weidlich zerdehnende Schilderung: »... und spüre, wie etwas in mir sich zitternd regt und verschiebt, wie es sich zu erheben versucht, wie es in großer Tiefe den Anker gelichtet hat; ich weiß nicht, was es ist, doch langsam steigt es in mir empor; ich spüre dabei den Widerstand und höre das Rauschen und Raunen der durchmessenen Räume« (65). Baudelaire (1885) drückt es folgendermaßen aus: »Aber das Sonderbarste an diesem Ausnahmezustand ... liegt darin, daß er durch keinerlei klar sichtbare und leicht zu bestimmende Ursache geschaffen worden ist ... Er kommt ebenso unvorbereitet wie ein Gespenst« (zit. nach Bollnow 1943, 75).

Von Glückserlebnissen, die mit dem Aufwachen bemerkt werden, läßt sich ebenfalls feststellen, daß sie ohne angebbaren Anlaß aufsteigen. H. Hesse (1957) beschreibt solch ein morgendliches Beglücktsein: »Eines Morgens erwachte ich, ein lebhafter Knabe von vielleicht zehn Jahren, mit einem ganz ungewöhnlich holden und tiefen Gefühl der Freude und des Wohlseins, das mich wie eine innere Sonne durchstrahlte, so als sei jetzt eben, in diesem Augenblick des Erwachens aus einem guten Knabenschlaf, etwas Neues und Wunderbares geschehen, als sei meine ganze klein-große Knabenwelt in einen neueren und höhern Zustand, in ein neues Licht und Klima eingetreten, als habe das ganze schöne Leben erst jetzt, an diesem frühen Morgen, seinen vollen Wert und Sinn bekommen. Ich wußte nichts von gestern noch von morgen, ich war von einem glückhaften Heute umfangen und sanft umspült« (894f).

Ausweitung

Der glückliche Augenblick tritt im Rahmen alltäglicher Handlungseinheiten auf. Im Zufallen und Aufsteigen bildet er jedoch eine Formierung, die sich von dem gegebenen Erlebenszuammenhang deutlich abhebt. Wenn das Beglücktsein aufkommt, ist es, als würden Entwicklungen eröffnet, die mit erweiterten Möglichkeiten und Verfügbarkeiten zusammenfallen. Einige Aussagen von Befragten verdeutlichen das: »Ungeahnte Möglichkeiten taten sich auf.« »Eine Welt tat sich auf. Es schien wie ein Traum. Raum und Zeit verloren ihre Dimensionen.« Strasser (1956) schreibt, mit dem Aufkommen des Beglücktsein erschließe sich »immer etwas Ungeheures, das die Maße des Alltäglichen, Gewohnten, Vertrauten übersteigt« (239). Silbermann (1985) meint, daß in der Glückserfahrung Barrieren durchbrochen würden, und man aus einengenden Begrenzungen in einen weit offenen Raum trete (466).

Die Zitate machen deutlich, daß mit dem Aufkommen des Beglücktseins der Keim zu einer anderen Stundenwelt gesetzt wird. Die Handlungseinheit gerät darüber gewissermaßen in eine Krise. Mit »... ja, und das andere Gefühl daneben – das war ein gleichzeitiges Wissen darum...« beschreibt eine der Befragten den Moment, in dem sie diese Divergenz bemerkt. Die gesamte Wirklichkeit wandelt sich. Und in dem Maße, indem dieser Wandel bemerkt wird, tendiert das Erleben dazu, die Erfahrung zugewonnener Verfügbarkeiten auszudehnen, sie als Basierung einer neuen, alles Vorherige übertreffenden Entwicklungsrichtung anzusehen. Die Beglückten sind manchmal in einer Weise ergriffen, als bräche ein ›neues Zeitalter‹ an. So tendiert der glückliche Augenblick, der als Formierung einer Handlungseinheit einsetzt, dazu, *selbst zur Handlungseinheit zu werden*. Er möchte gegenüber der basierenden Handlungseinheit autonom werden. Ja er neigt manchmal dazu, das gesamte weitere Leben unter seiner Perspektive zu vereinheitlichen. Die folgende Äußerung spricht dies aus: »Mir kommt es vor, als ob ich nicht nur die Lösung für die momentane Situation gefunden habe, sondern für mein Leben überhaupt.«

Hoffmann (1981) spricht ähnliches an, indem sie das erlebte Glück als ein »höchst intensives Gefühl mit ausgeprägter Eigenqualität« (165) bezeichnet. Für die Tendenz des Beglücktseins, selbst zur Handlungseinheit zu werden, spricht auch, daß Hoffmanns Item »Das Glücksgefühl erfüllte mich ganz« in der statistischen Auswertung den höchsten Mittelwert aller 82 zu bewertenden Aussagen aufwies (ebd.).

Entgleiten und Nachwirkung

Ebenso unwillkürlich wie der glückliche Augenblick zufällt und aufsteigt, endet er auch wieder. Nur in begrenztem Umfang läßt sich seine Dauer beeinflussen. Die Untersuchungsergebnisse weisen darauf hin, daß gerade gezielte Versuche der Verlängerung um so rascher zu einem Verlust der besonderen Erfahrungsweise führen. Auch in dieser Beziehung ist der glückliche Augenblick das »Geschenk einer eigenwilligen Göttin« (Bollnow 1943, 76).

Manchmal wird das Entgleiten des Beglücktseins, analog zum Zufallen desselben, an einer Veränderung im gegenständlichen Umfeld festgemacht. *Dies kommt in der folgenden Bemerkung der Studentin des leitenden Beispiels zum Ausdruck: »Ich habe mich weiter gut gefühlt. später am Abend, da hatte ich noch das gleiche Gefühl, das ich auch beim Arbeiten am Nachmittag hatte. Und als mein Freund dann kam, war natürlich wieder diese Spannung da ... und ja, da war halt wieder dieses Gefühl da, diese typische alltägliche Situation.«*

Ein ähnliches Entgleiten des Beglücktseins widerfährt Goethes Faust, als dieser zu Beginn des ersten Teils von Wagner in einem glücklichen Augenblick gestört wird: »O Tod! ich kenn's – das ist mein Famulus – Es wird mein schönstes Glück zunichte! Daß diese Fülle der Gesichte der trockne Schleicher stören muß!« (17).

Die Rückwendung zur basierenden Handlungseinheit kann sich aber auch ohne angebbaren Anlaß vollziehen. In dieser Form kann man eine Analogie zu dem als Aufsteigen bezeichneten Einsatz des Beglücktseins sehen. Das wird zum Beispiel folgendermaßen beschrieben: »So kam eben langsam die Realität zurück. Die Gedanken, Sorgen und Probleme; das Normale halt. Nicht ›zack, zack‹ so, daß das Gefühl dann auf einmal weg war, sondern es war für das Normale nicht mehr so wichtig.« Der oben bereits angeführten Erzählung von Hesse verdanken wir eine weitere Beschreibung des Entgleitens des Beglücktseins: »... so war doch das Eigentliche und Schöne und Göttliche dieses Morgenzaubers schon vergangen und hinter dem kleinen holden Wunder schlugen die Wellen der Zeit, der Welt, der Gewöhnlichkeit wieder zusammen« (897).

Das Beglücktsein kann sich fast ›spurlos‹, das heißt ohne bemerkenswerte Nachwirkung auflösen. Die folgende Aussage faßt dies zusammen: »Meine gute Laune war wie weggeblasen. Ich verstand überhaupt nicht mehr, was eben mit mir losgewesen ist.« In der Regel aber bleibt für einige Zeit eine spürbare Nachwirkung bestehen. Nicht zu umgehende Aufgaben lassen sich in der unmittelbaren Nachwirkung leichter angehen. Das Leben erscheint für einige Zeit vielseitiger und weniger durch Zwänge bestimmt. Das nachfolgende Erleben erhält sich einen Abglanz des erfahrenen Glücks: »Nach und nach tauchte ich auf. Nach einer halben Stunde war ich halbwegs im Seminar, in dieser normalen Welt. Doch ich hatte ein Stück der Wohligkeit hinübergerettet. Selbstzufrieden schaute ich in die Runde. Keiner sollte mir dieses Gefühl rauben können.« Manchmal geben die Befragten an, die Erfahrung des glücklichen Augenblicks habe noch Jahre danach als Orientierungspunkt in schwierigen Zeiten gedient.

Seine Vergegenwärtigung habe die Hoffnung am Leben gehalten, einmal wieder solch einen außergewöhnlichen Zustand erleben zu können. Ein Beispiel: »Jetzt, wo ich das erzählt habe, merke ich, daß ich ja noch heute was davon habe. Ein Stückchen bleibt einem dann immer. Das ist richtig schön. Das kann einem nicht verloren gehen. Ich meine, die Erfahrung habe ich, und ich weiß, es kann noch einmal passieren, wenn alles irgendwie miteinander stimmt.«

Bollnow befaßt sich ausführlich mit den Nachwirkungen der glücklichen Stimmung. Ohne sich allerdings auf empirische Fälle zu berufen meint er, die Momente von Beglücktsein könnten dem gesamten Leben eine neue Wendung geben. »... sie erweisen ihre Fruchtbarkeit für das Ganze des zeitlichen Lebens dadurch, daß die hier gefaßten Ideen auch über den als solchen schwindenden Augenblick hinweg Gültigkeit behalten und das Ganze des übrigen Lebens umzugestalten vermögen« (a.a.O., 227).

3. Erlebensqualitäten

Es steht außer Frage, daß ›das Glück‹ eine außerordentliche Faszination auf die Menschen ausübt. Freud (1930) antwortet auf die Frage nach dem, »was die Menschen selbst durch ihr Verhalten als Zweck und Absicht ihres Lebens erkennen lassen, was sie vom Leben fordern, in ihm erreichen wollen« (433) mit: »Sie streben nach dem Glück, sie wollen glücklich werden und so bleiben« (ebd.). Es sei eingeräumt, daß es Freud hier um einen anderen Begriff vom Glück geht. Er hat eher einen Dauerzustand im Blick. Und doch läßt sich seine Betonung des hohen Ranges, den das Glück im menschlichen Leben einnimmt, als Hinweis darauf verstehen, daß es sich auch beim aktuellen Beglücktsein um eine Wirklichkeitserfahrung handeln muß, die *außerordentliche Qualitäten* aufweist. Sie muß Erlebensqualitäten mit sich bringen, die die übliche Art der Erfahrung in mehrererlei Hinsichten zu übertreffen verstehen.

Was also fällt dem Seelenleben im glücklichen Augenblick zu? Wie sind die mit ihm aufsteigenden Qualiäten beschaffen? Bisher wurden die rahmenden Kennzeichen des Beglücktseins herausgehoben. Der Zug, demgemäß es sich ins Unendliche auszudehnen sucht, spricht dafür, daß es sich um Erlebensrichtungen handelt, die ein bedeutsames ›Mehr und Anders‹ versprechen. Dieses gilt es nun zu beschreiben.

Es wurde bereits gesagt, daß sich die Momente von Beglücktsein von einem vorher gegebenen Erlebenszusammenhang deutlich abheben. Mit ihnen kommt es zu einer Auflösung sonst wirksamer Begrenzungen, zu einer Eröffnung sonst nicht verfügbarer Möglichkeiten, zu einer vollständigen Umzentrierung der Erfahrung. Einige Aussagen von Befragten kreisen dieses ›Mehr und Anders‹ ein: »Das war ein Gefühl der Erweiterung. Ich stand über den Alltagsquälereien.« »Alles fällt von mir ab.« »... als sähe ich zugleich mehr und anders als sonst.«

Proust beschreibt es so: »Ein unerhörtes Glücksgefühl ... hatte mich durchströmt. Mit einem Schlag waren mir die Wechselfälle des Lebens gleichgültig, seine Katastrophen zu harmlosen Mißgeschicken, seine Kürze zu einem bloßen Trug unsrer Sinne geworden; es vollzog sich damit in mir, was sonst nur die Liebe vermag, gleichzeitig aber fühlte ich mich von einer köstlichen Substanz erfüllt: oder diese Substanz war vielmehr nicht in mir, sondern ich war sie selbst. Ich hatte aufgehört, mich mittelmäßig, zufallsbedingt, sterblich zu fühlen« (63f).

Dieses im folgenden genauer aufgeschlüsselte ›Mehr und Anders‹ im Beglücktsein führt Bollnow (1943) dazu, den »glücklichen Stimmungen einen ganz ausgezeichneten aufschließenden Wert« zuzusprechen (108). Um diesen zu belegen, zitiert er an einer anderen Stelle Baudelaire (1885), der von einer »Art Steigerung ins Engelhafte« und einer »ungewöhnliche(n) Geistesverfassung« spricht (75). Lersch (1951) klassifiziert diese Momente als Erlebnisse »der Daseinsbereicherung ..., in denen als Oberton die Thematik des Über-sich-hinaus-Seins enthalten ist« (186). Die Zitate sollen bestätigen, daß mit dem Beglücktsein eine die übliche Erfahrung überschreitende Erlebensweise gegeben ist. Ihrer besonderen Qualität kann man die erlebensnahe Begründung für die herausragende Bedeutung der Glückserfahrung im menschlichen Leben ansehen.

Im folgenden wird das bis jetzt lediglich global angedeutete ›Mehr und Anders‹ in vier Richtungen auseinandergelegt. Der glückliche Augenblick wird sich als von vier charakteristischen Qualitäten durchzogen erweisen. Die jeweilgen konkreten Fälle formen sich mehr in die eine oder die andere Richtung aus. Die meisten lassen sich nicht eindeutig der einen oder anderen Kategorie zuordnen. In ihnen treten die Erlebensrichtungen kombiniert auf. Viele Beispiele zeigen deutlich Züge aller vier Erlebensqualitäten. Die Fälle, deren ausführliche Beschreibungen zur Veranschaulichung der Erlebensqualitäten herangezogen werden, sind jedoch als typische Beispiele zu verstehen. Sie zeigen die jeweils in Frage stehende Qualität in besonderer Deutlichkeit. Die in Anführungsstriche gesetzten typisierenden Namen der einzelnen Erlebensrichtungen lehnen sich an die, von den Befragten selbst favorisierten, Bezeichnungen an.

›Harmonie‹

Unter dieser Überschrift ist eine Erlebensrichtung gefaßt, die in besonderer Weise durch Einheitlichkeit, Stimmigkeit, aber auch durch Nähe zu anderen Menschen, durch Verbundenheit und Vertrautheit ausgezeichnet ist. Sie betont das Harmonische der Wirklichkeit, das Zusammenpassen ihrer Einheiten, die Annäherung von Unterschiedlichem. In Schillers »Seid umschlungen Millionen! Diesen Kuß der ganzen Welt!« hat diese im Beglücktsein überschwengliche Harmonisierung alles Differenzierten und Getrennten einen berühmten Ausdruck gefunden.

Im Garten

Eine 64-jährige Frau bereitet sich auf die Gartenarbeit vor. Das Blumenbeet muß gejätet werden. Es ist nicht so, daß sie sich heute auf die Arbeit freut. Eher im Gegenteil. Sie fühlte sich schon den ganzen Vormittag steif und ungeschmeidig; das Bücken fällt ihr schwer. Ihr Mann ist bereits draußen und hat sich an der Hecke zu schaffen gemacht.

Jetzt tritt sie aus dem Haus. Als sie nach einiger Zeit der Arbeit die warme Sonne auf ihrem Rücken spürt, als sie die feuchte, aber nicht klebrige Erde vor sich sieht, schichtet sich ihr Befinden um. Sie beginnt es zu genießen, daß sich die störenden Pflänzchen mit Leichtigkeit samt Wurzeln aus dem lockeren Mutterboden zupfen lassen. Einige Meter entfernt hört sie ihren Mann die Hecke schneiden. Eine dünne Schwade Pfeifenrauchs zieht an ihr vorüber. Zufrieden schnuppert sie an dieser Probe des vertrauten Geruchs. Sie hält inne, richtet sich voll auf und stützt sich auf den Stiel ihrer Hacke. Die Glieder fühlen sich nicht mehr so alt und ungelenkig an. Über sich sieht sie weiße Schäfchenwölkchen am tiefblauen Himmel vorbeiziehen. Die große Edeltanne am Ende des Gartens schimmert bläulich im Sonnenlicht. Es geht ihr durch den Sinn, daß sie dieses Grundstück nun schon seit 34 Jahren bewohnt. Sie findet es wirklich schön, so wie ihr Mann und sie es sich hergerichtet haben.

Und dann stellt sich mit einem Male das Beglücktsein ein. Wie ein plötzliches Aufleuchten wird sie von einer außerordentlichen Harmonie durchdrungen. Sie denkt sich: »Es ist unendlich schön, in diesem Heim einen so guten Menschen an der Seite zu haben.« Ihr Leben erscheint ihr sinnvoll und stimmig. Sie hat alles richtig gemacht. Es ist, als könnte das ›Lot der Welt‹ nicht gerader hängen. Eins paßt zum anderen: Wie sie sich kennenlernten, die Kinder groß zogen und jetzt inmitten der Erinnerungen ihren Lebensabend verbringen. Eine durchweg runde Sache ihr Leben! Sie verspürt eine Gewißheit, daß sie nun nichts mehr aus der Bahn bringen kann. Was auch passiert, es wird gut sein. Selbst der Tod erhält in diesem Ganzen einen Sinn. Von diesen Gedanken entspannt, nimmt sie ihre Arbeit wieder auf. Obwohl sie sich ihrem Mann ganz nahe fühlt, verspürt sie doch keinen Wunsch, ihm ihr Glückserlebnis mitzuteilen.

In der Ausgangslage ist ein körperliches Mißbefinden dominant. Die Frau kann sich nur mit Widerwillen zur Tätigkeit im Garten aufraffen. Sie macht ihr keinen Spaß. Bei der Arbeit, mit der wärmenden Sonne im Rücken, kommt es zu einer ersten Entspannung. Die entscheidende, beglückende Wendung fällt mit dem Blick über das Grundstück zu. Hierüber vollzieht sich eine deutliche Wandlung. Die verzagte Zerstreutheit wird von Erlebensqualitäten der Stimmigkeit und des harmonischen Zusammenpassens abgelöst. Dieses *Mehr an Sinn und Harmonie* färbt für diesen Moment ihr ganzes Leben ein. Alles steht im Licht eines stimmigen Ganzen.

Bei anderen Befragten zeigt sich diese typische Erlebensqualität des Beglücktseins folgendermaßen: »Ein paar Sekunden paßte alles zueinander. Es war alles so einfach.« »Alles ist in sich stimmig.« »Ich bin allen Menschen wohlgesonnen, habe eine wohlwollende Ruhe gefunden.« »Als wäre mein gesamtes Gefühlsleben mit diesem Augenblick glatt und ausgeglichen geworden.« »Ich habe den Wunsch, jemanden zu umarmen.«

Die junge Frau des leitenden Beispiels spricht von einer plötzlich einsetzenden Ruhe und Ausgeglichenheit. »Ein Gefühl, ganz ruhig zu sein.« Zugleich ist ihr, als sei sie mit dem, was sie umgibt, in einer außerordentlichen Weise verbunden. Die vorher verspürten Spannungen haben sich in eine durchgängig harmonische Stimmigkeit aufgelöst. »... daß ich irgendwie eins bin mit dem, was mich umgibt.«

In der Literatur zum Beglücktsein und zu den mit ihm verwandten Zuständen, wird die Erlebensqualität ›Harmonie‹ an mehreren Stellen angesprochen. Strasser (1956), zum Beispiel, sieht in dem »Glück als Harmonie« (249ff) einen eigenen Typus. Lersch (1951) spricht diese Erlebensrichtung an, indem er der beglückenden Freude die »Gebärde des Sichöffnens, des Umfassens und des Sich-verschenkens« unterlegt (186f). Maslow (1968) macht die Beobachtung, daß die Menschen sich in derartigen beglückenden »Grenzerfahrungen« intergrierter, geeinter, harmonischer und wie »aus einem Stück« erleben. Außerdem neigen sie dazu, Unterschiede zwischen sich und den Anderen in einem »Ich-Du-Monismus« zu »verschmelzen« (114). Hoffmann (1981) faßt zusammen: »Das Individuum und die Welt stehen sich nicht mehr gegenüber, sondern sind aus einem Stoff, sind geteiltes, aber nicht getrenntes Gesamterleben (›verbunden sein, mit der Welt‹, ›eingebettet sein‹, ›ein Teil sein, der Welt‹)« (171).

›Kraft‹

Die zweite deutlich unterscheidbare Erlebensqualität hat eine *aktive* Ausprägung. Ihr gemäß erleben sich die Beglückten als stärker, kräftiger, bestimmender und zuversichtlicher. Oft ist das mit einem vermehrten Bewegungsdrang verbunden, der sich sofort in Aktivitäten umsetzen möchte. Die Befragten fühlen sich unternehmungslustig, haben das Gefühl, Grenzen sprengen zu können. Das faszinierende ›Mehr‹ liegt hier in einem größeren Zutrauen in ihre eigenen Möglichkeiten. Sie erleben sich von Widrigkeiten und Schwierigkeiten kaum beeinträchtigt. Es ist, als ließe sich im Zustand des Beglücktseins viel mehr erreichen und leisten als sonst.

Die Welt am Küchentisch

Eine junge Frau teilt sich mit mehreren Freunden ein Haus. Es ist Abend und sie ist alleine, da die Mitbewohner ausgegangen sind. Sie möchte die Stille ausnutzen und hat sich im warmen Licht der Lampe am Küchentisch niedergelassen. Ringsum herrscht stille Dunkelheit. Das ganze Haus steht ihr offen. Sie kann für ein paar Stunden machen, was ihr beliebt und muß nicht mit Ablenkungen oder Störungen rechnen. Ein Roman liegt aufgeschlagen auf dem Tisch und sie hat sich eine Flasche Bier dazugestellt.

Sie beginnt zu lesen. Langsam kommt sie in die Entwicklung der Geschichte hinein. Es handelt sich um eine Science-Fiction-Geschichte. In ihr geht es um seltsame physikalische Phänomene. Sie ist konzentriert bei der Sache, greift mal diesen, mal jenen Gedanken auf und verliert sich dabei immer wieder in sinnendem Tagträumen. Dann ist es, als sei sie etwas auf die Spur gekommen. Einfälle fliegen zu. Sie hält sich mal mit dem einen, mal mit dem anderen auf. Mit einem Male aber paßt alles zusammen. Ihr »geht ein Licht auf« über die grundlegende Beschaffenheit der Welt. In Nachhinein kann sie nicht mehr angeben, um welches Prinzip es sich gehandelt hat. Wohl aber ist ihr die Qualität des Erlebens in Erinnerung geblieben, die sie in Verein mit dieser »Erleuchtung« erfuhr.

Es machen sich zunächst ein »erhebendes Gefühl«, eine »süße Erleuchtung« und eine »tiefe Befriedigung« bemerkbar. Zugleich spürt sie eine treibende Erregung in sich aufsteigen. Sie wird »tatendurstig«, möchte etwas unternehmen. Sie vertreibt sich aber die Zeit damit, ihre erleuchtende Idee auf andere Gebiete anzuwenden und ergötzt sich daran, daß es ihr auch gelingt. So wächst eine unerschütterliche Zuversicht in ihr heran, »auf alle Fragen der Welt eine Antwort zu haben«. Hiervon könnte sie die Freunde jetzt überzeugen, wenn sie nur im Hause wären. Ihre Träumereien weiten sich in Situationen aus, in denen sie anderen einleuchtende Vorträge hält. Sie würde Diskussionen »siegreich bestehen« und den Leuten »ein für alle mal den Kopf zurechtrücken«. Sie fühlt sich stark, mächtig und unbesiegbar. Sogar Einbrecher und Mörder, die jetzt in das Haus eindringen würden, könnte sie mit dieser Kraft verschrecken und verjagen.

Mit dem Aufkommen des Beglücktseins bildet sich bei diesem Beispiel ein Keil ungebrochener Einfluß- und Bestimmungsmöglichkeiten heraus. Zunächst ist es, als würde das Weltgeschehen über ein Prinzip einsehbar und damit steuerbar. Dann scheint es der jungen Frau, als könne sie auch andere von ihrer Sicht mühelos überzeugen. Und schließlich weitet sich die felsenfeste Überzeugungskraft in Muskelenergie aus. Ihr ist, als sei sogar ihre Körperkraft angewachsen, als könne sie im Kampf mit etwaigen Einbrechern obsiegen. Das *›Mehr‹ liegt in einem gewaltigen Anwachsen von Einwirkungsmöglichkeiten.*

Einige weitere Formulierungen aus den Interviews veranschaulichen die Variationen, in denen die in Frage stehende Erlebensqualität auftritt: Im folgenden Fall realisiert sich die Qualität ›Kraft‹ beim Fahradfahren: »Mein Fahrad spielte mit: Kein Klappern, kein Knakken. Ich schien ein anderer zu sein als sonst. Kraftvoll trat ich in die Pedalen, jagte im fünften Gang über die Straßen. Nichts war mehr zu verspüren von der Anstrengung, die ich sonst schon im dritten Gang hatte ... Ich setzte mich, lauthals lachend über die Ampeln hinweg ... und die ganze Zeit hatte ich ein Glücksgefühl im Bauch. Von dort aus strömte es in den ganzen Körper, gab mir Kraft.« Jemand anders sagt: »Mir kam es vor, als hätte ich die ganze Welt im Griff. Vielleicht würde ich ein Buch schreiben, einmal alles aufdecken, klaren Tisch machen ... Ich schwebte durch die Fußgängerzone und hatte das Gefühl, nichts würde mich aufhalten können. Ich konnte nicht mehr ruhig gehen, es waren irgendwelche Explosivkräfte in mir.« Ein anderer ›Beglückter‹ drückt sich folgendermaßen aus: »Das ist wie wenn Popeye seinen Spinat ißt. Das ganze hat zu tun mit Kraft-Kriegen und Optimismus-Spüren. Als ob man die Kraft hätte, die Welt in den Griff zu kriegen.« Kurz und knapp äußert sich folgende Befragte: »Ich bin unverrückbar, mächtig und streng.«

Bei dem, zu Beginn des Kapitels ausführlich vorgestellten Fall, lassen sich ebenfalls Züge dieser Erlebensqualität beobachten. Die junge Frau bemerkt mit dem Einsetzen des Beglücktseins »eine unheimliche Energie« in sich aufsteigen. Sie beschreibt diesen Zuwachs mit einer vorher nicht gekannten »Power ... eben jung zu sein, was zu schaffen«. Ihr ist, als gäbe es nichts mehr, was sie beunruhigen könnte. »Es kann kommen was will, es geht schon.«

Auch Maslow (1968) stellt Erlebensrichtungen heraus, die der hier beschriebenen Qualität ähneln. Er sagt, der Beglückte erlebe sich »auf dem Gipfel seiner Kräfte, er glaubt, alle seine Möglichkeiten voll auszuschöpfen« (115). Und: »Er fühlt sich mehr als Initiator, mehr durch sich selbst bestimmt (nicht verursacht, vorbestimmt, hilflos, abhängig, passiv, schwach, herumkommandiert). Er fühlt sich als sein eigener Herr, voll verantwortlich, mit mehr ›freiem Willen‹ als zu anderen Zeiten. Er ist der Herr seines Schicksals« (116).

Hoffmann (1981) kommt auf diese Erlebensqualität zu sprechen, wenn sie schreibt: »Glücklich-Sein erleben wir als höchste Lebendigkeit, als lustvoll empfundene Steigerung der Energie ... als schöpferische Kraft. Eingefahrene Gedankengänge können mühelos verlassen werden, wir erfahren eine erhöhte Fähigkeit zu qualitativ neuartigen Erkenntnissen, die in engem Zusammenhang mit daraus resultierendem, umsetzendem Handeln gesehen werden« (169). Bei Lersch (1951) wird diese Erlebensrichtung nicht explizit herausgehoben. Aber seine Bemerkung, daß im aktuellen Glück »unser eigenes Hier und Jetzt eine Überhellung und einen Aufschwung erfährt« (186), kann als Hinweis darauf verstanden werden.

›Halt‹

Die dritte Erlebensqualität des Beglücktseins formt sich, in Unterschied zu der vorher beschriebenen, in eine mehr *passive* Richtung aus. Es geht hier im Wesentlichen um die Erfahrung von Geborgensein, Getragensein, um das Verspüren eines stabilen, stützenden Halts. Betont die Qualität ›Stärke‹ das aktive Bestimmen und Bewirken, so tritt hier im Gegenteil ein hingebungsvolles Sich-Entspannen in tragenden Ordnungen hervor.

Am Fluß

Ein sechzehnjähriges Mädchen hat »Krach« mit seiner Mutter. Sie fühlt sich unverstanden und verloren und weiß nicht, an wen sie sich wenden kann. Sie nimmt sich den Hund und bricht zu einem längeren Spaziergang am Fluß auf. Doch sie kann den Streit nicht vergessen und hängt düsteren Gedanken nach. In der letzten Zeit ist sie immer wieder an diesen Punkt gekommen, wo sie sich einsam und hilflos vorkommt. Am Wasser angekommen, zieht es sie zu einem der Steindämme hin, die bis an die Fahrrinne der Lastschiffe heranreichen und die Strömung in der Ufernähe beruhigen sollen. Sie setzt sich auf einen der Granitblöcke und blickt auf das dahinschießende Wasser. Der Hund hat hechelnd neben ihr Platz genommen. Nach ein paar Minuten spürt sie mit einem Male etwas Spitzes und Hartes in sich regen. Eine Welle von Haß auf die Mutter steigt auf. »Warum muß sie auch immer so stur sein!« Doch im nächsten Moment muß das Mädchen schon lächeln, sie sagt sich: »Eigentlich bin ich ja auch ein ganz schönes Biest! Irgendwo macht es mir Spaß, sie zu reizen.« Dann verlieren sich ihre Gedanken wieder im Blick auf den schwarzen Strom. Lastschiffe ziehen vorbei. Am gegenüberliegenden Ufer steht eine Reihe von Pappeln. Sie sehen aus wie »strenge Mütter«.

Und dann, plötzlich und ohne einen weiteren Anlaß, breitet sich in ihrem Empfinden eine warme Wohligkeit aus. Ihr Körper fühlt sich an, als sei er bis in die äußersten Winkel hinein mit warmem, pulsierendem Blut versorgt. Er fühlt sich lebendig und kräftig an. Der vor ihrem Blick dahinschießende Strom enthüllt im gleichen Moment eine nie zuvor erfahrene Ordnung. Die Wellen des Wassers, sein beständiges Säuseln, der graublaue Himmel und die Pappeln, die sich vor ihm abheben – alle scheint eine umfassende, beständige und tragende Ordnung zum Ausdruck zu bringen. Sie hat das Gefühl mit dieser Wandlung einen festen Platz in dieser Welt bekommen zu haben. Keiner kann ihr den streitig machen. Der Gedanke macht sie glücklich. Wie kann eine Auseinandersetzung mit der Mutter solch eine tragende Ordnung aus den Angeln heben? Nein, sie hat nichts zu befürchten. Alles geht seinen Weg, und es kann nur darum gehen, sich dieser Ordnung anzuvertrauen. Es wird schon alles einen Sinn haben. Was sie tut kann nicht falsch sein.

In dieser Zuversicht und Getragenheit setzt sie ihren Spaziergang fort. Der Hund springt bellend über die weiten Wiesen. Als sie zuhause ankommt, ist ein Teil des gefundenen Halts wieder verflogen. Aber trotzdem hat sich etwas gewandelt. Ihr ist, als habe sie sich einen verläßlichen Bezugspunkt erhalten, auf den sie sich in schwierigen Momenten zurückbesinnen kann, an dem sie zumindest einen Abkömmling der am Fluß erfahrenen Ausgeglichenheit beleben kann.

Das Beglücktsein qualifiziert sich in diesem Fall als das Verspüren einer, die eigene Bestimmung übergreifenden und tragenden Ordnung. Im Anblick des unaufhaltsam dahinfließenden Stromes, der Bäume am gegenüberliegenden Ufer, löst sich die trotzige Selbstbehauptung auf und gliedert sich einem, als gegeben erfahrenen Zusammenhang ein. Darüber kommt es zu einer entspannenden Relativierung von Wertigkeiten. Die mit Aufwand festgehaltene aktive Behauptung kann sich lockern. Das ›*Mehr*‹ des Beglücktseins liegt bei dieser dritten Erlebensqualität in einer *Entlastung von Aufwand über das Zufallen eines tragenden Halts*.

Die Beschreibungen dieser Erlebensqualität, die die Interviewten geben, lassen sich in einer Reihe überschaubar machen. Auf der einen Seite werden Metaphern zur Kennzeichnung des erlebten Halts herangezogen, die etwas Dingliches, anfaßbar Materiales aufweisen. Am anderen Ende wird der tragende Rahmen in weitester Abstraktheit als ›das Ganze‹ bezeichnet. Die folgenden Protokollaussagen sollen das Spektrum in seinen wesentlichen Bestandteilen wiedergeben. Ein Mann sagt: »Das ist wie beim Schwimmen. Das Wasser trägt dich nur, wenn du Schwimmbewegungen machst ... dann plötzlich zu merken, daß du jetzt keine Schwimmbewegungen mehr zu machen brauchst. Denn du wirst irgendwie getragen. Du bist ganz leicht ...« Eine Frau, die das Beglücktsein oft beim Singen religiöser Lieder erfährt, äußert: »Das erlebe ich als Geborgenheit, als ein Dazugehören, als Wärme und Sicherheit. Ich denke mir, es hat sowas von einem Nicht-Geborensein, von Noch-Embryo-Sein. Sowas ähnliches ist da drin.« Die Beschreibung einer anderen Frau macht das übergreifende Ganze an der Landschaft fest, durch die sie geht und weitet es schließlich auf den »Kosmos« aus: »Ich war ganz eingebunden in die Landschaft. Ich war ganz klein, aber getragen vom ganzen Rest um mich herum, vom Kosmos. Ich wußte: Ich bin aufgehoben, getragen, umhüllt. Da war so ein Raum um mich herum, der mitging.« ›Landschaft‹ und ›Kosmos‹ weisen noch anschauliche, gegenständliche Merkmale auf.

Die nun folgenden Beispiele verlassen diesen Bezug. Das Ganze wird entweder von ›Gott‹ repräsentiert oder nicht näher benannt. »Es ist eben etwas Übergreifendes. Fast wie eine göttliche Macht, mit der, wenn man sich ihr hingibt, alles ins Reine kommt.« »Das ist ein Gefühl, geliebt zu werden, Teil vom Ganzen zu sein, dazuzugehören. Das Gefühl, Teil von etwas zu sein, was nicht nur von mir ausgeht. Das Schöne ist eben, daß man das erfahren kann in solchen Momenten, daß man es merkt. Es hat mich lange getragen.«

Bei der aus dem Fenster blickenden Studentin zeigt sich diese Erlebensqualität nur angedeutet. Indem sie aber im Interview das Gefühl anspricht, ein Teil dessen zu sein, »was mich umgibt«, drückt auch sie damit aus, daß sie sich in ihrem Beglücktsein für einige Momente von einem haltenden Ganzen getragen erlebt.

Wenngleich darunter eher ein dauernder Zustand verstanden wird, ist in dem biblischen Psalm »Der Herr ist mein Hirt: Nichts wird mir mangeln!« der hier in Frage stehenden ›haltenden‹ Erlebensqualität des Beglücktseins ein religiöser Ausdruck verliehen. Bollnow (1943) gehört zu den wenigen einschlägigen Autoren, die ausführlicher auf diese Erlebensrichtung eingehen. Er meint, der »Widerhalt« (101) der Realität, »der tragende Charakter der Wirklichkeit« (103) sei in jedem Augenblick wirksam. Das Leben in seinem alltäglich-selbstverständlichen Ablauf wäre ohne denselben gar nicht möglich. *Verspürt* aber würde diese Seite der Wirklichkeit nur im Glauben oder der glücklichen Stimmung. Mit ihr verwandele sich die Realität »... in den tragenden Untergrund, mit dem sich der Mensch tief innerlich verbunden fühlt« (73). Von den neueren und empirischen Untersuchungen verweist die Arbeit von Hoffmann auf die hier in Frage stehende Erlebensqualität. In dem Faktor ›Transzendenz‹ sind einige ihrer Züge zusammengefaßt (1984, 524).

›Lebendigkeit‹

Die vierte und letzte Erlebensqualität ist als Gegenpart zur ersten anzusehen. Wird mit dieser das Harmonische und Vereinheitlichende betont, so geht es hier, im Gegensatz dazu, um Vielfalt und materiale Fülle. Während die alltäglichen Handlungseinheiten meist dazu neigen, den Gestaltenreichtum der Wirklichkeit um einbindende Themen zu organisieren, zeigt der glückliche Augenblick eine Tendenz zu wahren ›Feuerwerken‹ materialer Fülle und Vielfalt. Nicht nur die gegenständliche Welt tritt in plastischeren Konturen, kräftigeren Farben hervor, sondern auch das eigene Erleben, die Erfahrung des eigenen Körpers erscheinen differenzierter und vielgestaltlicher. Den Beglückten ist es, als enthülle ihnen die Wirklichkeit einen ungewöhnlichen Reichtum und Reiz. Oft wird diese Erlebensmodalität mit einer größeren ›Wahrheit‹ bezeichnet, mit ›Lebendigkeit‹ oder ›Echtheit‹.

Die Hüfte am Kopiergerät

Ein 31-jähriger Mann arbeitet am Fotokopiergerät. Er hat einen großen Stapel an Papieren zu vervielfältigen und ein Ende der für ihn eintönigen Arbeit ist noch nicht abzusehen. Er findet es ungerecht, daß das Kopieren so oft an ihm hängen bleibt. Aber der Betrieb kann sich keine Hilfskraft für solche Arbeiten leisten. Sie wäre auch gar nicht ausgelastet. Wie so oft, wenn er die Aussicht hat, für längere Zeit an der Maschine arbeiten zu müssen, verspannen sich die Muskeln in seinem Rücken. Es fällt ihm schon nach einigen Minuten schwer, sich auf die Aufgabe zu konzentrieren. Ein kaum zu kontrollierender Trotz sträubt sich dagegen. Vor seinem Blick beginnen die Blätter zu verschwimmen, es ist ein an Übelkeit grenzender Widerwille, gegen den er anzugehen hat.

Als er sich nach längerer Zeit, da ein Ende der Kopiertätigkeit bereits abzusehen ist, mit seiner Lage abzufinden beginnt, macht er eine eigenartig belebende Erfahrung. Mit einem Male und ohne, daß er angeben könnte warum, lockert sich sein verharrschtes Befinden deutlich auf. Es beginnt damit, daß sich seine rechte Hüfte plötzlich aus dem verklebten Einerlei herauslöst. Er spürt nämlich deutlich, wie der Hüftknochen mit leichtem Druck gegen das Gehäuse des Kopiergerätes stößt. Diese umgrenzte Empfindung bildet das Zentrum der nun um sich greifenden Entspannung. Vorsichtig versucht er sie zu intensivieren, indem er die Berührungen verstärkt und rhythmisiert. Eine hauchzarte sexuelle Erregung kommt dabei auf, und eine Welle wohliger Wärme breitet sich über den gesamten Körper aus. Es ist, als sei sein Leib nun stärker durchblutet, als durchströme ihn eine außergewöhnliche Lebendigkeit. Jedes Organ scheint auf das Beste und Genaueste zu funktionieren, eine ungewohnte Leichtigkeit durchzieht seine Handlungen. Die gerade noch widerwillig verfolgte Arbeit geht ihm nun mühelos von der Hand. Es ist ein starkes, fast berauschendes »Glücksgefühl«, das von ihm Besitz ergreift.

Der glückliche Augenblick setzt ein, als sich aus der alles einbeziehenden Verkrampfung, die Empfindung der das Kopiergerät berührenden Hüfte heraushebt. Damit kommt eine Auflockerung in die Vereinheitlichung, und der Auftakt zu weiterer Differenzierung und Ausgliederung des Augenblicks ist gesetzt. Die Durchgliederung der Erfahrung breitet sich über den gesamten Körper aus. Ein *Mehr an Viel-*

falt und sinnlichem Reichtum wird hierüber erschlossen. Dieses ›Mehr‹ begründet, daß der junge Mann sich glücklich fühlt.

Die gesteigerte Durchgliederung, Konturiertheit und Sinnlichkeit der Wahrnehmung, die mit dieser Erlebensqualität verbunden ist, zeigt sich in drei Hinsichten. Am häufigsten wird sie am eigenen Körper erfahren. Das obige Beispiel hat das veranschaulicht. Ebenso aber läßt sie sich an der Wahrnehmung der gegenständlichen Welt beobachten. Dann sind es die anderen Menschen, die Dinge und die Umgebungen, die mit einem Male sonst nicht bemerkte Eigenarten und Besonderheiten aufweisen. So gibt z.B. ein Befragter an: »Ich sah die ganze Umgebung plötzlich mit anderen Augen ... Als sähe ich zugleich mehr und anders als sonst ... Als würde ich den Bahnhof zum ersten Mal *richtig* sehen.«

Eine Frau, die beim Warten auf die Straßenbahn mit einem Male auf das Gesicht eines neben ihr stehenden Mannes aufmerksam wird, bemerkt folgendes: »Ich spürte, wie ich quasi aus mir heraustrat, aus meinem schwarzen Loch in die Umgebung hinein. Ich beobachtete die Gesichter der Menschen, ihre Kleidung und ihr Gehabe ... war fasziniert von dieser Vielfalt des Andersartigen. Besonders ein Mann fiel mir auf: klein, hager, total geschniegelt und gebiegelt, wie vom Maßschneider, mit Aktenkoffer ... Er hatte ein faszinierendes Gesicht: tiefe Furchen, ausgemergelt, hohe Backenknochen, aschfahl, tief zurückliegende Augen ... Ich war total glücklich, so etwas überhaupt noch wahrnehmen zu können, ich hätte es mit der ganzen Welt aufnehmen können.«

Die folgenden Worte beschreiben ein Glückserleben, bei dem sich die Erlebensqualität ›Lebendigkeit‹ hauptsächlich in der Durchgliedertheit der Selbsterfahrung äußert: »Es kommt dann ganz viel – wie es als Kind war, als junges Mädchen. Frage mich: Ist es das, was ich wollte? Ein wenig traurig auch ... Ich werde dann ganz ruhig. Kommt schon mal vor, daß ich dann weine. So viele Erinnerungen und unterschiedliche Gefühle kommen hoch.«

Die Qualität ›Lebendigkeit‹ läßt sich bei dem leitenden Fall zum einen als Intensivierung der gegenständlichen Wahrnehmung beobachten. Sie erlebt sich »in dem Moment als sehr empfindlich oder aufnahmefähig für solche, im Grunde alltäglichen Dinge.« Darüberhinaus kommt sie auch darin zum Ausdruck, daß der Studentin plötzlich eine Reihe unterschiedlicher Erinnerungen einfallen. Ihr gesamtes Erleben und Empfinden ist aufgelockerter und vielfältiger geworden.

Eine von Bollnow (1943) zitierte Formulierung Baudelaires spricht die erwähnte Intensivierung der Wahrnehmung im glücklichen Augenblick an: »So bietet sich ihm die Außenwelt mit mächtigem Glanz, klaren Konturen, wunderbarem Reichtum dar« (75).

Hoffmann (1981) spricht ähnliche Züge mit dem Faktor »Öffnung der Sinne, Lust in den unmittelbaren Empfindungen sinnlicher Wahrnehmung« (138ff) an. Sie faßt zusammen: »Ein größerer Reichtum an gefühlsmäßig vermittelten, gedanklichen Beziehungen schließt sich auf. Der Glückliche erlebt eine weitgehende Öffnung und Verfeinerung der Wahrnehmung für sonst Unbedeutendes und Flüchtiges im Zusammenhang mit erhöhter Wachheit und großer Empfindlichkeit und Leistungsfähigkeit der Sinne: Farben, Geräusche, Gerüche usw. gewinnen starke Ausdruckskraft ... Glücklich-Sein wird körperlich empfunden: als Intensivierung der körperlichen Reaktionen, als körperliche Energie, als Steigerung der körperlichen Empfindungsbereitschaft und auch des spontanen körperlichen Ausdrucksvermögens« (169f).

Für Maslow (1968) formt sich das Erleben des Beglückten ebenfalls in die angesprochene Richtung aus. Er spricht auch die vermehrte Vielfalt im rein psychischen Gebiet an: Der Glückliche »fühlt sich intelligenter, wahrnehmungsfähiger, witziger, stärker oder anmutiger als zu anderen Zeiten. Er befindet sich in Spitzenform« (115). Er ist »am meisten ›ganz da‹ in der Erfahrung. Er kann z.B. jetzt besser als sonst zuhören« (117f).

III. Psychologisierende Bestimmung des Untersuchungsgegenstandes

Das vorangegangene Kapitel stellte heraus, daß sich das unmittelbare Erleben des glücklichen Augenblicks in vier Richtungen ausformt. Wie lassen sich diese Erlebensqualitäten überschaubar machen? Dem methodischen Ansatz folgend, der einen Austausch in Entwicklung voranbringt, wird jetzt nach der Grundkategorie des die Untersuchung leitenden Konzeptes vom seelischen Geschehen gefragt, die es gestattet, die beschriebene Vielfalt in sich zu vereinigen. Hiermit stellt sich die *zweite Version* der methodischen Bearbeitung, die nach durchformenden Grundgestalten und Grundverhältnissen fragt, in den Vordergrund. Zu welchem seelischen Grundzug lassen sich die vier Erlebensqualitäten in Beziehung setzen? Um welches seelische Problem also geht es im Beglücktsein?

Indem diese Frage verfolgt wird, geht die Beweisführung zu einer *Psychologisierung des Untersuchungsgegenstandes* über. Sie übersetzt ihn damit in die Begrifflichkeiten einer spezifischen Psychologie. Dieser Schritt ist notwendig, wenn im weiteren Beweisgang Beschreibungen und Erklärungen von einem festen Bezugspunkt aus miteinander in Verbindung gehalten werden wollen. Indem zum Beispiel Toman (1971) das Glückserleben mit solch heterogenen Faktoren wie »guter Luft«, »sinnlichen Befriedigungen«, »Wissen«, »Absenz von Schmerz«, »Stimulationen« und »physiologischen Prozessen« (136f) in einen Bedingungszusammenhang setzt, verfehlt er die vereinheitlichende psychologische Perspektive, um die es hier geht.

Dagegen führen die Übertragung des Beobachteten in ein einheitliches, psychologisches Begriffsystem und die Zentrierung der Beweisführung um eine spezifisch-psychologische Fragestellung über eine bloße Zusammenstellung von heterogenen Wirksamkeiten hinaus zu einer Einsicht in die zentralen Mechanismen und Konstruktionen des Beglücktseins.

Die Psychologisierung der Fragestellung stellt somit die Seite der *allgemeinen* seelischen Konstruktion heraus, die das Beglücktsein in besonderer Weise belebt. Erst nach dieser Festlegung lassen sich die besonderen Mechanismen (Kapitel IV) beschreiben, die bei der *Herstellung* des glücklichen Augenblicks als wirksam angesehen werden. Die Mechanismen, insbesondere deren Zusammenwirken in der Konstruktion (Kap. V), geben an, in welcher Weise im Beglücktsein, die in diesem Abschnitt herausgestellte Frage eine Antwort erfährt.

1. Der Zug ins Ganze

Es wird davon ausgegangen, daß das Glückserleben einen Grundzug der seelischen Wirklichkeit in *besonderer* Weise akzentuiert. Diese in Frage stehende Grundkategorie muß sich in den Erlebensqualitäten des Beglücktseins zum Ausdruck bringen. Das mit ihnen gegebene ›Mehr und Anders‹ wird daher nun mit den Bestimmungen des die Untersuchung leitenden Konzepts in Austausch gebracht. Was ist mit dem unmittelbaren Beglücktsein – psychologisch gesehen – eigentlich gegeben? Warum kommt ihm im menschlichen Leben eine solch herausragende Bedeutung zu? Mit ihm muß eine Seite des Seelischen angesprochen sein, die ein zentrales Problem dieser Wirklichkeit berührt.

Die erste Qualität zeichnet sich durch ein ›Mehr‹ an Einheitlichkeit und Zusammenpassen aus. Die Befragten benennen das am liebsten mit dem Wort ›Harmonie‹. Sie geben damit zum Ausdruck, daß im Beglücktsein weniger Spannungen, Unvereinbarkeiten und Probleme erfahren werden, als in anderen Abschnitten des Alltagslebens. Der gelebte Augenblick ist durchwoben von einem alles vereinheitlichenden Gleichklang. Die Anderen stehen nicht als Fremde gegenüber, sondern erscheinen nah und vertraut. Ähnlich verhält es sich mit dem gegenständlichen Umfeld. Alles ist in einem wunderbaren Ausgleich aufeinander abgestimmt. Zusammenfassend ist festzustellen, daß hier die *Wirklichkeit verstärkt als einheitlich, als ein ›Ganzes‹* erfahren wird.

Bei der zweiten Erlebensqualität steht zunächst ein aktives Moment im Vordergrund. Es geht um das Verspüren eines kräftigen Tatendranges, eines Durchsetzungsvermögens und einer unerschütterlichen Entschiedenheit. Den Beglückten kann die Wirklichkeit keine Aufgaben stellen. Sie fühlen sich zu weit mehr fähig als sonst. Die Schwierigkeiten und Probleme des Lebens erscheinen ihnen ohne weiteres meisterbar – selbst Unverrückbarkeiten wie der Tod können sie nicht schrecken. Der oben aufgenommene Faden kann wieder aufgegriffen werden. Die zweite Erlebensqualität des Beglücktseins spricht ebenfalls ›das Ganze‹ an, indem sie ein ungewöhnliches *Verfügbarwerden des Totals der Lebenswirklichkeit* beinhaltet.

Damit hat die Psychologisierung des Untersuchungsgegenstandes eine Richtung gefunden. Es steht nun aus zu überprüfen, ob auch die anderen beiden Erlebensqualitäten hier eingeordnet werden können. Wie beschrieben, geht es bei der dritten um die Erfahrung von Halt und Getragensein. Die Beglückten haben das Gefühl, einen sicheren und beständigen Platz in der Wirklichkeit gefunden zu haben. Im

Glück erfährt man sich als Teil von »Gottes Schöpfung«, als eingebettet in das »Universum«. Man findet Halt im »Kosmos«, erfährt sich von dem berühmten »ozeanischen Gefühl« durchdrungen. Wir haben es hier mit der Erfahrung zu tun, von einem *übergreifenden Ganzen getragen* zu werden. Das Ganze wird in dem Sinne verfügbarer, als es einen sicheren haltenden Rahmen bereitstellt. Der schon bei den anderen Erlebensqualitäten festgestellte ›Zug ins Ganze‹ erweist sich auch bei der Qualität ›Halt‹ als bestimmend.

Die vierte Erlebensqualität scheint die begonnene Reihe zu zerreißen. Denn hier wird ein ›Mehr‹ an Vielfalt, Materialreichtum und Besonderheit betont. Das läuft ›dem Ganzen‹ doch eher entgegen. Nur auf den ersten Blick! Denn die Befragten geben an, daß sie diese Art von Vielfalt durchweg als eine Bereicherung erleben. Es handelt sich nicht etwa um eine Zerfaserung, ein Sich-Verlieren im Detail oder um eine Einbuße an Orientierung, sondern um eine *vertiefte Erfahrung des aktuell gegebenen Ganzen.* Bei Erhalt des Ganzen treten dessen Glieder konturierter heraus. Es geht dabei nicht in einer Zersplitterung verloren, sondern wird im Gegenteil als verfügbarer erlebt.

Im glücklichen Augenblick kommt es also zur Erfahrung einer erweiterten Verfügbarkeit über das Ganze. Man ›hat‹ es in einem Mehr an Vereinheitlichung, Bestimmungsmöglichkeit, Halt und Tiefenausdehnung. Alle vier Erlebensrichtungen sind Variationen eines Zuges ins Ganze, der im Beglücktsein als ›erfüllt‹ erlebt wird. Das wird in einer weiteren Hinsicht unterstrichen, wenn man berücksichtigt, daß die Beglückten dazu neigen, die *aktuelle* Erfahrung vermehrter Verfügbarkeit über das Ganze, weit über den gelebten Augenblick hinaus *auszudehnen.* Sie haben das Gefühl, für immer von Unverfügbarkeiten befreit zu sein, zumindest unter deren Begrenzungen nicht mehr leiden zu müssen.

Das Beglücktsein verfolgt also auch in dieser Beziehung einen Zug ins Ganze. Es dehnt sich aus, tendiert dazu, die gesamte Wirklichkeit unter seiner Perspektive zu vereinheitlichen. Als oben gesagt wurde, der glückliche Augenblick würde als die Formierung einer Handlungseinheit verstanden, die dazu tendiere, selbst zur Handlungseinheit zu werden, wurde diese Ausbreitung bereits angesprochen.

Es fällt nicht schwer, den Zug ins Ganze auch in der Literatur über den glücklichen Augenblick im besonderen und das Glück im allgemeinen wiederzufinden. Für Tatarkiewicz (1962) aktualisiert sich in der Glückserfahrung eine »Zufriedenheit mit der *Ganzheit* des Lebens« (22). Strasser (1956) meint, die Beglückten kämen in den Besitz eines kristallisierten Stückes Ewigkeit. »Sie genießen den Triumph, es einmal in *totaler* Weise besessen zu haben« (242). Hinske (1971) zitiert Carlyle, der meint, daß jeder »Schuhputzer« zu seinem Glück nicht mehr und nicht weniger verlange, »als Gottes unendliches *Weltall* ganz allein für sich selbst« (229). Hesse (1957) drückt den angesprochenen Zug ins Ganze auf seine Weise folgendermaßen aus: »Atmen in vollkommener Gegenwart, Mitsingen im Chor der Sphären, Mittanzen im Reigen der *Welt*, Mitlachen im ewigen Lachen *Gottes*, das ist unsere Teilhabe am Glück« (892). Indem Deutsch (1927) das Glücksgefühl ihrer Patientinnen – etwas nüchterner als die nicht-psychologischen Autoren – mit der Konstruktion des »Narzißmus« (Freud 1914) in Zusammenhang bringt (418), betont schließlich auch sie, daß es beim Beglücktsein um das Problem des Ganzen geht. (Hervorhebungen von D.B.)

Damit ist der erste entscheidende Schritt in Richtung auf eine Psychologisierung des Untersuchungsgegenstandes getan. Indem die Arbeit sich in die tiefenpsychologische Analyse des Beglücktseins vertieft, beginnt sie zugleich damit, sich mit einem im Seelenleben wirksamen Zug ins Ganze zu beschäftigen. An der Glücksthematik kann prototypisch untersucht werden, wie es dem Seelenleben möglich ist, das Ganze zu ›haben‹, es ›in den Griff‹ zu bekommen.

2. Exkurs: Glücksvorstellungen

Im glücklichen Augenblick wird für einen Moment das Total der Wirklichkeit als zusammenpassend, verfügbar, tragend und vertieft *erfahren*. In ihm findet ein im Seelenleben wirksamer Zug ins Ganze seine Realisierung. Es lohnt sich, einmal zu überprüfen, ob sich dieser auch in den *Vorstellungen* vom Glück bemerkbar macht. Welches Bild machen sich die Menschen vom Glück? Wie stellen sie sich den Zustand vor, nach dem sie so beständig streben (Freud 1930, 433)? Haben diese Vorstellungen mit dem aktuellen Glückserleben etwas gemein? Weisen sie womöglich ebenfalls den Zug ins Ganze auf?

Das Referat einer Nebenuntersuchung, in deren Rahmen 15 Tiefeninterviews durchgeführt und ausgewertet wurden, geht dieser Frage nach. Sollten sich hier tatsächlich Analogien aufweisen lassen, kann der Befund, daß es beim Glücksthema – psychologisch gesehen – um das Problem des Ganzen geht, als in hohem Maße gesichert angesehen werden.

»Wenn ich erst mein eigenes Haus habe, bin ich restlos glücklich.« »Wenn ich erst verheiratet bin, bin ich glücklich.« »Ich glaube, daß das Glück davon abhängt, ob ich in meinem Leben die berufliche Position erreiche, die ich haben möchte.« Das Glück wird an Dinge, Menschen, gesellschaftliche Positionen geknüpft. Wenn erst dieses und jenes eintrifft, in Besitz kommt, kehre auch das Glück ein. Das Glück scheint an begrenzte Sachen und Ziele gebunden zu sein. Es sieht so aus, als sei der beim aktuellen Beglücktsein im Vordergrund stehende Zug ins Totale nicht auffindbar.

An dieser Stelle ließe sich haltmachen und eine Aufstellung der Dinge und Ereignisse anfertigen, die beim vorgestellten Glück genannt werden. Damit wäre allerdings noch nichts darüber in Erfahrung gebracht, was die Menschen am Glück so anzieht, warum sie es immer wieder in das Zentrum ihres Strebens stellen. Es muß noch mehr daran sein als an dem Haus, dem Ehepartner oder der beruflichen Stellung.

Die durchgeführten 15 Interviews machten deshalb hier *nicht* halt, sondern sind mit den ›Glücksuchern‹ im Gespräch geblieben. Sie sind über solche einfachen statements hinausgegangen und haben sich die Vorstellungen vom Glück *ausführlich* beschreiben lassen. Schließlich haben sie die Versuchspersonen dazu aufgefordert, einmal einen Tagesablauf in einem von ihnen vorgestellten und angestrebten ›glücklichen Leben‹ zu beschreiben. Auf diese Weise blieben die blitzlichtartig genannten Glücksobjekte nicht isoliert stehen, sondern gerieten in einen Zusammenhang, der verständlich macht, warum die Menschen sich so sehr nach ihnen sehnen.

Überraschenderweise löst sich bei einer genaueren Beschreibung der Glücksvorstellungen die unmittelbare Verknüpfung von ›Glück‹ und ›glückbringender Sache‹ auf. Es wird sichtbar, daß die Befragten nicht so sehr den *Besitz* eines Hauses oder eines Menschen, das *Einnehmen* einer guten Position im Beruf meinen. Die Betonungen liegen auf etwas anderem. In den ein- bis zweistündigen Interviews wird sichtbar, daß derartige Umstände lediglich einen äußerlichen Anhalt für einen harmonischen, gerichteten, vielfältigen und geordneten Lebensrahmen darstellen.

In den Glücksvorstellungen werden nicht so sehr Dinge oder Menschen angezielt, als vielmehr komplette Wirklichkeiten, in der das seelische Leben einen Rahmen für seine Verwandlungsaufgaben erhält. Es ist, als suchten die Glückserwartungen ein in sich gegliedertes, Entwicklung garantierendes Werk zu fassen, das die im derzeitigen Leben erlittenen Unverfügbarkeiten, Spannungen und Probleme aufzugreifen und zu meistern versteht. Indem die Glücksvorstellungen solche *kompletten Werke* einkreisen, die garantieren, daß das als unverfügbar erfahrene Ganze verfügbar und geregelt wird, weisen auch sie den, für die Erfahrung des glücklichen Augenblicks charakteristischen, Zug ins Ganze auf. Ein Beispiel soll das illustrieren:

Die weiße Villa im Park

Es handelt sich um eine 24-jährige Frau, die in ihrem derzeitigen Alltag immer wieder an störende Grenzen stößt. Sie hat nur wenig Geld zur Verfügung und muß daher auf so manches verzichten. Sie würde gerne öfters verreisen. Außerdem fühlt sie sich doppelt isoliert. Einmal weil sie keinen festen Freund hat und zum anderen, weil alle ihre Freundinnen gebunden sind. Trotzdem hat sie oft den Eindruck, daß sie den Neid, die Mißgunst anderer zu spüren bekommt. Ihr ist, als würden einige ihrer Freundinnen ihr am liebsten »Nadeln ins Fleisch stechen«. Dann erlebt sie sich immer wieder als »unbeherrscht« und »intolerant«. Ihr »platzt häufig der Kragen«, und es entgleiten ihr Schmähungen, die andere verletzen. Das bedauert sie dann. Sie ist mit sich unzufrieden, weil sie immer wieder in Schwierigkeiten mit anderen Menschen gerät.

Diese Situation kann geradezu als ein Nährboden für Glücksvorstellungen angesehen werden. Ihre sehen folgendermaßen aus: Da steht ein herrliches weißes Haus mit Säulen in einem großen Park. Eine Treppe führt zu der großzügigen Eingangstür hinauf. Im Hintergrund rauscht das Meer, biegen sich Palmen sanft im Wind. In dieser Villa lebt sie mit ihrem Mann und ihren Kindern. Es sind zwei Zwillingspaare, jeweils ein Junge und ein Mädchen. Dienstboten und Kindermädchen helfen im Haushalt. Sie selbst beteiligt sich daran. Sie erzieht die Kleinen und führt das Haus. Es sind genügend Mittel zur Verfügung, so daß die Familie, neben dem üppigen Urlaub, immer wieder für einige Tage verreisen kann. Freunde werden beherbergt und das reichhaltige kulturelle Angebot der naheliegenden Großstadt wird ausgiebig genutzt. Sie selbst geht ihren Hobbies nach, spielt regelmäßig Tennis und achtet darauf, daß die Kinder eine gute Bildung erhalten. Ihr Mann ist größer als sie, weltmännisch, erfahren und in guter, gehobener Stellung. Er braucht nur vier Stunden am Tag zu arbeiten. Er ist so mit sich im reinen, daß er *sie* gut zu handzuhaben versteht. So bremst er sie, wenn sie unbeherrscht ist und bringt sie wieder in Form. Auch versteht er sie zu fordern, wenn sie in ihrer Entwicklung nachläßt. Bevor es ihr zu langweilig wird, reizt er sie vielleicht sogar mit einer »kleinen Rivalin«.

Ein durchschnittlicher Tag in diesem Glück sieht folgendermaßen aus: Sie steht um sieben Uhr auf, bringt die Kinder zur Schule und kommt danach in die weiße Villa zurück. Den Vormittag hat sie zu ihrer Verfügung. Sie geht zur Maniküre, ins Solarium, manchmal schwimmen und trifft sich mit ihren Freundinnen. Trotzdem kauft sie auch ein, beteiligt sich am Hausputz und kocht mittags das Essen. Die ganze Familie kommt dann nach Hause. Nachmittags hilft sie den Kindern bei den Schularbeiten und spielt mit ihnen. Zwischendurch unterhält sie sich mit ihrem Mann. Schließlich geht die ganze Familie noch in den Zoo oder besucht die Großmutter. Am späten Nachmittag bereitet man sich bereits auf den Abend vor und bringt die Kinder ins Bett. Das Kindermädchen paßt jetzt auf, und sie und ihr Mann gehen aus. Sie besuchen ein Theater oder schauen sich einen Film an. Bereichert zurückgekommen, sitzen sie auf der riesigen Terasse und sprechen über den hinter ihnen liegenden Tag. Schließlich geht man zu Bett und schläft zufrieden ein. Schlafstörungen gibt es nicht.

Diese detaillierte Beschreibung einer Glücksvorstellung und der Lage, in der sie entstanden ist, hat beispielhaften Wert. Die anderen erfragten Fälle zeigen durchweg ein ähnliches Bild.

Die Schilderung mutet an wie ein Blick ins heiter-unbeschwerte Treiben eines irdischen Himmels. Doch diese unübersehbare Idealisierung stellt nur eine Seite des gesamten Bildes dar. Zugleich sticht hervor, daß es sich um eine gut durchgliederte Welt handelt. Haus und Gelände sind weitläufig und gut unterteilt. Es ist viel Raum bereitgestellt. Obwohl nichts Spektakuläres passiert, kann man doch von einem bunten Geschehen sprechen, das keine Eintönigkeit kennt. Obwohl der Vormittag von vielen Unternehmungen ausgefüllt ist, bleibt immer noch Zeit, das Mittagessen zu kochen. Es gibt keine Hetze und keinen Druck von Verpflichtungen. Eins schließt sich ans andere an, ohne daß jemand ungehalten wird oder etwas fallen läßt. Alles, was getan wird, hat den Schwerpunkt in sich selbst. Nichts reißt anderes mit, nichts wird von anderem gestört. Eine wichtige Bedeutung kommt dem Mann im Ganzen zu. Er garantiert, daß es zu keinen Entgleisungen kommt und daß die Grenzen stets gewahrt bleiben. Er ist ein gewichtiger Pol, an dem Widerständigkeit erfahren wird. So hält er dazu an, in Entwicklung zu bleiben und nicht der Verführung von schnellen Lösungen zu unterliegen. Er garantiert gewissermaßen die Wirksamkeit hochentwickelter Austausch- und Umgangsformen. Wenn die Probandin aus eigener Kraft nichts mehr bewegen kann, bringt ihr Mann ›frischen Wind ins Getriebe‹, indem er eine Geliebte einführt. So wird durch ihn der bunte Reigen stets in Gang gehalten.

Wenn man sich vor Augen hält, daß das reale Leben der jungen

Frau durch zahlreiche Verkehrungen gekennzeichnet ist, über die sie das Gefühl verloren hat, selbst zu bestimmen, was sie tun und lassen möchte, ist es nur verständlich, daß sie dieses Bild entwirft. Mit der ›Villa im Park‹ werden ihr nicht nur Haus und Familie geschenkt, sondern auch *eine Wirklichkeit, die frei ist von Verkehrungen, Verklebungen und Unverfügbarkeiten.* Zumindest in ihrer Glücksvorstellung bekommt sie das als schwierig erfahrene Leben ›in den Griff‹. Die Handlungen in ihrem realen Leben überlappen einander, verkleben, beeinträchtigen sich. Die idealisierte Vorstellung vom glücklichen Leben beschreibt dagegen ein reibungslos funktionierendes Werk, in dem eins ins andere greift, und wo auf diese Weise ein buntes, heiteres Treiben in Gang gehalten wird. Ein ständiges In-Entwicklung-Bleiben scheint damit garantiert zu sein.

Die Wirklichkeit stellt jeden Tag aufs neue Aufgaben, Anforderungen und paradoxe Probleme heraus. Die Realität fordert den gelebten Bildern Entwicklungskünste ab. Zugleich aber kommen die seelischen Einheiten immer wieder in Zustände, in denen die Verfügung verlorengeht, in denen nicht abzusehen ist, was herauskommt, die aber trotzdem durchgestanden werden müssen, wenn das Ganze weitergehen soll (Salber 1985c, 50; ›Übergangsqualitäten‹).

Das wird nicht immer bereitwillig in Kauf genommen, denn es läßt sich nicht unmittelbar absehen, wofür das gut sein soll. Eine Sehnsucht kommt auf, die widersprechenden und widerstrebenden Erfahrungen in ein ›besser‹ organisiertes Ganzes zu transponieren. In vielen der untersuchten Fälle ist es, als griffen die erlittenen Unverfügbarkeiten geradezu nach einem fertigen Werk, von dem sie sich auf immer tragen und bewegen lassen können. In den Glücksvorstellungen werden Werke angepeilt, in denen das mühselige tagtägliche Entwickeln-Müssen auf Immer garantiert ist, ja, in denen es bereitgestellt wird.

Während im aktuellen Beglücktsein die Verfügbarkeit über das Ganze mit einem Male zufällt, erweisen sich die Vorstellungen vom Glück als Bilder von organisierenden Werken, die, in einer noch offenen Zukunft, ein von Unverfügbarkeiten befreites Leben garantieren. Der Zug ins Ganze macht sich also auch bei der Sehnsucht nach dem Glück bemerkbar. Es kann also davon ausgegangen werden, daß die Psychologisierung einen Konstruktionszug des Seelischen aufgreift, der tatsächlich das Herz des Glücksphänomens berührt.

3. Der Zug ins Ganze als Grundkategorie des Seelenlebens

Im Glück zielt das Seelenleben auf ›das Ganze‹. Sowohl im aktuellen Beglücktsein, als auch in den Vorstellungen von einem glücklichen Leben. Wie läßt sich dieses Phänomen psychologisch systematisch aufgreifen? Indem sie jetzt zu dieser Frage übergeht, beginnt die Darstellung mit der eigentlichen *Übersetzung* der beschreibbaren Gegebenheiten in das tiefenpsychologische Konzept vom seelischen Funktionieren.

Zur genaueren systematischen Kennzeichnung des im Glück heraustretenden Zuges ins Ganze, werden im folgenden nur solche psychologischen Konzepte berücksichtigt, die gegenüber einer Elementenpsychologie die primär ganzheitliche Organisation aller seelischen Erscheinungen betonen. Es handelt sich um psychologische Schulen wie Gestaltpsychologie, Ganzheitspsychologie, Psychoanalyse und Psychologische Morphologie.

Diese zentrale Stellung des Begriff des ›Ganzen‹ berücksichtigend, läßt sich ohne Übertreibung sagen, daß mit der psychologischen Analyse des glücklichen Augenblicks ein Grundzug in den Vordergrund rückt, der einen zentralen Begriff der erwähnten Psychologien und damit eine zentrale Kategorie des Seelischen berührt. Die Vorrangstellung des Ganzen im Beglücktsein, ebenso wie im Seelischen überhaupt, macht dann auch verständlich, warum das Glück eine solch hervorragende Rolle unter den Wörtern einnimmt, die die Menschen immer wieder zu faszinieren verstehen. Das Beglücktsein scheint ein Kernproblem des Seelenlebens zu berühren. Die nun folgenden Punkte heben drei Aspekte hervor, in die man den Zug ins Ganze psychologisch auseinanderlegen kann.

Primäre Ganzheitlichkeit

Ein Zug ins Ganze macht sich im seelischen Haushalt zunächst darin bemerkbar, daß die unmittelbar gegebenen Erfahrungen sich nicht aus Elementen zusammensetzen, sondern von vornherein übersummative Ganzheiten sind. »Alles Erleben ist primär ein solches Ganzes« (Volkelt 1934, 33).

Es war Christian von Ehrenfels (1890), der die Psychologie erstmals auf dieses Phänomen aufmerksam machte. Er wies nach, daß Melodien und optische Wahrnehmungen sich nicht aus unabhängigen Elementen zuammensetzen, sondern stets »Gestaltqualitäten« aufweisen. Krueger führte, als Gegenstück zu den zunächst nur bei Wahrnehmungen beobachteten Gestaltqualitäten, den Begiff der

»Komplexqualität« (1953, 49) ein. Er wies damit darauf hin, daß auch die gefühlsartigen Einheiten des Erlebens von vornherein als Ganzheiten erfahren werden. Die Gestalttheorie um Wertheimer (1922), Köhler (1928) und Koffka (1919), sowie die Ganzheitspsychologie um Sander/Volkelt (1967) haben in der Folge die ganzheitliche Verfaßtheit der seelischen Begebenheiten in zahlreichen Experimenten und Untersuchungen nachgewiesen. Die ›elementaren‹ Einheiten des seelischen Geschehens sind Ganzheiten. Mit dem Begriff ›Gestalt‹ wurde der Gliederungsgesichtspunkt der primär gegebenen Ganzheiten aufgegriffen.

Unabhängig von diesen psychologischen Schulen, wenngleich nicht unbeeinflußt von ihnen (Jones 1960-62, Bd.II, 65 u. 347), entwickelte Freud (1900, 1904, 1916/17) eine Tiefenpsychologie vom allgemeinen Funktionieren seelischen Geschehens, die ebenfalls dem Primat des Ganzen Rechnung trägt. Dem Prinzip der sinnvollen Determinierung jeden seelischen Tatbestandes folgend, wies Freud nach, daß bisher für unsinnig und zufällig gehaltene Erscheinungen wie Träume und Fehlleistungen stets ein sinnvolles Ganzes bilden (1900, 1904). Sie sind nicht Ausdruck »psychischer Minderleistung« (1900, 57), ohne Sinn aneinandergereihte Erfahrungselemente, sondern hochorganisierte Gestalten. Ihre ›Unsinnigkeiten‹ können durch Rekonstruktion des Zusammenhanges, in dem sie auftreten, in ›Sinn‹ überführt werden.

In der Psychologischen Morphologie wird mit dem ersten Zug des »Morphologischen Vorentwurfs« (Salber 1965, 36) festgestellt: »Die seelischen Gegebenheiten sind Gestalten i.S. der Definition Goethes« (ebd.). Hatte die Ganzheitspsychologie schon damit begonnen, die Gesichtspunkte der Gliederung und Entwicklung der ganzheitlichen seelischen Tatbestände systematisch zu verfolgen, so wird dies in der Psychologischen Morphologie weitergeführt. Der zweite und dritte Grundzug des »Vorentwurfs« weisen darauf hin: »Die seelischen Gegebenheiten ... sind als Formenbildungen zu verstehen« und »Sie ereignen sich in Bildung und Umbildung« (ebd.).

Mit dem schon oben dargestellten Konzept der Handlungseinheiten, werden Gliederungsmerkmale angeboten, die es gestatten, die ›natürlichen‹ seelischen Ganzheiten in ihrer *Entwicklung und Durchformung* zu beschreiben. In einer jüngeren Fassung hat Salber (1983) dem im Seelischen wirksamen Primat des Ganzen dadurch Rechnung getragen, daß er die seelischen Einheiten als »Bilder« auffaßt. Zugleich ist es ihm damit gelungen, die beschreibbaren »psychästhetischen« Züge des Seelenlebens (Salber 1977, 39ff) in einem sytematischen Konzept aufzugreifen. Somit hat mit der Psychologischen Morphologie der für die aktuellen Einheiten unauflösbare Zug ins Ganze die bisher weiteste Durchgliederung erfahren.

Es stellt sich die Frage, ob es beim Beglücktsein um diesen Aspekt des Ganzen geht. Läßt sich der Zug ins Ganze bei der Glückserfahrung mit der Grundtatsache erklären, daß alle seelischen Begebenheiten *von vornherein als Ganzheiten* auftreten? Die Frage läßt sich mit Sicherheit verneinen. Dieser Aspekt hat nichts mit der *Erlebensqualität des Verfügbar-Werdens* des Ganzen zu tun, um die es bei dem ›Mehr und Anders‹ des Beglücktseins geht. Er bezeichnet etwas, was so selbstverständlich und unmittelbar gegeben ist, daß es nicht möglich ist, ihn als Erklärung für solch herausgehoben erfahrene Zustände anzugeben.

Der Zug ins Ganze, der in den Gestalt- und Ganzqualitäten, in der Übersummativität und Sinndeterminiertheit jeden seelischen Geschehens zum Ausdruck kommt, qualifiziert sich nicht als Überschreiten in Richtung auf das Total, als ein Mehr und Anders. Er ist so selbstverständlich gegeben, daß es expliziter Veranschaulichungen bedarf, um seine Wirksamkeit zu demonstrieren. Er ist ohnehin auch in Zuständen starker Angst oder Depression wirksam, also keineswegs an die Glückserfahrung gebunden. Die Tendenz, daß sich Seelisches immer schon ›ganz‹ zum Ausdruck bringt, kann also nicht für das beim Beglücktsein erfahrene ›Mehr‹ des Ganzen verantwortlich gemacht werden.

Schon Krueger (1953) sprach von einem dem Seelenleben innewohnenden »Drang nach Ganzheit« (z.B. 148). Sander (1927) hat diese Tendenz sehr eindringlich an seiner Untersuchung zur Aktualgenese von Gestalten aufgewiesen (101ff). Obwohl die Bezeichnung »Drang nach Ganzheit« einen ähnlichen Zug anzusprechen scheint, wie der hier thematisierte, soll doch darauf hingewiesen werden, daß es sich nicht um Synonyma handelt. Was die Gestaltpsychologie beschreibt, bezieht sich auf eine allgemeine Tendenz zur Geschlossenheit und Durchgestaltung im Seelenleben. Sie wird experimentell aufweisbar, wenn diese Richtung eine Störung erfährt. Als Zugewinn eines ›Mehr und Anders‹, so wie es im glücklichen Augenblick beobachtet wird, kann dies allerdings nicht bezeichnet werden.

Das Ganze als Strukturzusammenhang

Dilthey (1894) hat die Psychologie auf einen weiteren Begriff des Ganzen aufmerksam gemacht. Er stellte fest, daß die erfahrbaren

Phänomene des Seelischen in einen übergreifenden »Strukturzusammenhang« (176ff) eingebettet sind. Die Aufgabe der Psychologie sei es, diesen beschreibend und zergliedernd als »schöpferischen Hintergrund aller bewußten Vorgänge« (182) herauszuheben. Krueger war der Meinung, daß Diltheys Strukturbegriff im wesentlichen nicht über die Bezeichnung der *aktuellen* Erlebensganzheit hinausging. Er führte Diltheys Ansätze weiter und legte den Strukturzusammenhang als ein relativ überdauerndes Gefüge, ein »dispositionelles« Ganzes fest. »Struktur bedeutet gegliederte und in sich geschlossene Ganzheit von Seiendem« (135).

Sander (1932) beschrieb dieses Strukturganze als »ein seelisch Wirkliches und Wirkendes jenseits der Grenzen des phänomenal Gegebenen« (303). Damit ist gemeint, daß die einzelnen seelischen Akte von einem ›größeren‹ Ganzen übergriffen und bewirkt werden. Es übergreift sie zum einen deshalb, weil es dem aktuellen Erleben nicht unmittelbar, allenfalls in Übergängen, zugänglich ist. Zum anderen aber auch, weil es Wirksamkeiten mit Gesetzescharakter beinhaltet, die sich der direkten Beeinflussung entziehen.

Die oben genannten Autoren haben diesen übergreifenden Strukturzusammenhang nicht als ein Wirkungsgefüge dargestellt, dessen Mechanismen, Bedingungen und Vermittlungen wie in einem ›Werk‹ oder ›Apparat‹ ineinandergreifen. Diesen Weg ist Freud gegangen, der, als erster Psychologe, die Grundprobleme und spezifischen Mechanismen dieses wesentlich »unbewußten« (1916/17, 148ff) Ganzen in einem System aufeinander bezog. Die damit begründete Tiefenpsychologie hat den Schwerpunkt der psychologischen Forschung von den direkt erfahrbaren Gestaltqualitäten auf die Rekonstruktion des, ohne methodisches Vorgehen nicht zugänglichen, Strukturganzen verschoben.

In dieser Tradition steht auch die Psychologische Morphologie. Allerdings hat sie insofern den Dilthey'schen Ansatz wiederbelebt, als sie, entschiedener als Freud, auf dem Weg zur Rekonstrukion der Ablaufsgesetze des Strukturganzen die Beschreibung einsetzte (Salber 1969a). Hierdurch wurde es möglich, das seelische Total als von Bedingungen und Vermittlungsversionen bestimmt zu sehen, die sich auch an der konkreten Erfahrung aufweisen lassen. Das Ganze wurde damit gewissermaßen aus seiner transphänomenalen Isolation befreit und zu den konkreten, erfahrbaren Einheiten in einen Übergang gebracht (Salber 1965, 1983).

Geht es im glücklichen Augenblick um diesen Aspekt des Ganzen? Wird das Werk unbewußter Wirksamkeiten vielleicht doch hin und wieder verfügbar und sind die Erlebensqualitäten des Beglücktseins eine Reflexion auf diesen Zugewinn? Hier liegt eine entschiedene Verneinung der Frage nahe. Zu behaupten, daß das prinzipiell als unverfügbar angesehene Wirkungsganze in einigen Momenten doch verfügbar würde, hieße einen unauflösbaren Widerspruch herstellen. Die Doppelheit von Phänomengestalt und überdeterminierendem Strukturganzen ist, in der Auffassung der Tiefenpsychologie, selbst ein konstituierender Zug des Seelischen, der nicht einfach ausgeschaltet werden kann.

Zum anderen ist es auch gar nicht vorstellbar, daß den Beglückten der ganze Strukturzusammenhang sozusagen mit einem Male einsichtig oder gar verfügbar würde. Das Resultat solch eines Zugewinns könnte schlecht eine Glückserfahrung sein. Es liegt nahe, für diesen Fall eher die Situation des Tausendfüßlers anzunehmen, der plötzlich bemerkt, welch ein ausgedehntes Getriebe in seinen Beinbewegungen am Werke ist und dadurch zur Bewegungslosigkeit verurteilt ist. Der Erfolg solch einer Erfüllung des Zugs ins Ganze wären eher Angst und Lähmung, nicht aber Beglücktsein.

Das Ganze als Problem

Die beiden bisherigen Aspekte, in denen das Ganze in der Wissenschaft vom Seelenleben erscheint, eignen sich nicht dazu, den am Beglücktsein herausgestellten Zug ins Ganze begrifflich-systematisch zu fassen. Die bisher angeführten Konzepte reichen nicht aus. Um hier zu einer eindeutigen Klärung zu kommen, wird der in der Einleitung dargelegte morphologische Grundgedanke, der das Seelenleben als ›Selbstbehandlung von Wirklichkeit‹ (Salber 1985a) versteht, wieder aufgegriffen und weitergeführt. ›Wirklichkeit‹ wird hier nicht als ein ›Innerseelisches‹ oder ›Subjektives‹ aufgefaßt, sondern dieser Begriff stellt das Seelische von vornherein in einen Übergang zu Gegenständlichem und kulturell Vermitteltem.

Als Zugang dient ein Konzept von E. Straus (1956). Er geht davon aus, daß das Seelenleben in einem »Totalitätsverhältnis« steht (254ff). Es sei immer schon auf die ganze Wirklichkeit gerichtet. Da es jedoch an die Jeweiligkeit des »Jetzt und Hier« (256) gebunden sei, könne es, in seinen aktuellen Ausformungen, immer nur einen *Aspekt* des Totals aktualisieren. »Das empfindende Individuum findet sein Totalitätsverhältnis zur Welt jeweils anders begrenzt in den einzelnen Empfindungen ... es schlägt von den möglichen Richtungen eine Richtung ein und gelangt immer innerhalb des Totalitätsverhältnisses an eine neue Grenze. *Eines* kann es nur sein und als *eines* nur sich im Wechsel der Erlebnisse erhalten, wenn in den Erlebnissen die *eine* Welt ihm in wechselnden Aspekten und wechselnden Begrenzungen erscheint« (255).

So gesehen ist das Verhältnis von aktueller Gestalt zum übergreifendem Ganzen ein *problematisches*. Obwohl das Seelenleben von vornherein darauf aus ist, sich das Ganze anzueignen, ›bekommt‹ es dieses jeweils nur in wechselnden Perspektiven, Ausschnitten. Die aktuellen Empfindungen markieren die Grenzen und damit das *Verfehlen* des Ganzen. Das Ganze ist so gesehen nie gegeben, weil jeder Griff danach schon eine ausschließende Entschiedenheit bedeutet. Die gelebten Einheiten bleiben notwendig stets ›unganz‹. Straus hebt das Problematische am Begriff des Ganzen heraus.

Die Psychologische Morphologie rückt den *Übergang* zwischen dem Ganzen als Gegebenheit und dem Ganzen als Wirklichkeit noch schärfer heraus. So sucht sie, Total und Gestalt zueinander in eine lebendige Beziehung zu setzen. Das Seelenleben erstreckt sich zwischen einem System von allgemeinen Konstruktionsbestimmungen – »Entwicklungsspektrum« (Salber 1983, 90ff) – und dem jeweiligem Fall, der dessen Bestimmungen in einem *Werk* aktualisiert.

Die Handlungseinheiten, in denen sich der glückliche Augenblick qualifiziert, sind als begrenzte Ganze oder Bilder zu sehen, die aus den ›total‹ gegebenen, allgemeinen Grundbestimmungen der Wirklichkeit einen konkreten Fall »ins Werk setzen«. (Salber 1983, 121ff) Das einzigartige Werk (Handlungseinheit) stellt somit eine notwendige Ergänzung des Wirkungsganzen dar. Dieses wird in ihm gewissermaßen erst Realität. Es wird in der Ausbildung von entschiedenen Werken ›Fleich und Blut‹. Das Hintergrundganze wiederum stellt für die jeweiligen Werke sowohl Forderungen als auch Förderungen bereit. Forderungen, weil mit ihm Bedingungen, Aufgaben und Normen mit Gesetzescharakter gegeben sind. Es legt damit fest, was notwendig und was möglich ist. Es bietet aber auch Förderungen an, weil es den begrenzten Werken stets einen Übergang zu dem weiten, ins Totale sich öffnenden, Verwandlungskreis offenhält und auf diese Weise aufs Ganze zielende Entwicklungen ermöglicht. Für das Beglücktsein ist die Möglichkeit dieser Sorte von Übergang Voraussetzung.

So stellt, auch für die Psychologische Morphologie, die unmittelbar gegebene Gestalt keine einfache Begebenheit, sondern ein Problem dar. Die gelebten Einheiten sind keine harmonischen, geschlossenen Angelegenheiten, sondern *Doppelheiten aus diesem Fall und jenen allgemeinen Konstruktionsbestimmungen.* In den gelebten Ganzheiten brechen sich Forderungen des Wirkungsganzen.

Salber hat, in Anlehnung an Goethe, mit dem Begriff des »Versalitätsproblems« (1969b, 25ff) dieses Verhältnis begrifflich gefaßt und damit eine fruchtbare Weiterentwicklung der traditionellen Gestaltpsychologie vollzogen. Diese hatte hauptsächlich der auf Schließung und Abrundung zielenden Tendenz im Seelenleben Beachtung geschenkt. »Versalitätsproblem« impliziert dagegen, daß die aktuellen Gestalten sich stets in Übergang zu anderen Gestalten und zum Wirkungstotal befinden. Sie sind so gesehen immer unganz. Was empirisch vorgefunden wird, so auch die konkreten Handlungseinheiten, in denen das Beglücktsein bedeutsam wird, sind *ungeschlossene Auslegungen eines Ganzen von Wirksamkeiten.* Sie sind allenfalls auf dem Weg zum Ganzen, fallen aber mit diesem nicht zusammen.

Mit dieser Auffassung des Ganzen als Problem, lassen sich die Beobachtungen an den glücklichen Augenblicken in Austausch bringen. So gesehen ist der in den Erlebensqualitäten des Beglücktseins zum Ausdruck kommende Zug ins Ganze mit der Grundkonstitution des Seelenlebens unlösbar verbunden. Weil es in jedem gelebten Augenblick unganz oder ›gebrochen‹ ist, entwirft es sich auch immer auf ein komplettierendes Ganzes hin. In seiner konstitutionellen ›Unvollkommenheit‹ (Salber 1973) kann es nicht anders, als den Übergang zu einem ›vollkommenen Ganzen‹ immer wieder zu beleben. Im Beglücktsein erfährt sich die aktuelle ungeschlossene und begrenzte Handlungseinheit in einen *Übergang zum Total* versetzt.

Freud (1914) hat dieses Grundproblem von Vollkommenheit und Ungeschlossenheit, von Einheit und Sonderung unter dem Begriff ›Narzißmus‹ diskutiert. Da sich das Seelenleben im Verlauf seiner Entwicklung notwendig entzweit, sucht es auch immer wieder die ursprüngliche Ganzheitlichkeit im »primären Narzißmus« (154) wiederzuerlangen. Es spricht für die sich am Problem des Ganzen orientierende Fragestellung der Untersuchung zum Beglücktsein, wenn psychoanalytische Autoren Phänomene wie Glücksgefühl (Deutsch 1924), Glücksspiel (Greenson 1948, Schütte 1985) und Glück überhaupt (Grotjahn 1971) mit dem Narzißmus oder von ihm abgeleiteten Begriffen in Zusammenhang bringen.

Wenngleich die Handlungseinheiten als gebrochen und unganz aufgefaßt werden, lassen sich doch *engere* Einheiten von Werken mit *weiterem* Spielraum unterscheiden. Es lassen sich seelische Formen beobachten, die den Zug ins Ganze verfolgen, indem sie sich in einem möglichst engen, übersichtlichen und damit leichter kontrollierbaren

Kreis einzurichten suchen. Sie erstreben das Ganze in der Beschränkung. Der Alltag ist von solchen Mustern durchzogen. Sie stellen eine gewisse Entlastung dar, da sie sich den Aufwand ersparen, der mit »Übergangserfahrungen« (Salber 1983, 149ff) verbunden ist. Wenn sich solche engen Gestaltungskreise festsetzen und der Möglichkeit von Verkehrung mit einem »Verkehrthalten« (Salber 1980) begegnen, spricht man von Neurosen.

Andere Auslegungen folgen dagegen dem Zug ins Ganze, indem sie sich gegenüber den endlosen Verwandlungsmöglichkeiten des allgemeinen Entwicklungsspektrums offen halten. Sie nehmen den Aufwand von Übergangserfahrungen in Kauf und erschließen sich gewissermaßen einem weiteren Verwandlungskreis.

Beide Richtungen auf das Ganze hin haben ihre Berechtigung. Bezogen auf das Thema der Arbeit läßt sich hier schon folgendes sagen: Im Entgleiten der »Schwebekonstruktion von Versalität« (Salber 1983, 109) kann es ein ›Glück‹ bedeuten, wenn sich ein begrenztes Ganzes als Anhalt anbietet. Umgekehrt kann die Öffnung auf weitere Auslegungen der Wirklichkeit das Leiden am Verfehlen des Ganzen vorübergehend beenden, indem sie einem begrenzten Werk eine Entwicklung auf andere Lösungen freistellt.

4. Psychologisierende Fragestellung

Über die zusammenfassende Beschreibung der mit dem Beglücktsein gegebenen Erlebensqualitäten, stieß die Untersuchung auf einen Zug ins Ganze. In diesem wird der gemeinsame Nenner des im Glück erlebten ›Mehr und Anders‹ gesehen. Im glücklichen Augenblick erfährt sich das Seelenleben als etwas, dem das Ganze in viererlei Hinsicht verfügbarer geworden ist. Es wird einheitlicher erlebt, es weist weniger Widerstände auf, es wirkt vielfältiger und bietet einen tragenden Halt an. Eine Absicherung für die Vereinheitlichung wurde von einer Untersuchung über die Vorstellungen vom Glück eingeholt. Auch die Glücksvorstellungen kreisen ein Ganzes ein, in dem Verfügbarkeit und Entwicklung garantiert sind.

Die metapsychologische Diskussion des Ganzen in der Psychologie führte demgegenüber zu der Feststellung, daß im Seelischen aktuelle Handlungseinheit und Wirkungsganzes nicht zusammenfallen können. Zusammengenommen bilden sie im Gegenteil eine problematische Grundkonstruktion, die am besten mit Versalitätsproblem zu bezeichnen ist. Die Wirklichkeit versteht sich nur in begrenzten Auslegungen, nämlich in den Werken seelischer Selbstbehandlung. Ihre

›Unvollkommenheit‹ ist im Bauplan mitenthalten (Freud 1930; Salber 1973). So ist der Zug ins Ganze ein konstitutiver Bestandteil der Wirklichkeit. Nur seine Realisierung, so wie sie die Beglückten beschreiben, ist psychologisch gesehen nicht denkbar.

Die empirische Psychologie hat aber die Aussagen der befragten Menschen zunächst so zu nehmen wie sie kommen. Sie kann nicht sagen, ihr Erleben sei ›falsch‹. Trotz ihres Wissens um die seelische Grundkonstruktion hat sie es hinzunehmen, daß die Menschen, seitdem sie ihre Glückserfahrungen beschreiben, die Erfüllung eines Zuges ins Ganze behaupten. Wenn es auch metapsychologisch ›unmöglich‹ erscheint, daß im Glück das Ganze verfügbar *wird*, so besteht doch kein Zweifel darüber, daß die Glücklichen es dennoch so *erleben*. Diese *Divergenz zwischen Erleben und Konstruktion* fordert zu einer Antwort heraus.

Es stellt sich daher die psychologisierende Frage: Wie kann sich das prinzipiell unverfügbare, entzweite Ganze so behandeln, daß es sich als verfügbar erfährt?

Das Wissen um die Konstruktionsprobleme des Seelischen gibt der Antwort eine Richtung vor. Wie an verschiedenen Stellen des Kapitels bereits angedeutet, läßt es die Grundkonstitution des Seelischen nicht anders zu, als daß das Ganze im *Übergang* erschlossen oder ›verfügbar‹ wird. Der Fortgang der Beweisführung wird herauszufinden haben, was das bedeutet. Ihr Interesse wird sich daher im folgenden Abschnitt auf die Mechanismen konzentrieren, über die die jeweiligen Handlungseinheiten *in Übergang zum Ganzen* geraten.

Bevor aber die Darstellung der Untersuchung fortfährt, sollen kurz zwei Autoren erwähnt werden, die in Zusammenhang mit dem Thema ebenfalls ein Übergehen ansprechen. Zwar beschäftigt sich Plügge (1962) nicht mit dem Beglücktsein, aber doch mit einer ähnlichen Erfahrung, die er als »Wohlbefinden« bezeichnet. Plügge meint, zum Wohlbefinden gehöre, daß »ich von meinem Leib nichts spüre« (97). Nichts Einschränkendes, Schmerzhaftes möchte man hinzufügen. Damit ist die Bedingung gegeben, »daß ich von ihm beständig abspringen und zu etwas anderem *übergehen* kann« (ebd.; Hervorhebung von D.B.).

Mehr am Erleben beschrieben bedeutet diese Verfassung: »Das Leibliche ist nur gerade so da, daß es die Befreiung vom Schmerz vermittelt, indem es sich als reine, wiedergewonnene Frische und Verfügbarkeit kundtut. Ich bin wieder frei, ich kann wieder« (98). Es ist interessant, daß Plügge den Zustand von Wohlbefinden an den Moment des Übergangs auf anderes hin bindet.

Tunner (1978), der sich zudem explizit mit dem Glückserleben befaßt, sei hier nochmals angeführt. Auch er stellt dieses in eine Übergangssituation. Er meint die Basis des Beglücktseins liege in einem unmittelbaren Lusterleben. Doch sei dieses sehr flüchtig und könne noch nicht die Schwere und Tragweite des Glückserlebens aufweisen. Um glücklich zu sein, müsse noch mehr hinzukommen. »Glück ist ... an das Unmittelbare der Lust und an das mittelbare des Gedachten gebunden. Lust ist Anreiz, das in ihr Erlebte auch zu begreifen und sie dadurch aus dem allzu Flüchtigen zu retten. In diesem *Übergang* des unmittelbar Erlebten zum begrifflich Gedachten dürfte die Möglichkeit liegen, Glück zu haben« (295, Hervorhebung von D.B.).

Soweit die zwei Arbeiten, die auf die Gebundenheit des Beglücktseins an Übergangsmomente hinweisen. Nur der Vollständigkeit wegen sei an dieser Stelle darauf hingewiesen, daß auch Psychoanalytiker wie Winnicott (1971) und Khan (1979) diesem Gedanken in einigen ihrer Arbeiten nahe stehen (s.a. Blothner 1988b).

IV. Übergangsmechanismen

Das folgende Kapitel schlägt eine Brücke zwischen der psychologisierenden Fragestellung und der in Kapitel V anstehenden Darstellung der Konstruktion des Beglücktseins im Ganzen. Dieses Zwischenstück wird von den Mechanismen gebildet, die bei der Entstehung der glücklichen Augenblicke maßgebend wirksam sind, und aus den Beschreibungen der konkreten Fälle herausgehoben werden können.

Kapitel II markierte bereits eine Reihe durchgängiger Züge. Es beschränkte sich jedoch auf die zusammenfassende Beschreibung der *Erlebensqualitäten*, die mit der Glückserfahrung unmittelbar gegeben sind. Kapitel III stellte die Erlebensqualitäten als von einer Grundkategorie seelischen Geschehens durchformt dar: In den Qualitäten des Beglücktseins ist ein Zug ins Ganze wirksam, der in Auseinandersetzung mit den Anforderungen seelischer Wirklichkeit steht, die eine Ungeschlossenheit und ein Übergehen akzentuieren. Mit dieser psychologisierenden Fassung des Untersuchungsgegenstandes wurde das Thema der Arbeit in die Systematik des Morphologischen Konzepts vom seelischen Geschehen übersetzt.

Dem nun begonnenen Kapitel geht es darum, die Konstruktionszüge herauszuarbeiten, die die entscheidenden Mechanismen des aktuellen Beglücktseins ausmachen. Methodisch bewegt es sich im Übergang zwischen zweiter und dritter Version und treibt damit den Austausch zwischen Phänomen und Konzept eine ›Spiral-Drehung‹ weiter. Die Konstruktionsversion wird bedeutsam, weil die Beweisführung nunmehr beginnt, den *Herstellungsprozeß* der glücklichen Augenblicke in den Blick zu rücken. Was oben als Erlebensqualitäten eines ›Mehr und Anders‹ herausgestellt wurde, wird hier als Produktion von drei *Übergangsmechanismen* angesehen.

Die psychologisierende Fragestellung gibt dabei eine Richtung vor: Bei den kompletten Handlungseinheiten, in deren Rahmen es zu Glückserfahrungen kommt, ist auf die Wendepunkte zu achten, an denen der Zug ins Ganze wirksam wird. Welche Mechanismen sind dafür verantwortlich zu machen, daß die Beglückten sagen können, sie reichten über ihre gewohnten Begrenzungen hinaus, stimmten ein in das »ewige Lachen Gottes« (Hesse 1957, 892)?

Vielleicht wird es jetzt noch klarer, warum eine derartige Fragestellung notwendig ist. Eine psychologische Untersuchung, die von der konkreten Vielfalt des seelischen Geschehens ausgeht, kann sich verlieren, wenn sie nicht auch deutliche *Markierungen* setzt. Gerade weil sie ihre Einheiten so komplett ansetzt, muß sie diese methodisch immer wieder auf explizit umschriebene Punkte zentrieren. Die Frage, wie es den aktuellen Handlungseinheiten gelingt, das prinzipiell unverfügbare Ganze doch in den Griff zu nehmen, stellt solch einen unverzichtbaren Orientierungspunkt dar. Mit der Angabe von Mechanismen wird eine erste Antwort auf sie gegeben.

Die naive, vorwissenschaftlische Auffassung meint, daß es bestimmte glücklich machende Ereignisse oder Dinge sind, die das Beglücktsein ›verursachen‹. Dem kritischen Beobachter wird jedoch schon bei einiger Besinnung evident, daß es per se glücklich machende Ereignisse nicht gibt. Nicht jede Hochzeit macht glücklich und nicht jedes Geschenk erfreut. Auch läßt sich leicht nachweisen, daß nur in den seltensten Fällen solche Dinge oder Zufälle ein Beglücktsein ›auslösen‹, von denen man gemeinhin annimmt, daß sie es auch könnten. Die Dinge oder Situationen, die als ›Auslöser‹ eines glücklichen Augenblicks gelten könnten, zeichnen sich in der Regel durch keine an sich glücksversprechenden Eigenschaften aus. Nicht nur das leitende Beispiel beweist, daß es sich selbst um den banalen Anblick einer Vorortstraße ausformen kann.

Das Auftreten eines glücklichen Augenblicks läßt sich offenbar auch nicht mit einem Modell erklären, das annimmt, daß ein ›beglükkender Reiz‹ auf einen seelischen Organismus in der Weise einwirkt, daß dieser mit Glück reagiert. Das Seelenleben stellt keine neutrale Masse dar, die sich von den Qualitäten objektiver Reize beeindrukken läßt. Es kommt von Anfang an in Formenbildungen zu sich, welche die zufallenden Ereignisse, gemäß der basierenden Logik von Stundenwelten, zu behandeln suchen (Behandlung von Wirklichkeit).

Die wohl beeindruckendste und oben bereits erwähnte Bestätigung dieser Auffassung führt Bataille (1961) in seinem Buch »Tränen des Eros« an. Es handelt sich um die fotografische Dokumentation einer chinesischen Vivisektionsfolter. Die Aufnahmen legen nahe, so Bataille und andere Beobachter, daß in diesem Falle die unvorstellbaren Marterungen das Opfer entweder in große Glückseligkeit versetzten oder zumindest doch nicht daran hinderten, seine Qualen ekstatisch zu erleben.

Rümke (1924) führt ein Glückserlebnis an, dessen Entstehung er als »scheinbar paradox psychogen« (56) bezeichnet. Es handelt sich um das Beglücktsein eines Mannes, das auftrat, nachdem dieser seine Frau ermordet hatte. Man könnte sagen, dies seien sehr spektakuläre Fälle, aber es ist auf der anderen Seite auch nicht ohne weiteres einsehbar, warum sich zum Beispiel die Glückserfahrung an dem alltäglichen Blick in den Garten, der Lektüre am Küchentisch oder der

Hüfte am Kopiergerät entzünden sollte (siehe Fälle in Kapitel II). Beglücktsein in Zusammenhang mit Mord und Folter, mit alltäglichen Tätigkeiten und Anblicken – solche Phänomene stellen eine besondere Herausforderung an das gewählte Erklärungsmodell dar.

Die nicht abzuweisende Beobachtung, daß es kein Verursachungsverhältnis zwischen bestimmten Ereignissen und dem Glückserleben gibt, wird bei einigen Autoren damit erklärt, daß es von der »jeweiligen Grundhaltung« (Strasser 1956, 228) oder den »inneren Bedingungen« (Tatarkiewicz 1962, 198) abhängig sei, ob ein Ereignis oder Ding tatsächlich zur ›Quelle des Glücks‹ werden kann. Diesen, meist nicht näher bestimmten »inneren Bedingungen« gilt in gewisser Weise auch das Interesse der Arbeit.

Im Rahmen einer Untersuchung, die das Funktionieren des aktuellen glücklichen Augenblicks zu erforschen sucht, kann es sich dabei jedoch nicht um Bedingungen handeln, die erklären, warum *ein Mensch* sich glücklich fühlt, wenn ihm ein Sohn geboren wird und *ein anderer* nicht. Dies wäre eine Fragestellung der Differentiellen Psychologie.

Es geht nicht um ›personale‹ Bedingungen, sondern um die Angabe der Mechanismen, die in den *aktuellen Einheiten seelischen Geschehens* wirksam sind und es dem Zug ins Ganze ermöglichen, eine Realisierung zu finden. Welche Mechanismen müssen als wirksam angenommen werden, wenn es der ›unganzen‹ aktuellen seelischen Selbstbehandlung in einigen Augenblicken gelingen kann, sich als etwas zu erfahren, das den mit dieser Wirklichkeit gegebenen Problemen und Schwierigkeiten enthoben ist, als etwas, das das sich entziehende Ganze dennoch ›in Besitz‹ genommen hat?

Die meisten Mechanismen, die von den in Kapitel I erwähnten Autoren angegeben werden, haben gemein, daß sie, mehr oder weniger explizit, eine *Gestaltschließung* betonen. Demnach käme das Ganze in einer Abrundung, einer »Vollendung« (Strasser, 225ff) in den Bereich der Verfügbarkeit. Am deutlichsten ist dieser Zug bei Sander (1932) und Silbermann (1985) beschrieben. Sie sprechen die ganzheitliche Abstimmung aller beteiligten Komponenten im Moment des Glückserlebens direkt an. Aber auch Freuds Konzept des Handlungskreises (Salber 1973/74, Bd.1, 43), der sich mit Verzögerung schließt, unterstreicht diese allgemeine Linie ohne weiteres. In der Literatur zum Beglücktsein herrscht die Anschauung vor, daß das Erleben eines erweiterten Zugriffs auf das Ganze strukturell mit der Umwandlung von einer offenen in eine geschlossene Gestalt einhergeht. Mechanismus und Erfahrung erwiesen sich damit als isomorph.

Gegen diese Auffassung lassen sich Einwände erheben. Es wurde oben bereits darauf verwiesen, daß kaum eine der Arbeiten, die Mechanismen des Beglücktseins herausstellt, sich auch auf Beschreibungen *tatsächlicher* Glückserfahrungen bezieht. Keine der vorliegenden Untersuchungen legt den glücklichen Augenblick in seine kleinsten Formierungen und Profilierungen auseinander. So kommen sie immer wieder in die Situation, *zusammenfassende Kategorisierungen als Untersuchungsmaterial anzusehen* und begeben sich damit in die Gefahr, Meinungen über das Glück aufzusitzen. Weil das Seelenleben das Glück als etwas Harmonisches, Einheitliches erfährt, fassen die Versuchspersonen ihr Erleben auch immer wieder in dieser Richtung zusammen. Jedoch müssen im Seelischen Erlebens- und Strukturgestalten nicht zusammenfallen.

Die bisherige Beweisführung legt die These nahe, daß sich das Seelenleben im Beglücktsein nicht in einem Moment der Abrundung, sondern in einem verstärkten *Übergang zum Ganzen* befindet. Diese Auffassung ist nicht als eine spitzfindige Opposition zu den bisherigen Forschungen zum Glückserleben zu verstehen. Sie ist vielmehr Ausdruck eines grundsätzlichen konzeptionellen Wandels innerhalb der Psychologie. Die Morphologie hat die jahrzehntelange Bezogenheit der Wissenschaft vom Seelenleben auf Gestalt- und Ganzheitstendenzen aufgelöst und Züge des Seelischen in den Blick gerückt, die dessen Ungeschlossenheit, seine Übergangsstruktur herausstellen. Am entschiedensten ist Salber (1977) dem jahrzehntelang dominierenden Konzept der Eidotropie entgegengetreten, indem er die ›Gestalt*brechung*‹ als das Urphänomen des Seelischen bezeichnete. Bei den oben angeführten Arbeiten, die eine Gestalt*schließung* betonen, greifen die traditionellen Konzeptbezogenheiten in die Forschung beschränkend ein. Das Gebiet der Glücksforschung ist sicher nur eines von mehreren, auf dem veränderte Konzepte zu neuen Einsichten in den Gegenstand führen werden.

Die im folgenden dargestellten Übergangsmechanismen des glücklichen Augenblicks können aus Gründen der Darstellbarkeit nur einzeln und im Nacheinander beschrieben bzw. veranschaulicht werden. Damit soll aber nicht zum Ausdruck kommen, daß sie in den konkreten Fällen auch einzeln wirksam sind. Die Mechanismen sind, das wird der Abschnitt über die Konstruktion im Ganzen deutlich machen, *drei Seiten einer Figuration*, die als Ganzes die Erfahrungen von Beglücktsein tragen. Die unten als Beispiel angeführten, ausführlich beschriebenen Fälle dienen zur Veranschaulichung des jeweils diskutierten Mechanismus. Bei genauer Betrachtung zeigt sich selbstverständlich, daß sie auch immer von den anderen Mechanismen mitgeformt werden.

Die Übergangsmechanismen kommen jeweils in unterschiedlichen Ausprägungen zur Wirkung. Zum Zwecke einer genauen, aber auch übersichtlichen Differenzierung, werden hier nur die geläufigsten Ausprägungen dargestellt. Der erste Mechanismus erscheint in drei Ausprägungen, der zweite in vier und der dritte Mechanismus wieder in drei Ausprägungen.

1. Das Ganze in der Bildwendung

Die Arbeit möchte den glücklichen Augenblick aus dem kompletten Zusammenhang des seelischen Geschehens heraus verstehen. Einer Zuordnung der Glückserfahrung zu tradierten Klassifizierungen wie ›Gefühl‹, ›Stimmung‹, ›Emotion‹ und ›Kognition‹ will sie damit von vornherein entgegentreten. Die Beschreibungen legen eine solche Einteilung nicht nahe. Die Handlungseinheiten (Salber 1965) als komplette, ›natürliche‹ Einheiten des seelischen Geschehens organisieren sich jenseits solcher formalisierenden Aufteilungen. In einer weiteren Version der Psychologischen Morphologie (Salber 1983) werden diese Handlungseinheiten auch als bildhafte Zusammenhänge, oder einfach gesagt als *›Bilder‹* verstanden. Damit wird der in der Einleitung bereits angesprochene Aspekt der Behandlung von Wirklichkeit noch pointierter aufgegriffen. *Das Seelenleben behandelt Wirklichkeit in Bildern.*

Diese Bilder, die nicht als ›Vorstellungen‹ oder ›Phantasien‹ mißzuverstehen sind, kategorisieren Wirklichkeit, indem sie Formationen von Haupt- und Nebenbild, von Bild und Gegenbild ausbauen. Sie unterteilen sich in ›geliebte‹ und in ›ungeliebte‹ Bilder, in verfügbare und weniger verfügbare Auslegungen (Salber 1980). Die Handlungseinheiten werden also als in sich gegliederte Figurationen aufgefaßt, denen es darum geht, die mannigfachen Gestaltungsanforderungen der Wirklichkeit in begrenzten Werken zu behandeln und zu bewältigen.

Chorsingen

Eine junge Frau singt im Chor. Einige Werke, die sie zusammen mit ihren Kollegen auch öffentlich aufführt, mag sie besonders. Sie zeichnen sich dadurch aus, daß in ihnen der Gesang bisweilen in einem außerordentlichem Maße anschwillt und wieder verebbt. Sie leben in dem Wechsel von kraftvollen, mitreißenden Chorpassagen und eher verhaltenen Soli. Diese Art von Musik – zum Beispiel ein Bach-Oratorium – eignet sich ganz besonders für Ausformungen des Singens, in denen die Frau sich außerordentlich glücklich fühlt, in denen sie auch das Gefühl hat, »ganz sie selbst« zu sein.

Das Hauptbild ist vor Beginn der Aufführung durch eine leichte »Verkrampfung« bestimmt. Eine ängstliche Lähmung engt das Erleben spürbar ein. Das formt sich in Befürchtungen und Ungewißheiten über den Verlauf des Konzertes und ihre eigene Beteiligung dabei aus. Alles ist auf das Zeichen des Dirigenten gerichtet, wird zusammengezogen von einer angespannten Erregung. Dann erfolgt, nach einem Solo, der Einsatz des Chors. Der Dirigent übernimmt mit seinen Bewegungen die Führung und setzt Zeichen und Akzente. Indem sie seinen Gesten folgt, kommt es zu einer zunehmenden Entspannung, das gesamte Geschehen wird flüssiger, leichter. Die enge Zentrierung um ein mögliches Schiefgehen löst sich auf. Indem diese Lösung sich ausbreitet, übernimmt nun das Auf und Ab der Melodien, das Anschwellen und Nachlassen des Tempos die Führung. Das Erleben gerät so mehr und mehr in den Takt der Musik, eine materiale Verschränkung von Musik und seelischer Formenbildung findet statt.

Bisher wurde noch nichts genaueres über die Gliederung in Bild und Nebenbild bei dieser Handlungseinheit in Erfahrung gebracht. Allenfalls in der angespannten Beunruhigung, der Tendenz, das Erleben zu Beginn der Aufführung in einer engen Verkrampfung zusammenzuziehen, lassen sich Anzeichen dafür festmachen, daß hier noch mehr am Werke ist, als der Probandin zur Zeit selbst deutlich ist. Die junge Frau zeigt ohne Zweifel Symptome von ›Lampenfieber‹.

Häcker (1987) hat in seiner Untersuchung über das Lampenfieber bei Rockmusikern dargelegt, daß solche Befürchtungen und Beklemmungen zu Beginn einer Aufführung darauf verweisen, daß vielversprechende Nebenbilder auf Ausdruck drängen, die wegen ihrer Tendenz ins Totale schamhaft verborgen gehalten werden müssen. Sie können sich nur hervorkehren, wenn das Publikum ihnen mit deutlichen Zeichen des Wohlgefallens entgegenkommt. Es liegt nahe, auch bei der Handlungseinheit dieses Chorsingens die Wirksamkeit eines solchen, auf Ausdruck drängenden Nebenbildes anzunehmen. Doch wie geht das Geschehen weiter?

Nach einer gewissen Zeit läßt sich dort eine entscheidende Wende beobachten. Die Sängerin setzt erst hier den Moment an, in dem das Singen in ein Beglücktsein übergeht. Es zeigt sich, daß zusehends ein *zweites Bild* den Ablauf mitzubestimmen beginnt. Dieses Übergehen von Haupt- zu Nebenbild wird als ein ungewöhnliches »Wirklichkeitsgefühl« bezeichnet. Das Erleben wird insgesamt »bunter«, variationsreicher oder auch »fleischiger«. Alles erhält eine »ungeheure Sinnlichkeit« (Erlebensqualität ›Lebendigkeit‹). Während vorher noch die Formulierung »ich singe« ausreichte, um das eigene Verhalten zu beschreiben, möchte sie nun lieber sagen »es singt« (Erlebensqualität ›Halt‹), um damit auszudrücken, daß eine ganz andere Zentrierung wirksam wird. Auch das Verhältnis zu den anderen Sängern wandelt sich. Die übliche Rede »ich singe im Chor« wird nun zu einem »der Chor singt mit mir«. Zugleich scheint die eigene Stimme ins Unermeßliche anzuschwellen, die Körperhaltung verliert das Geduckte und bekommt etwas Offensives, Kämpferisches (Erlebensqualität ›Kraft‹).

Und damit hat sich das Nebenbild ›entpuppt‹: Es ist ein Bild grenzenloser, glänzender Größe und Machtfülle, das sich hier entfaltet. Das formt sich zu der Umkehrung aus, daß die eigene Stimme nun alle anderen führt und dirigiert. Die Probandin allein hat es in der Hand, was die anderen zu tun und zu lassen haben. Dies hat etwas von einer voluminösen Steigerung und Ausdehnung der eigenen Möglichkeiten. Allerdings birgt dieser Zug ins Voluminöse, diese Ausbreitung von Macht und Glanz in sich die Gefahr einer beängstigenden Grenzenlosigkeit. Das kann auch bedrohlich werden. Obwohl es zu solch einer Entwicklung eigentlich nie kommt. Die Soli, die den Chor immer wieder unterbrechen, bieten hier einen willkommenen Anhalt, zu den gewohnten Maßverhältnissen zurückzukommen. Es kann auch sein, daß solche, von der Musik eingeleiteten, Abschwünge als einengend erlebt werden. Dann hat sich das Nebenbild voluminöser Kraft und Mächtigkeit noch nicht in vollem Maße auskosten können.

Aber schließlich richtet sich alles bereitwillig wieder auf den begrenzteren Gestaltungskreis ein. Deutlich spürbar bleibt jedoch die Wirksamkeit einer ganz anderen Ordnung zurück. Alltäglichkeiten wie nach Hause gehen, Straßenbahnfahren, zu Bett gehen, vollziehen sich weitaus gelöster als sonst. Das Hauptbild weist eine gewisse Zerdehnung, Auflockerung auf, in der sich sonst unbeachtete Kleinigkeiten herausheben können. Gegenstände des alltäglichen Gebrauchs können Seiten enthüllen, die ihnen bisher nicht angesehen wurden. Das Banale erhält einen vielversprechenden Glanz. In diesen Nachwirkungen klingt das herausgehobene Glückserlebnis nach und nach aus.

Im Überblick fällt bei der Entwicklung dieser Handlungseinheit eine zweifache Bildwendung ins Auge. In der Ausgangslage formt sich eine gespannte Erwartung aus. Alles ist zentriert um den kommenden Einsatz und die vorwegnehmenden Ausmalungen des Konzertverlaufes. Über ein Verrücken der Zentrierung auf den Dirigenten, kommt es dann zu einem ersten bedeutsamen Wandel. Ansätze zu voluminöser Mächtigkeit, ein auf die Spitze getriebenes Bestimmenkönnen kehren sich hervor. Aus dem ›Chorschaf‹ wird ein ›Maestro‹, der das Geschehen ›voll im Griff‹ hat. Nachdem sich dieses, zu Beginn allenfalls in seiner Negation spürbare Nebenbild für einige Zeit realisiert hat, gliedert es sich schließlich wieder in das Hauptbild ein. Die Ausgangslage stellt sich wieder her, jedoch mit dem Unterschied, daß in der Nachwirkung für einige Zeit ein erweiterter Umsatz wirksam bleibt.

Dem Hauptbild gelingt es, seine eigene Organisation zu erhalten und zugleich ein vielversprechendes, kontrastierendes Nebenbild zu beleben. In diesem Moment des Überganges erstreckt sich die aktuelle Formenbildung zwischen Bild und Nebenbild, zwischen Form und Gegenform. Eine Untersuchung über das Flirtspiel (Blothner 1986) hat gezeigt, daß dieses seinen besonderen Reiz aus ähnlichen Übergangsverhältnissen zieht. Es ist unter anderem deshalb so anziehend, weil es ein Spiel mit der Auslegbarkeit von Wirklichkeit entfaltet und damit den gelebten Hauptbildern einen Übergang zu nicht gelebten Nebenbildern ermöglicht.

Damit ist der erste Mechanismus des Beglücktseins ermittelt: Es handelt sich um die Wendung einer Handlungseinheit, über die Seiten zum Ausdruck gebracht werden, die im Hauptbild bis dahin nicht untergebracht werden konnten. Der Zug ins Ganze findet eine Realisierungsmöglichkeit, indem er sich in einer *Ergänzung oder Erweiterung des Ausgangsbildes* ausformt. Mit der Wendung des Hauptbildes ist eine Komplettierung oder eine Öffnung in Richtung auf das Ganze gegeben.

Man kann auch sagen: Das Ganze erschließt sich im Übergang zu seiner Kehrseite. Die damit aufkommenden erweiterten Gestaltungsmöglichkeiten sind eine Begründung für die Erlebensqualitäten des ›Mehr und Anders‹, die mit dem Beglücktsein gegeben sind. Insbesondere aber sind die Erlebensqualitäten ›Kraft‹ und ›Lebendigkeit‹ (s.o.) mit dieser Bildwendung in Verbindung zu bringen.

Salber (1985a) legt dar, daß es im Seelischen immer wieder zu *Revolten* gegen die, kulturell mitgeformten, Bilder kommt, die den Alltag zu vereinheitlichen verstehen. In solchen ›Aufständen‹ und ›Unruhen‹ bringt sich der Zug ins Ganze zur Geltung. »Revolte wendet das Verwandlung-Werden gegen den Stand, den die Behandlung von Wirklichkeit erreicht hat (und diese revoltiert wiederum gegen seine Destruktion durch ›anderes‹)« (27). Die sich hierbei entfaltende Dramatik von »Unterbringen und Revolte« (26) ist die Grundlage für die beim Beglücktsein beobachtbaren Bildwendungen.

Im folgenden geht es darum, den in allgemeiner Form gekennzeichneten Mechanismus in einigen seiner verschiedenen Ausprägungen zu beschreiben. Bei diesen handelt es sich um unterschiedlich stark mitreißende *Formen der Bildwendung*. Es ist nämlich eines, die ›Revolte‹ in einer abzusehenden *Umzentrierung* zu vollziehen und etwas anderes, sie über ein *unwillkürliches Umstülpen* zu erleiden. Den *Umsatz von Nebenbildern*, der am Fall des Chorsingens herausgehoben wurde, nimmt zwischen diesen beiden Formen eine Zwischenstellung ein. Mit den drei Ausprägungen ist kein Anspruch auf Vollständigkeit verbunden. Es handelt sich um die am prägnantesten voneinander zu unterscheidenden Formen der Bildwendung, die beim Beglücktsein beobachtet werden können.

Umzentrierung

Bei dieser Sorte von Bildwendung handelt es sich um eine Drehung der Ausgangslage, die oft nach einer länger andauernden Belastung auftritt. Da die Umbildung der Ausgangslage entweder angestrebt wird oder ab einem gewissen Zeitpunkt doch in Aussicht steht, fehlt die Wucht, die mit einer eher unerwarteten Bildwendung gegeben ist. Das Glück überkommt die Betroffenen nicht aus ›heiterem Himmel‹. Deshalb handelt es sich bei den unter Umzentrierung subsumierten Fällen um solche, die nicht zu den starken und mitreißenden Formen des glücklichen Augenblicks zu zählen sind.

Nachtwache

Es handelt sich um eine junge Frau, die erst vor kurzem ihre Ausbildung zur Kinderkrankenschwester abgeschlossen hat. Sie ist aus ihrem Heimatort in die Großstadt gezogen, um dort ihre erste Stelle anzutreten. Nach sechs Wochen muß sie zum ersten Mal den Nachtdienst absolvieren und zwar gleich für sieben Nächte hintereinander. Während des Dienstes ist sie die einzige Pflegekraft auf der Station und für alle Patienten verantwortlich.

Um die besondere Belastung dieser Probandin verständlich zu machen, muß etwas weiter ausgeholt werden. Sie befindet sich in einem

Entwicklungsstadium, in dem die Ablösung von einigen Normen ihrer Eltern im Vordergrund stehen. Die ersten großen Auseinandersetzungen stehen an. Ihre Verwandtschaft, insbesondere die Mutter, haben ihr zu verstehen gegeben, daß der Mann, mit dem sie seit einigen Monaten liiert ist, ihnen nicht angemessen erscheint. Sie akzeptieren ihn nicht als ihren Freund. Indem sie gleichwohl an der Zuneigung des jungen Mannes festhält, läßt es die Probandin erstmals in ihrem Leben »auf einen Bruch ankommen«. Dies fällt ihr nicht leicht, und es wird ihr um so deutlicher, in welchem Ausmaß sie mit ihrer Mutter verbunden ist. Sie hat die quälende Befürchtung, dieser »richtig wehgetan« zu haben.

Der Einblick in ihre übergreifende Lebenssituation soll zeigen, daß bei ihr das ›Eingebundensein‹ eine wichtige Rolle spielt. Denn Einbindungen machen auch die Belastungen aus, denen sie während des Nachtdienstes für eine Woche ausgesetzt ist. Es gelingt ihr daher kaum, die Forderungen zu ›vergessen‹, die die Patienten ihr in der Nacht entgegenbringen könnten. Die Geräusche auf der Station lassen sie nicht zur Ruhe kommen und stellen eine ständige Aufforderung zur Wachsamkeit und Handlungsbereitschaft dar. So ist ihr Erleben durch eine andauernde Anspannung geprägt. Während ihre Kolleginnen ihr berichten, daß sie die Nachtdienste manchmal geradezu genießen, weil sie in dieser Zeit »in Ruhe gelassen« werden, ist die Probandin die ganze Zeit von den möglichen Anforderungen gebannt. Wenn Geräusche ertönen, schreckt sie zusammen und stellt sich auf Gefahren ein. Sie kann diese Einbindungen nicht lockern, indem sie sich zum Beispiel auf ein Buch konzentriert. Zwar schlafen die kleinen Patienten, aber es ist, als könnte in jedem Augenblick »etwas losgehen«. Nachtwache bedeutet daher für sie eine angespannte Einbindung in potentielle Gefahren und Anforderungen. Das setzt sich sogar in die dienstfreie Zeit am Tage fort. Ihr ist, als hätte sie gar keine Freizeit zur Verfügung, weil sie schon an die Anforderungen der kommenden Nacht denken muß. Daher kann sie sich auch am Tage »nichts anderes vornehmen«, als sich auf die nächste Nacht einzustellen. Für eine ganze Woche erlebt sie sich von quälenden Verpflichtungen eingebunden und in Bann gehalten.

Eine erste Lockerung der Anspannung macht sich in der vorletzten Nacht bemerkbar. Die junge Krankenschwester beginnt, »Freiraum zu wittern«. Jetzt ist das Ende der Einbindungen abzusehen. Je mehr sich diese vorletzte Nacht dem Ende zuneigt, desto gelöster fühlt sie sich. »Die Wahrscheinlichkeit, daß ich jetzt noch etwas falsch mache, ist gering.« Zusätzlich beflügelt die Aussicht, daß sie nach der Woche erst mal drei ganze Tage frei haben wird. Sie nimmt sich vor, dann alles nachzuholen, was ihr in den sieben Tagen und Nächten vorenthalten war. Sie wird »erst einmal wegfahren«. Als dann schließlich die letzte Nacht gekommen ist, zentriert sich das Ausgangsbild mit jeder Stunde mehr und mehr um. Zwar könnte auch jetzt noch »etwas Unvorhergesehenes passieren«, aber sie fühlt sich diesem bereits viel mehr gewachsen. Die Bewegungen werden freier, beschwingter und sie kann sogar über ihre Ängstlichkeit lachen. Als sie am Morgen schließlich abgelöst wird und das Krankenhaus verläßt, »strahlt auf dem Heimweg die ganze Welt«. Alltägliche Straßenszenen entfalten einen ungewöhnlichen Reiz. Die Menschen wirken allesamt gutgelaunt und fröhlich. Sie selbst fühlt sich leicht, ist »unternehmungslustig« und kann keine Spur von Müdigkeit bei sich entdecken. So bleibt sie den ganzen Tag über wach, bis gegen Abend eine »Erschöpfung« die beglückende Laune schließlich endgültig einholt.

Im Rahmen einer generellen Tendenz zum Festhalten an Einbindungen, bilden bei diesem Fall die Verpflichtungen des Nachtdienstes für lange Zeit ein entlastend-belastendes Zentrum. Alles wird auf dieses hin ausgerichtet, läuft immer wieder auf es zurück. Über eine ganze Woche setzt sich das Erleben in einer Ausrichtung fest, die selbst in der Freizeit nicht dazu kommt, ihre Zentrierung zu lockern, sich anderen Regulationen und Entwicklungen zu überlassen. So ist mit dem Gewinn der Zentrierung zugleich ein bedrückendes Verfehlen gegeben und damit eine Situation, in der sich der Zug ins Ganze verstärkt bemerkbar machen muß. Letzterer zielt darauf, die unexplizierten Ausdruckskeime in Umsatz zu bringen und gegenüber der extremen Ausrichtung die Berechtigung von anderen Seiten der Wirklichkeit zu vertreten.

Doch ein beständiger Aufwand wird betrieben, Wendungen in diese Richtung solange zu vermeiden, bis die Aufgabe restlos erfüllt ist. Vorher erscheint eine Umzentrierung mit zu großen Gefahren verbunden. Mit dem Ende des Nachtdienstes verliert schließlich der tagelang erbrachte, Halt gebende, aber als schwer zu tragen erlebte Aufwand seine Zwanghaftigkeit. Die Gestaltungsrichtungen, die vorher nicht untergebracht werden konnten, werden schließlich freigesetzt. Der Zug ins Ganze kommt zur Geltung, indem die, über eine Woche festgehaltene Ausrichtung in eine komplettierende Drehung versetzt wird. So wirkt der Dienstschluß nach der letzten Nacht wie eine große Befreiung, eröffnet das Verlassen des Krankenhauses eine Seite der Wirklichkeit, die eine Woche lang kaum gelebt werden konnte. Das zeigt sich daran, daß jetzt die *Vielfalt* der gegenständlichen Welt hervortreten kann. Es kommt zu einer Bildwendung, bei der die gesamte »Wirkungseinheit« (Salber 1969b) in einen Übergang zu weiteren Dimensionen des Ganzen gerät.

Obwohl sie nicht die *Formenbildung* solcher Erfahrungen verfolgt, paßt sich eine Bemerkung Freuds (1916) über »Zustände von Freude, Jubel, Triumph« (441) in die Erklärung des Beglücktseins durch Umzentrierung treffend ein. Er erklärt deren Mechanismus mit einer »Einwirkung, durch welche ein großer, lange unterhaltener oder gewohnheitsmäßig hergestellter psychischer Aufwand endlich überflüssig wird, so daß er für mannigfache Verwendungen und Abfuhrmöglichkeiten bereit steht« (ebd.). Die Nachbildung der Morpho-Logie des glücklichen Augenblicks kann diese Erklärung bestätigen, aber auch ergänzen.

Bei dem im Laufe dieser Arbeit immer wieder aufgegriffenen Leitfall ›Blick aus dem Fenster‹ läßt sich, wenn auch nicht in großer Prägnanz, ebenfalls eine Bildwendung vom Typ der Umzentrierung beschreiben: An dem Sonntagmorgen der Studentin ist zunächst alles um das wiederholte Fortgehen des Freundes gelagert. Die Handlungseinheit findet im unablässigen Grübeln ein nagendes Thema. So bewegt sich das Erleben in einem kleinen Kreis und kann andere, sich anbietende Gestaltungskeime nicht aufgreifen und weiterführen. Da die Gefahr des Verlustes von Verfügung so beängstigend und kränkend ist, ist es nicht möglich, die Beschäftigung mit dem Kommen und Gehen des Freundes loszulassen und sich neuen Aufgaben und Beschäftigungen zuzuwenden. Im Rahmen einer leichten Entspannung kommt es dann doch zu einer Auflösung der Zentrierung und einem Freisetzen eines neuen Schwerpunkts, um den sich die Formenbildung schließlich organisiert. An diesem neuen Anhalt, der Szene auf der Straße vor dem Haus, bricht ein erweitertes Gestaltungsspektrum auf, finden Seiten des aktuellen Bildes Berücksichtigung, die vorher in der engen Zentrierung ›verklebt‹ waren.

Umsatz von Nebenbildern

Diese zweite Sorte von vielversprechender Bildwendung wurde oben an dem Fall ›Chorsingen‹ bereits veranschaulicht. Ihr Auftreten hat, in Unterschied zu den Übergängen, die über eine Umzentrierung zustandekommen, in der Regel etwas Unvorhersehbares. Die ›Gunst des Augenblicks‹ greift hier entscheidend mit ein. Es läßt sich im voraus nicht absehen, wann und wie solch eine Wendung bewerkstelligt wird. Allerdings kommt ihr nicht die Qualität des unwillkürlichen Umkehrens zu, die an der letzten Ausprägung von Bildwendung beschrieben wird.

Zu einem, als erweiternd erlebten Umsatz von Nebenbildern kann es kommen, weil die gelebten Formen des Seelenlebens darauf angewiesen sind, die möglichen unendlichen Verwandlungsrichtungen auf entschiedene Bilder hin auszurichten. Um sich als Einheit zu erhalten, formt das seelische Geschehen kulturell vermittelte Hauptbilder aus, die andere mögliche Auslegungen von Wirklichkeit dominieren. Letztere suchen sich aber gegen die Hauptfigurationen in immer wieder aufgenommenen Revolten durchzusetzen.

›Sex‹ in der öffentlichen Duschanlage

Eine junge Altenpflegerin hat einige Wochen vor ihrem Jahresurlaub einen jungen Mann kennengelernt. Jetzt befindet sie sich – »frisch verliebt« – mit ihm auf einem Campingplatz am Mittelmeer. Der legère Rahmen der Ferienkolonie, der erleichterte und andersartige Bewegungsspielraum erlauben den beiden immer wieder neue Variationen des Zusammenseins auszuprobieren. Je weiter sie sich dabei vorwagen, desto ungewöhnlichere Möglichkeiten rücken in den Blick. Sie spielen gewissermaßen mit den Grenzen von Normen und suchen immer wieder nach Gelegenheiten, erfahrene Grenzen zu überschreiten. Ein bevorzugter Bereich, in dem sie sich auf diese Weise bewegen, ist der sexuelle. Da sie sich auch immer noch »als Mann und Frau kennenlernen«, suchen sie besonders hier herauszubekommen, welche Formen möglich sind.

Einen gemeinsamen Orientierungspunkt, der so etwas wie eine ›Grenzmarke‹ bedeutet, bildet folgender Plan: Vielleicht schaffen sie es eines Tages oder Nachts, zu einer in der Bucht liegenden großen Boje hinauszuschwimmen, um dort, exponiert zwar, aber doch den Blicken verborgen, miteinander zu verkehren. Um dieses Ziel wird jeden Tag aufs Neue gekreist, es wird zum Sinnbild ihrer Revolte gegen die Regeln der Campingplatz-Verwaltung und den vermuteten Normen der anderen Urlauber. Es ergibt sich aber keine Gelegenheit, das Vorhaben tatsächlich zu realisieren. Tagsüber würde man sie sehen können, und nachts ist es ihnen schlicht zu kalt.

Dafür bieten sich immer wieder andere Ansätze zu Handlungen an, die lustvolle Grenzüberschreitungen ermöglichen. So auch an einem späten Nachmittag, als die beiden auf die Duschanlagen zugehen. Sie wollen sich vor dem Restaurantbesuch am Abend waschen und »fein machen«. Die junge Frau kann nicht genau angeben, wer die Idee zu dem nun folgenden zuerst hatte. Als sie bemerkt, daß sich zur Zeit keine anderen Urlauber in den öffentlichen Duschanlagen aufhalten, steht plötzlich fest, daß sie zusammen in *eine* Duschkabine gehen werden. Kurzentschlossen schlüpft sie in die Damenanlage, schaut ob »die Luft rein ist« und winkt ihren Freund herein. Das gemeinsame Duschen geht dann in einen sexuellen Austausch über, der deshalb einen ganz besonderen Reiz erhält, weil ihm etwas »Verbotenes« zukommt und unter der halb belustigenden, halb beängstigenden Möglichkeit steht, entdeckt zu werden.

Als die Probandin anschließend die Duschkabine verläßt und sich abzutrocknen beginnt, betreten zwei ihr unbekannte Frauen den Raum. Jetzt erhält die Bildrevolte einen szenischen Anhalt: Sie kann unter den nichts ahnenden Blicken der anderen ihren geheimen, Normen sprengenden Spaß auskosten. So turnt sie »auffällig-unauffällig« vor der Kabine herum, in der sich ihr Liebhaber gerade anzuziehen versucht, um die beiden anderen davon abzuhalten, gerade in diese einzutreten. Sie »summt lustige Lieder und zwitschert wie ein Vögelchen«. Als die Frauen schließlich die Türen ihrer Kabinen hinter sich geschlossen haben und das Rauschen des Wassers den Raum erfüllt, winkt sie ihren Freund heraus. Sie ist überaus beglückt, diesen Vorfall so souverän gesteuert zu haben. Ihr ist, als sei sie damit in die Lage gekommen, noch viel weiter gehende prekäre Situationen zu meistern. Der gesamte Zeltplatz wirkt jetzt farbiger und plastischer. Beschwingt und von sich selbst überzeugt begibt sie sich zum Zelt. Der Abend ist noch lange von diesem außergewöhnlichen Schwung bestimmt.

In diesem Fall wird ›die Gunst des Augenblicks‹ genutzt, um ein Nebenbild zu realisieren, das den Stand einer bestehenden Ordnung in gewisser Weise sprengt und herausfordert. Während der vorausgegangenen Tage kam es schon hin und wieder zu Ansätzen solcher Revolten, die aber nicht in Realisierungen ausgeführt wurden. Der Zug ins Ganze versetzte das Verhältnis von Haupt- und Nebenbild auf diese Weise in eine drängende Spannung. In der unvorhergesehenen Entscheidung, den Freund in die Damendusche zu ziehen, finden die ungeschlossenen Handlungsansätze einen günstigen Anhalt zur Ausgestaltung. Sie finden einen ›Raum‹, in dem sie sich realisieren können. Die dabei entstehende beglückte Hochstimmung findet ihre Begründung darin, daß der Rahmen des Hauptbildes für einige Zeit in eine andere, als ›unerlaubt‹ kategorisierte Richtung hin ausgedehnt wird.

Damit ist der erweiterte Zugang zum Ganzen hergestellt, der hier als Grundlage des empfundenen Glücks angesehen wird. Der glückliche Augenblick produziert sich *auf der Schwelle* der vielversprechenden Ergänzung des Hauptbildes durch ein revoltierendes Nebenbild. In dieser Beziehung gleicht das Beispiel dem eingangs dargestellten Fall vom Chorsingen.

›Neubeginn‹

Die Psychoanalyse versteht sich als empirische Psychologie (Rapaport 1960, 37). Ihre Konzepte entwachsen der theoriegeleiteten klinischen Beobachtung. Daher kann der im folgenden wiedergegebene Fall von »Neubeginn« (Balint 1932, 1968) als eine empirisch belegte Unterstreichung des oben Dargelegten angesehen werden.

Balint gehört zu denjenigen Psychoanalytikern, die daran gearbeitet haben, die psychoanalytische Behandlung auch solchen Patienten zukommen zu lassen, die dem engen Indikationsbereich des klassischen Freud'schen Behandlungskonzeptes nicht zugehören. Solche Fälle weisen die für die psychoanalytische Behandlung erforderliche strukturelle Differenzierung nicht auf.

Auf einen Begriff gebracht, läßt sich mit Winnicott (1971) sagen, daß sie sich in einer Verfassung befinden, »wo Spiel nicht möglich ist« (49). Wegen grundlegender »Entwicklungsstörungen« (A. Freud 1979) sind solche Menschen dazu gezwungen, überaus starr an eng begrenzten Organisationen festzuhalten. Der »Übergangsbereich« (Winnicott 1971, 118) seelischen Lebens bleibt ihnen weitgehend verschlossen, sie können ihn nicht für ihre Entwicklung nutzen. Das führt dazu, daß Balint feststellt, solche Fälle »können sich nicht freuen« (1932, 188). Die Erfahrung der Wendung von Bildzusammenhängen qualifiziert sich bei ihnen kaum als etwas Beglückendes, es fordert sie eher zu starren Grenzziehungen heraus. Sie können nicht darauf vertrauen, daß im Übergehen ein ›Selbstsein‹ möglich ist (Blothner 1985).

Übergangserfahrungen bedeuten für sie daher die Gefährdung eines als notwendig empfundenen Halts, und die Behandlung hat mit großen Schwierigkeiten und Widerständen zu kämpfen, wenn sie solchen Fällen weitere Entwicklungskreise eröffnen will. In seinem Buch »Therapeutische Aspekte der Regression« (1968) beschreibt Balint den Moment, in dem eine seiner Patientinnen eine bestimmte, lange vermiedene Bildwendung erstmals als vielversprechende und nicht mehr als beängstigende erfahren kann. Da seine Beobachtungen sich mit dem, in diesem Kapitel Dargelegten überschneiden, wird dieses Beispiel hier angeführt.

Dabei soll aber nicht unerwähnt bleiben, daß es nicht einsichtig und zwingend erscheint, den Mechanismus dieses Neubeginns als eine »Regression« anzusehen. Diese Auffassung teilt auch Thomä (1984, 525ff), der sich innerhalb der Psychoanalyse mit Balint auseinandersetzt. Im Rahmen eines psychologischen Konzeptes, das es versteht, den aktuellen Augenblick zu zergliedern und zu rekonstruieren, ist es bei dem von Balint beschriebenen Phänomen angebracht, nicht von einer »Regression«, sondern von einer »Übergangserfahrung« (Salber 1983, 149ff) zu sprechen.

Es handelt sich um eine etwa 30-jährige Frau, von der Balint sagt, daß »ihre Hemmung mit einem lähmenden Gefühl der Unsicherheit einherging, sobald sie ein Risiko eingehen und eine Entscheidung fällen sollte« (156). Gegen Ende des zweiten Behandlungsjahres konfrontiert Balint die Patientin – wahrscheinlich nicht zum ersten Mal – mit dieser Tendenz zur Kontrolle über offene Entwicklungsrichtungen, indem er ihr sagt, »es sei für sie sehr wichtig, immer den Kopf oben und die Füße fest auf dem Erdboden zu behalten« (157). An dieser Stelle kommt es, ohne daß dies zu erwarten gewesen wäre, zu einer dramatischen Veränderung.

Die Patientin äußert, »daß sie es seit frühester Kindheit nie fertiggebracht habe, einen Purzelbaum zu schlagen« (ebd.). Im klassischen analytischen Rahmen wäre es hier vielleicht zu einer Übertragungsdeutung dieses Einfalles gekommen, oder der Analytiker hätte erst einmal schweigend abgewartet. Ganz anders verhält sich Balint. Er versteht die Bemerkung als den Hinweis auf ein Nebenbild, das auf Realisierung drängt und dabei das ›geliebte‹ Hauptbild in Beunruhigung bringt. Mit einem auffordernden Ton in der Stimme stellt er die schlichte Frage: »Na, und jetzt?« (ebd.).

Damit eröffnet er im aktuellen Feld einen ›Raum‹, in den sich das starr festgehaltene Hauptbild für einen Moment ausbuchten kann. Er läßt einen Zwischenraum entstehen, in dem solch eine unkontrollierte Handlung, wie ein Purzelbaum in Frauenkleidern, einen möglicherweise haltenden Rahmen finden kann. Der Umsatz des befremdlich-faszinierenden Nebenbildes wird auf diese Weise erleichtert. Der Fall läßt sich, wobei man nicht die erforderlichen zwei Jahre Vorbereitungszeit vergessen darf, auf das nicht zu überblickende Risiko einer Bildrevolte ein und schlägt, zur Überraschung des Analytikers, zu dessen Füßen einen »tadellosen Purzelbaum« (ebd.). Diese eigenartige Handlung wird in der Nachwirkung als ein

»Durchbruch« (ebd.) zu bisher nicht verfügbaren Lebensäußerungen erlebt und erweist sich später als der entscheidende »Wendepunkt« (ebd.) der Fallentwicklung. Balint nennt diesen Vorfall einen »Neubeginn« (160). Er gebraucht zwar an dieser Stelle nicht den Begriff ›Beglücktsein‹, aber die Beschreibungen des Erlebens anderer Fälle von ›Neubeginn‹ legen nahe, daß diese Bezeichnung durchaus angemessen wäre (Balint 1932).

Unwillkürliches Umstülpen

In manchen, in Zusammenhang mit dem glücklichen Augenblick allerdings nur selten zu beobachtenden Fällen, kommt dem Umsatz von Nebenbildern die Qualität eines unwillkürlichen Umstülpens zu. Diese Ausprägung der ›Bildwendung‹ steht dem Mechanismus der »Verkehrung« (Salber 1977, 63) nahe. Sie wird aber doch von dieser unterschieden, da sie in Zusammenhang mit dem Beglücktsein stets auf eine *Erweiterung* von Verfügungsgewalt hinausläuft und nicht auf eine Preisgabe derselben. Letzteres ist bei der Verkehrung der Fall.

Die Fälle, die sich dieser Ausprägung zuordnen lassen, weisen alle das Hervorstülpen von *Einwirkungstendenzen* auf. Es ist zu vermuten, daß die Erfahrung des *Zugewinns* an Verfügbarkeit – beim Umstülpen von Handlungsbildern – an das Hervorkehren *dieser* Dimensionen seelischer Formenbildung gebunden ist. Bestimmte Vereinseitigungen der Formenbildung scheinen sich hierdurch aus ihren erstarrten Festlegungen herausbringen zu können.

Explosion am Telefon

Der Vormittag einer 25-jährigen Frau ist alles andere als glücklich verlaufen. Besorgt um ihre Gesundheit, hat sie einen Arzt aufgesucht und erwartet, daß er ihr eine beruhigende Auskunft über ihre körperliche Verfassung gibt. In dieser Hinsicht ist sie bitter enttäuscht worden. Der Mediziner hat während der Konsultation, anstatt sich auf ihre Sorgen einzustellen, hauptsächlich über seine eigenen Krankheiten gesprochen. Als sie sich, nach Hause gekommen, am Telefon darüber bei ihrer Freundin hat beschweren wollen, hat diese mit dem Erzählen zuerst begonnen und ihrerseits eine gute halbe Stunde lang um Verständnis geworben. Mit Zähneknirschen hat unsere Probandin das mitgemacht und das Gespräch schließlich erschöpft beendet.

Als etwas später ihr Freund anruft, will sie ihm erklären, daß sie zu müde und verspannt ist, um sich mit ihm am Abend zu treffen. Sie habe schlecht geschlafen, gibt sie als Begründung an. In diesem Augenblick beginnt der junge Mann damit, breit und ausführlich von seinen Schlafstörungen zu berichten. Die Probandin läßt ihn zwar weiterreden, aber sie spürt, wie sich gleichzeitig etwas Gewaltiges »zusammenbraut«. Blitzartig schießen ihr Bilder von einem wilden Um-sich-Schlagen durch den Sinn. Sie haut all denen, die sie heute vormittag enttäuscht haben, mit der Faust ins ahnungslose Gesicht. Da sie schweigt, scheint ihr Gesprächspartner etwas Unheilvolles zu ahnen. Er fragt: »Hast du was?« Da bricht mit Gewalt hervor, was sich den ganzen Tag keinen Ausdruck verschaffen konnte: Sie heult vor Wut auf, brüllt den Freund an, er solle sie endlich in Ruhe lassen und knallt mit Wucht den Hörer auf die Gabel.

Wie sie so vor dem Apparat steht und noch gar nicht glauben kann, daß ihr tatsächlich »die Pferde durchgegangen« sind, fühlt sie sich plötzlich leicht und leichter. Es ist, als sei eine schwere Last abgefallen. Ihre klagende Abhängigkeit ist verflogen, und sie hat den Eindruck, stark und von anderen unabhängig zu sein. Ruhig, aber bestimmt geht sie in ihr Zimmer, schließt die Tür hinter sich und legt ihre Lieblingsplatte auf. Dazu zündet sie sich eine Zigarette an, lehnt sich im Sessel zurück und läßt sich von der Melodie ein Stück tragen. Das Lied ist ruhig, aber voller Sehnsucht. »Endlich habe ich Platz für mich; ich habe irgendwie ein Gefühl der Erweiterung. Nichts bedrängt mehr. Erleichterung und Ruhe durchströmen mich und das Gefühl, als ob ich nicht nur die Lösung für die momentane Situation gefunden habe, sondern für mein Leben überhaupt. Als ob ich ein übergreifendes Lebensprinzip gefunden hätte, das es schon immer gab und dem ich mich nur anzuvertrauen brauche. Jetzt kann nichts mehr schiefgehen. Es ist fast wie eine göttliche Macht, mit der, wenn man sich ihr hingibt, alles ins Reine kommt.«

Vereinseitigungen der Hauptbilder bringen meist den Gewinn einer entschiedenen Ausrichtung mit sich. Wenn sie allerdings nicht mehr umgewandelt werden können, werden sie zu einer problematischen Einschränkung. Ungewollten Verkehrungen wird damit der Weg bereitet. Bei unserer jungen Frau hatte sich ein Bild etabliert, demgemäß ihre berechtigten Ansprüche von allen anderen übersehen und mißachtet werden. Sie vereinheitlichte den begonnen Tag mit der Auslegung, daß sie jemand sei, dessen Setzungen die anderen mit ihren Forderungen überrollen. Diese Vereinseitigung scheint bei ihr öfters vorzukommen. Das Bild griff während des Tages alles, was ihm entgegenkam, in seinem Sinne auf. Mit dem Wutausbruch am Nachmittag kommt schließlich mit geballter Wucht das vorher Ausgegrenzte in Umsatz. Mit einem Ruck, und zwar im Sinne eines ›Reingeratens‹, stellen sich die vorher unverfügbaren beharrenden Einwirkungen ein.

Damit wird zugleich der Bereich von Verfügbarkeit überhaupt ausgedehnt. Der Zug ins Ganze findet in dieser Revolte einen Anhalt. Ganz im Gegenteil zu vorher, erlebt sich die Befragte nun als jemand, der bestimmt, was er tun möchte. Im Überschwang des gerade erfahrenen Zugewinns an Verfügbarkeit dehnt sich diese Gewißheit sogar auf das »ganze Leben« aus. Der glückliche Augenblick ist an das sich unwillkürlich hervorkehrende ›Mehr‹ an Bestimmungsmöglichkeiten gebunden.

Freud (1905) hat die Wirksamkeit dieses Mechanismus in Zusammenhang mit einer, wenn auch nicht beglückenden, aber doch ›erheiternden‹ Wirkung beschrieben. In auffälliger Analogie legt er in seiner Analyse der Wirkung von Witzen dar, daß es bei ihnen mit der Pointe zu einem unwillkürlichen Umstülpen komme. Und zwar indem ein feindseliger Impuls, der bis dahin mit Aufwand stillgehalten wurde, eine unerwartete Ausdrucksmöglichkeit erhalte. In diesem Zugriff auf ausgegrenzte Einwirkungszüge eines gelebten Ganzen stelle sich das befreiende Lachen ein.

2. Das Ganze im Verrücken auf ein Detail

Strasser (1956) betont, daß mit dem Erleben von Glück eine Paradoxie verbunden ist: Eine zufallende Sache eröffne die Erfahrung einer »konkreten Unendlichkeit« (240). Ähnlich stellt Tatarkiewicz (1962) fest, daß das Glück ein »Fragment der Welt« (140) benötige, um ›entfacht‹ zu werden: »Wir müssen etwas haben, das uns Glück gibt. Dies kann eine wichtige oder sogar geringfügige Sache sein, ohne sie werden wir das Glück nicht entfachen können, ähnlich wie wir ein Feuer nicht entfachen können, wenn wir nichts haben, an dem wir unser Feuerzeug reiben können« (142).

Beiden zitierten, philosophischen Autoren geht es weniger um das hier im Zentrum stehende aktuelle Beglücktsein. Sie haben einen anderen Begriff vom ›Glück‹ im Auge (s. Kapitel I). Trotzdem aber lassen sich ihre Feststellungen auf die Glückserfahrungen übertragen. Es läßt sich nämlich beobachten, daß der glückliche Augenblick über einen zweiten Mechanimus ›entfacht‹ wird, indem der Zug ins Ganze sich in einen begrenzten, materialen Anhalt verrückt. Im Beglücktsein ist ein ›Pars-Pro-Totismus‹ wirksam. Das Ganze wird über ein Detail ›verfügbar‹.

Damit das verständlich werden kann, wird zunächst auf ein, für das Seelenleben grundlegendes Verhältnis aufmerksam gemacht: Die seelischen Gestalten *formieren sich in Doppelheiten.* Im Verrücken von etwas in etwas anderem verstehen sich die Entwicklungen der aktuellen Formenbildung. Das Wirkungsganze braucht einen Anhalt in begrenzten Formen um Realität zu werden. Eine konkrete Figur verhilft dem Gestaltungsdrang des Ganzen zum Ausdruck. Ein noch undeutlicher Gestaltungsdrang kann sich in dem Formanhalt von etwas anderem vereindeutigen. Schon Freud (1900) machte, mit seiner Analyse des Träumens, auf solche verrückenden Ausdrucksbildungen aufmerksam (»Verschiebung«, 310ff; »Darstellung durch Symbole«, 355ff).

Indem Salber (1977a) die Metamorphosen des Seelischen mit den Gestaltungs- und Wirkungsformen der bildenden Kunst in Zusammenhang bringt, führt er diese Konzepte weiter (56ff). Besonders Salbers Feststellung, daß das Seelenleben filmische Züge aufweist (1977b), ist in diesem Zusammenhang von Interesse. Der Film gewinnt nämlich seine einbindende Wirkung unter anderem dadurch, daß aufgerufene Komplexe in den Verrückungen der Bildmontagen eine Ausformung finden. In einer Ergänzung der Herstellung von komplexen Gestaltansätzen mit anschaulichen Bildern, die dem Entfachten eine Form bereitstellen, entfaltet sich die einbindende Wucht des Filmerlebens. In ähnlicher Weise verstehen es auch die Handlungseinheiten, sich in bewegende Entwicklungen zu versetzen, indem sie Aufgekommenes, Drängendes in anschaulich Gegebenes verrücken.

Wie bereits ausgeführt, interessiert im Zusammenhang mit dem glücklichen Augenblick allerdings dasjenige Verrücken, bei dem der, in der alltäglichen Behandlung von Wirklichkeit wirksame Zug ins Ganze in einem anschaulichen oder sinnlichen Formanhalt eine Realisierung erfährt. In diesem Sinne läßt sich tatsächlich sagen, daß im Glück die Welt in einem Fragment und die Unendlichkeit in einem Ding zum Ausdruck kommen. Dieser paradox anmutende ›Pars-Pro-Totismus‹ wird ebenfalls zunächst an einem Beispiel veranschaulicht.

Im Kräutergarten

Bei diesem Fall handelt es sich um einen 36-jährigen Mann, der in der Zeit des hier beschriebenen Glückserlebens an einer Augenentzündung leidet. Er befindet sich zusammen mit seiner Frau auf einem Sonntagsausflug. Es ist ein sonniger, warmer Tag im Juli, und sie durchstreifen den Garten eines alten Schlosses, der zur Besichtigung freigegeben ist. Obwohl er eine stark schützende Sonnenbrille trägt, bereitet ihm das grelle Sonnenlicht doch Schmerzen, und er macht sich Sorgen über seinen Gesundheitszustand. Wird die Erkrankung einen dauernden Schaden hinterlassen? Kann sie womöglich zur Erblindung führen? Ähnliche Fragen beschäftigen ihn mehr als die abgelegenen Winkel des Parks, durch die ihn seine begeisterte Begleiterin führen möchte. Er ist zu sehr mit seinen Schmerzen und Befürchtungen beschäftigt, um den Ausflug tatsächlich genießen zu können. Die Reize des Gartens bedeuten ihm nichts. Um seine empfindlichen Augen nicht zu belasten, sucht er sich entlang der schattigen Zonen des Parks fortzubewegen und vermeidet es, den Blick in das grelle Licht des Himmels zu heben. Die Sehnsucht nach einer dunklen, kühlen Stelle, in der er sich ausruhen kann, formt sich aus. Der Ärger darüber, daß er sich überhaupt zu dem Ausflug hat überreden lassen, steigert sein Unwohlsein.

Nachdem sie in den Kräutergarten des Schlosses gelangt sind, passiert mit einem Male etwas Unvorhergesehenes. Sein nach unten gerichteter Blick fällt auf ein Beet, das mit den unterschiedlichsten Pflanzen bewachsen ist, und er wird von der Vielfalt der eigentümlichen Arten in den Bann gezogen. Indem er beginnt, die Kräuter genauer zu betrachten, bemerkt er, wie sich die beunruhigende Spannung zu lösen beginnt. Die Befürchtungen und Schmerzen treten in den Hintergrund, und eine unerwartete Entspannung und Leichtigkeit machen sich breit. Langsam, ruhig und auf einen gleichmäßig wiegenden Rhythmus eingestimmt, schreitet er an den Beeten des Kräutergartens entlang. Vor einzelnen Arten bleibt er stehen und vertieft sich in deren, ihn belustigendes, Aussehen. Dabei schaut er nicht auf, sondern hält seinen Blick stetig nach unten.

Auf diese Weise will er das anwachsende Beglücktsein, das seinem Befinden eine völlig neue Qualität verleiht, festhalten. Er spürt, daß der Wandel an den Anblick der Pflanzen gebunden ist. Das Nebeneinander all dieser unterschiedlichen Arten, jede mit charakteristischen Eigenarten versehen, kommt ihm nun wie ein Sinnbild für das Leben vor. Er sieht darin ein Gleichnis der Welt, und sein Befinden läßt ihn an die ekstatischen Erfahrungen der Mystiker denken. Für einen Moment stellt er sich einen Gott vor, der all diese Vielfalt vereinheitlichend umspannt. Wie all diese skurilen Gräser und Pflänzchen ihren Platz in diesem Beet einnehmen, so hat auch alles andere, selbst seine schmerzhafte Erkrankung, eine Berechtigung und einen Sinn im Ganzen. Warum sollte seine Krankheit weniger Sinn haben als die Gesundheit?

Auf solche Weise wandelt sich sein eben noch gequälter Zustand in ein tragendes Beglücktsein. Der Vollständigkeit halber soll aber nicht verschwiegen werden, daß dieses nicht lange anhält. Als er den Kräutergarten verlassen hat, machen sich die Schmerzen bereits wieder bemerkbar. Er sucht sie noch einmal zu vertreiben, indem er zu dem Beet zurückkehrt, doch die ›glückliche Fügung‹ ist nicht ein zweites Mal herzustellen. Auch die quälenden Sorgen machen sich nun wieder breit und werden schließlich, wie vorher, zum Zentrum des Erlebens.

Die Handlungseinheit findet in diesem Fall weniger durch den Sonntagsausflug ihre thematische Bestimmung. Die reizvollen Ansichten des Parks bleiben unbedeutend und die körperlichen Schmerzen geben den Ton an. Es handelt sich bei ihnen um eine Einwirkung, auf die willentlich kein Einfluß genommen werden kann. So ist es nicht verwunderlich, wenn das momentane Leiden in vorausgreifenden Befürchtungen in die Zukunft ausgedehnt wird.

Freud (1933) hat Angst als ein Signal erklärt, das darauf hinweist, daß die Gesamtorganisation gefährdet ist (87ff). Das läßt sich im Rahmen der hier verfolgten Fragestellung aufgreifen: Das ›Ganze‹ ist in Gefahr. Es verspürt sich von Wirksamkeiten beeinträchtigt, über die keine Verfügung zu erlangen ist. Wenn im Seelenleben Gefahr auftritt, werden auch Mittel zu ihrer Beseitigung bereitgestellt. Diese werden wirksam und verstehen es, die Lage zu wandeln, indem das überschaubare Beet als ein Anhalt aufgegriffen wird. An ihm kann sich das als gefährdet verspürte Ganze reorganisieren.

Der Zug ins Ganze, der sich unter der quälenden Einwirkung des nicht zu steuernden Schmerzes verstärkt zur Wirkung bringt, findet über ein Verrücken in die Ansicht des Kräuterbeetes einen beglückenden Anhalt. Indem es zum Gleichnis oder Symbol für das Leben wird, gerät das Fragment in ein Vertretungsverhältnis zum unverfügbaren Ganzen. Für ein paar Augenblicke ist es, als sei nicht nur das Beet überschaubar, sondern zugleich die ganze Wirklichkeit verfügbar geworden. Die Worte ›Welt‹ und ›Gott‹ deuten darauf hin. Von dieser gewandelten Perspektive aus betrachtet, stellen die Schmerzen nun ein sinnvolles und berechtigtes Glied des Ganzen dar und verlieren damit ihre einbindende Qual.

Auch der Mechanismus ›Verrücken auf ein Detail‹ konkretisiert sich beim Beglücktsein in unterschiedlichen Ausprägungen. Eine Gruppierung bietet sich über die ›Fragmente‹ an, auf die hin sich der Zug ins Ganze verrückt: Auf Objekte, andere Menschen, Ansichten und mediale Vermittlungen. Diese vier ›Details‹ sind diejenigen, die in der Untersuchung am deutlichsten voneinander zu unterscheiden waren. Ihre Reihe ließe sich wohl noch weiter ausdifferenzieren. Damit würde jedoch die Unübersichtlichkeit der Darstellung zunehmen.

Verrücken auf ein Objekt

Die Vorstellung, das Seelische stelle etwas ›Inneres‹ dar und stünde als solches einer ›objektiven Welt‹ gegenüber, läßt sich nicht halten, wenn man von Beschreibungen der kompletten Handlungseinheiten ausgeht. Dinge eröffnen dem Seelenleben *Behandlungsräume*. Psychologisch betrachtet sind sie nicht leblos und äußerlich, sondern instrumentieren und qualifizieren seelische Ausdrucksdränge. Die gegenständliche Welt läßt sich daher vom Psychischen nicht als ein objektiver Bereich abtrennen. Dieses ›braucht‹ die Dinge, um sich zum Ausdruck zu bringen. Es wird der seelischen Realität eher gerecht, wenn die Objekte von vornherein in den Wirkungsbereich des Psychischen miteinbezogen werden. Die Psychologie kann es als eine Herausforderung ansehen, daß es gerade Karl Marx war, der diesen Gesichtspunkt bereits in der Mitte des vergangenen Jahrhunderts pointiert aussprach, indem er den Menschen als ein gegenständliches Wesen bestimmte (s.a. Heubach 1987).

Beim glücklichen Augenblick erhalten die Objekte dann eine herausgehobene Bedeutung, wenn sie sich dazu eignen, dem aktuell wirksamen Zug ins Ganze eine Realisierung anzubieten. So gesehen sind sie keine ›Reize‹ oder ›Auslöser‹ für das Beglücktsein. Es besteht zwischen ihnen und dem Beglücktsein kein Verursachungsverhältnis. Vielmehr dienen die Objekte den Behandlungsformen des Seelischen als Markierungen, Wendestellen und als Ausformungen für noch unartikulierte Gestaltungstendenzen. Von vornherein ist ein kompliziertes Ganzes gegeben, das Gegenständliches gemäß seinen Anforderungen und Vereinheitlichungen aufgreift und in seine Entwicklungen einbezieht. Nur so läßt sich erklären, warum alltägliche Dinge wie Bäume, Blumen, Vögel oder Kekse zu ›Glücktsträgern‹ werden können, obwohl sie in anderen Handlungseinheiten keineswegs als beglückend erfahren werden.

Zwei Briefe auf einmal

Ein 25-jähriger Mann kommt nach einem arbeitsreichen Tag heim. Er ist erschöpft, aber auch mit sich zufrieden, da er das Gefühl hat, gut und gründlich gearbeitet zu haben. Er sehnt sich nach einem ruhigen Abend. Als er seinen Briefkasten aufschließt, fallen ihm zwei Briefe entgegen. Auf beiden erkennt er sofort die vertraute Handschrift der geliebten Freundin. Diese arbeitet zur Zeit in einer anderen Stadt, und sie können sich daher nur an manchen Wochenenden sehen. Wie meist, hatte er auch an dem heutigen langen Tag, in wiederkehrenden Aufwallungen der Sehnsucht an sie denken müssen. »Zwei auf einen Streich« entfährt es ihm, und er bemerkt, wie eine »sprudelnde Erregung« in ihm aufsteigt. Leichtfüßig steigt er die Treppe hoch und blickt dabei immer wieder auf die beiden Umschläge. Es ist, als halte er einen ganz besonderen Fang in seiner Hand. Er nimmt sich vor, dieses Ereignis gebührend auszukosten.

In der Wohnung wird ein Rahmen aufgebaut, der die Lektüre der Briefe zu etwas ganz besonderem erheben soll. Musik wird angestellt, Kaffe aufgesetzt und das Telefon leise gestellt. Keiner soll den bevorstehenden Genuß stören können. Als alles vorbereitet ist, nimmt der Beglückte auf dem Sofa Platz und betrachtet die noch geschlossenen Briefe. Sie werden beschnuppert, das Datum der Stempel wird studiert, das Gewicht abgeschätzt. Um die anwachsende Spannung noch eine Weile zu halten, beschäftigt er sich zunächst mit der Tageszeitung. Doch nun fängt es an im Bauch zu kribbeln. »Schmetterlinge im Bauch« fällt ihm dazu ein. Sein Körper scheint sich zu dehnen, es ist, als würde das Blut freier zirkulieren. Verspannungen fallen ab, und er meint, in alle Verzweigungen seines Leibes hineinfühlen zu können. Schließlich werden die Briefe geöffnet und einer nach dem anderen langsam und gründlich gelesen. Das wiederum weckt Erinnerungen an schöne Zeiten des Zusammenseins. Auf diese Weise gestaltet sich das Beglücktsein aus, flacht aber nach einiger Zeit spürbar ab. Länger läßt sich diese zerdehnte Verfassung nicht halten.

Die während des Tages in unausgeformten Ansätzen aufgekommene Sehnsucht nach einem Zusammensein mit der Freundin findet am Abend in den vorgefundenen Briefen einen willkommenen handlichen Anhalt. Damit verrückt sich das als geteilt oder ›getrennt‹ erfahrene Ganze in ein begrenztes, aber anschaulich bestätigtes Besitzen. Wenn sich die Freundin nicht haben läßt, so doch wenigstens ihre Briefe. Es ist, als zöge sich der bislang unausgestaltete Zug ins Ganze um ein Detail zusammen, und als koste er in dieser Konzentration ein Haben aus, das sich an Dingen viel ungestörter zu erfahren vermag als an einem lebendigen Anderen, der sich den ins Totale gehenden Aneignungen widersetzt. So eröffnet sich die Handlungseinheit, im Verrücken des Zugs ins Ganze auf die Postsendungen, eine erweiterte

Verfügbarkeit: Im Abtasten, Abwiegen, und Beriechen, im langsam sich steigernden Haben gestaltet sich die Sehnsucht in ein In-Besitz-Nehmen aus.

Hans im Glück

An einer Geschichte kann eine Untersuchung zum Beglücktsein nicht vorübergehen, ohne sie nicht wenigstens einmal angesprochen zu haben: Das Märchen der Gebrüder Grimm (o.J.) »Hans im Glück«. Es ist vermutlich die einzige Erzählung, die es fertigbringt, auf vier Buchseiten gleich sechs glückliche Augenblicke zu beschreiben.

Hans, der sich nach Abschluß der Lehrzeit mit einem großen Klumpen Gold auf seinen Heimweg begibt, um schließlich mit Nichts bei der Mutter anzukommen, wird häufig mitleidig belächelt. Gleich einem Toren habe er keinen Sinn für den materiellen Wert der Dinge. Andere meinen, daß eben diese Gleichgültigkeit dem Besitz gegenüber seine Weisheit ausmache und nennen ihn den »ersten Philosophen des Glücks« (Marcuse 1949, 42ff).

Unter der Perspektive ›Behandlung von Wirklichkeit‹ betrachtet, läßt sich das Märchen jedoch als ein Musterbeispiel für das Beglücktsein über den Mechanismus eines Verrückens auf den Behandlungsraum von Objekten aufgreifen. Hansens seltsames Desinteresse an dem Tauschwert der Dinge eröffnet den Einblick in das Getriebe einer seelischen Entwicklung, die eine Reihe von beglückten Augenblicken im Verrücken auf ein Detail herstellt.

Das Märchen beschreibt einen fünfmaligen, vielversprechenden Bilderwandel über Objekte. Das Pferd, die Kuh, das Schwein, die Gans und zu allerletzt der Wetzstein bieten sich einer, in Bedrängnis gekommenen Handlungseinheit an, den totale Verfügbarkeit anpeilenden Zug ins Ganze auszuformen. Was allerdings zunächst ›Alles‹ verspricht, indem es den aktuell erfahrenen Schwierigkeiten eine prompte Lösung eröffnet, wird nach kurzer Zeit zum Träger des erneuten Leidens. Die Handlungseinheit gerät in eine Drehung. Und jeweils in diesem Augenblick rückt das nächste Ding hervor, das verspricht die gerade verlorengehende Verfügbarkeit wiederzuerlangen.

Marcuse geht vom Ende der Geschichte aus, wo Hans, von allen tückischen Dingen befreit, glücklich nach Hause läuft. Er habe erkannt, daß es nicht die Güter dieser Welt sind, die das Glück garantieren. »Das Glück sitzt also nicht eingeschlossen in Diesem oder Jenem – das hast du gelernt, lieber Hans. Das Glück liegt in Dir – das ist die Lektion, die deine Reise dir erteilt hat« (48).

Weil Marcuse, wie viele Philosophen, die sich mit dem Glück beschäftigen, dieses mit der »Zufriedenheit mit dem Leben als Ganzem« (Tatarkiewicz 1962, 16) gleichsetzt, interessiert ihn allerdings nicht das Zustandekommen der einzelnen Glücks*erfahrungen*, die in dem Märchen beschrieben werden. Ihm kann daher nicht auffallen, daß mit der geschilderten *Reise* eine hervorragende Darstellung des aktuellen Beglücktseins auf der Grundlage eines Verrückens auf ein Detail gegeben ist. Indem sich der Zug ins Ganze in die jeweiligen Behandlungsräume der Objekte verrückt, gerät die bedrängte Handlungseinheit immer wieder in einen vielversprechenden Übergang zum Ganzen.

So gesehen liegt das Glück allerdings nicht *in* Hansens Innerm, wie es Marcuse ausdrückt. Es liegt auch nicht *in* den Dingen, wie oft vereinfachend angenommen wird. Der glückliche Augenblick entsteht im Verrücken eines auf Totalität drängenden Gestaltungszuges auf einen konkreten Gegenstand. *Das Glück liegt ›im‹ Verrücken.*

In der Folge wird auf zwei innerhalb der psychoanalytischen Theorie angesiedelten Konzepte eingegangen, die die Hypothese, daß die gelebten Einheiten im Verrücken auf ein Objekt in Übergang zum Ganzen geraten können, bestätigen. Die Psychoanalyse kommt zu Erklärungen der Phänomene des entwickelten Seelenlebens, indem sie diese auf frühe Entwicklungsaufgaben und Lösungsmuster des Seelischen bezieht. So sprechen die beiden darzustellenden Konzepte vom ›Übergangsobjekt‹ und vom ›Fetischismus‹ zwei infantile Entwicklungsstadien an, in denen das Ganze verstärkt in Gefahr gerät und sich über Objekte abzustützen sucht.

Übergangsobjekte

Für Winnicott (1958b) beginnt das Seelenleben in der Erfahrung ungebrochener »Omnipotenz« (313). Über die »ausreichend gute« (312) Anpassung der Mutter an die Bedürfnisse des Säuglings innerhalb der ersten Lebenswochen, erfährt das junge Wesen im Normalfall nur wenig einschneidende Einschränkungen. Unlustspannungen, die aufkommen, werden von der Mutter erkannt und in ihren Ursachen ausgeräumt. So kann das Baby die Erfahrung allmächtiger Bestimmung machen. Da die Unterscheidung zwischen dem Selbst und dem Anderen noch nicht getroffen ist, ist es, als sei der Säugling selbst Urheber der Wirkungen, die seine Spannungen lindern. Er kann die »Illusion« aufrechterhalten, »ihre Brust sei ein Teil seiner selbst« (313). Die Ausschöpfung dieser Erfahrung von Omnipotenz ist für die weitere Entwicklung von großer Wichtigkeit. Kommt es hier zu einer nicht zu bewältigenden Störung, hat das weitreichende Folgen.

Von der leitenden Fragestellung aus gesehen läßt sich feststellen, daß Winnicott mit der Beschreibung dieses infantilen Zustandes eine Grundform jener Verfügbarkeit über das Ganze einkreist, die im Beglücktsein über den Zugs ins Ganze angezielt wird.

Von Anfang an, und mit der Zeit vermehrt, kommt es aber auch zu Verfehlungen und Verzögerungen des mütterlichen Entgegenkommens. Es kann ihr nicht stets gelingen, ohne Abweichungen auf die Wünsche des Kindes einzugehen. Für die weitere Entwicklung ist es sogar erforderlich, daß sich die »Hauptaufgabe« (316) der Mutter von der Ermöglichung der Illusion von Allmacht zu deren allmählicher »Desillusionierung« wandelt (ebd.). So traut sie dem Baby auf Dauer vermehrt zu, längere Zeit ein Unwohlsein ertragen zu können. Für den Säugling bedeutet dies, daß er immer häufiger die Erfahrung macht, daß nicht alles, was sich in seinem Felde ereignet, in seiner Macht liegt. Er schreit und muß aushalten, daß nicht gleich eine Lösung der Spannung erfolgt. Er bemerkt, daß es etwas gibt, das sich seiner »omnipotenten Lenkung« (311) entzieht, was Widerstände aufweist und Anpassungsleistungen von ihm erfordert.

In dieser Situation, in der die vorher zur Blüte gekommene Allmacht sich als begrenzt und Widerständen ausgesetzt erfährt, setzt eine Desillusionierung ein, die bis in depressive Verstimmungen hineinreichen kann (Klein 1962). Das heranwachsende Lebewesen macht nun verstärkt die Erfahrung, daß sich diese Wirklichkeit nicht vollständig in den Griff nehmen läßt, daß sie nicht total bestimmbar ist. Die Aufhebung der Unlustspannung, so wird bemerkt, erfolgt nicht gleich, wenn ein Schreien anhebt. Manchmal bleibt die Mutter überhaupt länger weg. Die Wirklichkeit erweist sich *nicht* mehr als verfügbar, sie enthüllt ihren Übergangscharakter.

In diesem Entwicklungsstadium organisiert sich etwas, das dazu beiträgt die erlittenen Unverfügbarkeiten erträglich zu gestalten. Es wird *ein sich zufällig anbietendes Objekt aus dem Umfeld herangezogen*, auf das sich jetzt das Bestimmenwollen richtet. Dieses Ding ist das Übergangsobjekt.

Mit seinem Auftreten gestalten sich die aktuellen Formenbildungen des frühkindlichen Seelenlebens immer wieder auf eine ähnliche Weise um, wie es oben für die Wendung des Verrückens auf ein Objekt beschrieben wurde: Mit der Zentrierung um das Übergangsobjekt (Verrücken) kommt es zu einer Eingrenzung des als schmerzhaft unverfügbar erfahrenen Ganzen. Die Verfügbarkeit wird wiedererlangt, indem sie sich an einem Ausschnitt der Wirklichkeit, dem zufallenden Gegenstand, erweist. Das Objekt kann hervorgeholt werden, wie vorher die Mutter durch das Schreien herbeigelockt wurde. Es wird in dem gleichen Sinne weggeworfen, wie diese vorher unbedeutend wurde, nachdem sie ihre Funktion erfüllt hatte. Aufkommende Spannungen können sich jetzt an diesem unscheinbaren, aber verfügbaren Ding beruhigen. Es steht einerseits für die Aufrechterhaltung des Ganzen durch die Mutter, bleibt aber stets auch dieses konkrete Ding.

Soviel zu den Analogien zwischen den Untersuchungen Winnicotts von frühen Entwicklungsaufgaben und der morphologischen Konzeption des ›Verrückens auf ein Objekt‹. Selbstverständlich ließen sich auch eine Reihe von Divergenzen aufweisen, die aber in diesem Zusammenhang nicht von Interesse sind. Es sei lediglich auf einen Punkt verwiesen. Obwohl Winnicott das Seelenleben explizit als ein »Gefüge« (1958, 130) auffaßt, sind seine Logifizierungen doch von traditionellen Denkeinheiten wie »innere Realität« (302) und »äußeres Objekt« (303), »Subjektives« (302) und »objektiv« Wahrgenommenes (ebd.) bestimmt. Diese Festlegungen erlauben es ihm nicht, den Übergangsbereich konsequent im Rahmen von Formenbildungen zu beschreiben. Indem Winnicott die Struktur des Übergangsobjektes nicht explizit aus den Problemen der Behandlung von Wirklichkeit in Gestalten ableitet, gerät sein Konzept immer wieder in Gefahr, simplifizierend mißverstanden zu werden. Innerhalb der psychoanalytischen Theorie wurde daher sein Konzept vom Übergangsobjekt relativ isoliert von den hier eigens herausgestellten und mit ihm gegebenen Implikationen aufgenommen (Khan 1973, XIV).

Fetischismus

Im glücklichen Augenblick ist das Verrücken auf ein Objekt reversibel. Über diesen Mechanismus gerät die Handlungseinheit für einige Augenblicke in Übergang zu einem erweitert verfügbaren Ganzen. Doch schon nach kurzer Zeit löst sich die gewonnene Zentrierung wieder auf. Das Märchen »Hans im Glück« macht mit seiner sechsmaligen Wendung auf diese Vergänglichkeit des Verrückens aufmerksam. In der psychoanalytischen Theorie, die sich mit seelischen Störungen befaßt, findet sich ein weiteres Konzept, bei dem das Verrükken auf ein Objekt eine zentrale Rolle spielt. Allerdings handelt es sich hier um langandauernde, nur wenig reversible Verbindungen, die bestimmte Lebenswerke mit bestimmten, fein ausgesuchten Dingen eingehen, um ein als gefährdet verspürtes Ganzes abzustützen. Es handelt sich um Formen des Fetischismus.

Freud (1927) stellt fest, daß der Fetisch von denjenigen Personen, die ihn gebrauchen, selten als ein Leidenssymptom empfunden wird. Er scheint eher ihr Wohlbefinden zu steigern und sie »loben sogar die Erleichterungen, die er ihrem Liebesleben bietet« (311). Dann stellt er die seelische Situation dar, in der ein Fetisch Bedeutung erlangt. Die Ausgangslage bildet der Geschlechtsunterschied. Er ist die Grundlage dafür, daß es beim Knaben zu einem »Kastrationsschreck« (314) kommen kann. Wenn dieser nämlich unter dem Eindruck der Kastrationsdrohung entdeckt, daß es tatsächlich Menschen gibt, denen der Penis ›fehlt‹, erfährt er sich in seiner körperlichen Unversehrtheit bedroht. Um die nun ›reale‹ Gefahr abzuwenden, wird ein Gegenstand aufgegriffen, der gewisse Analogien zu dem beim weiblichen Geschlecht vermißten Penis aufweist. Dieser ›Fetisch‹ vertritt von nun an den ›fehlenden‹ »Phallus des Weibes« (312) und dokumentiert mit seiner Gegenwart die Unversehrbarkeit der eigenen Organisation. Indem sich also das Bemühen, ein Ganzes unversehrt aufrechtzuerhalten, auf ein Ding verrückt, kommt es zu einer beruhigenden Stabilisierung. Der Fetischist verspürt solange keine Angst, solange er sich im Besitz des Fetischs weiß.

Freuds Konzept des Fetischismus wurde in seiner Nachfolge stets weiter ausgebaut. In einer Übersicht stellt Khan (1979) die Gefährdungen zusammen, die ein gelebtes Ganzes dazu führen können, seine bedrohte Vollständigkeit über ein Verrücken auf Dinge unter Beweis zu stellen (198). Morgenthaler (1974) faßt solche Formen von Pars-Pro-Toto-Verhältnissen in einem Bild zusammen, wenn er von der Perversion (z.B. Fetischismus) als einer »Plombe im Selbst« spricht (1082). So wie bei einem kranken Zahn die Plombe dessen Funktion erhält, so kann ein Fetisch die Organisation des gelebten Ganzen aufrechterhalten.

Für die Fragestellung der vorliegenden Untersuchung von besonderem Interesse ist ein Fall von Vorhautfetischismus, den Khan an der oben genannten Stelle beschreibt. Der dort vorgestellte Patient verstand es, seine »amorphe Affektivität« (206) zu organisieren, indem er sich nachts auf die rastlose Suche nach einem Fetischobjekt begab. Über diese auf ein Ding gerichtete »aktive Verhaltensmodalität« (ebd.) gelang es ihm, jeweils für einige Zeit seine Empfindungen von Leere und Sinnlosigkeit zu überwinden und in die Verfassung »einer lebhaften und aktiven Form von *Hochstimmung*« zu geraten (ebd.; Hervorhebung von D.B.). In einem späteren Abschnitt werden die allerdings erheblichen strukturellen Unterschiede zwischen dem aktuellen Beglücktsein und den eher als ›maniform‹ zu bezeichnenden Hochstimmungen angesprochen. Um letzteres handelt es sich bei dem von Khan beschriebenen Fall von Fetischismus.

Verrücken auf einen anderen

So wie das Seelenleben im Verrücken auf Objekte in Übergang zum Ganzen geraten kann, so kann es auch an einem anderen, einem Menschen etwas festmachen, was ihm eine Realisierung des Zugs ins Ganze verspricht. Allerdings lassen sich Gegenstände gefügiger in die Selbstbehandlungen einbeziehen als lebendige Menschen. Denn mit derem nicht zu kontrollierenden Eigenleben verkleinert sich der Bereich der Verfügbarkeit. So sind es meist auch nur bestimmte, in die Anforderungen der aktuellen Formenbildung sich einpassende Seiten anderer Menschen, die über ein Verrücken auf ein Detail die Erfahrung von Beglücktsein eröffnen.

Entgegen der naiven Auffassung, daß das Zusammensein mit anderen Menschen eine hervorragende ›Quelle des Glücks‹ sei, stellt die genaue Beschreibung heraus, daß es – zumindest bei diesem Mechanismus – im Beglücktsein weniger um den anderen ›als anderen‹ geht. Der ›andere‹, der letztlich fremd und unverfügbar bleibt, eignet sich nicht für solche ins Totale gehende Erfahrungen, die mit einer Realisierung des Zugs ins Ganze gegeben sind. Formen der Wirklichkeitsbehandlung, die sich als glückliche Augenblicke qualifizieren, beziehen die Menschen oft nicht weniger funktionalisierend in ihre Gestaltungen ein als die Dinge. Der andere ist nicht als ein Besonderer von Interesse, sondern als einer, an dem der Zug ins Ganze einen Anhalt zu seiner Ausformung findet.

Anna am Telefon

Der 26-jährige Proband ist am Samstagabend allein zu Hause. Wie so oft, wenn er keine Pläne für den Abend hat, befällt ihn eine quälende Unruhe. Er würde jetzt so gerne einen Freund oder eine Freundin anrufen, um sich mit ihm oder ihr noch für denselben Abend zu verabreden. Als er in Gedanken seine Bekannten durchgeht, wird ihm umso deutlicher, wie isoliert er ist. Niemand fällt ihm ein, den er in dieser Situation ansprechen könnte. Ein Gefühl endloser Einsamkeit breitet sich aus. Es ist, als würde um ihn »herum alles zerbröckeln und abfallen«, als gingen alle stabilen Bezüge verloren. »Wen *hab* ich eigentlich? Wer ist denn da, der zu mir stehen könnte und würde?«

Er neigt jetzt dazu, fast sein gesamtes Leben in Frage zu stellen. Denn wie er das Ganze auch dreht und wendet, es bleibt bei dieser quälenden Einsamkeit. Die Sehnsucht nach einer »festen sicheren Einheit« hat etwas Schmerzvolles, denn er kann sich niemanden vorstellen, der sie stillen könnte.

Da klingelt das Telefon. Es ist Anna! Mit Anna war er vor Jahren einmal für einige Zeit befreundet, und die Verbindung zwischen ihnen ist seitdem nie ganz eingeschlafen. Als er eben seine Bekannten durchging, ist sie ihm nicht eingefallen. Seine Verlassenheit löst sich mit einem Male auf. Anna kann er von seinen düsteren Gedanken erzählen und dabei sicher sein, daß sie ihm zuhört. Seine ganze Sehnsucht verrückt sich auf dieses Bild einer Frau. Es ist, als würde dem »Abbröckeln« damit Einhalt geboten, als füllten sich die gähnend weiten Zwischenräume wieder auf. Hatte er vorher noch an sich, seinem ganzen Leben gezweifelt, so bemerkt er, wie sich jetzt etwas Tragendes, Festes in seinem Erleben herausbildet, das ihm neue Kraft und Zuversicht verleiht. Nach Beendigung des Telefonats, macht sich ein Bewegungsdrang bemerkbar. Er möchte raus auf die Straße, etwas unternehmen und am liebsten »jemanden umarmen«. Schon lange hat er sich nicht mehr so glücklich gefühlt. Gleichzeitig erlebt er sich aufgeschlossener, nimmt die Dinge in seiner Wohnung viel differenzierter wahr als sonst.

In dem beschriebenen Fall ist die Handlungseinheit durch einen sich ausbreitenden, alles einvernehmenden Haltverlust gekennzeichnet. Die Erfahrung von Kontinuität ist unterbrochen und die Bindungsansätze finden keinen Anhalt an dem sie sich realisieren könnten. In dem Wunsch nach dem ›Haben‹ eines anderen kommt der Zug ins Ganze zum Ausdruck. Doch es bietet sich niemand an, an dem er sich realisieren könnte. In dieser Situation, die gewissermaßen nach einem zentrierenden Anhalt ›schreit‹, kommt der Anruf der Freundin. Damit wendet sich die ›bröckelnde‹ Offenheit in das Versprechen, von Anna ›verstanden‹ zu werden. Die Handlungseinheit findet hierin einen Anhalt, der dem Ganzen erneut Richtung und Bezogenheit ermöglicht. Das Beglücktsein versteht sich aus dem Verrücken des Zugs ins Ganze in ein Bild von Anna, das einen neuen Halt verspricht.

Es ist anzunehmen, daß Anna nicht ahnt, wozu sie mit ihrem Anruf beigetragen hat. Ihre Stimme ›paßt‹ aber genau in die Ausgangslage, um in solch einen vielversprechenden Verrückungsprozeß eingebunden zu werden. Die ›schwebende‹ Handlungseinheit kann kaum anders, als den Zug ins Ganze zum Zwecke einer Reorganisation, an ihr festzumachen. In ähnlicher Weise stellen sich auch die anderen Glücksmomente her, die von einem Verrücken auf einen anderen getragen werden.

Der klinischen Tiefenpsychologie sind solche Einbeziehungen anderer in die Formen der Selbstbehandlung sehr wohl bekannt. Sie zeigen, daß es nicht ausreicht, einen Austausch zwischen zwei Menschen als ›Kommunikation‹ zu fassen. Das, was beim Gebrauch solcher Begriffe wie ›Kommunikation‹, ›Gespräch‹ oder ›Beziehung‹ meist vorschwebt, hat nur wenig mit den Formenbildungen zu tun, in denen das Seelenleben die anderen tatsächlich behandelt. Kernberg (1974) hat festgestellt, daß die Ideale von Wechselseitigkeit, Austausch und Verstehen eine Sonderform der Objektbeziehung darstellen, die in seltenen Fällen auch tatsächlich zu beobachten ist. Sie kommt eigentlich mehr einem Ideal gleich, das er in seinem Aufsatz daher auch als »reife Liebe« (226ff) bezeichnet.

Freud (1916/17) hat dieses Phänomen mit dem Begriff »Übertragung« (446ff) beschrieben. In den Gesprächen mit seinen Patienten stellte er fest, daß diese dazu neigten, ihm nach infantilen Mustern zu begegnen. Seine Bemühungen als Arzt konnten die Formen, in die sie ihn in ihrer Selbstbehandlung spontan einbezogen, kaum durchdringen. Ein innerhalb der psychoanalytischen Bewegung umstrittener Autor, Kohut, hat Freuds Konzept auch auf die Neurosenformen ausgedehnt, bei denen es vordringlich um Störungsformen des ›Ganzen‹ geht. Die Übertragungen, die solche *»narzißtischen Persönlichkeitsstörungen«* (Kohut 1971) ausbilden, haben wesentlich die Funktion, an einem anderen das von Auflösung bedroht erfahrene Ganze oder »Selbst« (Hartmann 1950), abzustützen. Weil sie deutliche Analogien zu den vorliegenden Beobachtungen und Konstruktionen aufweisen, werden sie an dieser Stelle erwähnt.

Kohut (1971) unterscheidet zwei große Formen der narzißtischen Übertragung. In der »Spiegelübertragung« (127ff) erhält der andere die Funktion, durch seine Blicke und Antworten das gelebte Ganze in seiner Wirklichkeit oder auch ›Vollkommenheit‹zu beglaubigen. In seiner klinischen Praxis hat Kohut festgestellt, daß es dabei unerheblich ist, wie der andere sich ›wirklich‹ verhält. Der Patient wird, wenn er sich in solch einer Übertragung befindet, alles das, was der Analytiker sagt, als eine Spiegelung seiner selbst verstehen. Der Analytiker wird im Rahmen dieser Übertragung nicht als ein ›anderer‹, sondern nur als ein Spiegelbild relevant.

In der »idealisierenden Übertragung« (55ff) wird der andere hingegen zu einer starken, unerschütterlich guten Macht überhöht, die durch ihre Gegenwart dafür sorgt, daß der seelische Halt gesichert ist. Der Patient erhebt seinen Therapeuten zu einer idealen Gestalt, die gewissermaßen die ungestörte Regulation des Ganzen garantiert, an die er sich anlehnen kann. Auf diese Weise braucht er sich nicht den als kränkend erfahrenen eigenen Unverfügbarkeiten zu stellen. Kohut macht deutlich, daß beide Übertragungsformen dazu dienen, der drohenden Erfahrung von Fragmentierung entgegenzuwirken. Indem diese Patienten ihre Sehnsucht nach einem vollkommenen Ganzen auf den Analytiker übertragen, behandeln sie ihre starke Angst vor dem Verlust von Verfügungsgewalt.

Verrücken auf Ansichten

Das geflügelte Wort »Rom sehen und sterben!« macht darauf aufmerksam, daß es häufig Ansichten von Städten, aber auch von Landschaften, idyllischen Orten und Szenen zufällt, bei der Produktion von glücklichen Augenblicken mitzuwirken. Wen hat nicht schon das Entzücken angesichts eines Sonnenuntergangs erfaßt? Ähnlich wohlbekannte Erfahrungen und eine Reihe der interviewten Fälle legen nahe, im Verrücken auf eine Ansicht oder Aussicht eine dritte Ausprägung des in Frage stehenden Mechanismus zu sehen. So wie Handlungseinheiten über ein Verrücken auf einen Gegenstand in Übergang zum Ganzen geraten können, so tun sie es auch über einen *weiteren Ausschnitt* der anschaulich gegebenen, gegenständlichen Welt. Hierbei stehen dann weniger die Umgangsmöglichkeiten von Gegenständlichem im Vordergrund, sondern es handelt sich um ein distanziertes Beschauen und Betrachten von Dingen oder Szenen. Sie werden hier nicht unmittelbar in Tätigkeiten einbezogen. Indem der Zug ins Ganze solch eine Ansicht zum Anhalt nimmt, kann die aktuelle Handlungseinheit mitunter eine neue, erweiternde Ausrichtung erhalten. Meistens gelingt dies, indem der überblickte Ausschnitt zu einem Gleichnis für das Leben erhoben wird.

Dies ist die Stelle, an der das leitende Beispiel wieder aufgriffen werden kann. Das beim Beglücktsein als Mechanismus wirksame Verrücken auf ein Detail, konkretisiert sich hier als eine Realisierung des Zugs ins Ganze in der zugefallenen Straßenszene. Diese wird dadurch zu einem Symbol für das Leben. Indem sich der Zug ins Ganze in den Anblick der unterschiedlichen Generationen auf der Straße verrückt, wird ein Gleichnis für die als unverfügbar erfahrene Wirklichkeit aufgefunden, über das die aktuell erfahrenen Schwierigkeiten einen veränderten Stellenwert erhalten. Die begrenzte Ansicht bietet eine anschauliche Ordnung an, über die sich der erfahrene ›Knoten‹ lösen kann. Die verklebte Handlungseinheit kann ihre verspürten Verfestigungen an dem vor Augen liegenden Gleichnis für das Ganze aufbrechen. Wie ein verirrter Autofahrer sich zu orientieren sucht, indem er die unüberschaubare Gegend, in der er sich befindet, auf der Straßenkarte überblickt, so findet die Studentin über den Blick auf die Sonntagsidylle einen veränderten Zugang zu ihrem Alltag und zu ihrem Leben.

Da diese dritte Ausprägung des Mechanismus auch in dem zu Beginn des Abschnitts angeführten Fall ›Im Kräutergarten‹ eine ausführliche Veranschaulichung gefunden hat, wird hier auf eine weitere Fallbeschreibung verzichtet und direkt zu der nächsten Ausprägung übergegangen.

Verrücken auf Medien, Kunst, Literatur

Der das Seelenleben durchformende Zug ins Ganze braucht Anhaltspunkte. Es wurde gezeigt, wie er sie im Gegenständlichen und an anderen Menschen finden kann. In einer vierten Ausprägung des Verrückens auf ein Detail geraten die Handlungseinheiten in einen beglückenden Übergang zum Ganzen, indem sie aufkommende Ausdruckskeime in *begrenzte Formangebote verrücken, die Werke der Musik, des Films oder der Literatur bereitstellen.* »Diese Medien geben ... unserem Umgang mit der Wirklichkeit Anhaltspunkte, Wendepunkte, Operationsschemata« (Salber 1986, 48). Sie stellen, jeden Tag aufs Neue, eine breite Vielfalt an begrenzten Formen bereit, an die sich die Selbstbehandlung von Wirklichkeit anlehnen kann. Was wir im Alltag an seelischer Bewegtheit und ›Spontaneität‹ beobachten können, erweist sich oft als durch solche Formangebote vermittelt. Die Medien, mit ihren Mustern und Werken auf Zeit, stellen in gewisser Weise ›Fleisch und Blut‹ bereit, in denen der seelische Haushalt zu etwas wird.

Wenn im Rahmen der Untersuchung zum glücklichen Augenblick nun die Kultivierung des seelischen Geschehens durch Medien angesprochen wird, gerät damit ein seltsames Paradox in den Blick. Es sind gerade Momente des Beglücktseins, in denen die Befragten sich als vertieft und einzigartig erleben. Viele beschreiben diesen Zustand auch als einen, in dem sie in hohem Maße das Gefühl haben, sie selbst zu sein (Blothner 1985). Auch mit den Qualitäten von ›Mehr und Anders‹ wird angedeutet, daß es sich hier um *einzigartige*, transzendierende Erfahrungen handelt. Und doch läßt sich feststellen, daß bei der Herstellung solcher Momente nicht selten mediale Muster eingeschaltet werden, die millionenfach reproduziert sind. So scheint sich offenbar ›das größte Glück‹ in Werken von ›breitester Allgemeinheit‹ ausformen zu können.

Bei genauer Beschreibung der aktuellen Formenbildung im Beglücktsein wird dieses Paradox jedoch verständlich. Sei es, daß eine ungerichtete Schwebelage über ein Verrücken in das begrenzte Werk eines Schlagers einen organisierenden Anhalt bekommt, oder sei es, daß eine verspürte Krise über die Lektüre eines gedruckten Textes eine wohltuende Klärung erfährt – in beiden Fällen gerät die Selbstbehandlung in Übergang zu einem Werk, das verspricht, ihre Gestaltungsprobleme für einige Zeit zu tragen und zu entwickeln. Der Zug ins Ganze findet an solch einem medialen Werk eine vorübergehende Fassung.

Popmusik

Die Studentin, die dieses Glückserlebnis berichtet, ist gerade dabei, eine Arbeit auf der Schreibmaschine zu tippen. Es fällt ihr schwer, sich auf diese Aufgabe zu konzentrieren. Sie verspürt einen Drang, das Radio einzuschalten. Sie hält sich aber zunächst noch zurück, denn sie sieht voraus, daß sie sich dann über die Vermehrung von Tippfehlern ärgern wird. Jedoch kann sie auf Dauer den Drang nicht zügeln. Die Erfüllung irgendeines dumpf verspürten Versprechens ist mit dem Einschalten des Transistors verbunden. Begleitet von Selbstvorwürfen gibt sie schließlich nach und drückt auf den entscheidenden Knopf. Die ersten Takte des Liedes, die aus dem Lautsprecher schallen, kommen ihr irgendwie bekannt vor. Das sind vertraute und liebenswürdige Klänge, aber sie kann noch nicht angeben, worum es sich handelt. Und dann hat sie das Stück mit einem Male erkannt.

»Oh nein, das darf nicht wahr sein! Al Jarreau: ›Al is for lover‹! Die absolute Spitze! Das tollste, was überhaupt kommen kann.« Sie geht zum Radio zurück und stellt es lauter. Dabei muß sie darauf achten, daß sie den Genuß nicht schmälert, indem sie es zu laut dreht und dadurch ein störendes Brummen erzeugt. Doch sie entscheidet sich für laute Musik mit Brummen und beginnt, zu den Takten zu singen und zu tanzen. Ihr Körper wiegt sich im Rhythmus der Musik. Wenn sie den Refrain mitsingt, ist es, als produziere sie die Stimme, die aus dem Lautsprecher tönt. Ihre Bewegungen werden nun in Vorstellungen eingebettet, die einen aufregenden Tanz mit einem Mann ausmalen. Sie fühlt sich, als könne sie ganze Nächte durchtanzen und ein »wirklich tolles Leben« führen. Alles erscheint ihr leicht und im Bereich ihrer Möglichkeiten. Ihre sonstige Schüchternheit scheint verflogen, sie erlebt sich durch nichts mehr gehemmt und eingeschränkt. Ein leichter Bruch der Hochstimmung stellt sich ein, als sie bemerkt, daß ihre Bewegungen Ähnlichkeiten mit den beherrschten Tanzschritten ihres Vaters aufweisen. Dieser hatte erst spät in seinem Leben Tanzkurse besucht. Doch jetzt ist er ein guter Tänzer. Sie wirft sich wieder in den Schwung der Melodie hinein und füllt sie mit erotischen Schritten aus. Sie weiß, daß sie »alles in den Griff kriegen« wird. Das Leben erscheint ihr geradezu »überschäumend«, voller naheliegender Möglichkeiten. Andere Erinnerungen fallen ihr jetzt ein. Sie denkt an den Mann, mit dem sie das Lied kennenlernte. Eine Spur von Traurigkeit kommt dadurch auf. Doch sie läßt diese nicht anwachsen, geht mit Schwung in die Knie und vergegenwärtigt sich: »Jetzt bin ich glücklich!« Als das Stück vorüber ist, wirkt der erfahrene Aufschwung noch einige Zeit nach. Die angefangene Arbeit fällt leichter. Doch schließlich ist auch dieser Gewinn nicht mehr zu verspüren.

Die Ausgangslage ist dadurch bestimmt, daß sich keine eindeutige Richtung herauszubilden vermag. Zwar wird die Handlungseinheit um das Schreibmaschineschreiben zentriert, jedoch lassen sich in dieser Form nicht alle drängenden Ausdruckskeime organisieren. Das Radio präsentiert hier so etwas wie einen Ruf, sich auf weniger mühselige, dafür aber schwungvoll vereinheitlichende Entwicklungen einzulassen. Mit den ersten Takten der vertrauten Melodie eröffnet sich mit einem Male eine in ihrem Aufbau vertraute Figur, die jene andauernde Schwebelage in ein mitreißendes, aber deutlich begrenztes Werk verrückt.

Dieses wird nun zum tragenden Material. In ihm können sich die Nebenbilder ausformen, die vorher die Konzentration auf die Arbeit durchkreuzten. Indem die Handlungseinheit zu diesem medialen Werk in Übergang gerät, ist es, als sei eine Ordnung für das Ganze gefunden. Im Begrenzten können sich aufs Ganze zielende Entwürfe vorübergehend ausformen. Die an den Übergang gebundene, gesteigerte Verfügbarkeit dehnt sich für einen Moment in das gesamte weitere Leben hin aus. Als das mediale Werk dann nicht mehr bereitsteht, fällt auch der beglückte Aufschwung wieder in sich zusammen. Er war auf das Vermittlungsangebot angewiesen.

Das Beispiel beschreibt einen Fall, bei dem sich die in einem Schwebezustand befindliche Handlungseinheit in ein begrenztes Werk verrückt, das für einige Zeit eine schwungvolle Entwicklung bereitstellt.

Es stellt eine zeitlich ausgedehnte, rhythmisierte Form bereit, die das Seelische für eine Weile in Entwicklungen einbezieht. Nun spielen aber bei dem Verrücken auf Medien auch weniger ausgebildete Formanhalte eine Rolle. Sie weisen den Werkcharakter nicht auf, der zum Beispiel Schlagern und Filmen zukommt. Formalisierungen, Metaphern und Kernsätze vermögen es nicht in dem Maße wie Filme, Musikstücke, Kunstwerke und Geschichten, das Seelenleben in bewegte Entwicklungswerke zu führen. Derartige mediale Vermittlungsformen haben etwas Bruchstückhaftes. Sie ermöglichen eher einen beglückenden ›Geistesblitz‹ als eine zeitlich ausgedehnte, organisierte Entwicklung. Es handelt sich bei ihnen um vereinfachende Muster und Konstrukte, die es der aktuellen Formenbildung ermöglichen, sich über eine Spiegelung in ihnen zu überblicken und damit klärend zu vereinheitlichen.

So wird die als unverfügbar erfahrene Wirklichkeit auf einen vereinheitlichenden Nenner gebracht, der es erlaubt, das Ganze mit einem Blick ›in den Griff‹ zu bekommen. Von dem ›Verrücken auf Objekte‹ unterscheidet sich diese Ausprägung, da hier nicht die Behandlungsräume von Dingen bedeutsam werden, sondern die Transponierbarkeit von analogisierenden und formalisierenden Mustern.

Kurzgefaßtes im Buchdeckel

Ein junger Mann besucht eine Party. Er ist ohne Freundin und schaut sich nach Frauen um, die er ansprechen könnte. Schließlich entdeckt er zwei, die ihn interessieren, wagt es aber nicht, auf sie zuzugehen und ein Gespräch zu eröffnen. Es ist nicht das erste Mal, daß er zu gehemmt ist, auf anziehende Frauen zuzugehen. So bleibt er am Rande des bewegten Treibens stehen, trinkt ein Bier nach dem anderen und kommt sich recht ausgeschlossen vor. Er muß irgendetwas tun, damit seine Isolation für die anderen nicht offensichtlich wird. Also wechselt er den Raum und streift mit seinem Blick an einem großen Bücherregal vorbei. In einer Ecke entdeckt er einige Bände, von denen er schon viel gehört hat, die er jedoch noch nicht gelesen hat. Die Bücher thematisieren neue Perspektiven der Wissenschaften und scheinen sehr interessant zu sein. So nimmt er das bekannteste von ihnen aus dem Regal und beginnt, den Klappentext zu lesen. Die dort abgedruckten Referenzen von bekannten Denkern und Forschern beeindrucken ihn.

Als er sich in die Kernsätze vertieft, die auf dem Umschlag des Buches zu lesen sind, passiert es. Mit einem Male löst sich die verspannte Zaghaftigkeit auf. Es fällt ihm spielend leicht, in die schwierige

Thematik einzudringen. Es scheint, als gäbe das Buch auf all die Fragen, die ihn schon so lange beschäftigen, eine schlüssige Antwort. Dieser neuen Richtung innerhalb der Wissenschaften gehört die Zukunft, und wenn er das Buch erst gelesen hat, wird auch er an der notwendigen kulturellen Umwälzung teilnehmen. Diese Aussicht ist außerordentlich beglückend. Ihm ist, als habe er einen entscheidenden Schritt vorwärts getan. Er fühlt sich stark und dazu in der Lage, es mit schwierigen Aufgaben aufzunehmen. Als sich in diesem Augenblick jemand neben ihn stellt, teilt er ihm voller Begeisterung seine Gedanken mit. Es sprudelt nur so aus ihm heraus. Das Buch, dessen ist er sich gewiß, weist einem fundamentalen Umbruch die Richtung. Eigentlich, so kommt es ihm jetzt vor, drücken diese Botschaften nur das aus, was er schon immer dachte.

Als das Gespräch zu einem anderen Thema übergeht und schließlich abbricht, weil seine Begeisterung kein Material mehr findet, an dem sie sich erweisen kann, fällt der vielversprechende Aufschwung in sich zusammen. Das Aufblitzen der allumfassenden Gedanken verblaßt. Sein Isoliertsein kommt ihm wieder in Erinnerung und er treibt sich dazu an, die unterbrochenen Annäherungen wieder aufzunehmen. Doch spürt er, daß er kaum über seinen Schatten wird springen können. Ähnlich linkisch und steif wie vorher steht er an der Wand und muß zusehen, wie andere Männer sich mit seinen Auserwählten vergnügen.

Die Handlungseinheit ist durch einen ›verklemmten‹ Umsatz bestimmt. Die notwendigen Einzelschritte, in denen allein sich eine Annäherung an die Frauen realisieren kann, bleiben immer wieder stekken. Die erlittene Unverfügbarkeit ruft den Zug ins Ganze auf den Plan. Unter dessen Leitlinie werden andere Wege aufgesucht, über die sich der Umsatz dennoch vollziehen kann. Was sich an den Frauen nicht hat ausformen können, verrückt sich auf die Bücher. Die knappen, aber umwälzende Perspektiven eröffnenden Sätze auf dem Buchdeckel kommen der Tendenz nach einem direkten, ungebrochenen Zugriff entgegen.

Ist es nicht möglich, sich gegenüber den Frauen so zu bewegen wie man will, so läßt sich doch auf dem Gebiet der Kulturgeschichte Bedeutendes in Bewegung bringen. Die Sehnsucht nach einem verfügbaren Ganzen verrückt sich in den Pathos eines ›fundamentalen Umbruchs‹ in der Geistesgeschichte. Indem sich zeigt, daß ›Größeres‹ in Bewegung zu bringen ist, scheinen die banaleren Unverfügbarkeiten weniger bedeutsam zu sein. Die Bestimmungsmöglichkeiten überhaupt scheinen jetzt garantiert, das Ganze scheint verfügbar geworden zu sein.

Doch schon nach kurzem Betrieb zeigt sich, daß an dem vielversprechenden Aufschwung nicht festzuhalten ist. Wieder rücken die Aufrufe zum Bewerkstelligen in den Blick, an denen das Verrücken seinen Anfang nahm. Die Handlungseinheit findet sich wieder in den engen Kreisen eines gehemmten Umsatzes.

3. Das Ganze in der Zerdehnung des Augenblicks

Die bisherige Beschreibung von Mechanismen versteht es nicht, das *gesamte* Spektrum, der im glücklichen Augenblick zu beobachtenden Phänomene (Erlebensqualitäten) zu erklären. Das Erleben eines Mehr an Kraft und Bestimmungsmöglichkeit, die Belebung erweiterter Verfügbarkeiten lassen sich mit dem Umsatz revoltierender Nebenbilder (erster Mechanismus) in Verbindung bringen. Der Zugewinn von Halt und Einheitlichkeit im Beglücktsein kann durch das Verrücken des Zugs ins Ganze auf ein begrenztes und überschaubares Detail erklärt werden (zweiter Mechanismus). Dagegen fordern eine in der Glückserfahrung beobachtbare vielseitigere Durchgliederung der Erfahrung, eine charakteristische ›Entspannung‹ und auch gewisse Erlebenszüge von Getragensein dazu auf, die Analyse der Mechanismen an dieser Stelle noch nicht einzustellen. An dem leitenden Beispiel werden daher jetzt die Formierungen beschrieben, die die letztgenannten Erlebenszüge zum Ausdruck bringen.

Als die Studentin in ihrer neuen Ruhe und Entspanntheit den Menschen auf der Strasse zuschaut, fallen ihr viele Kleinigkeiten auf, auf die sie sonst nicht achten würde. Die Gesten und Gesichtsausdrücke der Leute auf der Straße, ihre Weise sich zu kleiden, sagen ihr in diesem Augenblick weitaus mehr als in anderen Zuständen. Die gesamte Szene erscheint vielfältiger und lebendiger als noch kurz vorher. Außerdem bemerkt sie, wie sie nun in ihren Gedanken abzuschweifen beginnt. Sie betrachtet ein kleines Mädchen und denkt dabei an ihre eigene Kindheit. Als wären die Begrenzungen von Raum und Zeit aufgehoben, ist es, als schaue sie auf sich selbst, wie sie als Kind auf der Straße zu spielen pflegte. Ähnliches geschieht ihr, als sie der Frau mit dem Kinderwagen nachschaut. Ihre Schwester kommt ihr dabei in den Sinn. In dem eigentümlichen Gang der Fremden, den sie außerordentlich prägnant wahrnimmt, erkennt sie die charakteristischen Bewegungen ihrer Schwester. Als ihr Blick über die Dächer streift, fällt ihr Paris ein. An den gegenüberliegenden Häusern bre-

chen Straßenfronten der französischen Hauptstadt auf. Sie stellt sich vor, wie reich und aufregend das Leben doch sein könnte, wenn sie in Paris lebte.

Die unterschiedlichen Anforderungen und Notwendigkeiten des Lebens erhalten eine neue Gewichtung. Die Tatsache, daß ihr Freund sonntags arbeiten muß, ihr Wunsch, daß er dagegen mehr Zeit mit ihr verbringen möge, ihr Studium und das Getrenntleben – all dies hat nun in ähnlicher Weise einen Platz nebeneinander wie die unterschiedlichen Generationen und menschlichen Verbindungen gleichzeitig und mit gleichem Recht die Straße vor dem Haus bevölkern. Wie die Menschen dort unten nebeneinander leben, hat alles seine Berechtigung und wirkt in einem übergreifenden, tragenden Ganzen zusammen. Ihr Glück findet darüber eine spürbare Steigerung.

Im glücklichen Augenblick heben sich Einzelheiten, charakteristische Züge der Dinge deutlicher vom Hintergrund ab als sonst. Es ist, als träten die Gestalten des Wahrnehmungsfeldes in größerer Prägnanz hervor. Das bezieht sich nicht nur auf die Wahrnehmung des Umfelds, sondern auch auf die Empfindungen, die Figuren des Erlebens, ›Denkens‹ und ›Vorstellens‹. Es ist, als sei die gesamte Handlungseinheit plötzlich aufgelockert und als träten damit die sie bildenden Figuren schärfer hervor.

Zugleich verweisen die wahrgenommenen Gestalten nicht nur auf sich selbst, sondern an ihnen brechen mannigfache Übergänge zu anderen Gestalten, Dingen, Erinnerungen auf. Eins ruft etwas anderes hervor, verrückt sich in ein Analoges, aber doch Abgewandeltes.

Schließlich bilden Anforderungen und Notwendigkeiten, die in der engeren Alltagsverfassung ihr Recht auf Kosten anderer durchzusetzen suchen, keine Antagonismen mehr, sondern finden im ›friedlichen‹ Nebeneinander ihren Platz im Ganzen. Die Tendenz zur Ausschließlichkeit, zur hierarischen Ordnung, scheint für einen Augenblick an Wirksamkeit eingebüßt zu haben. Dadurch werden sonst als antagonistisch erfahrene Wirksamkeiten zu sinnvollen und gleichberechtigten Gliedern des gelebten Augenblicks.

Wie lassen sich solche, mit dem Beglücktsein auftretenden Veränderungen der Erfahrung erklären? Welcher Mechanismus kann als sie bedingend rekonstruiert werden? An der Beschreibung des leitenden Beispiels ist zu erkennen, daß die Verfassung der aktuellen Handlungseinheit eine deutliche Umzentrierung erfahren hat. Die Stundenwelt hat ihre ›verklebende‹ Zentrierung verloren, sie ist vielfältiger, reichhaltiger, schillernder geworden. Es ist, als sei sie zudem ›breitmaschiger‹ geworden, als seien die Übergänge mehr betont als die Begrenzungen und als sei ein Zugang zu der Tiefenausdehnung des Augenblicks eröffnet.

Salber (1980) spricht bei seiner Analyse der Konstruktion psychologischer Behandlung von einer »Zerdehnung des Augenblicks« (98). Er legt dar, daß in der Psychotherapie die selbstverständlichen Kategorisierungen der Selbstbehandlung durchbrochen werden, indem der Augenblick durch Einfälle und genauere Beschreibungen einer Zerdehnung unterzogen wird. Es ist angebracht, auch in Zusammenhang mit dem glücklichen Augenblick, den beobachtbaren, eigentümlichen Verfassungswechsel als eine Zerdehnung zusammenzufassen: Im Glück treten Aspekte, Wirksamkeiten und Verweisungen heraus, die die üblichen Vereinheitlichungen und Kategorisierungen durchbrechen.

In den meisten alltäglichen Handlungszusammenhängen, bei der Arbeit, im Straßenverkehr, beim Sport ist es erforderlich, daß die Handlungseinheiten fest um ein durchgängiges Thema zentriert sind, daß sie dieses als Leitlinie verfolgen und, gegenüber der Vielfalt an Auslegungsmöglichkeiten und der Mannigfaltigkeit an Übergängen in anderes, eine entschiedene Richtung durchhalten. Es wird notwendig schematisiert, ausgelesen und nur zum Ausdruck gebracht, was die gegebene Stundenwelt erhält. Diese Form der Behandlung von Wirklichkeit geht mit relativer Handlichkeit und Überschaubarkeit einher. Sie hat einen unbezweifelbaren, praktischen Nutzen. Vom Ganzen der Wirklichkeit aus gesehen ist mit ihr jedoch auch ein Verfehlen verbunden.

In seiner Studie über den Schmerz bemerkt Buytendijk (1948), daß »jede Aktivität Quelle von Leiden ist« (123). Einen ähnlichen strukturellen Zusammenhang von Entschiedenheit und Verfehlen spricht Straus (1956) an, wenn er feststellt: »Den Widerstand hat das Tier erst im Sich-Richten, die Grenze hat es erst im Vordringen über die Grenze hinaus« (259). Auch auf Metzgers (1954) Gegenüberstellung einer »erzwungenen« und einer »natürlichen« Ordnung sei an dieser Stelle verwiesen (203ff). Mit einer erzwungenden Ordnung ist zwar ein Höchstmaß an entschiedener Vereinheitlichung gegeben, zugleich aber auch ein Verfehlen grundlegender Notwendigkeiten seelischen Lebens.

Mit Aktivität, Richtung und Entschiedenheit sind also zugleich Leiden und Begrenzung verbunden. Richtung und Entschiedenheit ›vergrößern‹ paradoxerweise – vom Ganzen aus gesehen – die Bereiche der Unverfügbarkeit. Wenn es nun für einige Augenblicke gelingt, die strukturierende Auslese und Aktivität überhaupt einzustellen, kann das Leiden unter den Implikationen von Entschiedenheit ausgeschaltet werden. Dies begründet den beglückenden Zugewinn über eine Zerdehnung des gelebten Augenblicks. Mit seiner Wirkung wird die schematisierende, aufteilende und damit verfehlende Strukturierung aufgehalten. Zugleich werden sonst nicht zugängliche Seiten der Wirklichkeit, unexplizierte Wirksamkeiten herausgerückt. Daher bescheinigt Bollnow (1943) den glücklichen Stimmungslagen einen »ausgezeichneten aufschließenden Wert« (108) und spricht ihnen Baudelaire (1885) eine »ungewöhnliche Geistesverfassung« zu (zitiert nach Bollnow, 75).

Auch über eine Zerdehnung des Augenblicks kann sich der Zug ins Ganze demnach realisieren. Das ist das Prinzip des dritten Mechanismus des Beglücktseins: Er läßt den Zug ins Ganze durch die Ausdehnung des gelebten Augenblicks – quer zu der auslesenden Achse von Gerichtetheit – zum Ausdruck kommen. Das Ganze wird verfügbarer, indem die Spannung von Richtung und Verfehlen eine vorübergehende Lösung erfährt. Es wird überhaupt auf eine entschiedene Richtung verzichtet und so ermöglicht, daß sich die Handlungseinheit in ihre Binnengliederung hinein als ausgedehnt erfahren kann. Freud (1940) hinterließ eine Notiz, die sich hier einfügt: »Psyche ist ausgedehnt, weiß nichts davon« (152). Man möchte sagen, daß in manchen herausgehobenen Momenten das Seelenleben doch eine Ahnung seiner Ausdehnung erhält und dies als ausgesprochen beglückend erlebt.

Auch Field (1936) – hinter deren Namen sich die englische Psychoanalytikerin Marion Milner verbirgt – berichtet, daß die von ihr erlebten glücklichen Augenblicke durch eine besonders gedehnte Art der Erfahrung bestimmt waren. Sie bezeichnet diese Verfassung mit »wide attention« (108). Wenn man darüberhinaus die Zustände, die manche Rauschgifte erzeugen, in Analogie zum Beglücktsein setzen will – Bollnow tut dies in seiner Beweisführung (67) – dann kann man an den Bemerkungen Cocteaus (1930) zum Opiumrausch nicht vorbeigehen. Ganz im Sinne des hier besprochenen Mechanismus der Zerdehnung meint er, Opium mache nicht »geistreich«, spitze den Geist nicht zu, sondern: »Es breitet den Geist aus« (149).

Eine der wohl eigenartigsten literarischen Schilderungen des Aspekts von Zerdehnung im Beglücktseins hat allerdings Nietzsche (1885) seinem Zarathustra in den Mund gelegt.

»Still! Still! Ward die Welt nicht eben vollkommen? Was geschieht mir doch? Wie ein zierlicher Wind, ungesehen, auf getäfeltem Meere tanzt, leicht, federleicht: so – tanzt der Schlaf auf mir ... er betupft mich innewendig mit schmeichelnder Hand, er zwingt mich. Ja er zwingt mich, daß meine Seele sich ausstreckt: – wie mir lang und müde wird, meine wunderliche Seele! ... Sie streckt sich lang aus, lang, – länger! Sie liegt stille, meine wunderliche Seele! ... O Glück! O Glück! Willst du wohl singen, o meine Seele? ... Singe nicht! Still! Die Welt ist vollkommen. Singe nicht, du Gras-Geflügel, o meine Seele! Flüstere nicht einmal! Sieh doch – still! der alte Mittag schläft, er bewegt den Mund; trinkt er nicht eben einen Tropfen Glücks – einen braunen Tropfen goldenen Glücks, goldenen Weins? Es huscht über ihn hin, sein Glück lacht. So lacht ein Gott. Still! ... Das Wenigste gerade, das Leiseste, Leichteste, einer Eidechse Rascheln, ein Hauch, ein Husch, ein Augenblick – Wenig macht die Art des besten Glücks« (211f).

Im folgenden wird die Wirksamkeit der Zerdehnung des gelebten Augenblickes in drei Ausprägungen dargestellt. Hiermit werden die deutlichsten Aspekte beschrieben, die dieser Mechanismus beim aktuellen Beglücktsein aufweist. Wie bereits gesagt, zeigt er sich in einer prägnanteren materialen Eigentümlichkeit des Wahrgenommenen und Empfundenen, in einem Aufbrechen von Übergängen und Verrückungen und in einer Wendung des seelischen Ineinanders in ein Nebeneinander oder Zugleich.

Materiale Prägnanz

Dieser Aspekt von Zerdehnung zeigt sich bei dem leitenden Beispiel an den Stellen, wo die junge Frau mit einem Male auf das Straßengeschehen aufmerksam wird. Indem ihr deren unverwechselbare Eigenarten auffallen, beginnt sie, die Menschen vor dem Haus genauer zu betrachten. Zugleich heben sich auch in ihrem Erleben in ungewohnter Deutlichkeit Gestalten voneinander ab. Ihr fallen Erinnerungen zu, und eine Fülle von konturierten Gedanken und Empfindungen stellen sich ein.

Die Monothematik der Ausgangslage löst sich in bunte Polymorphie auf. Der Raum wird durchgliederter, weist eine größere ›Tiefenschärfe‹ auf. Das gesamte Erfahrungsfeld wird plastischer. Verschiedenes tritt prägnanter hervor und bietet sich einer sorgfältigen Betrachtung an.

An der Haltestelle

Eine junge Frau neigt zu ängstlich-niedergeschlagenen Stimmungen. Gerade heute ist sie wieder mit quälenden Grübeleien beschäftigt. Sie macht sich Sorgen über das weitere Leben. Ihr Erleben ist in starkem Maße auf die nagenden Gedanken zentriert. Sie bekommt nicht mit, was sich um sie herum ereignet. Die Stadt hat für sie lediglich als ein Raum Bedeutung, durch den sie ihren Heimweg zu finden hat.

Sie steht an der Haltestelle und wartet, in düstere Gedanken über eine aussichtslose Zukunft versunken, auf die Straßenbahn. Plötzlich brechen einige Sonnenstrahlen durch die sich auflockernden Wolken und tauchen die Szenerie der geschäftigen Großstadt in ein warmes, rötlich-goldenes Licht. Jetzt erst wird sie auf die Umgebung aufmerksam.

Sie weiß nicht zu sagen, ob sich der nun folgende Stimmungsumschwung schon ereignet hatte, als sie das veränderte Licht bemerkte, oder ob er sich gleichzeitig mit den Sonnenstrahlen einstellte. Jedenfalls aber wandelt sich ihr gesamtes Erleben. Die beklemmende Zentrierung um die Grübeleien löst sich auf. Eine wohltuende, warme Leichtigkeit und Gelassenheit breiten sich aus. Es ist, als sei ihr Körper stärker durchblutet, als habe die Zirkulation wieder freie Bahnen gefunden. Und dann wird sie plötzlich auf die herumstehenden und vorbeieilenden Menschen aufmerksam. Welch eine Geschäftigkeit hier stattfindet! Noch eine Minute vorher war sie derart mit ihren Sorgen beschäftigt, daß sie keine Augen hatte für das, was um sie herum vor sich ging. Jetzt ist es, als sähe sie zum ersten Mal richtig hin, als erschlössen sich ihr Einzelheiten und Einzigartigkeiten, die in der verengten Verfassung gar nicht haben zum Ausdruck kommen können. Schräg gegenüber bemerkt sie einen älteren Mann mit einem zerfurchten Gesicht. Er ist zwar gepflegt, ja sogar elegant gekleidet, doch seine Gesichtszüge geben der Gesamterscheinung etwas Verkommenes.

Es ist ein Unterschied, ob man eine Stadt durchquert, weil man zu einer wichtigen Verabredung nicht zu spät kommen möchte, oder ob man ziellos in ihr herumspaziert. Belebte Straßen, die beim Spazieren eine willkommene Ablenkung sein können, werden beim raschen Durchqueren zu einem lästigen Hindernis. Die Schaufenster, Fassaden der Häuser und die Menschen bilden beim eiligen Gang nur einen diffusen Hintergrund. Beim Stadtbummel können sie dagegen konturiert hervortreten und den gelebten Moment vermehrt durchgliedern. Dieselbe Stadt erscheint vielfältiger, reicher und bunter. Aus diesem Grund läßt sich sagen, daß paradoxerweise ein Nachlassen an Vereinheitlichung, eben eine Zerdehnung, das Ganze in einem erweiterten Sinne verfügbar werden läßt.

Gestaltverrückungen und -übergänge

In einer zweiten Ausprägung wird die Zerdehnung des Augenblicks wirksam, indem an aktuell gegebenen Gestalten mannigfache Übergänge zu anderen Gestalten aufbrechen. Winnicott (1971) hat diese Verhältnisse in einem Bild gefaßt, indem er das Überlappen zweier Vorhänge, oder die Überschneidung zweier voreinander aufgestellten Krüge zur Verdeutlichung solcher Übergangs- und Verrückungsverhältnisse heranzog (113f). Das ›Übergangsobjekt‹ ist in dieser Hinsicht einerseits dieses unauswechselbare Ding und andererseits ›die Mutter‹, oder, genauer, das ungebrochen omnipotente Gefüge zwischen dem Säugling und der Mutter. In demselben Ding überschneiden sich zwei Bedeutungen oder Wirkungseinheiten. Winnicott beschreibt dieses ›Zugleich‹ in der folgenden Formulierung: »Hinsichtlich des Übergangsobjekts herrscht sozusagen eine Art Übereinkunft zwischen uns und dem Kleinkind, daß wir nie die Frage stellen werden: ›Hast du dir das ausgedacht, oder ist es von außen an dich herangebracht worden?‹ Wichtig ist, daß eine Entscheidung in dieser Angelegenheit nicht erwartet wird. Die Frage taucht gar nicht erst auf« (23). Beide Seiten zugleich machen die seelische Wirklichkeit des Übergangsobjektes aus.

Auch im entwickelten Seelenleben bringen die Dinge außer sich selbst auch immer etwas anderes zum Ausdruck. Hierin zeigt sich ein grundlegendes Ausdrucksverhältnis (Salber 1983, 36f). Die Dinge haben in der Psychologie eine andere Struktur als in der Physik.

Ein abgegrenzter, isolierter Gegenstand in seinem ›an sich‹ ist das Produkt einer hochentwickelten, formalisierenden Herangehensweise. Im Alltag sind die Dinge zunächst einmal wie selbstverständlich in die Behandlung von Wirklichkeit einbezogen und werden von der jeweiligen Stundenwelt her ausgelegt. Daher können ihnen zumindest zwei Seiten von vornherein zukommen. Eine Sache kann als dieses, unverrückbar in seiner Eigenart gegebene Ding erfahren werden, das den Behandlungsformen des Seelischen einen Widerstand entgegenbringt, und kann der Gegenstand sein, der im Rahmen der aktuellen Stundenwelt eine bestimmte Funktion erfüllt, eine seelische Gestalt weiterführt. Je nach Kontext tritt mehr die eine oder mehr die andere Seite hervor. In der Zerdehnung des Augenblicks werden diese Doppelheiten, diese vielfältigen Übergänge betont. In analogisierenden und abwandelnden Verrückungen treten sie heraus. Auch damit erschließen sich weitere Dimensionen des Ganzen.

In dem Beispiel vom ›Blick aus dem Fenster‹ macht sich diese Ausprägung von Zerdehnung dort bemerkbar, wo an den Menschen auf der Straße Erinnerungsbilder von anderen Menschen aufbrechen. Die Studentin betrachtet ein kleines Mädchen und beginnt dabei, an ihre eigene Kindheit zu denken. Als wären zwei Bilder ineinandergeschoben ist es für einen Moment, als schaue sie auf sich selbst wie sie als Kind auf der Straße spielt. Ähnliches geschieht mit der Frau, die den Kinderwagen schiebt. Sie verrückt sich in die Figur der Schwester. So gerät die aktuelle Erfahrung zusehends in einen Übergangsbereich, in dem die Dinge als physikalische Einheiten ihr Gewicht verlieren. Als der Blick schließlich über die Dächer der gegenüberliegenden Vororthäuser streift, brechen Vorstellungen von Paris daran auf. Damit rücken an den anschaulichen Figuren analoge Gestalten heraus, die in einer enger gefaßten Erfahrung keinen Ausdruck finden können. Das gelebte Total erschließt sich in weiterer Vertiefung und das schillernde Spiel der Verrückungen und Übergänge entfaltet einen eigentümlich beglückenden Reiz.

An der Haltestelle (Fortsetzung)

Das Beispiel wies zunächst Züge des ersten Aspektes von Zerdehnung auf, mit dem die materialen Qualitäten des Wahrnehmungsfeldes hervortreten. Jetzt wird der zweite Aspekt bedeutsam, indem an dem Gesehenen Übergänge zu analogisierenden Bedeutungen und übergreifenden Zusammenhängen aufbrechen.

Er zeigt sich besonders an dem ausdrucksvollen Gesicht des Mannes, der der Probandin an der Haltestelle gegenübersteht. Dessen Physiognomie deutet daraufhin, daß er irgendwie aus dem Gleichgewicht geraten ist. Indem die Versuchsperson ihr Gegenüber genau beobachtet, ist es, als sähe sie nicht nur einen fremden Menschen, sondern, in diesem materialisiert, ein ganzes Schicksal. Die Einzelheiten seines Anzuges, die spitzen Mundwinkel, die tiefen Falten im Gesicht und seine glänzenden Schuhe werden durchdrungen von der Geschichte einer enttäuschten Liebe, eines von Eifersucht geplagten Lebens. Es ist, als enthülle der hier und jetzt vor ihr stehende Mann seine Bezüge bis weit in die Vergangenheit hinein. Es ist, als sähe sie in seinem Gesicht die zu Falten geronnene Zeit. Als habe sie die Möglichkeit, »auf den Grund der Dinge« zu schauen, als enthülle seine Erscheinung ihrem engelsgleichen Blick ihren tiefsten Sinn. Der gelebte Moment erscheint endlos ausgedehnt, die Zeit und die Begrenzung des Raumes scheinen außer Kraft gesetzt.

Als die Straßenbahn schließlich mit lautem Getöse anhält, wird sie aus diesem ›unendlich‹ ausgedehnten Augenblick herausgerissen. Sie steigt ein und vergißt nicht, ihren Fahrschein zu entwerten. Als sie einen Platz gefunden hat und durch die Scheibe auf den vorbeiziehenden Feierabendverkehr schaut, bemerkt sie, wie die eben erfahrene Zerdehnung wieder in sich zusammenfällt. Wie ein aufgegangener Teig, der klebrig wird. In dem Stadtteil angekommen, in dem sie wohnt, haben die düsteren Grübeleien schon fast wieder von ihr Besitz ergriffen. Eine leise Leichtigkeit und Zuversicht bleibt aber noch längere Zeit bestehen.

In diesem zweiten Teil des Glückserlebnisses gerät die anschaulich gegebene Erscheinung des Mannes in Übergang zu einer gelebten Tragödie. An der Kleidung, an dem Gesicht des Mannes bricht eine lange Leidensgeschichte auf, werden Bedeutungen belebt, die über das sinnlich Gegegebene weit hinausgreifen. Selbstverständlich muß all das mit dem beobachteten Mann nichts zu tun haben. Denn letztlich ist es die Versuchsperson selbst, die an einem fremden Gesicht, ihr eigenes Schicksal zu fassen sucht.

In Abwandlungen belebt sie an dem Gegenüber Zusammenhänge, die sie sich selbst kaum deutlich machen möchte. Auch über solch ein Verrücken kann sich der Zug ins Ganze zum Ausdruck bringen. Indem an einem anschaulich gegebenen Anhalt unartikuliert verspürte Zusammenhänge und Bilder herausrücken, kommt es zu einer ›Vervollständigung‹ des gelebten Augenblicks. Die Erfahrung gerät zu solchen Bildern in Übergang, die den Alltag implizit mitbedingen. Auch so werden weitere Seiten des Ganzen erschlossen.

Die meisten alltäglichen Handlungseinheiten, insbesondere wenn sie eine Zentrierung erfordern, geben allerdings der Erfahrung solcher Verrückungen in der Regel nur wenig Raum. Aus diesem Grund kann Baudelaire (1920) sagen, es handele sich bei derartig zerdehnten Zuständen um äußerst herausgerückte Augenblicke: »In gewissen fast übernatürlichen Zuständen der Seele steigt die ganze Tiefe des Lebens vor irgend einem ganz gewöhnlichen Anblick auf; er wird davon Symbol« (21).

Marcel Proust: Die Stadt in der Teetasse

An einer literarischen Beschreibung kann eine Untersuchung zum Beglücktsein nicht vorbeigehen. Es handelt sich um die vielleicht detaillierteste und faszinierendste Schilderung eines glücklichen Augenblicks überhaupt. Die Rede ist von dem berühmten Madelaine-Erlebnis, das Proust (1979) im ersten Band seines Romans »Auf der Suche nach der verlorenen Zeit« schildert. Die Geschichte wird in einer überarbeiteten Form wiedergegeben (Blothner 1987).

An einem trüben und kalten Wintertag kommt der Erzähler durchfroren nach Hause. Er ist bedrückt, das Leben erscheint ihm farblos und ohne Reiz. Die Aussicht, daß der folgende Tag ähnlich grau und leer sein wird, macht ihn noch mißmutiger. Seine Mutter will ihm etwas Gutes tun und läßt ihm eine Tasse Tee bereiten. Dazu gibt sie ihm eines jener ovalen Sandtörtchen, die man Madelaine nennt. Etwas widerwillig geht er auf das Angebot ein, tunkt ein Stück des Gebäcks in den Tee und führt einen Löffel davon an die Lippen. In dem Augenblick, in dem sich der Geschmack bemerkbar macht, durchzuckt es ihn: »Ein unerhörtes Glücksgefühl, das ganz für sich allein bestand und dessen Grund mir unbekannt blieb, hatte mich durchströmt« (63).

Der Erzähler möchte sich mit der bloßen Erfahrung nicht zufrieden geben und forscht nach dem Mechanismus, der das außerordentliche Beglücktsein hergestellt hat. Dabei kommt er auf die Konstruktion einer Gleichzeitigkeit oder einer Rivalität zweier Bilder zu sprechen, die sich in der aktuellen Geschmacksempfindung überschneiden. Zum einen ist da das feste Gefüge der Ausgangslage: der trübe Tag, das Zimmer im Hause der Eltern, die Tasse Tee und die Madelaine. Zum anderen rückt an dem Geschmack des Gebäcks im Tee ein Bild heraus, das »in meinem Inneren in Bewegung geraten ist« (65). Das sich mit Macht entfaltende Bild gliedert das sinnlich vorgefundene Stückchen Madelaine in einen ganz anderen Zusammenhang ein:

»Der Geschmack war der jener Madelaine, die mir am Sonntagmorgen in Combray ... sobald ich in ihrem Zimmer guten Morgen sagte, meine Tante Leonie anbot, nachdem sie sie in ihren schwarzen oder Lindenblütentee getaucht hatte« (66). Die unmittelbar sinnlich gegebene Geschmacksempfindung verrückt sich in der Folge in das Treiben einer ganzen Kleinstadt: »Das graue Haus mit seiner Straßenfront, an der ihr Zimmer sich befand ... und mit dem Hause die Stadt, der Platz ... die Straßen ... Und wie bei den Spielen, bei denen Japaner in eine mit Wasser gefüllte Porzellanschale kleine, zunächst ganz unscheinbare Papierstückchen werfen, die, sobald sie sich vollgesogen haben, auseinandergehen, sich winden, Farbe annehmen und deutliche Einzelheiten aufweisen ... ebenso stiegen jetzt alle Blumen unseres Gartens ... die Seerosen auf der Vivonne, die Leutchen aus dem Dorfe und die kleinen Häuser und die Kirche und ganz Combray und seine Umgebung, alles deutlich und greifbar, die Stadt und die Gärten auf aus meiner Tasse Tee« (67).

Nebeneinander

Der letzte herauszustellende Aspekt von Zerdehnung des Augenblicks zeigt sich in den Momenten von Beglücktsein als eine Wendung des mit den engeren Verfassungen gegebenen Ineinanders von Wirksamkeiten in ein *Nebeneinander.*

Bei diesem Aspekt gerät die Erfahrung in Übergang zu Wirksamkeiten, die den Augenblick sonst nur implizit mitkonstitutieren. Es ist, als werde verspürt, daß die aktuellen seelischen Einheiten im Spannungsfeld von relativ beharrenden unterschiedlichen bis antagonistischen Notwendigkeiten und Anforderungen stehen. Ein Übergang zu dem üblicherweise nicht explizierten *Spannungsfeld* der Wirklichkeit wird erschlossen.

Bei dem Beispiel vom Blick aus dem Fenster zeigt sich dieser Aspekt von Zerdehnung in einer bedeutungsvollen Umzentrierung der Gewichtungen. Indem die anschaulich gegebene Straßenszene zum Bild für das Leben überhaupt wird, gliedert sich das, was vorher noch in nagender Verdichtung quälte, in eine ausgedehnt verspürte Ordnung ein. Wie die spielenden Kinder, die Mutter mit dem Säugling, das Paar, das aus dem Auto steigt, im überblickten Nebeneinander die Straße vor dem Haus bevölkern, so erhalten jetzt auch die Wünsche der Studentin nach mehr Verfügung über ihren Freund, dessen dagegenstehende Verpflichtungen, die Anforderungen ihres Studiums einen ihnen gebührenden, jeweils berechtigten Platz im Ganzen. Für einen Augenblick sind keine dominierenden Ausschließlichkeiten mehr wirksam. Alles, was ist und wirkt, hat ein Recht.

Der Zug ins Ganze bringt sich bei dieser Ausprägung dadurch zum Ausdruck, daß Wirksamkeiten, die in anderen Verfassungen nur in komplexen Produktionen, also als ineinander verspürt werden, nun als solche nebeneinander und zugleich erfahren werden. Wenn bei der ersten Ausprägung der Zerdehnung des Augenblicks von einer größeren ›Tiefenschärfe‹ gesprochen wurde, so bietet es sich nun an, mit Krueger (1953) den hier angesprochenen Aspekt von Zerdehnung als ein Gewahrwerden der »Tiefendimension« (190) des Augenblicks zu bezeichnen. Diese kann sich auch in Richtung einer Gegensätzlichkeit ausformen.

Krueger stellt fest: »Und die tiefsten Bewegungen des Gemüts scheinen ohne Ausnahme darin übereinzustimmen, daß sie weitgespannteste Gegensätze des Fühlens gleichzeitig, unmittelbar in sich vereinigen. Es ist schon oft beobachtet worden, daß alles tiefe Glück in seinem Becher einen ›Tropfen Wermuth‹ birgt, oder doch ›eine Ahnung von Weh enthält‹« (191).

Zehn Birken

Das siebzehnjährige Mädchen hat sich aus schwelenden Auseinandersetzungen mit den Eltern ›ins Schweigen‹ zurückgezogen. Dies ist eine überkonfessionelle Einrichtung, in der sie sich für eine Woche aller Ablenkungen enthält. Es ist ihr gelungen, auf diese Weise eine ruhige Ausgeglichenheit zu erlangen. Allerdings sieht sie ihre neue Zuversicht am Tag der Abreise gefährdet. Sie fühlt sich dem Streit mit ihrem Vater, der will, daß sie das Elterhaus verläßt, obwohl sie die Schule noch nicht abgeschlossen hat, nicht gewachsen. Sie ahnt, daß sie ›im Schweigen‹ nur eine vorübergehende Ruhe gefunden hat, die sie daheim nicht wird aufrechterhalten können. In solche Befürchtungen vertieft, macht sie sich auf einen letzten Spaziergang. Die Natur, die ihr in den vergangenen Tagen so reizvoll erschienen war, sagt ihr heute nichts. Alles ist in einem qualitätenlosen Einerlei verbacken. Mißmutig setzt sie sich auf einen Hügel und blickt in die Landschaft.

Ihr Blick bleibt an einer Reihe von acht bis zehn Birken hängen und sie stellt fest, daß sich etwas verändert. Mit einem Male scheint die Anordnung der Bäume in Bewegung zu kommen. Die Reihe, die ihr vorher noch gesichtslos entgegentrutzte, löst sich auf in eine Gruppe individueller Gestalten. Jetzt werden die Unterschiede der Birken, ihre charakteristischen Eigenarten, ihr unterschiedlicher Wuchs, die verschiedenen Stellungen ihrer Äste zu den Stämmen und die scherenschnittartigen Silhouetten bedeutsam. Da steht keine Reihe von Bäumen, sondern eine Gruppe von einzigartigen Birken. Indem sich diese Umordnung im Anschaulichen vollzieht, löst sich auch die vorher dominierende Anspannung auf. Das qualitätenarme Empfinden erhält wieder Farbe. Wie Nebelschleier sich über einer üppigen Landschaft verflüchtigen, so verfliegt die starre Verzweiflung und leiblich qualifizierte Empfindungen, Gegenstände und Erinnerungsbilder heben sich deutlich ab und entfalten eine reichhaltig durchgliederte Seelenlandschaft. Es ist ein schöner Sommernachmittag mit strahlend blauem Himmel. Die Natur »brüllt vor Schönheit«, satter Farbigkeit und »Gesundheit«.

Dabei ist es nicht so, daß die Befürchtungen und kommenden Schwierigkeiten verschwunden sind. Sie bleiben als Glieder des sich in die Tiefe ausdehnenden Augenblicks wirksam. Aber ihre drängenden Forderungen und ihre alles gleichmachende Gewalt haben sich aufgelöst. Der hartnäckige Standpunkt des Vaters, ihre Sehnsucht nach einem tragenden Halt und ihr Wunsch, sich von dem Elternhaus dennoch abzulösen, eröffnen in ihrem gegensätzlichen Nebeneinander ein erregendes Spannungsfeld. Und doch ist es, als habe das Ganze einen Rahmen erhalten, der dazu beiträgt, daß sich die gleichmachende Enge nicht so bald wieder durchzusetzen vermag. Das Mädchen sitzt noch lange auf der Anhöhe gegenüber der Baumreihe und geht ihren Einfällen und Beobachtungen nach. Erst als eine aufkommende Kühle sie darauf aufmerksam macht, daß der Zeitpunkt für die Abreise nahe ist, steht sie auf und geht zurück zu den Häusern.

Bei diesem Beispiel ist es, als eröffne sich der Erfahrung ein zeitloser, unendlich ausgedehnter Wirkungsraum, ein »schicksalloser Raum« (Straus 1956, 412), der durch keine entschiedene Verengung gebündelt ist. Im Rahmen seiner veränderten Verfassung treten Anforderungen der Wirklichkeit als Nebeneinander hervor, die in ihrem vorherigen unexplizierten Ineinander eine verengende Belastung mit sich brachten. Jetzt können sie sich in einem ausgedehnten Spannungsfeld bemerkbar machen. Die Handlungseinheit hat sich auf diese Weise über ihre Zerdehnung einen erweiterten Übergang zum Ganzen eröffnet. Auf diesen Aspekt der Zerdehnung läßt sich die in der Literatur zum Beglücktsein häufig angesprochene, veränderte »Zeitlichkeit« (Bollnow 1943, 145ff) beziehen. Indem der gelebte Augenblick in Übergang zu einem ihn konstituierenden Spannungsfeld von Wirksamkeiten gerät, tritt er zugleich aus der alles mit sich reißenden Achse der Zeit heraus.

4. Erste Antwort auf die psychologisierende Fragestellung

Nach der Darstellung der drei Mechanismen, die an der Herstellung des glücklichen Augenblicks beteiligt sind, kann jetzt eine erste Antwort auf die in Kapitel III formulierte Fragestellung gegeben werden.

Dort wurde festgestellt, daß die Beglückten in ihren Beschreibungen ein ›Mehr und Anders‹ zum Ausdruck bringen, das als ein ›Mehr an Verfügung über das Ganze‹ zusammengefaßt wurde. Das Wissen um die seelische Grundkonstruktion meldete allerdings Zweifel darüber an, daß gelebte Augenblicke das Ganze tatsächlich ›in den Griff‹ bekommen können. Es wurde daher gefragt, wie es den prinzipiell immer ›unganzen‹ Handlungseinheiten möglich ist, die Wirklichkeit so zu behandeln, daß sie sie dennoch als verfügbar *erfahren*. Wie kann sich ein notwendig ›unganzer‹ Augenblick in den Besitz des ›Ganzen‹ versetzen? Das war die in das psychologische Konzept übersetzte Fragestellung.

Die Analyse der Mechanismen des Beglücktseins führt zu folgender Antwort: *Das Ganze erschließt sich im Übergang.*

Der Zug ins Ganze realisiert sich erstens über eine Bildwendung. Eine begrenzte Auslegung öffnet sich in Richtung auf das Verwandlungstotal, indem es zum Beispiel unexplizierte Nebenbilder und Kehrseiten in Umsatz bringt.

Zweitens läßt sich das Ganze über einen begrenzten materialen Anhalt ›in den Griff‹ nehmen. Im Verrücken auf ein Detail, also in Übergang zu etwas anschaulich oder material gegebenen, erhält das prinzipiell unfassbare Ganze für einen Moment ein haltgebendes Werk.

Drittens wurde gezeigt, daß sich die aktuellen Einheiten in ihre Tiefe auszudehnen vermögen und auf diese Weise, in einer gesteigerten Erfahrung der Übergangsstruktur, sich eine spannungsvolle Dimensionierung des Ganzen erschließen. Hierbei ist zudem von Bedeutung, daß mit der Ausdehnung »auf der Schwelle des Augenblicks« (Nietzsche 1874, 98) das Leiden unter den Implikationen von begrenzender Entschiedenheit weitgehend ausgeschaltet wird.

Über den Schwung von Bildwendungen, den Anhalt begrenzter Formangebote und die Zerdehnung ›verklebter‹ Augenblicke eröffnen sich die unvollkommenen Handlungseinheiten des Alltags einen vielversprechenden Übergang. Das Ganze, als Erfahrung eines ›Mehr und Anders‹, erschließt sich, von den Mechanismen des Beglücktseins her gesehen, in den drei beschriebenen Übergängen.

V. Zur Konstruktion des glücklichen Augenblicks

Mit dem Abschluß des letzten Kapitels hat die Analyse den Stand erreicht, der es erlaubt, das Beglücktsein als Ganzes zu überblicken. Indem nun in diesem Kapitel die in den konkreten Fällen von Beglücktsein wirkende *Konstruktion* und das mit ihr gegebene seelische *Problem* herausgestellt werden, schließt sich der Kreis der morphologisch-psychologischen Beweisführung. Es wird damit dargestellt, welches Bedingungsgefüge in den glücklichen Augenblicken als wirksam anzusehen ist. Der in Gang gesetzte Austausch in Entwicklung erreicht damit seinen Endpunkt.

Mit der Beschreibung der Konstruktion des Beglücktseins wird keine Antwort auf die Frage angestrebt, in welchen, durch spezifische äußere Umstände gekennzeichneten Situationen Menschen glücklich sind. Es wird auch nicht angegeben, welche Lebenstechniken einem Einzelnen zum persönlichen Glück verhelfen können. Viele Philosophen und Lebensberater bieten hierzu Ratschläge an.

Vielmehr wird die Struktur herausgestellt, zu der sich die allgemeinen Hintergrundbestimmungen der seelischen Wirklichkeit konstellieren, wenn Beglücktsein aktuell erfahren wird. Die auf diese Weise kenntlich gemachte Konstruktion stellt die psychologische Begründung für die mit dem Beglücktsein gegebene, spezifische Erfahrungsweise dar. Sie kann nicht als »kausale Erklärung« (Jaspers 1959, 250ff) des Auftretens von Glück verstanden werden. Die Konstruktion erklärt das Beglücktsein vielmehr dadurch, daß sie einen strukturellen *Einblick in sein Funktionieren* vermittelt.

Die Darstellung der Konstruktion des glücklichen Augenblicks stellt eine weitere Antwort auf die in Kapitel III formulierte psychologisierende Fragestellung dar. Aus deren Perspektive bildet die Konstruktion die strukturelle Grundlage dafür, daß sich die prinzipiell ›unganzen‹ Handlungseinheiten des Alltagslebens als mit besonderer Verfügung über das Ganze der Wirklichkeit ausgestattet erfahren können. Wenn es den gelebten Einheiten gelingt, die allgemeinen Bestimmungen und Wirksamkeiten des Seelenlebens in der jetzt anzugebenden Übergangsstruktur zu konstellieren, kommt es zu der im zweiten Kapitel beschriebenen, für das Beglücktsein charakteristischen Erfahrung eines ›Mehr und Anders‹.

Das hier begonnene Kapitel kreist seinen Gegenstand von vier verschiedenen Seiten her ein. Zunächst werden die in der bisherigen

Analyse herausgestellten Konstruktionszüge und Übergangsmechanismen zu einer *Konstruktionsbeschreibung* des Beglücktseins ergänzt. Hierbei werden vier Wendungen des Ganzen betont, die sein aktuelles Nacheinander überschaubar machen. In einem zweiten Zugang wird der *Kern der Konstruktion* herausgestellt, indem die spezifische Drehfigur kenntlich gemacht wird, die die Phänomene durchformt und organisiert. Außerdem wird das damit belebte psychologische Problem angesprochen. Hierin findet die Untersuchung die komprimierteste Darstellung ihres Gegenstandes. In einem dritten Abschnitt wird dann ein struktureller Vergleich von Beglücktsein und maniformem Hochgefühl geleistet, um über eine *Abgrenzung* nochmals die besondere Eigenart des glücklichen Augenblicks herauszuheben. Der vierte Schritt, schließlich, besteht in einer zweiten *expliziten Beantwortung* der psychologisierenden Fragestellung.

1. Konstruktionsbeschreibung

Die nun folgende Beschreibung der Konstruktion des glücklichen Augenblicks läßt sich als eine Zusammenfassung des bis hierhin Entwikkelten verstehen. Das Beglücktsein wird in Hinblick auf die Voraussetzungen, Konstruktionszüge und Mechanismen dargestellt, die in der Arbeit bisher zur Sprache kamen. Diese wird damit dem im einleitenden Kapitel formulierten Anspruch gerecht, das untersuchte Einzelphänomen aus den Aufgaben und Problemen zu verstehen, die mit dem allgemeinen Entwicklungsspektrum gegeben sind. Dabei ist es erforderlich, auch die Verhältnisse anzusprechen, die jenseits und vor der Glückserfahrung selbst wirksam sind. Bevor es überhaupt zum Erleben von Glück kommen kann sind zwei, sich ergänzende, Konstruktionszüge vorausgesetzt.

Übergangswirklichkeit und der Zug ins Ganze

Das Kapitel, das die psychologisierende Fragestellung ableitete, machte auf eine spannungsvolle Polarität aufmerksam, die hier als die Voraussetzung für das Aufkommen des Beglücktseins angesehen wird. Dieses ist sowohl auf den Übergangscharakter der Wirklichkeit, als auch auf die Tendenz angewiesen, diesen, durch einen Zugriff auf das Ganze, zum Stehen zu bringen.

Mit ›Übergangswirklichkeit‹ ist zunächst einmal angesprochen, daß sich das Seelenleben nicht in einfachen, sauber voneinander abgegrenzten Einheiten organisiert. Die Gestalten des Seelenlebens gehen in andere Gestalten über und bringen andere Gestalten in sich zum Ausdruck. Etwas setzt sich in etwas anderem fort und wandelt sich dabei zugleich ab. Es kann sich überhaupt nur etwas ausformen, wenn es dabei anderes hinzuzieht und als Explikation seiner selbst benutzt. Psychisches ist von Doppelheiten und Übergängen bestimmt, es ist ungeschlossen und bildet nur in Brechungen und Verrückungen Kontinuität aus.

Dieses *Im-Übergang-Sein der seelischen Formenbildung* kommt dem glücklichen Augenblick zugute, wenn er zum Beispiel den zufallenden Anblick einer Vorortstraße zum Anhalt nimmt, um einer aufgekommenen Sehnsucht nach der Verfügbarkeit über das Ganze Ausdruck zu verleihen. Die Tendenzen, die eine Neuorganisierung verlangen, finden an der zufällig sich anschaulich darbietenden Szene einen sinnlichen Anhalt und verwandeln sie in ihrem Sinne an. Die Verhältnisse der Übergangswirklichkeit machen solch eine Wendung möglich.

Mit ihnen ist weiterhin verbunden, daß die aktuellen Gestalten keine zweidimensionalen Gebilde sind. Sie dehnen sich weit in den Wirkungsraum hinein aus – auch wenn das nicht bewußt erfahren wird. Sie weisen mannigfache ›Fransen‹ auf, die sie, zu aktuell nicht Expliziertem, in Übergang bringen. Das Seelenleben ist von polaren Verhältnissen durchformt, die bedingen, daß jede Seite auch ihre Kehrseite produziert. Scharfe Unterscheidungen können auf Dauer nur mit großem Aufwand aufrechterhalten werden. Mit jeder Entschiedenheit wird zugleich eine Gegenwirklichkeit aufgerufen und in Verkehrungen kommt es zu ungewollten Ergänzungen.

Der glückliche Augenblick greift auf solche Übergänge von Bild zu Nebenbild, von Form zu Gegenform zurück, wenn er zum Beispiel revoltierende Gestaltungsrichtungen über eine Bildwendung zum Ausdruck bringt. Auch damit macht er sich den Übergangscharakter der Wirklichkeit zunutze. Weil die aktuellen Handlungsbilder Übergänge zu anderen Gestalten aufweisen, ist eine er-gänzende Wandlung der seelischen Einheiten möglich. Die Übergangsverhältnisse legen es geradezu nahe, daß Vereinseitigungen sich in Komplettierungen ausgleichen. Aufgrund dieser Verhältnisse läßt sich auch im engeren Sinne von einer Selbstbehandlung des Seelischen sprechen. Würde das Psychische selbst diese Züge nicht aufweisen, könnte eine Psychotherapie nicht zur Wirkung kommen. Diese kann dessen Spielraum nur ausnützen oder freilegen. Sie kann ihn aber nicht herstellen.

Jedoch bedeutet der Übergangscharakter für die Selbstbehandlung nicht nur eine ›Erleichterung‹. Mit ihm ist ebenso eine Belastung verbunden. Er bringt es nämlich mit sich, daß die gelebten Einheiten das Ganze nicht unter ihren Einflußbereich zu bringen vermögen. Sie bleiben selbst unganz und stellen jeweils nur eine begrenzte Auslegung der Wirklichkeit her. Indem sie sich ausbilden, drängen sie schon auf ein Übergehen in etwas anderes. Ihre Entschiedenheiten lassen sich nur in Abwandlungen durchhalten und können sich gegen die ursprünglichen Absichten verkehren. In der Übergangswirklichkeit ist alles im Wandel. Da sich in dieser Lage auch immer wieder die Gefahr bemerkbar macht, in den ›schwankenden Gestalten‹ des Ganzen verloren zu gehen, sind Angst, Leiden und Störbarkeit in eine derart konstruierte Wirklichkeit von vornherein mit eingebaut. Als Ganzes entzieht sich das Seelenleben seinen aktuellen Einheiten, sie müssen sich mit begrenzten Lösungen zufrieden geben. Je mehr sie zu umgreifen suchen, desto ›unsicherer‹ leben sie paradoxerweise.

Freud hat in »Das Unbehagen in der Kultur« (1930) auf seine Weise ausführlich dargelegt, daß die Wirklichkeit für einen spannungsfreien, dauernd lustvollen Zustand nicht gemacht sei (s.o.). In einem anderen Zusammenhang (1937) betont er, daß auch die psychoanalytische Behandlung keine Erlösung aus dieser schwierigen Wirklichkeit anzubieten habe. Selbst wenn die analytische Kur die Grenzen zu dem weiten Bereich des unbewußten Seelenlebens durchlässiger mache, könne sie deren Grundprobleme doch nicht lösen. In einer frühen Arbeit ist er der Ansicht, daß hier allenfalls eine Verwandlung des »hysterischen Elends« in »gemeines Unglück« möglich sei (Freud 1895, 312).

Damit kommt die andere Seite der oben angesprochenen Polarität zur Wirkung. Man mag zwar, zum Beispiel als Psychologe, um diese Verhältnisse *wissen*, aber deshalb akzeptiert man sie in der Regel doch nicht. Teils bewußt, teils unbewußt achten die gelebten Einheiten nebenher auf Konstellationen, die sie einmal aus den immer wieder erfahrenen Unverfügbarkeiten befreien könnten. Die Handlungseinheiten setzen neben ihren begrenzten alltäglichen Entschiedenheiten auch immer auf das Ganze. Der Zug ins Ganze ist selbst ein Strukturzug. Er ist mit der Übergangswirklichkeit unlösbar verbunden. Indem das Seelenleben für ihn nach Anhaltspunkten sucht, zielt es darauf, doch einmal »Herr im eigenen Hause« (Freud 1916/17, 295) zu sein.

Das Alltagsleben hat daher durchaus Ähnlichkeiten mit seelischen Verhältnissen wie sie beim Glücksspiel wirksam sind. Wie alle Spiele nutzen auch die Glücksspiele diese Übergangswirklichkeit für sich aus. Nur setzen sie auf einen bestimmten Übergang, nämlich den alles in den Schatten stellenden Gewinn (Greenson 1948, Bartholomäi 1987). Indem die alltäglichen Einheiten des Seelischen auch immer das Ganze der Wirklichkeit in den Griff zu bekommen suchen, um sich aus den ständigen Übergängen zu befreien, halten sie so etwas wie ein ›Glücksspiel‹ in Gang. Gerade weil in dieser Wirklichkeit alles in Übergang zu anderem gerät, weil sich nichts endgültig feststellen und halten läßt, suchen die gelebten Einheiten auch immer wieder nach Gelegenheiten, die dieses ständige Verwandeln einmal zum Abschluß bringen könnten. Die alltäglichen Handlungseinheiten ›spielen‹ mit den Übergangsmöglichkeiten ebenso, wie sie auch immer wieder auf das Ganze setzen. Domke (1984) hat gezeigt, daß sich diese Tendenz auch bei der Suche nach ›Sonderangeboten‹ beobachten läßt. Salber (1985) betont, daß gerade aufgrund des Bemühens der Übergangsstruktur, sich als Ganzes in den Griff zu bekommen, viele der alltäglichen Handlungen eine erstaunliche Dramatik aufweisen. »Aber es ist nicht zu übersehen, daß dabei auch immer wieder versucht wird, das Ganze der Wirklichkeit in den Griff zu nehmen, etwas zu packen, das wir für besonders wichtig und entscheidend halten ... Daher zeigt der Tageslauf immer mehr an Wut, Angst oder an Glück und Träumereien, als sich aus einer isolierten Betrachtung der einzelnen Situationen und Tätigkeiten ableiten läßt« (19).

Aus diesem latenten Betreiben eines *alltäglichen ›Glückspiels‹* läßt sich verstehen, daß die besonderen Qualitäten des Beglücktseins als zufallend, aufsteigend oder gar als geschenkt erlebt werden (s.o. Kapitel II). Das Seelische verbirgt vor sich, daß es nebenher auch stets auf das Ganze setzt. Schon lange vor dem Zündpunkt des Beglücktseins hat sich dieser vorbereitet. In einer Situation, in der der Zug ins Ganze sich drängend gesteigert hat und schließlich einen Anhalt zu seiner Realisierung vorfindet, kommt es zur Zündung des Beglücktseins. Der Beglückte selbst weiß nicht warum. Genauer gesagt weiß er nicht, daß er die erfahrene Wendung schon lange vorbereitet hat. Er erlebt sie als ›geschenkt‹, als ›Gabe der Göttin Fortuna‹.

Um was es dem Seelischen in solchen Augenblicken geht, ist mit Freuds These, in dem Streben nach dem Glück drücke sich die Wirksamkeit des »Lustprinzips« (1930, 434) aus, nur vage getroffen. Es ist doch etwas anderes, oder mehr als die Empfindung von Lust, oder die Vermeidung von Unlust, auf die insgeheim gesetzt wird. Die oben referierten Ergebnisse einer Analyse von Glücksvorstellungen weisen über eine solche Erklärung hinaus. Wenn man den Zug ins Ganze mit psychoanalytischen Konzepten fassen möchte, bietet es sich an, ihn mit längst verloren gegangenen Zuständen ungebrochener Verfügbarkeit über die Wirklichkeit, vielleicht Zuständen von noch ungebrochener ›Omnipotenz‹, in Zusammenhang zu bringen (Freud 1914; Winnicott 1953)).

Doch dann sollte nicht aus dem Auge verloren werden, daß sich vergangene Zustände als solche nicht wieder herstellen lassen. Ein langer Entwicklungsweg hat sich zwischen die Erfahrung totaler Einflußnahme und die Organistaion der Gegenwart gestellt. Im Erwachsenenalter läßt sich allenfalls ein *Übergang zum Ganzen* beleben. Unter der Überschrift ›glückliche Fügung‹ wird gleich dargelegt, wie dieser im Beglücktsein bewerkstelligt wird.

Vorher aber wird noch beschrieben, wie sich bei der aus dem Fenster schauenden Studentin die Voraussetzungen des Beglücktseins zeigen. Wie in vielen Ausgangslagen auch, machen sie sich bei ihr mehr von den Belastungen her bemerkbar, die mit der Übergangswirklichkeit gegeben sind. Sie muß feststellen, daß sie das Kommen und Gehen des Freundes nicht völlig bestimmen kann. Ihr starkes Bestreben, ihn an sich zu binden, ihn zur Verfügung zu haben, verstärkt die Befürchtung, von ihm verlassen zu werden. Indem sie sich extrem auf ein Haben festlegt, bringt sie sich um so stärker in die Situation des Verlierens. Ihre Absichten verkehren sich auf schmerzhafte Weise in das Gegenteil. Je mehr die Verkehrung bemerkt wird, desto radikaler verhärtet sie sich in einem kleinen Gestaltungskreis. Sie ist bemüht, eine weitere Preisgabe von Verfügungsgewalt mit allen Mitteln zu vermeiden. Man kann das eine ›gekränkte Liebe‹ nennen. Genauer betrachtet aber werden ihre Bestrebungen die Wochenenden gemäß ihren Plänen in den Griff zu bekommen gekränkt. Gewiß gibt es auch eine Bereitschaft, diese wiederholten Versagungen der Bindungstendenzen auszuhalten, sich in begrenzteren Formen zu arrangieren. Unser Fall ist nicht so unbeweglich, daß man ihn als ›neurotisch‹ bezeichnen könnte. Aber doch drängt auch hier alles auf eine Lösung, in der die immer wieder schmerzenden Unverfügbarkeiten endlich aufgehoben sind. Die ungeschlossenen Bindungswünsche gefallen sich nicht in Zuständen der Unverfügbarkeit. Verständlich, daß in dieser Lage etwas darauf zielt, die Spannungen mit einem Male zu lösen. Das, was hier der Zug ins Ganze genannt wird, macht sich bemerkbar und sucht nach einem Anhalt, an dem es sich erweisen kann.

Die glückliche Fügung

Die Formulierung ›glückliche Fügung‹ wird im Diskurs über das Glück in der Regel zur Bezeichnung einer günstigen Wendung des Lebens oder des Schicksals gebraucht. Wenn man das aktuell erlebte Beglücktsein in seiner schrittweisen Formenbildung verfolgt, also die Morphologie des glücklichen Augenblicks zum Gegenstand hat, hebt sich ein entscheidender Wendepunkt heraus, für den die Bezeichnung glückliche Fügung ebensogut Anwendung finden kann. Zwar fügt sich hier nicht ein Leben zum Besten, aber es läßt sich ein zündendes Ineinandergreifen von Mechanismen beschreiben, mit dem das Beglücktsein als herausgehobene Erfahrung seinen Anfang nimmt.

Bei dem Fall der jungen Studentin sieht der Zündpunkt ihres glücklichen Augenblicks folgendermaßen aus: Wie bei einer Schere greifen ein zufallender, verrückender Anhalt und die Umzentrierung der Handlungseinheit ineinander. Die Verschiebung des Lebenstotals auf die sich darbietende Straßenszene gibt dem Zug ins Ganze einen begrenzten anschaulichen Anhalt. Damit setzt eine Auflockerung des Festgehaltenen ein, worüber ›festsitzende‹ Ausdrucksdränge realisiert werden: Die Studentin erfährt sich für einige Zeit als jemand, dem der Einblick in die innere Ordnung der gesamten Wirklichkeit eröffnet ist. Ihre gesamte Erfahrungsweise wird reicher und beweglicher. Sie gerät in einen mitreißenden Übergang zum Ganzen. Das Finden von Anhalt im Anschaulichen und die gleichzeitig komplettierende Wendung des aktuellen Handlungsbildes begründen das erlebte ›Mehr‹ des nun gezündeten Beglücktseins. Indem die sonntägliche Straße zum Gleichnis des ganzen Lebens wird, kehren sich Wirksamkeiten hervor, die in der aktuellen Handlungseinheit bis dahin keinen Ausdruck finden konnten.

Erlebnismäßig kommt es am Zündpunkt des glücklichen Augenblicks zu dem charakteristischen zufallendem oder aufsteigendem Mehr an Verfügbarkeit. Es ist, als sei der vielversprechende Keim zu einem Leben gesetzt, mit dem das prinzipiell unverfügbare Ganze nun doch in den Griff gerät. Die lästigen Unverfügbarkeiten scheinen aufgelöst. Am treffendsten wird dieser plötzliche Zugewinn von den Beglückten in den Erlebensqualitäten ›Kraft‹ und ›Halt‹ zusammengefaßt. Aber auch eine erregte ›Lebendigkeit‹ und ein Zugewinn an ›Einheitlichkeit‹ lassen sich damit in Austausch bringen.

Was aber fügt sich bei dieser Zündung zusammen? Es handelt sich um die oben dargelegten Mechanismen des ›Verrückens auf ein Detail‹ und der ›Bildwendung‹. Die aktuelle Handlungseinheit gerät in eine komplettierende Wendung, indem sie im Verrücken auf ein Detail ein Werk für ihre Ausdrucksdränge vorfindet. Das Ineinandergreifen der Mechanismen produziert den Zündpunkt des Beglücktseins. Mit ihm ist es, als habe sich endlich die Lösung eingestellt, auf die das Seelenleben insgeheim neben seinen Alltagsgeschäften auch immer setzt. Der Zug ins Ganze hat mit der glücklichen Fügung eine lang ersehnte Verwirklichung erfahren.

Thomas Mann: »Ein Glück«

In der Erzählung »Ein Glück« beschreibt Mann (1981) einen glücklichen Augenblick, der sich an dieser Stelle passend einfügt. Die Geschichte läuft auf einen Zündpunkt des Beglücktseins zu, an dem es, analog zu den hier darglegten Konstruktionen, im Verrücken auf einen Anderen zu einer beglückenden Bildwendung kommt. Literarische Schilderungen wie diese haben, wie bereits in der Einleitung gesagt, keinen Beweiswert. Sie sollen jedoch dann nicht übergangen werden, wenn die Beschreibungen der Dichter in die Nähe von Konstruktionen geraten, die in der psychologischen Analyse, methodischen Regeln folgend, erarbeitet werden müssen.

Die Geschichte erzählt von der unglücklich verheirateten Baronin Anna. Ihr Mann Harry ist Offizier und untreu. An einem Abend mit Damen im Kasino muß sie beobachten, wie ihr Gemahl sich mit einer hübschen jungen Sängerin – der »Schwalbe« – vergnügt. Diese ist eine mit anderen Frauen umherziehende Schauspielerin. Die Gruppe singt: »Ja, ja das Militär, das lieben wir gar sehr!« Leichte Mädchen also! Die Baronin zeigt sich als stille Dulderin. Sie macht gute Miene zum bösen Spiel, denn sie ist darauf bedacht »ganz ebenso zu sein wie die anderen, damit man sie ein wenig liebte ...«

Wie die Baronin nun in einem »Zustand voll schmerzlicher Anspannung« beobachtet wie die hübsche Frau »keck und gedankenlos, lebensvoll und verführerisch« mit Harry flirtet, hat sie eine eigenartige Empfindung. Ohne sich ganz darüber klar zu werden, verspürt sie, daß ihre eigene Sehnsucht nach der anziehenden »Schwalbe« womöglich heißer und tiefer ist als die Gefühle, die sie bei ihrem Mann beobachten kann. Denn dieser betreibt das Spiel mit der routinierten Sportlichkeit eines Frauenhelden. Anna fühlt sich also für einen Augenblick leidenschaftlich zu der »Schwalbe« hingezogen. »Lieber Gott, sie hieß Emmy und war gründlich ordinär. Aber wundervoll war sie mit ihren schwarzen Haarsträhnen ... und das schönste an ihr waren die Schultern, die bei gewissen Bewegungen auf unvergleichlich geschmeidige Art in den Gelenken rollten ...«

Doch nicht lange kann Anna dieser Sehnsucht nachgehen, denn nun beginnt die Szene vor ihren Augen beleidigend zu werden. Ihr Stolz wird verletzt. Der Baron versucht gerade dem Mädchen seinen

Ehering aufzuzwingen. Das kann sich die Gemahlin nicht gefallen lassen. Sie steht auf und geht mit raschen Schritten auf die Saaltür zu. Bevor sie aber dort ankommt, ist schon die »Schwalbe« neben ihr und reicht ihr, sich leise entschuldigend, den Ring.

An dieser Stelle kommt es zu der angekündigten Zündung des Beglücktseins. Die Vertrautheit und Verbundenheit der jungen Frau geben der vorher, ansatzweise als Nebenbild verspürten, Sehnsucht nach deren Reizen, einen realen Anhalt (Verrücken auf einen anderen). Indem das Mädchen auf die Baronin zutritt kann sich deren geheime Sehnsucht, nochmals bestätigt, komplettierend hervorkehren (Bildwendung). Eine Seite, die sie sich bislang nicht in dieser Deutlichkeit zu erfahren gestattete, die nur latent auf Ausdruck drängte, findet für einen Augenblick einen realen Anhalt. Danach steht die Baronin eine Weile draußen im Dunkeln und verfolgt »wie dies unerwartete Begebnis in ihr Gestalt und Sinn annähme. Und es kam, daß ein Glück, ein süßes, heißes und heimliches Glück einen Augenblick ihre Augen schloß ... Denn ein Glück, ein kleiner Schauer von Rausch und Glück berührt das Herz, wenn jene zwei Welten, zwischen denen die Sehnsucht hin und wieder irrt, sich in einer kurzen, trügerischen Annäherung zusammenfinden.«

Nach dem zündenden Ineinandergreifen der Mechanismen Bildwendung und Verrücken auf ein Detail in der glücklichen Fügung, geht die Entwicklung in verschiedene Richtungen weiter. Autoren, die sich mit dem Beglücktsein oder verwandten Zuständen befassen, heben zwei Typen des Glückserlebens voneinander ab. Lersch (1951) unterscheidet eine »freudige Erregung« und eine »stille Freude, die in langen Schwingungen verläuft« (179). Tatarkiewicz (1962) führt eine ähnliche Unterscheidung ein, wenn er sagt: »Die einen (Glückserfahrungen) beruhen auf größter psychischer Anspannung und Erregung, die anderen gerade auf vollkommener Entspannung« (54; Einfügung von D.B.). Nietzsche grenzt ein »kleines Glück« von einem »großen Glück« ab (zitiert nach Bollnow 1943, 201f). Wenn jetzt eine Steigerung des Beglücktseins angesprochen wird, knüpft die Arbeit bei diesen Unterscheidungen an, rückt aber im weiteren Beweisgang die stilleren, entspannten Formen des Beglücktseins, das ›große Glück‹, in den Blick.

Die erregende Seite des Glücks läßt sich mit dem Ineinandergreifen der beiden Mechanismen in der glücklichen Fügung erklären, über das der Zug ins Ganze in die Nähe einer Realisierung gerät. Es bedeutet einen ungewöhnlich vielversprechenden und erregenden Zuwachs an Verfügungsgewalt, wenn im Zündpunkt die aktuelle Handlungseinheit in Übergang zum Ganzen gerät. Wird dieser gegen weitere Wandlungen festgehalten, läuft es letztlich auf Zustände hinaus, die man besser mit ›Hochgefühl‹, ›Euphorie‹ oder, in einer pathologischen Variante, mit ›maniformem Hochgefühl‹ bezeichnen möchte. Ihnen ist die Angespannung deutlich anzusehen (s.u.).

Der komplette glückliche Augenblick, das heißt das erlebte Glück in seiner weitesten beobachtbaren Ausformung, steigert sich dagegen zu einem ›großen Glück‹, indem der dritte Mechanismus ›Zerdehnung des Augenblicks‹ bedeutsam wird. Dieser ist für die Qualitäten des Stillen und Entspannten verantwortlich zu machen, die in den Erlebensqualitäten ›Harmonie‹ und ›Lebendigkeit‹ beschrieben sind. Eine genauere Zergliederung dieser Steigerungsform gibt der folgende Abschnitt.

Steigerung

Mit der glücklichen Fügung ist eine plötzliche, vielversprechende Wandlung der Ausgangslage gegeben. Das Beglücktsein erscheint als ein Neuanfang, als etwas qualitativ Verschiedenes. Vorher noch als drückend erfahrene Schwierigkeiten stellen jetzt keine Hindernisse mehr da. Daher kann Buytendijk (1948) sagen: »Im Erleben aller Glücksgefühle finden wir die ... Erlösung und Befreiung aus einem früheren Zustand, der im Erlebnis der Lust selbst als ihr Negativ erscheint und wie der Hintergrund einer Figur die selbständige Form des Lustgefühls zu ausgesprochener Abhebung bringt« (20). Dieser zugefallene, oft als Geschenk oder Gnade erlebte Aufschwung, diese unvorhergesehene, erweiterte Verfügbarkeit über das Ganze der Wirklichkeit, neigen dazu, sich grenzenlos auszudehnen. Mit ihnen ist die Basierung einer neuen Handlungseinheit belebt, die nun dazu tendiert, die Wirklichkeit gemäß ihrer Stundenwelt zu vereinheitlichen.

Das ›große Glück‹ bildet sich aus, indem die in der glücklichen Fügung zugefallene, vielversprechende Basierung in dem gegebenen Augenblick ein Werk findet. Das plötzliche ›Mehr und Anders‹, der Auftakt zu einer abgehobenen Handlungseinheit mit neuer Qualität, neigen dazu sich *zentrifugal* in Raum und Zeit hinein auszudehnen, die gesamte Wirklichkeit gemäß ihrer Logik einzunehmen. Dieses Extrem wird jedoch ergänzt von Notwendigkeiten eines »Formzwanges« (Salber 1965b, 255ff). Es liegt in dem Aufrufen und dem Wirksamwerden dieser Gegenwirkungen begründet, daß es nach dem Aufschwung des Zündpunktes zu einer Steigerung in die Zerdehnung des Ins-Werk-Setzens kommen kann.

Eine *Vermittlung* der polaren Spannung wird bewerkstelligt, indem sich die Handlungseinheit in ihre Binnengliederung hinein ausdehnt. Sie wird in einer *zentripetalen* Richtung erweitert. Es kommt nicht zu einer grenzenlosen, Formnotwendigkeiten überrollenden Ausbreitung, sondern zu einer *Ausdehnung in den Begrenzungen eines Werkes.* Das Ins-Werk-Setzen der vielversprechenden Basierung, die im Zündpunkt entstanden ist, wird auf diese Weise zerdehnt erfahren. In dieser Ergänzung, des in der glücklichen Fügung entstandenen, auf Totalität drängenden Keimes mit den Formnotwendigkeiten eines Werkes, liegt die Begründung für die Steigerung des Beglücktseins. Bei dem Fall vom Blick aus dem Fenster zeigt sich das wie folgt:

Die im Zündpunkt zugewonnene Verfügbarkeit setzt sich auch hier nicht in eine angespannte Erregung, sondern in eine wohltuende Beruhigung und Entspannung fort. Sie treibt die junge Frau nicht zu weiterer Aktivität an, sucht sich nicht an neuen Widerständen zu beweisen, sondern das Erleben spreizt sich innerhalb der Grenzen des gegebenen Augenblicks ›in die Tiefe‹. Es ist, als werde die ›Sprengkraft‹ des Zündpunktes in kontrollierten Brechungen und Verrükkungen fortgesetzt. Die wahrgenommenen Menschen auf der Straße werden in ihre eigentümlichen Details und Auffälligkeiten zer-gliedert. An ihnen brechen andere Gestalten auf: die Probandin selbst als Kind, die Schwester ... Es ist, als würden die anschaulichen Figuren aufgebrochen und in Analogien ver-rückt. Schließlich wird die enge Vereinheitlichung des Erlebens um das Problem mit dem Freund durchlässig. Die werkähnliche Ausdehnung des gelebten Augenblicks leuchtet durch die derart auf-gerissenen Maschen der erweiterten Erfahrung hindurch. Indem eine Ausdehnung im Begrenzten hergestellt wird, kann die ganze Wirklichkeit als ein großes Werk erfahren werden. In diesem bekommen die Forderungen der Studentin, das, was sie gerade beobachtet und die vorher so bedrängend erlebten Schwierigkeiten, veränderte Plätze zugewiesen.

Der Verweis auf die Ergänzung der sich ausbreitenden, totalisierenden Basierung mit Formnotwendigkeiten reicht nicht aus die Steigerung des Beglücktseins zu erklären. Es sind noch zwei weitere Gesichtspunkte zu berücksichtigen.

Der erste hängt damit zusammen, daß mit dem Einsetzen des Beglücktseins der latent wirksame Zug ins Ganze schließlich eine lang ertrebte Erfüllung gefunden hat. Das, worauf die Formen der Selbstbehandlung stets heimlich setzen, von dem sie sich die ›Lösung aller

Lösungen‹ versprechen, ist eingetroffen: Die Handlungseinheit ist in Übergang zum Ganzen geraten. Dessen Verfügbarkeit ist schließlich zugefallen.

Im selben Maße, in dem der Zugriff auf das Ganze gewissermaßen garantiert ist, können nun gezielte Vereinheitlichungen, durchgehaltene Gewichtungen losgelassen werden. Die Handlungseinheit ist für einige Zeit von der Aufgabe enthoben, die spannungsvolle Wirklichkeit in einem entschiedenen Werk zu *halten*. Wenn das Ganze in den Griff *kommt* (passiv), braucht nichts mehr im Griff *gehalten* (aktiv) zu werden. Der ungewöhnliche Zugewinn an Verfügbarkeit entlastet die aktiven Bestrebungen, Verfügbarkeit herzustellen oder zu demonstrieren. Die aktuelle Handlungseinheit kann sich ent-spannen, passiv dezentrierteren Regulierungen überlassen. Das ist die zweite Begründung dafür, daß es zu einer *Zerdehnung* kommt.

Winnicott (1965) führt zur Erklärung dieser Wendung vom aktiven, notwendig aufspaltendem Betreiben von Einheitlichkeit in zerdehnte »Unintegration« (79) ein ontogenetisches Vorbild an. Er betont, daß deren Möglichkeit im Säuglingsalter davon abhängt, daß die Mutter es für einige Zeit versteht, die Regulationsformen eines haltenden Ganzen zu übernehmen. Erst wenn das garantiert ist, kann sich der Säugling einem unintegrierten Verströmen hingeben, kann er die gezielte Synthetisierung aufgeben. Winnicott bringt diese Auffassung auf einen prägnanten Satz: »Entspannung bedeutet für einen Säugling, daß er nicht das Bedürfnis zum Integrieren empfindet, da die ich-stützende Funktion der Mutter als selbstverständlich angenommen wird« (ebd.).

Das Zufallen der erweiterten Verfügbarkeit über das Ganze in der glücklichen Fügung kommt dem Bereitstellen einer ich-stützenden Funktion durch das »Halten« (69) der Mutter gleich. Übrigens ist schon Ferenczi (1938) auf die Angewiesenheit der Entspannung auf einen garantierten Halt des Ganzen aufmerksam geworden. In den nachgelassenen Notizen steht: » Ein ›Erwachsener‹ ist nie ›ungespalten‹ (d.h. unintegriert, D.B.) – nur ein Kind und einer, der wieder Kind geworden. Ein Erwachsener muß ›auf sich selbst achtgeben‹. Auf das Kind wird achtgegeben« (283).

Schließlich verweist auch Tatarkiewicz (1962) darauf, daß der Komfort unserer Zeit es begünstigt, daß es zu entspannten Formen des Erlebens kommt. Da in immer weiteren Bereichen des alltäglichen Lebens die auf sich selbst achtgebenden Tätigkeiten des Seelischen entlastet würden, könne dieses sich mehr und mehr »dritten Zuständen« (111f) neben Arbeit und Zerstreuung überlassen. In neuerer Zeit hat M. Khan (1977) ähnliche Erlebensformen unter dem Begriff ›Brachliegen‹ thematisiert. Heinzelmann (1989) kommt von einer ganz anderen Seite zu ähnlichen Beobachtungen. Sie hat in einer Untersuchung des Sitzens herausgefunden, daß ein bequemer Sessel zum Beispiel in der Weise zu einem tragenden Halt werden kann, daß es ›in‹ ihm zu ähnlichen Zerdehnungen und Dezentrierungen kommen kann wie beim Beglücktsein.

Aber noch ein dritter Gesichtspunkt soll zur Begründung der Steigerung des Beglücktseins angeführt werden. Er ist allerdings nicht aus der Formalisierung von aktuellen Handlungseinheiten abzuleiten, sondern spricht die Verfassung übergreifender Wirkungseinheiten an. Damit es zu der beschriebenen Zerdehnung des Ins-Werk-Setzens kommen kann, muß eine ausreichende *Beweglichkeit der Formenbildung überhaupt* vorausgesetzt werden.

Es müssen Vermittlungen verfügbar sein, die die Spannung zwischen der totalisierenden Eigenlogik und dem Formzwang zu überbrücken und zusammenzuhalten vermögen. Bei bestimmten Formen des Verkehrthaltens können sich nämlich solche zerdehnten Übergangsverfassungen nicht ausbilden. Nicht jeder Charakter ist dazu in der Lage, derart weit gespannte, in sich polarisierte Zustände zusammenzuhalten.

Hier ist es wiederum Winnicott (1971), der auf die angesprochene Voraussetzung in seinen Schriften hingewiesen hat. Sein Buch »Playing and Reality« thematisiert die Problematik der Behandlung von Entwicklungsstörungen. Da diesen der Übergangsbereich des seelischen Geschehens nicht ausreichend verfügbar ist, charakteristische Übergangsverfassungen von ihnen also nicht ausgehalten werden können, ist es ihnen nur schwer möglich, zum Beispiel die glückliche Fügung in einer Zerdehnung des Ins-Werk-Setzens weiterzuführen. Es kommt bei ihnen vielmehr zu Aufspaltungen, der im gesteigerten Beglücktsein vermittelten Polaritäten. (s.a. Kafka 1991) Die von Winnicott beschriebene Form der »manischen Abwehr« (1935, 244ff) läßt sich zum Beispiel als solch eine neurotische Lösung verstehen. Weiter unten wird auf dieses Thema zurückgekommen.

Der Leser, der sich mittlerweile in die Drehfigur des Beglücktseins eingelesen hat, wird sich schon denken können, wie es weitergeht. Die gedehnte Verfassung, die einem endlosen Übergang gleichkommt, kann sich nicht lange erhalten. Andere Gestaltungsanforderungen des Seelischen fordern ihr Recht. Das Entgleiten des Beglücktseins ist, aufgrund der im folgenden angesprochenen Notwendigkeiten, nicht zu verhindern.

Die Übergangserfahrung, die mit der Zerdehnung des Ins-Werk-Setzens gegeben ist, läßt sich nicht lange halten. Es sind nur kurze Augenblicke, in denen sich das Seelenleben in solch einer gedehnten Verfassung zu halten vermag. Notwendigkeiten der Entschiedenheit, der Ruf zu den einfachen, banalen Verrichtungen des Alltags machen sich bald bemerkbar und fordern dem gesteigerten Glück ihr Recht ab.

Bollnow (1943) spricht in diesem Zusammenhang von einem »Übergang von der zeitlosen Schau zur verwirklichenden Tat«. Und weiter: »Überall da aber, wo es wirklich gezündet hat, wächst aus der Zeitlosigkeit dieses Erlebens selber die Spannung hervor, welche den in sich selber ruhenden Augenblick von innen heraus sprengt und sich dann in dem tätigen Einsatz für die Verwirklichung des zuvor Erschauten entlädt« (228). Das breitmaschige Netz der Übergangserfahrung zieht sich wieder zu und das gelebte Bild sucht sich um eine Richtung gebende Zentrierung zu organisieren. Um es mit Nietzsche (1977) zu sagen: »Selige Augenblicke! Und dann wieder den Vorhang zuhängen und die Gedanken zu festen, nächsten Zielen wenden!« (693).

Der Versuch, die besondere Unintegriertheit des gesteigerten Glücks festzuhalten, kann dessen Auflösung nicht verhindern. Im Gegenteil. Das ›große Glück‹ ist an die dezentrierte und zerdehnte Verfassung gebunden. Der Versuch, es zu bewahren, bringt bereits eine neue Zentrierung mit sich. Das Festhalten an der Zerdehnung führt notwendig in eine weitere Verengung hinein. So oder so geraten die gelebten Einheiten schließlich wieder in die Spannung hinein, in der sich die Verhältnisse der Übergangswirklichkeit mit dem Zug ins Ganze ergänzen. Damit ist die Ausgangslage wieder hergestellt. Die in ihrer Konstruktion beschriebene Entwicklung kann erneut in Gang kommen.

Auch bei unserem Fall läßt sich die endlose Zerdehnung nicht lange halten. Die Notwendigkeit neuer Entschiedenheit macht sich schon bald in den Ansätzen spürbar, die Position am Fenster aufzugeben und sich dem unabgeschlossenen Referat zuzuwenden. Alles bewegt sich wieder auf eine ausschließende Zentrierung der Handlungseinheit zu. Es ist, als könne das Seelenleben nicht lange in diesem Zustand ›wahlfreier Bewußtheit‹ verweilen. So wird schließlich die Arbeit am Referat aufgenommen. Eigenartigerweise fällt die Beschäftigung mit dem Stoff nun leichter. Eine Fülle von Einfällen strömt zu und neue Perspektiven öffnen sich. Es ist, als habe das entschiedene Tun eine neue Fassung erhalten. Diese erweiterte Beweglichkeit wirkt noch einige Stunden nach und gestattet es in vielerlei Hinsicht, die Wirklichkeit in weniger eingeschliffenen Mustern zu behandeln als vorher.

Wie das Beipiel zeigt, sind die Drehungen und Zerdehnungen des Beglücktseins für die nachfolgenden Handlungseinheiten nicht ohne Folgen. Indem sich das Handlungsbild im Beglücktsein auf Wendungen, Verrückungen und Zerdehnungen einläßt, kann es paradoxerweise gefestigtere Entschiedenheiten bewerkstelligen als vorher. Es ist, als habe das Geschehen eine veränderte, neue Ausgangslage erhalten, von der aus es ›neu beginnen‹ kann. In den vollzogenen Drehungen und Dehnungen sind autonom gewordene Formzwänge in Entwicklung gekommen, inerte Gestaltungszwänge aufgelockert worden. Wenn sich das Beglücktsein bis zu seiner Steigerungsform entfaltet, werden neue Gestaltungsmöglichkeiten freigesetzt, die für einige Zeit eine größere *Beweglichkeit* der Formenbildung mit sich bringen. Indem sich das gelebte Bild für einige Zeit derartig ›verrückten‹ Drehungen und Streckungen überläßt, gerät es in die Lage, zweckbezogene Entschiedenheiten erneut zu begründen und festzuhalten. Es findet eine neue Richtung, indem es das Festhalten an Richtung überhaupt für einige Momente zurückstellt.

2. Der glückliche Augenblick als Drehfigur

Im Überblick wird deutlich, daß der strukturelle Kern der Glückserfahrung eine bewegte Figur aufweist. Es liegt nahe, hier von einer charakteristischen »Drehfigur« (Salber 1987, 173) des Beglücktseins zu sprechen. Wenn man die Konstruktion in Entwicklung verfolgt, wird sichtbar, daß sie sich in polaren Ergänzungen und Wendungen entfaltet. Wiederholt läßt sich hierin die Grundbewegung von Ausbreitung und Zusammenziehen herausheben.

›Feuer-Werk‹

Die Verhältnisse der Übergangswirklichkeit fordern ein ständiges Übergehen und Entwickeln. Dagegen drängt ein Zug ins Ganze darauf, diese schwankenden Gebilde einmal ohne Mühe ›in den Griff‹ zu bekommen. Er lauert auf Gelegenheiten, an denen er sich realisieren und erweisen kann. Aus dieser weit geöffneten Spannung zwischen Ungeschlossenheit, Übergang auf der einen und der Tendenz zum Total auf der anderen Seite, fügt sich das Glückserleben in ›Verrücken auf ein Detail‹ und ›Bildwendung‹ in einen mitreißenden *Übergang* zum Ganzen. In diesem Zündpunkt, dem wohl erregendsten und dichtesten Moment des erlebten Glücks, ist es, als sei das nicht zu fassende Ganze doch verfügbar geworden.

Aus solch geballter Verdichtung der Verfügung heraus öffnet sich die Drehfigur dann aufs Neue. Diesmal, um stets Mitwirkendes, aber nur selten Bemerktes, in einer Weise durchscheinen zu lassen, die den schon vorher erreichten Zugriff auf das Ganze noch zu steigern versteht. Ein unbeschwertes Spiel mit Verrückungen, mit Gestalten und deren Übergängen zu anderen Gestalten eröffnet sich. Der gesamte gelebte Augenblick erhält dadurch eine breite Dehnung und enthüllt Ansichten seiner Wirksamkeiten und seines Aufbaus, die so in der Regel kaum bemerkt werden.

Doch damit nicht genug. Mitten in diesem breiten interesselosen Spiel macht sich nun der Zug ins Ganze von der Kehrseite der Zerdehnung her bemerkbar. So weit die Formenbildung sich ausdehnt, so stark drängt auch alles wieder auf eine gewichtende Entschiedenheit. Deren Notwendigkeit zieht die gewonnene Polymorphie zusammen und schließt die weite Verfassung in einer Zentrierung um ein Thema ein. Damit ist die Ausgangslage beinahe wieder eingenommen, und die gelebten Einheiten warten erneut auf den günstigen Zufall, über den sie sich wiederholt zum totalisierenden Übergang fügen können.

Es bedeutet eine weitere Spezifizierung des hiermit herausgestellten seelischen Bedingungsgefüges, wenn diese Drehfigur in weiten Zügen mit einem *Feuer-Werk* verglichen wird. Wenn man in Rechnung stellt, daß Feuerwerke nur zu besonderen, freudigen Anläßen abgebrannt werden und eine große Faszination auf die Menschen ausüben, bietet sich die Analogie nur umso mehr an. In diesem »Materialsymbol« (Salber 1983, 142) läßt sich sowohl der auf totale Ausbreitung drängende Zug ins Ganze fassen, als auch seine durchgliederten Realisierungen im Moment des Beglücktseins.

Als ›Feuerwerk‹ verstanden, kommt es im glücklichen Augenblick zu einer *kontrollierten Explosion*, einer gebremsten und geleiteten Sprengung üblicher Einheiten der Selbstbehandlung. Für einen Moment dehnt sich das unfaßbare Total in den Grenzen eines Augenblick aus.

Das gleicht tatsächlich den geregelten Detonationen mancher bezaubernder Feuerwerke. Wie im Beglücktsein führt auch dort die sich ausbreitende, zentrifugale Sprengkraft nicht zu Auflösung und Zerstörung, sondern findet eine Ausformung in wundersam schillernden, figuralen Werken. Das Gleichnis, das Proust bei seinem Madelaine--

Erlebnis anführt, weist hiermit eine gewisse Ähnlichkeit auf: Wie bereits erwähnt, bezieht er sich auf die japanischen Spiele, bei denen sich ins Wasser geworfene, unscheinbare Papierschnitzel, indem sie sich vollsaugen, zu farbigen Figuren ausdehnen.

Konstruktionsproblem

Das Übergehen der Beweisführung in die Analogie vom Feuerwerk ebnet den Weg dafür, das besondere Konstruktionsproblem herauszustellen, das mit dem glücklichen Augenblick gegeben ist. Hiermit ist die vierte und letzte Version des Austauschs in Entwicklung erreicht. Sie betrachtet den untersuchten Gegenstand aus der Perspektive der Paradoxien seelischen Geschehens. Die Version des Paradox fragt: Worin findet das erfahrene Glück sein letztlich unlösbares Konstruktionsproblem?

Wie sich im Feuerwerk die zentrifugale Ausbreitung der Explosion mit einer begrenzenden Figuration ergänzt, so steht das Beglücktsein vor dem Problem einer Vermittlung des ins Unbegrenzte zielenden Zugs ins Ganze mit ›diesem‹ gelebten Moment. Das Seelenleben stellt sich im Beglücktsein sozusagen die *Aufgabe, das Total durch das Nadelöhr des Augenblicks zu ziehen.* Das Konstruktionsproblem, das mit ihm aufgerufen wird, besteht daher in dem Paradox, daß sich das Ganze nur in einer begrenzten Gestalt ins Werk zu setzen vermag.

Mit diesem Paradox ist ein konstitutionelles Verfehlen gegeben, das sich im alltäglichen Seelenleben immer wieder als ein Leiden bemerkbar macht. Das Beglücktsein verdankt seine ausgezeichnete Stellung im Leben der Menschen dem Umstand, daß es für einen Augenblick dieses Problem seelischen Existierens in die Nähe einer vollkommenen Lösung versetzt. *Das unverfügbare Total gerät im Nadelöhr des glücklichen Augenblicks in den Griff.* Wie dies – für die Dauer eines Momentes zumindest – gelingen kann, hat die Analyse der Mechanismen und der Konstruktion dargelegt.

Jedoch kann sich keine Form der Selbstbehandlung diesem Problem tatsächlich entziehen. Auch das Beglücktsein nicht. Nach kurzer Zeit muß es die Unvollkommenheit der zugefallenen Lösung im Entgleiten der außergewöhnlichen Verfügbarkeit doch erfahren. Allein, daß der beglückende Zugewinn über den Einsatz von *Übergangs*mechanismen bewerkstelligt wird, verweist auf seine Unbeständigkeit und Kurzlebigkeit. Mit Übergängen sind Doppelheiten, Sonderungen und Wandlungen unlösbar verbunden. Sie relativieren schließlich die Tendenz zur Totalisierung.

Auch Goethes Faust war sich der Unmöglichkeit bewußt, das Ganze in den Grenzen eines Augenblicks einzufangen. Er war mit den unlösbaren Paradoxien dieser Wirklichkeit wohl vertraut. Wie sonst hätte er sich gegenüber Mephisto so sicher wähnen können, als er die folgenden Zeilen aussprach:

»Werd ich zum Augenblicke sagen:
Verweile doch! du bist so schön!
Dann magst du mich in Fesseln schlagen,
Dann will ich gern zugrunde gehn!«

3. Zur Unterscheidung von Hypomanie und glücklichem Augenblick

Eine interessante Frage schließt sich hier an: Wie verhält sich der im Rahmen des alltäglichen – das heißt nicht-neurotischen – Seelenlebens zu beobachtende glückliche Augenblick zu den Formen von Euphorie, die im klinisch-psychologischen Bereich beschrieben werden – den hypomanischen Stimmungen?

Es geschieht gar nicht selten, daß Glückserleben und Hypomanie in ein und dem selben Zusammenhang angesprochen werden, daß zwischen ihnen keine deutliche Unterscheidung getroffen wird. Freud (1916) erklärt in »Trauer und Melancholie« die manische Hochstimmung und die dem Beglücktsein nahestehende Freude mit demselben ökonomischen Mechanismus der »Aufwanderübrigung« (441). Einige Jahre später (1921) bringt er die Manie mit der erhöhten Zufriedenheit bei Festen und Feiern in Zusammenhang (147).

Auch Deutsch (1927) lehnt sich, in den von ihr gegebenen Erklärungen des Glückserlebens ihrer Patientinnen an die psychoanalytischen Konzepte zur Erklärung der narzißtischen Neurosen an. Handelt es sich also bei hypomanischen Erlebensformen um ein zeitlich gestrecktes Beglücktsein, um eine Steigerung desselben? Weisen pathologisches und nicht-pathologisches Hochgefühl die gleiche Konstruktion auf? Läßt sich also der glückliche Augenblick als ›kleine Manie‹ bezeichnen?

Die Antwort lautet eindeutig: Nein! Schon in ihren erlebensnahen Merkmalen unterscheiden sich maniforme Hochstimmung und Beglücktsein. So sind die klinischen Hochstimmungen zunächst von *längerer Dauer* als die nicht-pathologischen Glückserfahrungen. Sie erstrecken sich über Tage, manchmal auch Wochen. Lewin (1961, 52) erwähnt einen Fall von sieben Tage andauernder hypomanischer

Stimmung. Deutsch (1933, 367f) beobachtete bei einer Patientin eine Hochstimmung, die über einen längeren Behandlungsabschnitt nicht nachließ. Auch im psychiatrischen Bereich werden länger andauernde ›manische Phasen‹ beobachtet (Bleuler 1930, Binswanger 1931/32). Dagegen haben die Beschreibungen von glücklichen Augenblikken deutlich gemacht, daß das eigentliche Beglücktsein äußerst kurzlebig ist. Es blitzt für einen Augenblick auf, um sich dann rasch wieder aufzulösen.

Zum zweiten tendieren die klinischen Hochgefühle dazu sich auf *eine Dimension* des Erlebens festzulegen. Sie weisen nicht das Spektrum unterschiedlicher, ja gegensätzlicher Erlebensrichtungen auf, das beim Beglücktsein beobachtet wird. Am ehesten noch fällt das Erleben im hypomanischen Zustand mit der Qualität zusammen, die als ›Kraft‹ bezeichnet wurde. In dieser Hinsicht spricht Fenichel (1975) der Manie eine »ungeheure Zunahme des Selbstgefühls« zu (Bd.II, 299). Winnicott (1935) meint, daß ein Individuum im maniformen Zustand die Wirklichkeit mithilfe von »omnipotenten Phantasien« zu beherrschen suche (245ff).

Die erlebensnahen Kennzeichen des Beglücktseins, die mit dem Bemerken einer größeren Vielfalt, des Eingebundenseins in einen tragenden Zusammenhang und einer verstärkten Durchgliederung des Erfahrungsraumes zu tun haben, werden dagegen in der Hypomanie nicht beobachtet. Sie passen nicht ins Bild, denn sie brächten eine Relativierung der in den maniformen Zuständen demonstrierten Bestimmungszüge mit sich.

Die klinischen Formen der Hochstimmung weisen schließlich etwas Getriebenes, Rastloses und Hektisches auf. Im Beglücktsein macht sich zwar auch in manchen Fällen ein verstärkter Bewegungsdrang bemerkbar, jedoch erreicht dieser nie die *Qualität der getriebenen Ruhelosigkeit*, die in Zuständen der Manie schließlich ihre stärkste Ausprägung findet. Aus dem psychologischen Lehrbuch von Zimbardo (1983): »Sie (die Manie) ist gekennzeichnet durch starke Erregtheit, gehobene Stimmung und rastlose Aktivität. Der manische Patient ergeht sich in häufig ungestüm-lärmendem Lachen und führt mit lauter Stimme nicht enden wollende Reden. Wild gestikulierend geht er umher, schlägt an die Wände und gegen die Möbel« (531; Einfügung von D.B.). Dieses getriebene Verhalten hat jedenfalls keine Ähnlichkeiten mit der entspannten Ruhe, die während des Beglücktseins, besonders in dessen gesteigerter Ausprägung zu beobachten ist.

Die drei phänomenalen Unterschiede zwischen Beglücktsein und Hypomanie lassen sich verstehen, wenn sie auf die unterschiedlichen

Konstruktionszüge bezogen werden, die in den beiden Formen gehobenen Erlebens als wirksam angenommen werden. Die meisten psychoanalytischen Forscher, die sich mit dem klinischen Hochgefühl beschäftigen, stimmen darin überein, daß bei Herstellung und Aufrechterhaltung maniformer Zustände in starkem Maße *Verleugnungen* eingesetzt werden (Lewin 1961, 48ff; Fenichel 1975, Bd.II, 299ff). Das Bild eines ungebrochenen Gelingens und Bestimmens, eines strahlenden Triumphes über Unverfügbarkeiten wird von kontrastierenden und relativierenden Wirksamkeiten *abgespalten*, die eine Beschränkung oder eine Abhängigkeit von nicht zu kontrollierenden Wirksamkeiten spürbar machen. Alles, was den Triumph schmälern könnte, wird krampfhaft und mit großem Aufwand ausgegrenzt.

Deutsch (1933) und Angel (1934) sehen die Verleugnung der Penislosigkeit ihrer Patientinnen als den Mechanismus der von ihnen beschriebenen hypomanischen Phasen an. Klein (1962) stellt fest, die Verleugnung in der Manie wende sich gegen solche Ängste, die in Zusammenhang mit der Entwicklungsstufe der »depressiven Position« (78) auftreten. Winnicott (1935) sieht das ähnlich, wenn er davon ausgeht, daß sich die »manische Abwehr« gegen die Erfahrung einer mit destruktiven Tendenzen ringenden »inneren Realität« (249) wende und dabei sich ergänzende Polaritäten aufspalte (251). Nach Lewin (1961) sucht die Verleugnung im maniformen Hochgefühl insbesondere ein »Verschlungenwerden« und die Preisgabe der Wachsteuerung zu vermeiden (136).

All diese Züge, gegen die sich die klinischen hypomanischen Stimmungen wenden, sind gleichwohl als notwendige Wirksamkeiten der seelischen Wirklichkeit anzusehen. Ein Leben ohne diese ist unter den gegebenen Bedingungen nicht möglich. Es ist wichtig, dies zu erwähnen, da hiermit die besondere Ruhelosigkeit in der Hypomanie eine Erklärung findet: Der Aufwand muß deshalb so groß sein, da sich deren Verleugnungen gegen unumgängliche Notwendigkeiten des seelischen Lebens wenden. Die beobachtete Anstrengung ist der Preis, den hypomanische Erlebensformen für die Illusion von allmächtiger Bestimmung zu zahlen haben.

In der Betonung der Rolle der Verleugnung, die mit rigiden Aufspaltungen in Bild und Gegenbild einhergeht, ist der entscheidende strukturelle Unterschied zwischen Hypomanie und Glückserleben angesprochen. Mit Hypomanie ist das *Festhalten an einem Bild* gemeint, das mit äußerster Not die gesamte Wirklichkeit unter einer Dimension zu vereinheitlichen sucht. Auf diesen verschlingenden oder

›oralen‹ Aspekt der manischen Zustände, hat zuerst Abraham (1924) aufmerksam gemacht und Lewin (1961) hat sich ihm hierin angeschlossen. Auch Psychiater der Daseinsanalytischen Schule sprechen das starre Fest- und Durchhalten einer einfachen Wirklichkeitsauslegung an (Zacher 1982).

Alles steht im Glanz ungehinderten Gelingens. Was sich dem entgegenstellt, wird schonungslos zerstört. Die anderen oder die Gegenstände können unter diesen Verhältnissen nicht das Eigengewicht erlangen, das ihnen im gesteigerten Beglücktsein oft zukommt. Dagegen werden sie zur Abstützung des bedrohten Hauptbildes herangezogen. Sie werden ›verschlungen‹, wenn es in die Beweisführung paßt und wieder ›ausgespuckt‹, wenn sie zu stören beginnen oder sich als widerständig erweisen. Searl (1929) hat eine derartige Funktionalisierung der gegenständlichen Welt als eine »Flucht in die Realität« beschrieben. Mit anderen Worten: Hypomanische Zustände zeichnen sich durch ein starres »Verkehrthalten« (Salber 1980) aus, das einen enormen Aufwand erfordert. Die Gehetztheit und unübersehbare Unruhe dieser Zustände verweisen darauf, daß das Verkehrthalten nur mit größten Mühen aufrechtzuerhalten ist. Da sie mit äußerster Wachsamkeit Gegenläufiges auslesen und abweisen müssen, können sich Menschen, die unter manischen Verstimmungen leiden, auch keinen Schlaf gönnen. Einschlafen würde bedeuten, daß sie sich anderen Regulationen anvertrauten als solchen, die sie selbst in der Hand zu haben glauben. Sie müssen wachsam bleiben, bis sie vor Erschöpfung nicht mehr anders können, als zusammenzubrechen.

Dagegen hat die glückliche Fügung im Beglücktsein, die die Formenbildung in einen vielversprechenden Übergang zum Ganzen versetzt, einen spielerischen Charakter. Sie tendiert nicht dazu, das erlangte ›Mehr und Anders‹ um jeden Preis festzuhalten. Sie weist vielmehr in hohem Maße eine *Reversibilität* auf. Das Beglücktsein sucht den zugefallenen Übergang zum Ganzen nicht zwanghaft festzuhalten, sondern läßt sich auf weitere, auch entgegengesetzte Umschwünge ein. In ihm kommt es zu einem Aufblitzen von Allmacht. Dann aber überläßt es sich Wendungen, die dem Bild von Omnipotenz eher entgegenwirken. Es akzentuiert geradezu die Erfahrung von Übergang und Wandlung, die in der Hypmanie durch ein Verkehrthalten vermieden wird. Das ›normale‹ Glückserleben setzt eine Drehfigur in Gang, die mit dem Ineinanderumschwingen von Polaritäten spielt, während maniforme Stimmungen Formationen ausbilden, die eine eindimensionale, auf Bestimmung festgelegte Wirklichkeitsauslegung festhalten und polare Ergänzungen abspalten.

Mit seiner Unterscheidung zwischen Hypomanie und Ekstase, kommt Lewin (1961, 143ff) den hier vertretenen Auffassungen recht nahe. Die Ekstase ist, ähnlich wie das Beglücktsein, kein Gegenstand der klinischen Psychologie. Das klinische Hochgefühl führt Lewin auf ein Gefüge von Ausformungen der oralen Modalität zurück, das er die »orale Trias« (100) nennt. Diese setzt sich aus drei Bestandteilen zusammen: Erstens dem »Konzept eines aktiven, sadistischen und kannibalistischen Wunsches«. Zweitens aus »Phantasien, die sich um das Verschlungen- oder Aufgefressenwerden drehen«. Und drittens aus »dem Wunsch einzuschlafen« (alle Zitate 99f). Bei hierfür disponierten Menschen kommt es im Falle starker Versagung zu der Belebung dieses dreiseitigen Komplexes. Dessen polare Organisation (Verschlingen – Verschlungenwerden, aktiv – passiv) bringt Konflikte mit sich. In der Hypomanie wird eine Lösung versucht, indem die *aktive Komponente des Komplexes betont* und die passive Seite über Verleugnungen abgespalten wird.

In der Ekstase ist das anders. Hier bleibt die Beweglichkeit erhalten, die es ermöglicht, sich auch auf die passiven Komponenten des belebten Komplexes einzulassen. Das Verschlungenwerden und die Aufgabe der Wachsteuerung bedeuten keine Gefahr. Somit führt die Ekstase über den Drehpunkt hinweg, an dem die aktive Steuerung, das aktive Aneignen aufgegeben und die passiven Komponenten der Trias wirksam werden. In der religiösen Ekstase zum Beispiel ist es, als gebe man sich in die Hände Gottes.

Aber auch beim Tanzen kann es zu Entwicklungen kommen, in denen man außer sich gerät und sich von Entwicklungen tragen läßt, deren Richtung man nicht mehr zu bestimmen sucht. Diese Wendung von aktiv nach passiv, vom Aneignen in ein Angeeignetwerden, kann die Hypomanie nicht mitmachen. Sie kommt über diese Drehgrenze nicht hinaus. Indem Lewin an dieser Stelle die Unterscheidungslinie zwischen Hypomanie und Ekstase zieht, hebt er ähnliche Unterscheidungsmerkmale heraus, die bei der Abgrenzung des Beglücktseins von den klinischen Hochgefühlen von Bedeutung sind.

Die Verwandlungswirklichkeit eröffnet einen mitunter als »ungeheuerlich« erlebten Strudel (Salber 1983, 77). Alles, was in dessen Nähe gerät, wird aufgegriffen, verdreht, verrückt und umgekehrt. Hier bleibt nichts mit sich selbst identisch, sondern gerät in jedem Moment zu etwas anderem in Übergang. Der für Manie, Ekstase und Beglücktsein bedeutsame »Übergang von Tun und Getan-Werden« (Salber 1986, 46) ist nur einer dieser Drehpunkte. Im Beglücktsein verliert dieser Strudel seine Ungeheuerlichkeit, indem es der aktuellen

Formenbildung gelingt, sich auf eine vielversprechende Weise von seinen Wendungen *tragen* zu lassen. Von Hypomanie wird dagegen dann gesprochen, wenn das Seelenleben diese Ungeheuerlichkeit zu bannen sucht, indem es ihr ein plakatives Bild ewigen Gelingens und ewiger Verfügung entgegenhält.

4. Zweite Antwort auf die psychologisierende Fragestellung

Die Darstellung der Konstruktion des Beglücktseins und seine Abgrenzung von den maniformen Stimmungen erlauben es, bei einer zweiten Beantwortung der psychologisierenden Fragestellung einen Aspekt der metapsychologischen Grundposition dieser Arbeit in den Vordergrund zu rücken.

Der Blick in das strukturelle Gefüge des Beglücktseins widerspricht der oft geäußerten Auffassung, im Glück herrsche ein Zustand höchster ›Harmonie‹ vor (Sander 1967, Silbermann 1985). Mit der hier erarbeiteten Konstruktion, die sich auf genaue Schritt-um-Schritt-Beschreibungen stützt, läßt sich sagen, daß mit ›Harmonie‹ nicht der strukturelle Kern des Beglücktseins angesprochen ist. Die Beschreibung seines Ablaufes und die Rekonstruktion seines Bedingungsgefüges legen dar, daß das Auftreten der Glückserfahrung und ihr Verlauf an *Übergangsmechanismen und Übergangsstrukturen* gebunden ist:

- an das Übergehen eines Bildzusammenhanges in einen anderen;
- an das Verfügbarmachen des unfaßbaren Ganzen in einem Ausschnitt;
- an Zerdehnungen, Verrückungen und Dezentrierungen der üblichen Kategorisierungen von Wirklichkeit;
- im Ganzen an eine Drehfigur, die in Polarisierungen, verdichtenden Fügungen, Spreizungen und Umschwüngen das Übergehen der seelischen Formenbildung akzentuiert.

Das ozeanische Einswerden, die Erfahrung einer besonderen Verbundenheit mit dem Universum stellen zwar Erlebensqualitäten der Glückserfahrung dar. Sie bringen aber nicht dessen strukturellen Aufbau unmittelbar zum Ausdruck. Die beobachtbare Erfahrung eines Mehr an Ganzheitlichkeit basiert paradoxerweise auf Formen der Selbstbehandlung, die den *Übergangscharakter der Wirklichkeit* heraustreiben. Wie beim Tanzen das Seelische verstärkt in eine Drehbewegung gerät, die es schließlich zu tragen versteht (Salber 1985), so überläßt es sich im Beglücktsein extremen Wandlungen und Drehungen und genießt dabei die Erfahrung erweiterter Verfügbarkeit über eine Wirklichkeit, die sich nur in Wandlungen und Drehungen versteht.

Das ist die zweite explizite Antwort auf die Fragestellung: Die gelebten Einheiten erhalten in dem Maße ein ›Mehr des Ganzen‹, indem sie sich dessen Drehgesetzen öffnen und überlassen. *Indem die Formen der Selbstbehandlung im glücklichen Augenblick selbst zu einer Drehfigur werden, geraten sie in Übergang zu der Kernkonstruktion der seelischen Wirklichkeit (Konstruktion in Verwandlung).* Das prinzipiell unverfügbare seelische Total läßt sich in dem Maße in den Griff nehmen, indem sich der gelebte Augenblick auf Verwandlungen einläßt, die für das Ganze den Status von Gesetzen haben.

Auch diese Berührung der Drehfigur des aktuellen Beglücktseins mit dem Kern der seelischen Konstruktion macht verständlich, daß das Glück im Leben der Menschen seit Jahrtausenden eine solch zentrale Stellung einnimmt. Nach der Auffassung der Psychologischen Morphologie gibt es kein Problem, das das Seelenleben tiefer beschäftigt, als das Problem von Verwandlung.

Auch hier findet sich in Nietzsches (1940) Aphorismen eine Formulierung, die sich mit diesen Überlegungen deckt. Er sagt: »Wenn wir das Wort ›Glück‹ im Sinne unsrer Philosophie gebrauchen, so denken wir dabei nicht ... an äußeren und inneren Frieden, an Schmerzlosigkeit, Unbewegtheit, Ungestörtheit, an einen ›Sabbat der Sabbate‹, eine Gleichgewichtslage, an etwas, das dem tiefen, traumlosen Schlafe im Werte gleichkommt. Das Ungewisse vielmehr, das Wechselnde, Verwandlungsfähige, Vieldeutige ist unsre Welt, eine gefährliche Welt vielleicht« (798f).

Diese Gedanken des Philosophen werden durch die, von einer ganz anderen Richtung herkommenden Feststellung eines Neurologen ergänzt. Bei der Beschreibung eines Falles von Korsakow-Syndrom kommt Sacks (1985) zu dem, durch Beobachtungen seiner Kollegen abgestützten Schluß, daß, ähnlich wie sein Patient, viele Menschen nur in unwägbaren, katastrophenreichen Kriegszeiten das Gefühl haben *wirklich lebendig* zu sein. Er führt an, daß für viele Menschen »der Krieg eine äußerst intensive Erfahrung war – die bei weitem intensivste und bedeutsamste Zeit ihres Lebens – und die im Vergleich dazu alles, was darauf folgte, als blaß und farblos empfanden« (52, Fußnote). Die tiefenpsychologische Untersuchung zum Beglücktsein trägt auch dazu bei, derartig paradox anmutende Feststellungen zu verstehen.

VI. Schluß

Hiermit findet die Bedingungsanalyse des Beglücktseins ihren Abschluß. Sie kam zu einer psychologischen Erklärung der unmittelbaren Glückserfahrung, indem sie die Mechanismen ihres Funktionierens herausstellte und das strukturelle Gefüge rekonstruierte, das ihr Auftreten bedingt und ihre Entwicklung durchformt.

Die beobachtbaren glücklichen Augenblicke finden ihren ›Zündpunkt‹ in dem Ineinandergreifen einer vielversprechenden Bildwendung und eines formgebenden Verrückens auf ein Detail. In solchen glücklichen Fügungen findet der das alltägliche Seelenleben durchformende Zug ins Ganze eine Realisierung. Eine Zerdehnung des gelebten Augenblicks stellt die wesentliche Bedingung für die Steigerungsformen des Beglücktseins dar. Mit ihr fächert sich auf, was in den üblichen Erlebenszusammenhängen nicht bemerkt wird: Die Figuren der Wirklichkeit treten in größerer Prägnanz hervor; Übergänge und Verrückungen brechen auf; sonst in selbst-verständlichen Produktionen nur verspürte Wirksamkeiten werden in einem konturierten Nebeneinander erfahren und benennbar.

Mit der Angabe des Bedingungsgefüges wird das Beglücktsein *im Allgemeinen* erklärt. Die Bedingungsanalyse stellt die Konstruktion heraus, die wirksam ist, wenn sich das Seelenleben zu einem herausgehobenen, glücklichen Augenblick fügt. Sie erklärt nicht, *warum* es bei *diesem* Menschen gerade in *jener* Situation zu einer Glückserfahrung kommt. Es handelt sich *nicht* um eine individualisierende Erklärung des Beglücktseins.

Eine scheinbar evidente Erklärung des Entstehens eines individuellen glücklichen Augenblicks stellt die Formel ›Zufall‹ dar. Unter ihrer Prämisse wäre das Beglücktsein auf nicht weiter zerlegbare Zufälligkeiten angewiesen. Sein individuelles Auftreten entzöge sich damit einer genaueren rekonstruierenden Erklärung. Das hieße aber, ein Rätsel mit einem anderen auszutauschen, da sich die Begriffe ›Glück‹ und ›Zufall‹ umgangssprachlich in ihren Bedeutungen überschneiden. Es hieße das zu explizierende Zustandekommen des individuellen Beglücktseins mit der verdichtenden Formel ›glücklicher Zufall‹ zu erklären. Vom Erfahrungshorizont der Tiefenpsychologie aus gesehen, kann dies allerdings nicht als eine ausreichende Erklärung angesehen werden.

Eine Untersuchung, die bereit sein wird, die methodischen Probleme auf sich zu nehmen, die mit einem tieferen Eindringen in die *individuellen* Entstehungszusammenhänge des Beglücktseins verbunden sind, wird zu expliziteren Ergebnissen kommen. Sie wird allerdings andere Untersuchungsbedingungen einzurichten haben als diejenigen eines ein- bis dreistündigen Tiefeninterviews, das sich bei der Untersuchung des *allgemeinen* Bedingungsgefüges des Beglücktseins bewährt hat. Weit länger ausgedehnte Explorationen, die sich an der Technik der tiefenpsychologischen Anamneseerhebung und des klinischen Erstinterviews (Argelander 1970, Schraml 1988) anlehnen, werden hier allein zu angemessenen Resultaten führen (Groskurth 1988).

Die besten methodischen Voraussetzungen für eine solche Untersuchung sind jedoch gegeben, wenn dem Psychoanalytiker die Gelegenheit geboten wird, bei einem seiner langzeitigen Patienten das Auftreten eines aktuellen Beglücktseins zu beobachten. Der im Rahmen der therapeutischen Analyse gewonnene Einblick in die Lebensprobleme und Lebenszusammenhänge des Falles gestattet es am ehesten, der Antwort auf die Frage nahe zu kommen, warum gerade dieser Mensch in jener Situation sich glücklich fühlt. Dem Psychologen, der sich mit diesen weiterführenden Problemen befassen möchte, sei eine Arbeit von Winnicott (1971, 37-48) anempfohlen. Er hatte das Glück in der analytischen Situation verfolgen zu können, wie die komplizierten Lebenszusammenhänge einer seiner Patientinnen sich in einer Weise konstellierten, die sie in die Lage versetzte – zum ersten Mal in ihrem Leben – vor den erstaunten Augen des Analytikers einen glücklichen Augenblick zu erleben.

VII. Anhang: Zur Psychologie der ›Emotion‹

Eine psychologische Untersuchung, die sich mit sogenannten ›positiven Affekten‹ beschäftigt, hat auf die Konzepte der zeitgenössischen Psychologie einzugehen, die sich explizit mit den emotionalen Erscheinungen des Seelenlebens befassen. Sie wird von einem Überblick nicht nur ein Referat einzelner Forschungsergebnisse auf dem Gebiet der ›positiven Affekte‹ erwarten, sondern auch nach Konzepten und Methoden Ausschau halten, die der eigenen Materialerhebung und der Interpretation der Daten die theoretischen Leitlinien bereitstellen können. Der folgende Abschnitt stellt daher die Frage, ob die zeitgenössische Emotionspsychologie Konzepte anbietet, die sich dazu eignen, Licht in das Bedingungsgefüge des glücklichen Augenblicks zu werfen.

Zu einer selbständigen psychologischen Forschungsrichtung ist die Emotionspsychologie allerdings erst in jüngster Zeit herangereift. Lange Zeit wurde unter ›Emotion‹ das gefaßt, was sich der naturwissenschaftlich orientierten Methodik der Schulpsychologie entzog. »Die ›Gemütsbewegungen‹ konnten für eine Wissenschaft, die ernst genommen werden wollte, schwerlich einen wichtigen und würdigen Forschungsgegenstand abgeben« (Traxel 1983, 17).

Nachdem Behaviorismus und ›Kognitive Wende‹ es lange Zeit verhindert hatten, daß sich die Psychologie überhaupt mit den ›Emotionen‹ befaßte, ist nun seit circa 20 Jahren ein deutliches Anwachsen von Untersuchungen und Veröffentlichungen auf diesem Gebiet zu verzeichnen. In Zusammenhang mit der sogenannten ›qualitativen Wende‹ hat die Psychologie die ›Gefühle‹ schließlich wiederentdeckt.

1. ›Emotion‹ als phänomenale Einheit

Die Suche der Psychologie nach den Einheiten des Seelenlebens berührt eine ihrer Grundfragen (Salber 1965a, 18). Eine jede psychologische Theorie muß angeben, welche Einheiten sie als nicht weiter auflösbar ansieht. Ob das Seelenleben aus kleinsten Empfindungselementen zusammengesetzt gesehen wird, ob gleichbleibende Vermögen angenommen werden oder ob Gestalten als nicht weiter auflösbare Einheiten angesehen werden – in jedem Fall wird damit der »Gegenstandsbildung« (Salber 1965) im Ganzen eine Richtung mit bestimmten Folgen und bestimmten Problemen vorgegeben. Die zeitgenössiche Emotionspsychologie geht davon aus, daß ›Gefühle‹, ›Affekte‹ phänomenal abgrenzbare Einheiten darstellen. Dabei beruft sie sich oft auf Tetens (1777), der die Seelenzustände in Denken, Wollen und *Fühlen* einteilte (Traxel 1983, 13).

Mit der vorliegenden Arbeit wird eine Auffassung vertreten, die diejenigen Phänomene, die mit dem Begriff ›Emotion‹ gefaßt werden, *nicht* als selbständige Einheiten ansieht. Es sind *Gestalten in Wandlung*, die als die grundlegenden, nicht weiter zu reduzierenden Einheiten des seelischen Geschehens betrachtet werden: Das Seelenleben behandelt Wirklichkeit in Gestalten (Salber 1965b, 1983). Was traditionellerweise mit den ›Emotionen‹ zu fassen gesucht wird, wird als die unmittelbar erfahrbaren *Qualitäten* dieses – oft ›dramatischen‹ – Prozesses von Gestaltbildung und -umbildung verstanden.

Es stellt sich aber die Frage, welche alltäglichen Erfahrungen es dennoch nahelegen, ›Gefühle‹ oder ›Affekte‹ als abgegrenzte Einheiten zu konzipieren. Denn auch im vorwissenschaftlichen Bereich ist die Überzeugung, daß ›Gefühle‹ selbständige Einheiten sind bestimmend. Folgende Beobachtungen, die jeder Mensch an sich machen kann, können als dieser Annahme entgegenkommend betrachtet werden: Wenn man die Augen schließt, also die Bezogenheit auf die Umgebung einzieht und sich auf das eigene Erleben, den eigenen Körper richtet, kann man bemerken, daß der Augenblick von einer schwer benennbaren, alle Einzelheiten durchziehenden Qualität durchdrungen ist. Die Sprache legt nahe, diesen schwer beschreibbaren, komplexen Empfindungen Begriffe wie ›Gefühl‹ und ›Emotion‹ zuzuordnen und sie damit zugleich – in Analogie zu der Selbständigkeit der Worte – als eigenständige Einheiten anzusehen. So wird der Gegenstand des konzentrierten Innewerdens zu *einem* ›Gefühl‹ oder auch zu *einer* ›Stimmung‹. Die Benennung führt wie selbstverständlich zu der Überzeugung, daß dem abgegrenzten Wort ein abgegrenztes Bezeichnetes zukommt.

Ebenso läßt sich alltäglich beobachten, daß sich das aktuelle Erleben immer wieder in einer Weise zuspitzt und in seiner Qualität intensiviert, daß sich die ganzheitlichen Qualitäten des Erlebens sogar ohne bewußten Richtungsaufwand bemerkbar machen. Im Beglücktseins z.B. wird man sich der besonderen Qualität von Erleben inne, wenn der angelaufene Handlungsvollzug durch die Eröffnung eines charakteristischen Überganges unterbrochen und umzentriert wird. Für einige Zeit füllt nun der Zustand, den man mit ›Beglücktsein‹ oder ›Glücksgefühl‹ bezeichnet, das Erleben aus.

Man wird auf die sich einstellende Veränderung dadurch aufmerksam, daß sie sich *intensiv aufdrängt*. Analoges geschieht in Aufwallungen und Intensivierungen anderer Art. Jedes Mal spitzt sich die Intensität des Zustandserlebens zu, äußert sich in körperlich qualifizierten Verstärkungen und zwingt das aktuelle Seelenleben dazu, sich seiner selbst inne zu werden. Auch hier greift man auf die Begriffe ›Affekt‹ oder ›Gefühl‹ zurück, um sich die erfahrene Veränderung begreiflich zu machen. Die Sprache stellt Worte bereit, welche die besonderen Qualitäten als ›Wut‹, ›Trauer‹ oder ›Scham‹ voneinander unterscheiden. Sie legt auch hier mit der Rede von ›*der* Trauer‹ und ›*der* Wut‹ nahe, die Selbständigkeit des Erfahrenen anzunehmen.

Die beiden angesprochenen Arten des Innewerdens von ganzheitlichen Erlebensqualitäten bilden die alltägliche erfahrungsmäßige Grundlage für die wissenschaftlich-psychologische Konstruktion von Einheiten wie ›Emotion‹ und ›Affekt‹. Die Psychologie hat sich hier an die vorwissenschaftliche Seelenkunde angelehnt. Bei derartigen, schon im Alltagsleben üblichen Gefühlsbenennungen wird allerdings nicht berücksichtigt, was eine methodisch durchgeführte, psychologische Beschreibung zutage fördert: Mit der Zentrierung um die körpernah erfahrenen Ganzqualitäten des aktuellen Erlebens wird zugleich ein Erfahrungsausschnitt eröffnet. Nur unter Absehung aller anderen, den gelebten Moment mitkonstituierenden ›Inhalte‹, Tätigkeiten etc. wird ein ›Gefühl‹ zur ›Figur‹ der aktuellen Erfahrung. Nur in Verbindung mit der *Fokussierung* um die mehr oder weniger stark empfundenen Qualitäten läßt sich so etwas wie eine Gefühlseinheit von dem aktuell gegebenen Handlungszusammenhang, der weiterhin gegeben und wirksam ist, herauslösen. Die Kombinations- und Formalisationsmöglichkeiten des Seelenlebens können ein Nebenbild in den Vordergund rücken, Ausschnitte eröffnen, Mitwirkendes in den Hintergrund drängen. Sie können sogar Einheiten ›schaffen‹, die es ›an sich‹ nicht gibt. Es sind seelische *Tätigkeiten* dieser Art, die die Einheiten *herstellen*, die so selbstverständlich als ›Emotion‹ bezeichnet werden.

Im Alltag tatsächlich beschreibbar sind komplette Gestalten oder »Handlungseinheiten« (Salber 1965b, 1989), die sich erweitern und verengen, vereinheitlichen und zergliedern, die sich verkleben und auflösen. Was sich als ›Gefühl‹ in bestimmten Momenten herauszuheben scheint, stellt nur eine Seite dieser basierenden seelischen Formenbildung dar. In ihr wird sich das Seelenleben seiner eigenen materialen Qualität, seiner eigenen dramatischen Entwicklungen inne. Die sogenannten ›Gefühle‹ sind die Qualitäten, in denen sich die Behandlung einer spannungsvollen Wirklichkeit selbst erfährt (Behandlung von Wirklichkeit s.o.). Die Verselbständigung dieses Aspektes als ›Gefühl‹ hält sich nicht an das, was sich der Reihe nach beim morgendlichen Aufstehen, beim Autofahren, beim Streiten und Lieben beobachten läßt. Es ist eine Abstraktion, die *den unmittelbar gegebenen Zusammenhang* zerreißt. Es ist ein Produkt der sich richtenden und auslesenden Aufmerksamkeitszentrierung, nicht aber eine Einheit, die an sich als selbständig angesehen werden kann. Aus den dargelegten Gründen werden die Begriffe ›Gefühl‹, ›Emotion‹ und ›Affekt‹ im Rahmen dieser Untersuchung in Anführungsstriche gesetzt.

2. ›Emotion‹ als Vermögen

Da die Vermögenspsychologie wesentlich dazu beitrug, ›Emotion‹ als eine selbständige Einheit des Seelischen zu identifizieren, soll in einem kurzen Exkurs dargelegt werden, wie ›das Gefühl‹ als Entität entwikkelt wurde.

In seiner Darstellung der Vermögenspsychologie geht Dessoir (1911) von Wolff aus. Dieser habe in einer eigenartigen Vermischung von Erfahrung und Spekulation das Erleben einer vereinheitlichenden seelischen *Tätigkeit* mit der Angabe einer einfachen *Entität* zusammengebracht. Er habe die Seele als ein »einfache(s) Ding« (Dessoir 1911, 129) bestimmt, das eine Vielfalt von Inhalten hervorbringe. Dieses ›einfache Ding‹ habe mehrere aufeinanderfolgende Möglichkeiten der Betätigung, die durch seine vereinheitlichende »Grundkraft« (129) verwirklicht würden. Gemeint sind die »Seelenvermögen« (129). Um die Seelenvermögen möglichst vollständig zu erfassen, lehne sich Wolff an die Unterscheidungen der Sprache an. Das gelte als besonderes Vermögen, wofür es einen besonderen Namen gäbe. Die Folgen, so Dessoir, lägen auf der Hand. Die Namensgebung könne nur zu einer Zersplitterung des Seelenlebens in eine Vielfalt von Vermögen führen. So komme Wolff auf ein Vermögen ›zu begehren‹, ein Vermögen ›zu erkennen‹ ebenso wie auf eine »Kraft zu erdichten« (130). Hinzu kämen Gedächtnis, Aufmerksamkeit und schließlich auch das ›Gefühl‹.

In einer Überprüfung des Wolff'schen Ansatzes, so fährt Dessoir weiter fort, habe Crusius angeführt »die Aufstellung beliebiger Seelenvermögen habe ebenso geringen Erklärungswert, wie wenn man dem Magen Verdauungskraft, dem Magneten Anziehungskraft beilege« (Dessoir a.a.O., 134). Schon von Locke sei die Übernahme des gewöhnlichen Sprachgebrauches als verwirrend bekämpft worden. Die Redeweise »der Verstand begreift« sei nicht sinnreicher als die Formulierung »das Tanzvermögen tanzt« (134). Es komme wohl darauf an, aus einer sich gleichbleibenden Kraft die beobachtbaren

Erscheinungen lückenlos abzuleiten. Dabei könne man aber, wie Wolff es noch postuliert habe, mit einer einzigen seelischen Grundkraft nicht auskommen. Denn die einzelnen Betätigungen des Seelischen seien dem Grade und der Richtung nach verschieden. Es sei notwendig eine »Vielheit unabhängiger Seelenvermögen« (134) aufzustellen. Dessoir meint, erst mit diesem Postulat von Crusius sei es zur Geburt der eigentlichen Vermögenspsychologie gekommen, die ja den tieferen Sinn habe, »daß im Gefüge der Seele verschiedene Betätigungsrichtungen ein für allemal angelegt sein müssen« (134).

Das ›Vermögen zu fühlen‹ im besonderen habe seine systematische Verselbständigung in Anschluß an die Beschreibung ästhetischer Erfahrungen erfahren, so wie z.B. Mendelssohn sie schilderte. Zwanzig Jahre später habe dann Sulzer mit aller Entschiedenheit Vorstellen und Fühlen als »Hauptrichtungen der Seele« (Dessoir a.a.O., 137) bezeichnet. Aber die Verselbständigung sei erst komplett gewesen, als Heydenreich ausgeführt habe, »daß es unstatthaft sei, ein reines Gefühl ... aus Vorstellungen zu erklären, denn es gebe zwar Gefühle ohne Vorstellungen, aber keine Vorstellung ohne Gefühl und kein Gefühl ohne Begehren und Verabscheuen« (Dessoir a.a.O., 137). Hiermit seien bestimmte beobachtbare Eigenarten des Erlebens mit einer *Entität* in Zusammenhang gebracht worden, die im Fluß der seelischen Ereignisse als reine Möglichkeit bereitstehe, verwirklicht zu werden. Das Fühlen als eigenständiges Seelenvermögen sei damit festgelegt gewesen.

Der alltägliche Sprachgebrauch, der die Existenz von ›Gefühlen‹ behauptet, hat mit der Vermögenspsychologie seine wissenschaftliche Rechtfertigung erhalten. Das Gefühlsvermögen stellt als Entität die Grundlage dafür bereit, daß es ›Gefühle‹ als phänomenologisch abgrenzbare Einheiten geben kann (zur Kritik der Vermögenspsychologie s.a. Salber 1965, 114ff).

Heute steht die zeitgenössische Emotionspsychologie allerdings nicht mehr in der Tradition der Vermögenspsychologie. Ein abgegrenztes und selbständiges *Vermögen* ›zu fühlen‹ wird von ihr nicht mehr behauptet. Im Unterschied zu der alten Vermögenspsychologie stellt ›das Fühlen‹ bei der zeitgenössischen Emotionspsychologie keine Struktureinheit dar. In der modernen Emotionspsychologie besteht, von ein paar Ausnahmen einmal abgesehen, im Gegenteil der Konsens, daß die ›Emotionen‹ aus sich selbst heraus nicht ableitbar sind. Die aktuellen Theorien leiten das Phänomen ›Gefühl‹ nicht aus einem angelegten Vermögen ab, sondern führen es auf andere Bereiche oder Strukturen zurück.

So ist nur der oben beschriebene alltägliche Sprachgebrauch übrig geblieben, der davon ausgeht, daß es erlebte Einheiten gibt, die den Namen ›Gefühl‹ tragen. Die zeitgenössische Emotionspsychologie gleicht damit einem Zwitterwesen: Sie geht von der Phänomeneinheit ›Emotion‹ aus, indem sie sich an den alltäglichen Sprachgebrauch anlehnt, der ›Gefühle‹ als Einheiten festhält. In ihren Theorien, die das Enstehen der ›Gefühle‹ erklären, kommt sie jedoch zu Konzepten, die gerade die Unselbständigkeit der ›Emotionen‹ konstatieren. Man muß sich also bei der Beschäftigung mit der zeitgenössischen Emotionspsychologie an den Widerspruch gewöhnen, daß sie ›Gefühle‹ phänomenal als selbständig und theoretisch als unselbständig versteht. Bei dem hier Entwickelten muß der Genauigkeit wegen allerdings berücksichtigt werden, daß viele Emotionspsychologen bei bestimmten seelischen Tätigkeiten auch auf der Phänomenebene ›Emotionen‹ und ›Kognitionen‹ als miteinander verbunden betrachten.

Im folgenden Abschnitt wird ein Überblick über den aktuellen Stand der psychologischen Emotionsforschung gegeben. Dabei wird der Schwerpunkt auf die verschiedenen Zurückführungen des ›Gefühls‹ – das heißt Erklärungen aus ›Nicht-Gefühlshaftem‹ – gelegt. Die Darstellung der Emotionstheorien fällt mit der Beschreibung der verschiedenen selbstbetriebenen Auflösungen der ›Emotion‹, als eigenständiger Einheit, zusammen. Jede Theorie, die hier angesprochen wird, stellt einen Todesstoß für die Einheit ›Gefühl‹ dar. Bei der Darstellung der zeitgenössischen Emotionspsychologie soll zugleich die Frage verfolgt werden, ob sich eine empirische Untersuchung des Beglücktseins, die darauf zielt, über Beschreibungen zu einer Einsicht in dessen Bedingungsgefüge fortzuschreiten, auf die verfügbaren Theorien stützen kann.

3. Die zeitgenössische Emotionspsychologie

Wenn man sich die oben dargelegte Auffassung zu eigen machen möchte, derzufolge die Emotionspsychologie einen eigenständigen ›emotionalen‹ Bereich postuliert und diesen in ihren Erklärungen zugleich wieder auflöst, sollte es nicht überraschen festzustellen, daß die Theorien der ›Emotion‹ einem unübersehbaren Durcheinander gleichen. Dies darf nicht als die einsame Einschätzung des Verfassers mißverstanden werden, sondern wird von den Autoren, die versuchen einen Überblick über den in Frage stehenden Forschungsbereich zu geben, selbst geäußert.

Ewert (1983) beginnt seinen Handbuchbeitrag zur Emotionsforschung mit dem Satz: »Die Frage, was ein Gefühl sei, vor 100 Jahren von W. James (1884) gestellt, ist bis heute aktuell und unbeantwortet« (397). Mandl und Euler (1983) räumen auf der ersten Seite ihres Handbuchs Ähnliches ein: »Emotionen gehören zu den meist umstrittenen Phänomenen in der Psychologie« (5). Ulich (1982) klagt in der Einleitung seines einführenden Werkes »Das Gefühl« über viele »nebulöse Konstruktionen und geradezu abenteuerliche Spekulationen, die von einer Emotionspsychologie eher fort- als zu ihr hinführen« (2). Eine alte Aussage von Schlosberg (1954), der schon in den fünfziger Jahren das psychologische Gebiet der Emotionen als ›chaotisch‹ bezeichnete, aktualisiert Schmidt-Atzert (1981) folgendermaßen: »Chaos im Sinne von Unübersichtlichkeit und schlechter theoretischer Integration herrscht auch heute noch in der Emotionspsychologie« (11).

Angesichts dieser Formulierungen aus zusammenfassenden Darstellungen des aktuellen Jahrzehnts zum Thema ›Emotion‹ erscheint es nur folgerichtig, wenn Scherer & Ekman (1984) es gar nicht erst versuchen, die Ergebnisse der Forschung darzulegen, sondern ihr Buch »Approaches to Emotion« mit annähernd 60 Fragen einleiten. Sie sind der Meinung, daß nicht Theorien und Ergebnisse das Gebiet der Emotionspsychologie kennzeichnen, sondern viele offene Fragen (1).

Sicher ist hier nicht Ort und Berufung, das gegebene Chaos zu ordnen. Strongman (1973), der eine Zusammenschau versuchte, hatte sich auf die Darstellung von nur 28 verschiedenen Emotionstheorien beschränkt, und damit einen Ausschnitt beschrieben. Eine alle Forschungsarbeiten der Emotionspsychologie berücksichtigende Übersicht dürfte wegen der Fülle und Unterschiedlichkeit der einzelnen Ansätze heute kaum noch durchführbar sein. (Scherer 1990). Daher läßt sich die folgende Darstellung nicht von Vollständigkeitsgesichtspunkten leiten. Sie möchte die geläufigsten Ansätze der zeitgenössischen Emotionspsychologie skizzieren, um die Frage zu beantworten, ob diese das Bezugssystem für die Bedingungsanalyse des glücklichen Augenblicks bieten kann.

Für die Darstellung sind drei Gesichtspunkte von Bedeutung. Zunächst soll a) dargelegt werden wie die zeitgenössische Emotionspsychologie ihren Gegenstand phänomenal eingrenzt, ordnet und einteilt. Dann wird b) untersucht wie sie ihren Gegenstand konzeptionell erfaßt, welche Theorien sie darüber gebildet hat. Wie bereits gesagt, wird sich zeigen, daß es sich im Wesentlichen um Rückführungen auf andere Einheiten oder Bereiche der Psychologie handelt.

Schließlich soll c) an einer jüngeren empirischen Untersuchung, die sich an den heute gängigen Verfahren orientiert, aufgezeigt werden, welche Ergebnisse die Emotionspsychologie bei der Untersuchung von speziellen ›Gefühlen‹ wie ›Glück‹ oder ›Freude‹ hervorgebracht hat. Auf eine ausführliche Diskussion der hier dargestellten Ansätze und Theorien wird weitgehend verzichtet. Nur zu den wesentlichen Unterschieden wird Stellung bezogen. Auch wenn die meisten Ergebnisse der Emotionspsychologie im Indikativ dargestellt werden, geben sie nicht die Auffassung des Verfassers wieder.

a) Die Beschreibung des Gegenstandes ›Emotion‹

Wenn man die ›Gefühle‹ oder ›Emotionen‹ erst einmal als Einheiten des Seelenlebens bestimmt hat, stellt sich als nächstes die Frage, ob sich unterschiedliche Ausformungen und Typen derselben beschreiben lassen. Daher ist die erste Aufgabe einer Psychologie, die sich mit den sogenannten ›Emotionen‹ befaßt, die phänomenologische Beschreibung des Gegenstandes, der ihren Forschungen zugrundeliegt. Diese Aufgabe läßt sich unterteilen in eine mehr formale Beschreibung von ›Emotionen‹ und in eine mehr inhaltliche Differenzierung und Typisierung ihrer einzelnen Erscheinungsformen.

Formale Beschreibung von ›Emotionen‹

Ewert (1983) schlägt zur besseren Unterscheidung des Geltungsbereiches von Gefühlstheorien eine »Aufgliederung von Gefühlserlebnissen« (399) in Stimmungen, Erlebnistönungen und Gefühle im engeren Sinne vor. Schon diese Dreiteilung erleichtere die Übersicht über die Ergebnise der Forschung, welche nur selten explizit angäben, auf welche Form der emotionalen Erfahrung sie sich bezögen (399). Euler und Mandl (1983) schließen sich dieser Einteilung im Wesentlichen an (6). Die folgenden Ausführungen orientieren sich an den Darlegungen Ewerts (399ff).

Unter *Stimmungen* versteht man Gefühlserlebnisse von diffusem Charakter, eine »Art Dauertönung des Erlebnisfeldes« (400). In ihnen kommt die Gesamtbefindlichkeit eines Menschen zum Ausdruck. Sie sind daher Zustandserlebnisse ohne intentionale Gerichtetheit. Wenn man so will haben die Stimmungen mehr ›Grund‹-Charakter, von denen sich andere Erlebnisinhalte als Figur abheben. Zugleich muß auch berücksichtigt werden, daß einzelne Erlebnisse ihre bestimmte Bedeutung durch die jeweilige Stimmungsqualität erhalten. Das zeigt sich besonders »an Formen gesteigerten Stimmungserlebens, etwa bei ängstlicher Stimmung, diffuser Traurigkeit oder freudiger Gehobenheit« (400). Obwohl mit den Stimmungen andauernde Zustände angesprochen sind, erfahren sie, auf längere Zeit gesehen, doch auch Wandlungen. Sie können durch aktuelle Erlebnisinhalte verändert werden, sich im Laufe der Zeit umbilden und unterliegen, je nach Konstitutionstypus, charakteristischen Schwankungen (402). Sie zeigen sich sowohl als »Lebensgrundstimmungen« (Lersch 1951) wie auch als Tagesstimmung (Flügel 1925). Wahrscheinlich sind sie in der »vitalen Gesamtverfassung eines Organismus« (Ewert 1983, 400) verwurzelt und bringen mitunter tiefgreifende organische Veränderungen zum Ausdruck (ebd.). Schließlich hebt Ewert noch heraus, daß im Gefühlserlebnis vom Typ der Stimmung »eine Differenzierung von erlebtem Ich und erlebter Welt nicht beobachtet wird« (a.a.O. 400). Das sind, kurz zusammengefaßt, die wesentlichen Kennzeichen dieser ersten Sorte von erlebter ›Emotion‹.

Eine zweite Art von Gefühlserlebnis sind die *Erlebnistönungen* (Ewert 1983, 403ff). Man kann sie als ›emotionale‹ Reaktionen auf Wahrnehmungsinhalte bezeichnen, die solange andauern, wie der jeweilige Empfindungsinhalt gegeben ist. Wenn jemand zum Beispiel einen Spaziergang in der Sonne macht, kann er sich solange angenehm warm und frei empfinden wie er sich in einem grünen Park aufhält. Auf dem letzten Stück des Weges, der ihn eine vielbefahrene Straße entlang führt, fühlt er sich dagegen eher bedrängt und gereizt. Je nach Umgebung, wandelt sich die vereinheitlichende Tönung seines Erlebens.

Aus dem Beispiel ist zu ersehen, daß die Erlebnistönungen, ähnlich wie die Stimmungen, qualitativ vereinheitlichend sind und, daß ihnen ein ›Grund‹-Charakter zukommt. Die einzelnen Bewußtseinsinhalte heben sich von ihnen ab. Dafür wandeln sich die Erlebnistönungen schneller als die Stimmungen. Mit der Wahrnehmung der veränderten Umgebung stellt sich ein neues Gesamtgefühl ein. Man versteht die Erlebnistönungen daher als Reaktionen auf Wahrgenommenes. Ewert bezieht sich in diesem Zusammenhang auf Wundts (1913) Formulierung vom »Gefühlston der Empfindung« (91) und auf Arnold (1960), die »feeling« als »conscious reaction to our experience of things (including our body)« (70) definiert.

Als dritte Sorte von Gefühlserlebnis führt Ewert (1983) die ›*Gefühle*‹ im engeren Sinne an (410ff). ›Gefühle‹ geben nicht den ›Grund‹ für andere Erlebnisinhalte ab, sondern sind selbst abgehoben und haben einen, wenn auch nicht ausgeprägten, gegliederten ›Figur‹-Charakter. Sie sind als Zuwendung oder Abweisung auf die erlebte Mitwelt bezogen und drücken somit den jeweils gegebenen Aspekt der Ich-Welt-Beziehung aus. Anders gesagt: »Gefühle sind ein soziales Phänomen und beziehen sich auf die erlebte Mitwelt« (a.a.O. 411). Einen wesentlichen Unterschied zu den anderen beiden Gefühlserlebnissen sieht Ewert auch darin, daß die ›Gefühle‹ eine deutliche Verlaufsgestalt aufweisen. Sie haben »einen ›Einsatz‹, entfalten sich und verklingen« (a.a.O. 411). So läßt sich beispielsweise beobachten, daß das ›Gefühl‹ des Ärgers sich zunächst drohend bemerkbar macht, anschwillt, dann die Person überwältigt und mitreißt, um schließlich langsam abzuschwellen.

Inhaltliche Differenzierung von ›Emotionen‹

Die Einteilung der beobachtbaren Gefühlserlebnisse in drei Klassen ist der eine Weg, einen Überblick über das Phänomenfeld der ›Emotionen‹ zu gewinnen. Der andere Weg wird von Forschern beschritten, denen es darum geht, die unüberschaubare Mannigfaltigkeit der emotionalen Erscheinungen auf wenige Typen von ›Emotion‹ oder auf Grundemotionen zu reduzieren und diese zueinander in eine ordnende Beziehung zu setzen. Die wohl einflußreichsten Aufstellungen von sogenannten ›Primär-Emotionen‹ – darunter werden ›Gefühle‹ verstanden, die nicht weiter zerlegbar sind, und deren Zusammenwirken das viel weitere Feld der ›Sekundär-Emotionen‹ erzeugt – werden von Izard und Plutchik gegeben.

Izards (1977) »Differentielle Emotionstheorie« unterscheidet zehn »fundamentale Emotionen« (106), die auch in stark unterschiedlichen Kulturen jeweils »eine eigene subjektive oder phänomenale Qualität« (106), den gleichen »charakteristischen mimischen Ausdruck oder ein charakteristisches neuromuskulär-expressives Muster« (106) und »eine spezifische, von Natur aus festgelegte neurale Grundlage« (106) aufweisen. Jede fundamentale ›Emotion‹ ist ein aus diesen drei Komponenten und deren Wechselwirkungen gebildetes System. Es folgt eine knappe Darstellung der von Izard differenzierten Grund-Emotionen.

Interesse-Erregung ist die am häufigsten erlebte positive Emotion. Man fühlt sich von dem Gegenstand des Interesses ergriffen und zeigt dabei Zeichen von Aufmerksamkeit, Neugierde und Faszination. Die Emotion resultiert aus einem, durch eine Veränderung oder Neuheit herbeigeführten Anstieg in neuraler Stimulierung (108).

Freude garantiert zusammen mit Interesse, daß Menschen soziale Wesen sind. Sie ist gekennzeichnet durch ein ›Gefühl‹ von Vertrauen und Bedeutsamkeit und ist verbunden mit einer akzeptierenden Haltung gegenüber der Welt. Die fundamentale ›Emotion‹ Freude geht meist mit einem Lächeln einher und resultiert aus einer starken Verringerung des Gradienten der neuralen Stimulierung (108f).

Überraschung ist, anders als die anderen ›Emotionen‹, stets ein schnell vorübergehender Zustand. Ein starker, plötzlicher Anstieg in neuraler Stimulierung bildet ihre physiologische Grundlage. Sie verfolgt den Zweck, das Nervensystem von einer gerade bestehenden ›Emotion‹ zu befreien und damit das Individuum auf eine neue Reizsituation vorzubereiten (109).

Kummer-Schmerz läßt die Menschen sich traurig, niedergeschlagen, einsam und elend fühlen. Diese ›Emotion‹ findet ihr Vorbild in dem ersten Trennungserlebnis des Menschen: im Geburtsvorgang (109f).

Der mimische Ausdruck von *Zorn* beunruhigt und erschreckt denjenigen, der ihn wahrnimmt. Die ›Emotion‹ resultiert oft aus psychischer oder physischer Einschränkung. Dann ›kocht‹ das Blut und das Gesicht wird heiß. Zorn erfährt eine beträchtliche Aufmerksamkeit in der Sozialisation des Kindes und wird oft unterdrückt (110).

Ekel wird gegenüber materiellem oder psychischem Verfall empfunden. Es ist, als hätte man einen schlechten Geschmack im Mund, was sich bis zum Brechreiz steigern kann. Kombiniert mit Zorn kann Ekel unter Umständen destruktives Verhalten motivieren. Die ›Emotion‹ kann aber auch einen Beitrag zur Erhaltung von Werten und Umwelt liefern (112f).

Geringschätzung bezeichnet Izard als eine »kalte Emotion« (112), da sie leicht zur Entpersönlichung ihres Objektes führen kann. Unter dem Eindruck dieses ›Gefühls‹ stellt man sich über andere Menschen und blickt verächtlich auf sie hinab.

Ein rascher »Anstieg in der Dichte der neuralen Stimulierung, der durch reale oder eingebildete Gefahr zustandekommt« (113), bildet die Grundlage für das Auftreten von *Furcht*. Man fühlt sich unsicher, bedroht und ist mitunter wie gelähmt. In der Regel aber leitet die Furcht Tätigkeiten ein, die das Individuum aus der Gefahr herausbringen.

Scham läßt das Individuum fühlen, als wäre es nackt und vor der Welt bloßgestellt. Es möchte sich verstecken und verschwinden. Oft geht das Schämen mit einer erhöhten Durchblutung der Gesichtshaut einher (114).

Während Scham aus allem möglichen fehlerfaften Tun oder Sein resultieren kann, entsteht das *Schuldgefühl* aus der tätigen Verletzung moralischer, ethischer oder religiöser Normen. Wenn man sich wegen einer Tat an einem Anderen schuldig fühlt, ist man stark besorgt und möchte den angerichteten Schaden wiedergutmachen.

Plutchik (1984) geht ebenfalls von dem Konstrukt fundamentaler Emotionen, in Unterschied zu abgeleiteten oder Sekändär-Emotionen aus und stellt diesen Ansatz in Analogie zu der geläufigen Unterscheidung von Primärfarben und gemischten Farben. Um eine Antwort auf die Frage nach der Anzahl der Primär-Emotionen zu finden, schlägt Plutchik vor, sich an dem biologischen Konzept der Evolution zu orientieren.

Da unter dieser Voraussetzung das Konstrukt ›Emotion‹ sowohl bei den niederen Tieren als auch den Menschen Geltung finden muß, ist es sinnvoll nach grundlegenden Mustern der Anpassung zu suchen, die auf allen Entwicklungsstufen der Phylogenese als Wurzel grundlegender ›Emotionen‹ angesehen werden können. Er ordnet acht verschiedenen Verhaltensmustern, die jeweils eine bestimmte Anpassungs- und Erhaltungsfunktion haben, acht verschiedene Primär-Emotionen zu. Im folgenden ist diese doppelte Liste wiedergegeben (200).

Primär-Emotion	*Funktion*
fear, terror	protection
anger, rage	destruction
joy, ecstasy	reproduktion
sadness, grief	reintegration
acceptance, trust	incorporation, affiliation
disgust, loathing	rejection
expectancy, anticipation	exploration
surprise, astonishment	orientation

Eine neuere Arbeit aus dem deutschsprachigen Raum, der es um eine phänomenologische und spektralanalytische Beschreibung und Unterscheidung von Grundemotionen geht, wurde kürzlich von Machleidt, Gutjahr und Mügge (1989) vorgelegt.

Dimensionsanalysen von ›Emotionen‹

Die Grund-Emotionen machen nur einen kleinen Anteil der voneinander unterscheidbaren Emotionen aus. Um in die Fülle eine Übersicht zu bringen, haben einige Psychologen versucht, die einzelnen, phänomenal differenzierten ›Emotionen‹ mithilfe von Dimensionsanalysen zu ordnen. Schon Wundt (1910) erweiterte die bis dahin übliche Einteilung der Gefühle nach der Dimension »Lust-Unlust« um die beiden Achsen »Erregung-Beruhigung« und »Spannung-Lösung« (298). Die beiden erstgenannten Komponenten beherrschen auch noch die heutigen Modelle.

Schlosberg (1952) hat Probanden Porträtbilder mit jeweils bestimmtem Gefühlsausdruck dargeboten und sie aufgefordert anzugeben, welche Emotionen sie auf den Bildern ›sehen‹. Die angegebenen Ausdrucksmuster von ›Gefühlen‹ ordnete er zu einem kreisförmigen System, welches er von den Dimensionen »Lust-Unlust« und »Zuwendung-Abwendung« durchformt darstellte. Später fügte Schlosberg (1954) als dritte Dimension ein »Aktivierungsniveau« hinzu und formte somit das zweidimensionale in ein dreidimensionales Modell um.

Plutchik (1984) entwickelte ebenfalls ein dreidimensionales Ordnungssystem für Emotionen. Dabei geht er von einer kreisförmigen Anordnung der von ihm aufgestellten fundamentalen ›Emotionen‹ aus.

In dieser Anordnung werden die polar entgegengesetzten ›Emotionen‹ einander gegenüberstehend dargestellt. Als weitere ordnende Achse führt er eine Intensitätsdimension ein. Auf diese Weise wird veranschaulicht, wie sich schwächere, aber qualitativ ähnliche Emotionen zu den acht Grundemotionen verhalten. So ist zum Beispiel ›boredom‹ eine Abschwächung von ›disgust, loathing‹, ebenso wie ›pensivness‹ eine weniger intensive Ausformung von ›sadness, grief‹ ist. Die Beobachtung, daß sich Gefühle umso schwerer voneinander unterscheiden lassen, je schwächer sie sind, zeigt Plutchik in seinem Modell dadurch, daß er dessen Segmente in Richtung auf abnehmende Intensität kleiner werden läßt (203).

Traxel (1983) sei hier auch erwähnt, da sein Ordnungsmodell eine zusätzliche, in den anderen nicht berücksichtigte Dimension aufweist.

Er schlägt eine kreisförmige Skala vor, die von zwei Dimensionen, nämlich »angenehm-unangenehm« und »Submission-Dominanz« durchformt wird. Hiermit gelingt ihm, ähnlich wie Plutchik, eine Anordnung der einzelnen typischen Emotionen in Kreisform. Die auf der Kreislinie nebeneinander angesiedelten Gefühle weisen qualitative Ähnlichkeiten auf und stehen zu denjenigen in Gegensatz, die auf der gegenüberliegenden Kreislinie angegeben sind (22).

b) Theorien der ›Emotion‹

Die Bezeichnung von Aspekten des Verhaltens und Erlebens als ›Emotion‹, ›Gefühl‹ oder ›Affekt‹ (ver)führt dazu, diese Aspekte als selbständige Einheiten anzusehen. Man verfährt wie bei einer Torte, von der man ein Stück herausschneidet um es, getrennt vom Ganzen, sich zuzuführen. Es wurde oben bereits gesagt, daß diese Isolation mit *genauen* psychologischen Beschreibungen nicht belegt werden kann. Was auf der Ebene der Phänomene noch möglich sein mag, nämlich die Bestimmung der sogenannten ›Emotionen‹ als Einheiten des seelischen Geschehens, läßt sich auf der Ebene der Erklärung allerdings nur im Rahmen einer strengen Vermögenspsychologie durchführen. Die Auffassung, daß die ›Gefühle‹ die Aktualisierung eines entitätenartigen Fühlvermögens seien, ist heute aber so gut wie nicht mehr anzutreffen. In den Emotionstheorien hat ›das Fühlen‹ längst aufgehört ein eigenständiges strukturelles Dasein zu führen (s.o.). Vielmehr ist es üblich geworden, den ›Gefühlen‹ Enstehungsorte oder Enstehungsbedingungen zuzuweisen, die ganz anderer als ›gefühlshafter‹ Natur sind. Die meisten Emotionsmodelle lassen sich heute als *Zurückführungstheorien* auffassen. Sie suchen das Phänomen ›Emotion‹ auf etwas anderes zurückzuführen.

Mit der Wiederbelebung der Emotionsforschung in den vergangenen zwanzig Jahren setzte sich diese Zurückführung von ›Emotionen‹ auf andere Bereiche des Seelischen oder auf nicht-seelische Prozesse zusehends durch. Sie resultiert aus den heterogenen Ansätzen der psychologischen Forschung. Eine Psychologie, die die seelischen Erscheinungen aus der Perspektive der Physiologie und Neurophysiologie aufzugreifen sucht, wird auch in der Emotionsforschung an dieser Sichtweise festhalten. Ähnlich verhält es sich mit Psychologien, die entweder das kognitive Element, das Element der Motivation oder den Anpassungsaspekt im Psychischen betonen. So gibt es heute physiologische, kognitive, motivationale und funktionale Theorien der Emotion.

Allerdings ist die Erklärung der ›Emotionen‹ durch Zurückführung nicht neu. Elsenhans & Giese (1939) erstellten bereits vor 50 Jahren eine Übersicht, die darlegte, wie in der älteren Psychologie das Auftreten von ›Gefühlen‹ durch Zurückführung auf andere körperliche oder seelische Vorgänge zu erklären gesucht wurde. Demnach wurden ›Gefühle‹ unter physiologischem Blickwinkel auf Muskelspannungsempfindungen, körperliche Ausdrucksbewegungen, besondere Nervenelemente und physiologische Eigentümlichkeiten der Gehirnsubstanz zurückgeführt. Die psychologischen Erklärungen führten die ›Gefühle‹ auf Empfindungen, Vorstellungen, Vorstellungsmechaniken, Willensvorgänge und den Gesamtbewußtseinsinhalt zurück (406).

Wie um die Einheit der konzeptionell zersplitterten zeitgenössischen Psychologie zu erhalten, haben sich inzwischen die meisten Emotionspsychologen darauf geeinigt, mehrere dieser heterogenen Aspekte von ›Emotion‹ *zugleich* in den Blick zu nehmen. In eklektizistischer Weise führen sie das Konstrukt ›Emotion‹ auf eine Kombination von mehreren Komponenten oder Elementen zurück.

Zurückführung auf physiologische und neurophysiologische Prozesse und Strukturen

Die Modelle einer physiologischen Determiniertheit erlebter ›Emotionen‹ haben sich im Laufe der Zeit gewandelt. Gleichwohl wird z.B. von Ewert (1983) vertreten, daß alle Theorien auch heute noch ihre Berechtigung haben, daß keine von ihnen eindeutig widerlegt werden kann. Daher werden in diesem Abschnitt auch Theorien angesprochen, die nicht im zeitgenössischen Umfeld der Psychologie entstanden sind.

Am Anfang steht die bekannte Gefühlstheorie von James (1884), die fast gleichzeitig, aber völlig unabhängig vom Erstgenannten, von Lange (1885) ebenfalls vertreten wurde. James (1920) baute seine Theorie auf der These auf, »daß bestimmte Wahrnehmungen aufgrund einer Art von unmittelbarem physischen Einfluß ausgedehnte körperliche Wirkungen hervorrufen, die dem Enstehen einer Gemütsbewegung oder einer emotionalen Vorstellung vorangehen« (377). Unter körperlichen Wirkungen verstand James z.B. Herzklopfen, Temperaturveränderungen der Haut und Tränen. Die Wahrnehmung dieser unwillkürlich einsetzenden körperlichen Veränderungen setzt er gleich mit der Erfahrung von Gefühlen.

Die in diesem Zusammenhang häufig angeführte Stelle bei James (1920) lautet: »Der gesunde Menschenverstand sagt: Wir verlieren unser Vermögen, sind betrübt und weinen; wir treffen einen Bären, erschrecken und laufen davon; wir werden von einem Gegner beleidigt, geraten in Zorn und schlagen zu. Die hier vertretene Hypothese aber behauptet, daß diese Reihenfolge nicht richtig ist, daß der eine psychische Zustand nicht unmittelbar durch den anderen herbeigeführt wird; daß erst die körperlichen Äußerungen dazwischentreten müssen, und daß man infolgedessen behaupten muß, wir sind traurig, weil wir weinen, zornig, weil wir zuschlagen, erschrocken, weil wir zittern« (376).

›Emotionen‹ treten auf, wenn es zu einer Veränderung *peripher*-physiologischer Prozesse kommt, so der Standpunkt von James. Seine wohl schärfste Kritik erfuhr dieser von Cannon (1927), der im Gegensatz dazu den ausschließlich *zentralnervösen* Ursprung von Gefühlen betonte. Dabei bezog er sich auf Versuche, bei denen Versuchstieren zentripetale Nervenstränge durchgetrennt wurden. Er konnte zeigen, daß bei den Tieren bestimmte emotionale Handlungsmuster nach wie vor funktionierten. Für Cannon ist die Wechselwirkung von Hirnrinde und Thalamus – also zentraler nervöser Systeme – das eigentliche Korrelat von emotionalen Erlebnissen. Sensorische Reize, die den Thalamus durchlaufen, erhalten seiner Auffassung nach dort ihre emotionale Qualität. Das Gefühlserlebnis selbst wird durch eine zentripetale Bahn zum Cortex vermittelt. Damit die thalamischen Prozesse auch freigesetzt werden können, müssen cortikale Hemmungen herabgesetzt werden. Plötzliche, unvorhergesehene Ereignisse zum Beispiel beseitigen die Hemmung und eröffnen damit Emotionen den Weg.

Ewert (1983) betont in seiner Übersicht, daß beide Theorien, sowohl die von James (1884) als auch die von Cannon (1927), nach wie vor – wenn auch begrenzt – Bedeutung und Geltung haben. Er bezieht sich dabei auf jüngere Untersuchungen von z.B. Fehr & Stern (1970) und Böcher (1976). Zugleich aber weist er auch auf ihre Begrenzungen hin: »Für die James/Lange'sche Gefühlstheorie, ebenso wie für die von Cannon gilt, daß ihre Autoren auf dem jeweils zeitgenössischen Stand neuroanatomischen und physiologischen Wissens fußen, und ihre Theorien das Schicksal aller wissenschaftlichen Hypothesen teilen, nämlich mit fortschreitendem Wissensstand revisionsbedürftig zu werden« (420).

Die Theorie, die dem heutigen Wissensstand entspricht, wird ›Aktivierungstheorie‹ genannt. Für den deutschsprachigen Raum hat Bösel (1986) kürzlich eine erschöpfende Darstellung dieses Ansatzes geliefert. Die Entwicklung von Elektroenzephalographie und Messungen der physiologischen Energieumsetzung in Verhalten bereiteten das Aktivierungskonzept vor. Die Entdeckung des aufsteigenden retikularen Aktivationssystem stellte zudem Konzepte bereit, die die Bildung einer Theorie der Aktivation begünstigten.

Besonders Duffy (1941, 1962) war bei der Entwicklung dieses Konzeptes beteiligt. Sie war von der Erklärungsfähigkeit ihres Ansatz so überzeugt, daß sie vorschlug, den Begriff ›Emotion‹ überhaupt durch den Begriff der Aktivation zu ersetzen (1941). Die Zurückführung der gefühlshaften Erfahrung auf physiologische Prozesse wurde von ihr daher wohl am konsequentesten betrieben. Unter ›Emotion‹ verstand sie einen Zustand, in dem die potentielle Energie, die in den Geweben des Organismus durch Stoffwechseltätigkeit bereitgestellt wird, entweder sehr hoch (Erregung) oder sehr niedrig (nicht agitierte Depression) ist. Die ›Gefühle‹ sind in dieser Auffassung ein Ausdruck des globalen Aktivierungsgrades eines Organismus. Damit ist die Vorstellung verbunden, es werde in ›emotionalen‹ Zuständen der Cortex vom Retikularsystem ›bombardiert‹. Je stärker das Bombardement, um so höher die Aktivierung und um so stärker das Gefühl. Das jeweilige Ausmaß der Aktivierung kann durch EEG, EKG, HGR, Blutdruck, Atem- und Pulsfrequenz ermittelt werden.

Lindsley (1951), ein weiterer prominenter Vertreter des Aktivierungsmodells, bringt dessen Beschränkung zum Ausdruck, wenn er zusammenfaßt: »It is not profitable on the basis of present experimental evidence to attempt to account for all the varieties of emotional expression ... In short, the activation theory appears to account for the extremes, but leaves intermediate and mixed states relatively unexplained as yet« (zitiert nach Ewert 1983, 423).

Bösel (1986) meint einschränkend, daß »die Vorstellung von einer klar umgrenzbaren anatomischen Struktur, die für einen bestimmten Aktivierungsprozeß oder gar für eine Komponente einer bestimmten Emotion zuständig ist« (4) inzwischen korrigiert werden muß. Es handelt sich eher um ein Globalkonzept, dem es bisher noch nicht überzeugend gelungen ist, spezifische Aktivierungsmuster für bestimmte ›Emotionen‹ anzugeben. Nur auf der Dimension von Erregung-Beruhigung ließen sich physiologische Entsprechungen von Gefühlserlebnissen nachweisen.

Eine Psychologie, die von kompletten Verhaltens- und Erlebensbeschreibungen ausgeht, kann in dem physiologischen Ansatz der Emotionspsychologie kein akzeptables Modell entdecken. Die von ihr angestrebten Erklärungen bemühen sich um die Erhaltung der erlebten Zusammenhänge. Sie streben Konstruktionen bedingender Strukturen an, die aus Beschreibungen entwickelt werden, die das unmittelbar beobachtbare Erleben und Verhalten nach Maßgabe eines explizierten, allgemeinen Konzeptes vom Seelischen nachzeichnen. Eine Zurückführung auf physiologische Vorgänge zerstört den Bezug zur empirischen Erfahrung und bedeutet zudem eine Anlehnung an Konzepte, die nicht die seelische Wirklichkeit zu ihrem Gegenstand haben (Physiologie). Selbst wenn es der Psychophysiologie gelingt, die »Existenz eines katecholaminergen ›Freude-(reinforcement)-Zentrums‹« (nach Birbaumer 1984, 46) im Tierversuch nachzuweisen, kann sie eine ›psychologische‹ Psychologie nicht der Aufgabe entheben, über die methodische Beschreibung von freudigen Momenten zu deren psychologischen Bedingungen vorzustoßen. Denn die Erklärung durch ein körperliches Substrat geht an den Problemen, Aufgaben und Lösungsformen der *gelebten* Wirklichkeit vorbei.

Zurückführung der ›Emotionen‹ auf ›Kognitionen‹

Wenn heute auch nicht mehr explizit von den ›Vermögen‹ Denken, Fühlen und Wollen gesprochen wird, so hat sich diese Dreiteilung doch, zumindest zur Kennzeichnung unterschiedlicher seelischer Bereiche, bis heute erhalten. Die zeitgenössischen Lehrbücher der Allgemeinen Psychologie sind in der Regel in drei Abschnitte eingeteilt, die entweder den Bereich der ›Kognition‹, der ›Emotion‹ oder der ›Motivation‹ zum Gegenstand haben. Wohl wird berücksichtigt, daß mannigfaltige Wechselwirkungen zwischen den Gebieten stattfinden, und es wird daran gearbeitet, den in drei Teile »zersplitterten Humpty-Dumpty« (Lazarus, Coyne, Folkman 1984, 221) wieder zusammenzusetzen. Jedoch zeigen die Ergebnisse solcher Bemühungen, daß die einmal getroffene Aufteilung sich grundlegend nur mit einem primär ganzheitlichen Ansatz aufheben läßt. Ein Beispiel für den unvollständigen Heilungsversuch des ›armen Humpty-Dumpty‹ (das dreigeteilte Seelenleben) stellt der Versuch dar, die Entstehung von ›Emotionen‹ durch die Tätigkeit von ›Kognitionen‹ zu erklären, um auf diese Weise der Trennung von ›Kognition‹ und ›Emotion‹ entgegenzuwirken.

Die ersten expliziten Bemühungen in dieser Richtung wurden von Schachter & Singer (1962) unternommen. Sie schrieben einer Variante kognitiver Prozesse, nämlich den Ursachenerklärungen (Attributionen) eine herausgehobene Rolle bei der Enstehung von ›Emotionen‹ zu. Insbesondere die Qualität der ›Emotionen‹ sahen sie von Attributionen abhängig. Das Konzept von Schachter und Singer wird auch ›Zwei-Faktoren-Theorie‹ genannt, weil es besagt, daß eine ›Emotion‹ im Wesentlichen durch zwei Komponenten erzeugt wird: eine allgemeine physiologische Erregung oder Erregtheit und eine Ursachenerklärung (Kognition) hinsichtlich der erregungsauslösenden Situation. Die Erregung selbst ist unspezifisch, ihr Ausmaß bestimmt nur die quantitative Seite eines ›Gefühls‹. Die erregungsauslösende Situation dagegen stellt unmittelbar ›Kognitionen‹ bereit, die eine Erklärung, Bewertung der körperlichen Erregtheit nahelegen und damit ein spezifisches ›Gefühl‹ – zum Beispiel Angst, Freude oder Zorn – verursachen.

Zur Prüfung ihrer Hypothese führten Schachter & Singer (1962) folgendes Experiment durch. Sie bildeten eine Gruppe von Versuchspersonen (Vpn), von denen ein Teil Placeboinjektionen erhielt und ein anderer Teil Adrenalininjektionen. Die letzteren wurden teils über die erregende Wirkung des Adrenalins aufgeklärt, teils falsch informiert und zum Teil überhaupt nicht aufgeklärt. Die gesamte Population wurde dann mit einem Mitarbeiter zusammengebracht, der sich als Versuchsperson (Vp) ausgab und darin trainiert war, sich überzeugend euphorisch oder ärgerlich zu geben. Er sollte mit seinem Verhalten den Vpn einen kognitiven Erklärungsanhalt für die verspürte Erregung geben und auf diese Weise den ›emotionalen‹ Zustand der Versuchsgruppe qualitativ beeinflussen. Es zeigte sich, daß die mit Adrenalin behandelten Vpn, die durch vorherige Belehrung über eine Erklärungsmöglichkeit ihrer Erregung verfügten, relativ unempfänglich für die Beeinflussungsversuche der ›falschen‹ Vp blieben. Dagegen orientierten sich diejenigen Vpn, die nicht über die Wirkung des Adrenalins informiert wurden, deutlich an der aktuellen Situation, das heißt, sie ließen sich von den Gefühlsäußerungen des Mitarbeiters anstecken und gaben an, sich ebenfalls entweder euphorisch oder ärgerlich zu fühlen. Die Placebo-Gruppe war durch die Schauspielereien der ›falschen‹ Vp nicht so leicht zu beeinflussen. Die Versuche zeigen, daß Menschen in einem Zustand von Erregung durch eine kognitive Lenkung leicht in Euphorie oder Ärger versetzt werden können.

Die erwähnten Versuche und die Zwei-Faktoren-Theorie wurde in der Folge mehrmals kritisiert. Dabei wurde z. B. von Valins (1966) die Auffassung vertreten, daß es zur Enstehung von ›Emotionen‹ einer physiologischen Erregung nicht bedarf. Später nahm Weiner (1982) an, lediglich die Annahme des Individuums über die Ursachen der erlebten Ereignisse entscheide über das Auftreten von ›Emotionen‹. Körperliche Erregung sei eher die *Folge* von kognitiver Aktivität und emotionalem Erleben als deren Voraussetzung. Er hält das Konzept der Erregung in diesem Zusammenhang für »gänzlich überflüssig« (204).

Damit ist die Zurückführung des Konstrukts ›Emotion‹ auf das Konstrukt ›Kognition‹ vollzogen. ›Kognitiven‹ Prozessen wird eine zentrale Rolle bei der Entstehung von Emotionen zugeschrieben, wenn nicht sogar die einzige Rolle. ›Emotion‹ wird als *Folge* ›kognitiver Analysen‹ verstanden. Bevor ›emotionale‹ Erlebnisse auftreten, laufen Prozesse der Informationsverarbeitung ab, die die gegebenen Stimuli identifizieren und auswerten. In den Annahmen über die Art und Weise dieser kognitiven Analysen unterscheiden sich die einzelnen Theorien (s. z.B. Arnold 1970, Mandler 1975, 1980).

Eines der bekanntesten und zugleich auch komplexesten Modelle wird von Lazarus (1966) vertreten. ›Emotionen‹ werden von der Gruppe um Lazarus als die Wirkung einer aktuell stattfindenden Bewertung von Informationen in Hinblick auf das Wohlergehen des einschätzenden Individuums verstanden. Ausgehend von Versuchen, die er im Rahmen der Streßforschung durchführte, hebt Lazarus die Beobachtung heraus, daß sich die ›emotionalen‹ Reaktionen eines Individuums gemäß den wechselnden ›kognitiven‹ Beurteilungen einer Situation wandeln und verändern. Lazarus nimmt an, daß die Bewertung der Situationsstimuli von zwei Komponenten gesteuert wird. Einmal durch die Charakteristika der wahrgenommenen Situation und zum anderen durch die psychischen Strukturen des Einschätzenden selbst. Positive ›Emotionen‹ treten auf, wenn eine Situation als nicht bedrohlich eingeschätzt wird. Dagegen treten negative ›Emotionen‹ auf, wenn das Individuum zu der Bewertung gelangt, die gegebene Situation sei in bezug auf es selbst gefährlich. Mit negativen ›Gefühlen‹ setzen in der Regel Bewältigungsprozesse ein, die die eingeschätzte Bedrohung zu beeinflussen oder abzuwehren suchen. Diese Coping-Prozesse werden durch sekundäre Einschätzungen bestimmt. Es kommt auf diese Weise zu einem sich wandelnden Nacheinander von kognitiven Bewertungen, ›Emotionen‹, darauf folgenden Informationen, Wiederbewertungen, veränderten ›Emotionen‹ und so weiter. (Lazarus, Coyne, Folkman 1984, 224)

Die kognitiven Ansätze in der Emotionspsychologie, denen gemäß das Seelenleben die Wirklichkeit kategorisiert, greifen wichtige seelische Produktionsverhältnisse auf. Wenn sie das Auftreten der ›Gefühle‹ aus den Beurteilungen der jeweiligen Situation ableiten, machen sie damit deutlich, daß es sich bei den seelischen Einheiten nicht um Erleidnisse eines passiven Rezeptionsorgans handelt. (s. hierzu Scheele 1990) Die gelebten seelischen Einheiten – ob sie nun als ›emotional‹ bezeichnet werden oder nicht – werden grundsätzlich als *Auslegungen von Wirklichkeit* verstanden. Dies ist eine metapsychologische Grundposition, an der eine ›psychologische‹ Psychologie zweifellos anzusetzen hat.

Allerdings ist sie damit nicht der Aufgabe enthoben, diese »Kultivierung von Wirklichkeit« (Salber 1989, 23) in Richtung auf deren Grundverhältnisse, Grundprobleme und Vermittlungsmöglichkeiten genauer zu zergliedern. Den im Alltag zu beobachtenden, bewegten und dramatischen Kultivierungsprozeß schließlich doch als »Informationsverarbeitung« (Mandl 1983, 73) aufzufassen, stellt eine durch Beschreibungen nicht zu belegende Reduzierung dar. Es wird dabei zum Beispiel übersehen, daß die Auslegungen von Wirklichkeit *Handlungen und Behandlungen* darstellen, die sich in dramatischen Entwicklungen ausformen. Das Modell einer ›Informationsverarbeitung‹ kann diesen Handlungsaspekt nicht aufgreifen. Allerdings kann, davon einmal abgesehen, schon der Versuch, ›Emotionen‹ auf ›Kognitionen‹ zurückzuführen, als eine Reduzierung bezeichnet werden. Im Grunde ist es paradox, daß der ›kognitive‹ Phänomenbereich, der traditionellerweise in Gegensatz zu dem ›emotionalen‹ gesetzt wird, zur Erklärung seines großen ›Widersachers‹ herangezogen wird.

Zurückführung der ›Emotionen‹ auf adaptive Verhaltensformen

Der bedeutendste Vertreter einer ethologisch orientierten Emotionstheorie ist Plutchik (1980, 1984). Er betrachtet ›Emotionen‹ aus einem evolutionären Blickpunkt und bezieht sich damit auf Darwins Konzept der natürlichen Selektion. Gemäß dieser Auffassung haben die Merkmale einer Art eine Erhaltungsfunktion. Sie tragen dazu bei, daß ihr Überleben sichergestellt wird. Plutchik meint, dies gelte auch für das Merkmal ›Emotion‹.

Jedoch ist dieser *funktionale* Gesichtspunkt den ›Gefühlen‹ der Menschen nicht unmittelbar anzusehen. Wieso sollten ›Emotionen‹ Erhaltungsfunktionen haben? Mit ihnen ist in der Regel doch eher eine störende Unterbrechung von kontinuierlichen Handlungsabläufen gegeben. Sie scheinen ein Individuum in seiner Handlungskompetenz mehr einzuschränken, als daß sie ihm nutzen. Für Plutchik enthüllt sich der funktionale Aspekt der ›Emotionen‹, wenn man deren »subjektive« und »behaviorale« Beschreibung durch eine »funktionale Sprache« (1984, 199f) ergänzt. Ein Lebewesen mag um sich schlagen und beißen, dabei Wut und Ärger empfinden und in hohem Maße außer Kontrolle erscheinen. Trotzdem aber erfüllt das emotionale Verhalten die Funktion, das bedrohte Subjekt zu schützen. Wut und Ärger ermöglichen es ihm, die Bedrohung oder den Angreifer zur eigenen Erhaltung zu zerstören. Ebenso wird eine Anpassungs- oder Erhaltungsfunktion erfüllt, wenn ein Mensch traurig ist und weint. Er verleiht damit dem Schmerz über seine Isolation Ausdruck und fordert seine Artgenossen dazu auf, sich um ihn zu sorgen. Traurigkeit hat die Funktion ein vereinsamtes Individuum in die Gemeinschaft wiedereinzugliedern, ihm die Wiederannäherung zu erleichtern.

Die beiden Beispiele machen deutlich: ›Emotionen‹ sind für Plutchik Verhaltenssysteme, die die Funktion haben, den Organismus dabei zu unterstützen, auf Reize in einer Weise zu reagieren, daß seine Erhaltung gesichert ist. Eine ›emotionale‹ Reaktion findet statt, um die Beziehung zwischen Reiz und Organismus adaptiv zu beeinflussen.

Als Anpassungsfunktionen haben die ›Emotionen‹ eine evolutionäre Geschichte. Grundlegende ›emotionale‹ Reaktionssysteme finden sich nicht nur beim Menschen, sondern auch bei den nichtmenschlichen Primaten, ja sogar bei anderen höheren Säugetieren. In Anlehnung an Scott (1958) nimmt Plutchik (1984, 202) eine Reihe von acht prototypischen adaptiven Verhaltensmustern an, die er als die funktionale Grundlage von acht fundamentalen ›Emotionen‹ ansieht. Somit ist für Plutchik der Begriff ›Emotion‹ auf alle Stufen der Phylogenese anwendbar. Die in polaren Verhältnissen zueinander stehenden Funktionen mit den dazugehörigen Verhaltensformen sind:

Anschluß (aufnehmen)	Abweisung (wegstoßen)
Schutz (fliehen)	Vernichtung (angreifen)
Reproduktion (paaren)	Reintegration (Hilferuf)
Orientierung (anhalten)	Exploration (untersuchen)

Den basierenden Verhaltensmustern ordnet Plutchik (a.a.O. 208) folgende Grundemotionen zu:

Billigung, Vertrauen	Abscheu, Ekel;
Furcht, Panik	Zorn, Wut;
Ekstase, Freude	Kummer, Traurigkeit;
Erstaunen, Überraschung	Neugierde, Erwartung.

Eine ausführliche Kritik dieses Ansatzes findet sich bei Ulich (1982). Er stellt entschieden in Frage, daß den Emotionen eine funktionale Bedeutung zukommt: »Wohl nirgendwo sonst in der Emotionspsychologie zeigt sich soviel Hilflosigkeit wie in diesem verkrampften Versuch von Plutchik, die ›Natur‹ der Emotionen zu bestimmen und daraus deren ›Funktion‹ in konkreten Handlungsabläufen abzuleiten« (128).

Die bisher dargestellten Theorien beschränkten sich darauf, die ›emotionalen‹ Aspekte des Verhaltens und Erlebens entweder aus nicht-seelischen Substraten (physiologischen) oder aus anderen seelischen Tätigkeiten (kognitiven) zu erklären. Die ›Emotionen‹ werden dabei als seelische Phänomene verstanden, die von anderen Prozessen produziert oder verursacht werden. Wenn Plutchiks psycho-evolutionärer Ansatz das Erscheinungsfeld der sogenannten ›Emotionen‹ in einen Kreis von Grundmodalitäten des adaptiven Verhaltens überführt, macht er mit einem Schluß Phänomene zu *grundlegenden Funktionen*. Die ›Gefühle‹ selbst werden zu Wirksamkeiten. Grundsätzlich erscheint es sinnvoll, daß die Psychologie zu Wirksamkeiten oder Bedingungen vorstößt, die die empirischen Formen des Verhaltens und Erlebens durchformen. Es bedeutet jedoch eine grobe Vereinfachung der komplizierten seelischen Verhältnisse, wenn man bestimmte, herausgehoben erlebte Qualitäten wie Trauer, Freude, Überraschung direkt zu grundlegenden, funktionalen Regulationen erklärt. Nur mit einer deduktiven Übertragung ethologischer Denkeinheiten auf das Seelenleben läßt sich solch eine Bestimmung der ›Emotionen‹ durchführen. Die beschreibende Psychologie geht dagegen davon aus, daß sich die strukturellen Züge des Psychischen nicht unmittelbar zum Ausdruck bringen. Sie müssen aus Beschreibungen konkreter Handlungseinheiten herausgearbeitet werden.

Zurückführung der ›Emotionen‹ auf ›Motivationen‹

Nachdem oben gezeigt wurde, wie der ›emotionale‹ Phänomenbereich in der zeitgenössischen Psychologie auf ›kognitive‹ Prozesse zurückgeführt wird, sollte es nicht erstaunen, daß andere Psychologen die ›Emotionen‹ als ›Motivationen‹ bestimmen. Berücksichtigend, daß sowohl das »Handbuch der Psychologie« als auch die neuere »Enzyklopädie der Psychologie« das Thema ›Emotion‹ unter den Abschnitten ›Motivation‹ abhandeln, erscheint das als selbstverständlich. Im folgenden werden zwei neuere Ansätze dargestellt, die die sogenannten ›Emotionen‹ ausdrücklich auf ›Motivationen‹ zurückführen.

Für Izard (1977) stellen die ›Emotionen‹ einen Haupttyp von Motivation dar. Die anderen drei Motivationstypen sind für ihn die Triebe, die Affekt-Kognition-Interaktionen und die affektiv-kognitiven Strukturen. Während Izard die Triebe als zyklisch auftretende Defizite und Veränderungen im Organgewebe versteht, sind für ihn die ›Emotionen‹ »erlebnishaft/motivationale Phänomene, die von Gewebebedürfnissen unabhängige Anpassungsfunktionen haben« (65). Eine Affekt-Kognition-Interaktion versteht Izard im Unterschied dazu als einen »Motivationszustand, der aus der Interaktion zwischen einem Affekt oder einem Muster von Affekten und kognitiven Prozessen resultiert« (65). Affektiv-kognitive Strukturen, schließlich, sind überdauernde Organisationen von ›Kognition‹ und ›Affekt‹. ›Affekt‹ ist für Izard ein »allgemeiner, unspezifischer Begriff« (86), der alle motivationalen Zustände und Prozesse mit einschließt.

Die ›Emotionen‹ näher bestimmend, führt Izard aus: »Zehn fundamentale Emotionen ... bilden das *Hauptmotivationssystem* des Menschen. Jede fundamentale Emotion hat einzigartige motivationale und phänomenologische Eigenschaften« (63; Hervorhebung von D.B.). Als »Hauptmotivationssystem« determinieren die Emotionen die Verhaltensweisen. Die neurochemische Aktivität (elektrochemische Aktivität im Nervensystem, speziell im Kortex, im Hypothalamus, in den Basalganglien, im limbischen System, im Nervus facialis und im Nervus trigeminus) ruft über angeborene Programme Handlungsabläufe in Körper und Gesicht hervor. Das Feedback dieser Handlungsabläufe wird in Bewußtseinsformen transformiert und im Ergebnis jeweils als eine von anderen unterschiedene fundamentale Emotion erfahren (67f). Der beschriebene Emotionsprozeß kann relativ unabhängig von kognitiven Prozessen arbeiten. Dagegen stehen das Emotionssystem und das motorische System miteinander in Interaktion. Zur genauen Abgrenzung von z.B. Plutchik (1984) ist wichtig, daß ›Emotionen‹ oder ›Emotionsmuster‹ nicht selbst als Handlungen betrachtet werden, »sondern als motivationale Phänomene, die Verhalten oder Verhaltenstendenzen hervorbringen« (87).

Tomkins (1984) nennt seinen Ansatz »Affekttheorie«. Wie Izard (1977) gebraucht er den Begriff ›Affekt‹ nicht in einer spezifizierenden Bedeutung, sondern als Bezeichnung für den gesamten emotionalen Phänomenbereich. Für ihn ist das Affektsystem »the primary motivational system because without its amplification, nothing else matters, and with its amplification, anything else *can* matter. It thus combines urgency and generality. It lends its power to memory, to perception, to thought, and to action no less than to the drives« (Tomkins 1984, 164).

Nicht die ›Triebe‹ motivieren für Tomkins daher das Verhalten des Menschen. Die eigentliche motivierende Kraft geht von den Gefühlszuständen aus, die mit den Triebmechanismen nicht direkt verbunden sind. Tomkins veranschaulicht dies am Beispiel der Furcht und der Erregtheit. Zwar fürchtet man sich, wenn man daran gehindert wird, den Trieb nach Sauerstoffzufuhr zu befriedigen. Ebenso aber gerät man in Panik, wenn man seinen Job verliert, wenn man entdeckt, daß man Krebs hat, oder wenn man von seinem Liebespartner verlassen wird. Furcht, Schrecken, Angst sind Zustände, die durch eine große Anzahl von Umständen ausgelöst werden können – ohne daß eine direkte Triebversagung dabei eine Rolle spielen muß.

Ähnlich verhält es sich mit der Erregtheit. Es ist nicht der ›Sexualtrieb‹, der dafür verantwortlich zu machen ist, daß ein sexuell erregter Mann heftig atmet, seine Erregung im Anschwellen der Brust, im veränderten Gesichtsausdruck, dem Schnauben seiner Nüstern zum Ausdruck bringt. Allenfalls für die Erektion seines *Penis* kann nach Tomkins der ›Trieb‹ als Ursache zeichnen. Für die Erregung des *Mannes* aber ist das Affektsystem verantwortlich zu machen, das die sexuellen Triebregungen verstärkt. Der Sexualtrieb braucht eine Verstärkung seitens des Affektsystems um einen Mann zu erregen. Für die Unabhängigkeit der affektiven Erregtheit von der Triebbefriedigung spricht auch, daß ein Mensch starke Zeichen von Erregung zeigen kann, wenn er ein Gedicht liest, sich Musik anhört oder den steigenden Kurs seiner Aktien verfolgt (nach Tomkins a.a.O., 164).

Aus diesen Gründen versteht Tomkins (1984) »affect as the primary innate biological motivating mechanism, more urgent than drive deprivation and pleasure, and more urgent even than physical pain« (163). Es sind für ihn die ›Affekte‹, die die primären menschlichen Motive bereitstellen. Die Triebe brauchen die ›Affekte‹ zu ihrer Verstärkung, um motivierend wirken zu können. Die ›Affekte‹ können unabhängig von den Trieben den Organismus zum Handeln veranlassen. Zudem ist das Affektsystem unabhängiger von der Zeit und spezifischen Auslösern als die Triebe. Letztere machen sich in wiederkehrenden Rhythmen bemerkbar und verlangen – ohne viel Aufschiebung zuzulassen – imperativ ihre Befriedigung. Anders die ›Affekte‹. Es sei unmöglich nur am Dienstag, Donnerstag und Samstag zu atmen, meint Tomkins. Es sei aber wohl möglich am Dienstag, Donnerstag und Samstag glücklich zu sein und traurig am Montag, Mittwoch und Freitag (165).

Die Wirkung eines einzigen Prinzips, allerdings in drei verschiedenen Variationen, wird von Tomkins für die Unterschiede der Affektaktivation verantwortlich gemacht. Das allgemeine Prinzip nennt er »the density of neural firing« (168). Damit ist die Anzahl der neuralen Impulse pro Zeiteinheit gemeint. Die Variationen bestehen in drei unterscheidbaren Klassen der Aktivation, nämlich Stimulationsanstieg, Stimulationsniveau und Stimulationsabfall. Während Furcht zum Beispiel durch einen rasch einsetzenden Stimulationsanstieg gekennzeichnet ist, kommt das ›Gefühl‹ der Freude durch einen plötzlichen Stimulationsabfall zustande (176ff).

Die Konzepte von Izard und Tomkins setzen die ›Emotionen‹ mit Motivationssystemen oder Motivationsmechanismen gleich. Wie im ethologischen Ansatz von Plutchik (s.o.) werden Phänomene mittels

Zurückführung zu Wirksamkeiten erklärt. Die ›Gefühle‹ werden für die Beobachtung verantwortlich gemacht, daß das Psychische nicht still steht, daß es ständig eine Richtung finden muß. Sie werden zu Antriebssystemen. Bei genauerer Betrachtung aber laufen diese Motivations-Modelle schließlich auf eine Zurückführung der ›Emotionen‹ auf *physiologische Prozesse* hinaus. Wenn nämlich Tomkins die motivierende Kraft der Emotionen aus unterschiedlichen Aktivationsformen erklärt und dabei von »neural firing« (1984, 168) spricht, ist er schließlich doch bei einer Erklärung angelangt, die sich nicht mehr im seelischen Bereich bewegt. Die vollständige Zurückführung lautet dann: ›Emotionen‹ sind ›Motivationen‹, sind ›neurale Aktivationen‹.

Solche Theorien entspringen mehr dem theoretischen Nachdenken über das Psychische, als daß sie von dem ausgehen, was sich tatsächlich beobachten läßt. Eine beschreibende Psychologie kann nicht bestätigen, daß mit den ›Gefühlen‹ Motivatoren des seelischen Geschehens gegeben sind. Sie kommt zu der Auffassung, daß eine Anzahl letztlich unlösbarer Paradoxien oder Grundverhältnisse dafür verantwortlich zu machen ist, daß das Seelische nicht zur Ruhe kommt und sich immerfort in Bewegung hält. Das, was traditioneller Weise mit dem Begriff ›Emotion‹ zu fassen gesucht wird, versteht sie als die Selbsterfahrung dieser problematischen Grundkonstitution von Wirklichkeit.

Kombinierte Zurückführungen von ›Emotionen‹

Es entspricht einer verbreiteten Auffassung von psychologischer Wissenschaft, wenn in den vergangenen Jahren die Emotionspsychologie mehr und mehr dazu überging, die oben dargestellten, unterschiedlichen Zurückführungen miteinander zu kombinieren. Bei einer solchen Praxis wird mit einem psychologischen Konzept nicht das Festhalten eines einheitlichen Auffassungs- und Denkansatzes verstanden, aus dem heraus die einzelnen Erscheinungen ihre systematische Ableitung erfahren, sondern eher ein kontinuierliches Ansammeln von Modellen und Forschungsergebnissen, die mit unterschiedlichen Prämissen arbeitende Forscher über den in Frage stehenden Gegenstand hervorbringen.

Das Problem, das mit dieser Art von Theoriebildung entsteht, ist das der Systematik, der Vermittlungen und Anschlüsse. Man handelt sich schwer zu beantwortende Fragen ein, wie zum Beispiel: Wie hängen die physiologische Prozesse der ›Emotion‹ mit ihren subjektiven

Erlebensqualitäten zusammen? Wie läßt sich der funktionale Aspekt sinnvoll mit dem ›kognitiven‹ verbinden? Die Heterogenität der Ansätze in der Emotionspsychologie führt bei einem Versuch ihrer Zusammenführung zwangsläufig zu Problemen der Konzeptualisierung des Zusammenwirkens. Ohne diese angedeuteten Schwierigkeiten einer psychologischen Gegenstandsbildung zu problematisieren, haben führende Emotionspsychologen solche kombinierten Modelle der ›Emotion‹ entworfen. Die von Lazarus, Plutchik und Scherer werden im folgenden dargestellt.

Lazarus, Kanner & Folkman (1980) sind zwar der Auffassung, daß die ›Emotionen‹ wesentlich durch ›kognitive‹ Prozesse (s.o.) im Rahmen der Beziehung einer Person zu ihrer Umwelt konstruiert werden, beziehen aber in ihrer vollständigen Definition von ›Emotion‹ ebenso Verhaltensaspekte und physiologische Prozesse mit ein. Mandl (1983) faßt zusammen: »Die Autoren definieren Emotion als einen komplexen, organisierten Zustand, der aus *kognitiver Einschätzung (appraisal), Handlungsimpulsen* und *körperlichen Reaktionen* besteht. Jede qualitativ unterscheidbare Emotion (z.B. Angst, Freude) läßt sich durch verschiedene Muster dieser Komponenten unterscheiden. Die drei Komponenten werden vom Individuum als ganzheitlich erlebt« (75).

Wie oben bereits dargelegt faßt die Formulierung ›*kognitive Einschätzung*‹ (a) mehrere aufeinanderfolgende und auseinanderhervorgehende Bewertungen der Reizsituation zusammen. Es wird unterschieden zwischen primären, sekundären und Neu-Einschätzungen. Mit ›*Handlungsimpuls*‹ (b) ist gemeint, daß die Bereitschaft zu einer Handlung gegeben ist. Diese muß nicht tatsächlich ausgeführt werden, sie kann auch unterdrückt oder aufgeschoben werden. Bezüglich der ›*physiologischen Reaktionen*‹ (c) vertreten Lazarus et al (1980) die Position, daß mit jedem unterscheidbaren Gefühl ein differenziertes Profil vegetativer Reaktionen verbunden ist. Durch einen Ansatz von Averill (1980) wurde das Modell von Lazarus et al (1980) zusätzlich um eine ›*soziale Dimension*‹ (d) erweitert. Hierbei wurde berücksichtigt, daß mit ›Emotionen‹ immer Zustände in Hinblick auf Andere gegeben sind, daß sich in ihnen also eine bestimmte soziale Relation zum Ausdruck bringt (Mandl 1983, 76).

Das Konstrukt ›Emotion‹ wird in einem heterogenen Bündel von Erlebensqualität, Physiologie, Handlungs- und sozialen Zusammenhängen aufgelöst. Die dabei aufkommenden Probleme der Vermittlung oder des Zusammenwirkens werden nicht problematisiert. Auch Plutchik (1980, 1984) legt ein kombiniertes Modell vor. Doch in Unterschied zu der Gruppe um Lazarus, die meint, daß die einzelnen Komponenten in den erfahrenen Emotionen ganzheitlich zusammengeschweißt sind, konstruiert Plutchik eine *Abfolge* der einzelnen Komponenten. Auf bestimmte *Reizereignisse* (a) wie z.B. die Bedrohung durch einen Feind oder der Verlust der Eltern folgen seiner Meinung nach bestimmte ›*Kognitionen*‹ (b) wie Interpretationen der Situationen als Gefahr oder Einsamkeit. Dabei ist es unerheblich, ob solche Einschätzungen bewußt oder unbewußt ablaufen. Wichtig ist, daß diese kognitiven Bewertungen sich in ›*Gefühlen*‹ (c) wie Furcht oder Traurigkeit äußern. Diese ›Gefühlszustände‹ wiederum sind auch nur ein Glied in der längeren Kette. Sie werden – oder werden nicht – von bestimmten angemessenen *Verhaltensweisen* (d) gefolgt. Wenn diese Verhaltensformen erfolgreich sind, führen sie dazu, daß das bedrohte Individuum Schutz oder Wiederaufnahme in der Gemeinschaft findet. Unter dem Begriff ›Emotion‹ wird *die ganze Kette von Reaktionen* verstanden (208).

Scherer (1984) legt mit seinem »Komponenten-Prozeß-Modell« (299) die wohl weitgehendste und differenzierteste Kombination vor. Allgemein versteht er ›Emotion‹ als »the interface between an organism and its environment mediating between constantly changing situations and events and the individual‹s behavioral responses« (295). Im Überblick gesehen sind drei Aspekte von Bedeutung. Einmal werden die Umweltreize in Hinblick auf ihre Bedeutung für das Individuum, seine Bedürfnisse, Vorhaben und Vorlieben ausgewertet und bewertet. Zum Zweiten bereitet die ›Schnittstelle Emotion‹ das Individuum sowohl physiologisch als auch psychologisch auf das Handeln vor, damit es mit den gegebenen Reizen auf angemessene Weise etwas anzufangen weiß. Schließlich werden durch die Emotionen die Reaktionen, Zustände und Handlungsimpulse mit dem sozialen Umfeld abgestimmt. Diese Darstellung macht deutlich, daß für Scherer die ›Emotionen‹ Anpassungsfunktionen erfüllen, daß sie das Zentrum komplexer Handlungszusammenhänge bilden. Die ›Emotionen‹ werden hier, wie schon bei Plutchik (1984), auf mehrere Komponenten umfassende Handlungs- und Anpassungssysteme zurückgeführt.

Wie wird dieses Konzept von Scherer genauer gefaßt? Das ›Komponenten-Prozeß-Modell‹ besagt, daß dynamisch affektive Prozesse als Muster von Zustandsänderungen in den hierfür relevanten Subsystemen eines Organismus aufgefaßt werden können. Der ›Affektprozeß‹ wird als eine Abfolge von komplexen Mikrozuständen mehrerer Systeme oder Komponenten verstanden, bei der Veränderungen in dem einen Subsystem gesetzmäßige Auswirkungen auf die anderen

Subsysteme haben. Scherer ist der Meinung, daß die Emotionspsychologie Modelle zu entwickeln habe, die denen der analytischen Chemie ähneln und es erlauben, selbst die komplexesten emotionalen Zustände auf ihre Komponenten hin zu zerlegen. Dabei käme es darauf an, den jeweiligen Zustand der verschiedenen Komponenten genau zu beschreiben, ohne dabei zu übersehen, daß es sich im Ganzen um einen dynamischen Prozeß handele, in dem ein Stadium auf ein anderes folge. Solch ein Modell müsse es ermöglichen, Muster des Zustandswandels zu ermitteln, die umgangssprachlich mit den einzelnen Emotionsbezeichnungen zusammenfallen. Auf diese Weise wäre es möglich anzugeben, aus welchen kombinierten Mustern von Zustandsänderungen die einzelnen ›Gefühle‹ bestehen (298).

Das Komponentenmodell enthält 5 Subsysteme:
- die *kognitvive Komponente* (a), die für die Wahrnehmung und Einschätzung der gegebenen Situation verantwortlich ist;
- die *physiologische Komponente* (b), die Reaktionen des autonomen Nervensystems und neuroendokrine Zustände einschließt;
- die *Motivations-Komponente* (c), die den Motivationszustand umfaßt und aktuelle Vorhaben und Entscheidungen berücksichtigt;
- die *expressive oder Handlungs-Komponente* (d) mit ihren neuromuskulären Prozessen;
- die *subjektive Gefühls-Komponente* (e), die den aktuellen Bewußtseinszustand, die Aufmerksamkeit etc. berücksichtigt.

Die besondere Leistung dieses Konzepts gegenüber den beiden oben skizzierten kombinierten Modellen besteht darin, daß es erlaubt, die Wandlung von ›Emotionen‹ in der Zeit zu beschreiben. Zur Veranschaulichung konstruiert Scherer den Fall eines »Organismus simplicissimus« (299ff), ein erfundenes Säugetier, das sich von kleinen Insekten ernährt, aber manchmal auch Würmer fängt, die eine besondere Delikatesse für es darstellen. Dieser einfache Organismus entdeckt einen Wurm, den er als außerordentlich fett ausmacht. Als er sich jedoch daran machen möchte, den Wurm zu fangen, muß er feststellen, daß ein Nachbar ihn weggeschnappt hat. Die Vorfreude auf den leckeren Schmaus wandelt sich so in Ärger. Der Säuger beruhigt sich wieder, als er ein neues Objekt entdeckt und entwickelt jetzt ein Interesse für dieses.

In der Beschreibung der Zustandsänderungen in den einzelnen Komponenten sieht diese Episode folgendermaßen aus: Beim Entdecken des Wurmes (a) kommt es im physiologischen Subsystem (b) zu

Veränderungen der Signale aus den Eingeweiden. Im Motivationssystem (c) entsteht der Wunsch, den Wurm zu fangen und zu verspeisen. In der Komponente des motorischen Ausdrucks (d) kann das Öffnen des Mundes beobachtet werden, und im Bereich des subjektiven Erlebens (e) macht sich Appetit bemerkbar. Wenn der Wurm als sehr dick eingeschätzt wird (a), ändert sich der Zustand im physiologischen System (b) dahingehend, daß jetzt Speichel abgesondert wird. Der Motivationszustand (c) verschiebt sich auf den Wunsch, sich an dem Fang reichlich zu ergötzen. Ein Lächeln zeigt die Veränderung in der Komponente Ausdrucksverhalten (d) an. Erlebnismäßig (e) kommt es zu der Erfahrung von Vorfreude. Wenn darauf das kognitive System (a) meldet, daß der Wurm wieder verschwunden ist, kommt es physiologisch (b) zu einem Orientierungsreflex. Zu dem Wunsch, sich zu ergötzen, tritt im Motivationsbereich (c) der Wunsch, das verlorene Objekt zu suchen hinzu. Die Ausdruckskomponente (d) zeigt das Hochziehen der Augenbrauen, was darauf hinweist, daß im subjektiven Erleben (e) Überraschung erfahren wird.

Es ist nicht notwendig, die weiteren Abwandlungen der Zustände in den einzelnen Komponenten nachzuzeichnen. Die Darstellung von drei aufeinanderfolgenden Zustandsänderungen mag hier ausreichen. Scherer (1984) gibt in seinem Aufsatz eine Beschreibung über insgesamt sechs Modifikationen (300). Er äußert dort die Auffassung, daß das Modell die Basis für die Herstellung eines Konsensus über eine allgemeine wissenschaftliche Definition des Konzeptes ›Emotion‹ bereitstelle, die zudem dazu in der Lage sei, das Problem der Anzahl von diskreten ›Emotionen‹ zu lösen. Allerdings schränkt er ein, daß es sich um noch relativ vage Konstruktionen handele, die eine Überprüfung von den verschiedensten Seiten erforderten. Das Hauptproblem liege darin, daß das vorliegende psychologische Wissen über die Prozesse, die bei ›emotionalen‹ Erscheinungen relevant seien, derzeit nicht ausreiche, um bei der Entwicklung solch eines differenziert entworfenen System weiterzukommen (315).

Mit diesem Eingeständnis berührt Scherer das Hauptproblem der zeitgenössischen Emotionspsychologie. Die modernen kombinierten Modelle machen deutlich, daß es letztlich eines *allgemeinen psychologischen Konzeptes vom seelischen Geschehen* bedarf, um sagen zu können, was mit ›Emotion‹ eigentlich angesprochen ist. In den letzten Jahren ist deutlich geworden, daß die Psychologie bei der Untersuchung sogenannter ›emotionaler‹ Phänomene auf Konzepte angewiesen ist, die die unmittelbar gegebenen, ganzheitlichen seelischen Handlungseinheiten zu zergliedern vermögen. Das ›Komponenten-

Prozeß-Modell‹ von Scherer ist ein Beweis dafür, daß die Sparte der Psychologie, die auszog, den Teilbereich ›Emotion‹ zu erforschen, inzwischen dabei angelangt ist, Konzepte für komplexe Handlungsfolgen zu entwerfen.

Zugespitzt ausgedrückt: Bei der Erforschung eines aus dem organischen Zusammenhang des Seelischen künstlich herausisolierten Gegenstandes ›Emotion‹ ist die Psychologie darauf gekommen, daß sie diesen nur erfassen kann, wenn sie sich dem komplexen und von vornherein gegebenen Zusammenhang von Verhalten und Erleben zuwendet. Immer mehr *allgemeine* psychologische Fragen werden bei der Entwicklung der aktuellen ›Emotionspsychologie‹ berührt, und immer *weiter* gefaßte Einheiten werden bei der Thematisierung von ›Emotion‹ mit einbezogen. Die rege Diskussion die vor einigen Jahren Bischof (1989) auslöste, zeigt an, daß dieses Problem von der zeitgenössischen Emotionspsychologie zunehmend bemerkt und angegangen wird.

Es ist allerdings sehr die Frage, ob jenes Vorgehen zu einem tiefen Verständnis von ›Emotionen‹ führt, das in eklektizistischer Weise ein und den selben Vorgang mal physiologisch, mal ausdruckspsychologisch, mal erlebnismäßig, mal soziologisch und so weiter betrachtet. Wie soll man sich das Zusammenwirken von Eingeweideveränderungen, dem Öffnen des Mundes, den Wahrnehmungsvorgängen und einem subjektiv erlebten ›Gefühl‹ vorstellen? Wodurch wird der ganze Vorgang zusammengehalten? Um bereits an anderen Stellen Gesagtes zu unterstreichen: Die zeitgenössische Emotionspsychologie entwikkelt ihre Konzepte nicht aus kompletten Beschreibungen von empirischen Einheiten des Verhaltens und Erlebens, sie folgt nicht deren immanenter seelischer Logik. Sie entwickelt ihre Modelle über eine Zusammenstellung vielfältiger, heterogener Ursachen und Wirksamkeiten.

Eine solche Kombination heterogener ›Komponenten‹ trägt jedoch nicht dazu bei, die empirisch beschreibbaren »Handlungseinheiten« (Salber 1965b) in ihrer charakteristischen Phänomenologie festzuhalten und zu Erklärungen zu gelangen, denen die Verbindung zum unmittelbar Erlebten noch anzusehen ist. In Unterschied zu diesen eklektizistischen Modellen verfolgte die vorliegende Untersuchung zum ›Beglücktsein‹ einen Ansatz, der durch die Erhaltung der beobachtbaren Phänomene hindurch zu praktikablen Konstruktionen über deren psychologischen Bedingungszusammenhang kommt. Dabei kann es nicht darum gehen, der zeitgenössischen Emotionspsychologie das Recht zu ihrem Vorgehen abzusprechen. Die Arbeit möchte eher als Werbung für ein alternatives Konzept verstanden werden, das nicht in jener, traditionellerweise stark naturwissenschaftlich orientierten, Forschungsrichtung beheimatet ist. Sie möchte einen fruchtbaren Streit der Systeme initiieren.

c) Eine empirische Untersuchung der zeitgenössischen ›Emotionspsychologie‹

Scherer, Wallbott & Summerfield (1986) berichten über eine von ihnen und anderen durchgeführte Untersuchung zur Emotionserfahrung in acht verschiedenen Ländern. In einem einleitenden Kapitel legt Scherer Leitlinien und Grundfragen der modernen Emotionsforschung dar. Da sie die aktuellen Fragestellungen der Emotionspsychologie thematisieren, sollen sie hier wiedergegeben werden.

Scherer gibt vier Forschungsrichtungen als die aktuellsten und vielversprechendsten an. Erstens fordert er genaue Untersuchungen über Alltagssituationen, in denen ›Gefühle‹ auftreten. Dabei geht er von der Beobachtung aus, daß zum Beispiel der Ärger auf einen Autofahrer, von dem man gefährlich überholt wird, anders erlebt wird als der Ärger über einen guten Freund, der einen dummen Fehler gemacht hat. Die beobachtbaren Differenzierungen machten deutlich, daß es ›den Ärger‹ im Allgemeinen gar nicht gebe. Je nach Situation qualifiziere sich eine ›Emotion‹ unterschiedlich. Es erscheine angebracht, den den Gefühlserlebnissen »*vorausgehenden Situationen*« (4) besondere Aufmerksamkeit zu schenken. Scherer stellt daher an die Emotionspsychologie als erstes die Forderung, sich der genauen Erfassung und Beschreibung dieser den ›Emotionen‹ vorausgehenden Situationen zu widmen.

Scherer verweist darauf, daß die Thesen von Schachter & Singer (1962), denen gemäß ›Emotionen‹ durch Bewertungen einer allgemeinen physiologischen Erregtheit entstünden, überholt seien. Neuere Untersuchungen legten nahe, daß es für spezifische ›Emotionen‹ *differenzierte physiologische Reaktionsmuster* gebe. Ebenso zeige schon die Alltagserfahrung, daß bestimmte ›Emotionen‹ in *spezifischen mimischen Bewegungen* zum Ausdruck kämen. Scherer fordert daher zweitens die Emotionspsychologie dazu auf, diese spezifischen, differenzierten physiologischen und motorischen Reaktionsmuster verstärkt einer Untersuchung zu unterziehen.

Weiterhin gelte es inzwischen als gesichert, daß sich die Antwort des untersuchten Subjekts auf einen bestimmten Reiz in der Regel je nach Geschlecht, sozialer Herkunft, Persönlichkeitseigenschaften oder habituellen Bewältigungsstilen unterscheide. Es gelte daher drittens die bedeutsamen *individuellen Unterschiede*, nicht nur der Reaktionsmuster, sondern auch der Bewertungen von Auslösesituationen einer eingehenden Untersuchung zu unterziehen, um darüber z.B. zu Voraussagen über zu erwartende ›Emotionen‹ bei bestimmten Persönlichkeitstypen zu kommen.

Als letztes wichtiges Forschungsgebiet schlägt Scherer vor, sich den *sozial vermittelten Regulationen und Kontrollen* des ›emotionalen‹ Ausdrucksverhaltens zuzuwenden. Nicht alle ›Emotionen‹ könnten mit der gleichen sozialen Billigung rechnen. Traurigkeit und Freude z.B. seien in der Regel akzeptierter als Zorn und Wut. In der unmittelbaren sozialen Interaktion würden manche ›Gefühle‹ mehr kontrolliert als andere.

Bei dem oben angesprochenen Forschungsprojekt von Scherer, Wallbott & Summerfield (1986) handelt es sich um eine transkulturelle Studie, an der Psychologen aus Belgien, Frankreich, Israel, der Schweiz, Spanien, Groß-Britannien, Bundesrepublik Deutschland und Italien beteiligt waren. Thematisch ging es dabei um die vier ›Emotionen‹ Freude/Glück, Trauer/Kummer, Furcht/Angst und Ärger/Wut. Für die hier verfolgten Zwecke reicht es aus, nur die Ergebnisse zu referieren, die sich auf die ›Gefühle‹ Freude/Glück beziehen und die an der bundesdeutschen Stichprobe (N = 90) erhoben wurden (Wallbott & Scherer 1985). Diese dürften dem Gegenstand der vorliegenden empirischen Untersuchung über den glücklichen Augenblick phänomenal am nächsten kommen.

Allerdings sind die Ergebnisse, die im Hauptteil entwickelt und dargelegt wurden und diejenigen von Wallbott und Scherer, die im folgenden referiert werden, kaum miteinander zu vergleichen. Sie wurden unter stark unterschiedlichen methodischen und konzeptionellen Voraussetzungen erarbeitet.

Wallbott & Scherer (1985) haben ihre Daten mittels Fragebögen erhoben. Die Fragen waren so formuliert, daß differenzierte Informationen über die Charakteristika der vorausgehenden Situation, der spezifischen Reaktionsschemata, der Persönlichkeitsmerkmale und des jeweiligen Kontrollverhalten erfaßt werden konnten. Die meist freien Antworten wurden kodiert und statistisch ausgewertet. Um die persönlichkeitsspezifischen Unterschiede festzuhalten, wurden mit den Vpn zusätzliche Verfahren durchgeführt wie EPI und die deutsche Form der Soziale-Wünschbarkeit-Skala von Crowne und Marlowe. Folgende Ergebnisse zu dem Emotionskomplex Freude/Glück werden berichtet.

Zu der ersten von Scherer gestellten Frage ist zu sagen, daß 74% der erfragten Freude/Glücks-Erlebnisse in Situationen auftraten, in denen *Beziehungen zu anderen* die Hauptrolle spielten. Bei 8% stand das Machen von Erfahrungen im Vordergrund, weitere 8% verbanden Freude-Erlebnisse mit Erfolg und Leistung, 6% mit der Erfahrung von Neuigkeiten und bei nur 3% war das Erlebnis an den Erwerb materieller Objekte gebunden (a.a.O. 94). Soweit zu den vorausgehenden Situationen.

Bei der Ermittlung der emotionsspezifischen, differentiellen Reaktions- und Symptommuster konnte nachgewiesen werden, daß das Erleben von Freude eher von *nonverbalen Reaktionen* und weniger von physiologischen Symptomen begleitet ist. Zum Beispiel kommt es bei freudigen Erlebnissen kaum zu einer Veränderung in der Sprechmodulation. Dies kann eher bei Ärger beobachtet werden. Dafür ändert sich bei Freude das mimische Verhalten deutlich. In den Bewegungen des Gesichts zeigen sich *charakteristische Ausdrucksmuster.* Muskelsymptome wie Anspannung, Verkrampfung wurden dagegen weniger beobachtet und Temperatur-Haut-Symptome kaum festgestellt. Für die Autoren sind die Ergebnisse ein Beweis dafür, daß mit der ›Emotion‹ Freude/Glück spezifische physiologische und motorische Reaktionsmuster gegeben sind (a.a.O. 95f).

Bezüglich der Persönlichkeitsmerkmale ergab die Untersuchung, daß Freude/Glück signifikant positiv mit *Extraversion* korrelieren (a.a.O. 96). Extravertierte Menschen erleben diese ›Emotion‹ am intensivsten. Bei der Untersuchung der emotionsspezifischen Kontrollformen ließ sich ermitteln, daß diese bei Freude/Glück am wenigsten zur Anwendung kommen. Viel stärker werden z.B. Ärger und Traurigkeit zu kontrollieren gesucht.

Was trägt nun diese Untersuchung der zeitgenössischen Emotionspsychologie zum Verständnis des glücklichen Augenblicks bei? Es scheint damit positiv abgesichert zu sein, daß solche oder ähnliche Erlebnisse in der Regel im Rahmen von Beziehungen zu anderen Menschen stattfinden. Weiterhin hat die Untersuchung für diese Art von Erlebnis spezifische motorische Begleiterscheinungen (Mimik) festgestellt, hat herausgefunden, daß extravertierte Menschen solche ›Gefühle‹ stärker erleben, und daß die Äußerungen dieser ›Emotion‹ nur wenig unterdrückt werden. Das sind die positiven Ergebnisse.

Allerdings tragen diese Ergebnisse nicht dazu bei, den *psychologischen Kern* des Glücks-/Freudeerlebens zu erfassen. Der Untersuchung von Scherer, Wallbott & Summerfield (1986) geht es nicht um eine komplette phänomenologische Protollierung von Glückserlebnissen. Nur in freien, aber konzeptgeleiteten und über eine Dauer von mindestens einer Stunde geführten Interviews lassen sich derartig komplexe Augenblicke festhalten. Auch betrachten die Autoren ihren Gegenstand nicht aus einer systematisierenden psychologischen Fragestellung. Sie lassen sich nicht von einem einheitlichen psychologischen Konzept leiten, sondern verfolgen Untersuchungsperspektiven solch unterschiedlicher Konvenienz wie Persönlichkeitspsychologie, Physiologie, Ausdruckskunde, Sozialpsychologie. So fragen sie auch nicht danach, welche allgemein gegebenen Konstruktionszüge und Bedingungen der *seelischen Wirklichkeit* es ermöglichen, daß die Menschen Freude erleben. Sie fragen nicht, wie es psychologisch denkbar ist, sich in einer Wirklichkeit ›glücklich‹ zu fühlen, in der Tod, Gewalt, Zerstörung und Schmerzen ebenso zu Hause sind.

Die Autoren staunen nicht über die Leistung des Seelischen, die es erlaubt, Momente des Glücks in dieser so und nicht anders verfaßten Wirklichkeit zu genießen. Damit charakterisieren sie allerdings das Gros der meist aufwendigen empirischen Untersuchungen der zeitgenössischen Emotionspsychologie. Sie streben in der Regel nicht an, zu autonom psychologischen Konzepten vom *psychischen* Bedingungsgefüge des glücklichen Augenblicks zu gelangen. Ihnen geht es mehr um eine Beschreibung des Phänomens aus heterogenen, oft nicht-psychologischen Perspektiven.

Der zeitgenössischen Emotionspsychologie bleibt zu wünschen, daß sie ihren Kurs zu ändern versteht. Indem die vorliegende Untersuchung in ihrem Hauptteil darlegte, daß – geeignete Methoden und Konzepte vorausgesetzt – die wissenschaftliche Psychologie auch in Bereiche der menschlichen Erfahrung einzudringen vermag, die bisher allzu oft unwissenschaftlichen Spekulationen und fragwürdigen Ratgebern überlassen blieben, möchte sie zu dieser Kursänderung einen Beitrag leisten.

Literaturverzeichnis

Abel, Martina (1986): Psychologische Untersuchungen zu Formen des Aus-dem-Fenster-Schauens. Unveröff.Diplomarbeit, Köln

Abraham, Karl (1924): Versuch einer Entwicklungsgeschichte der Libido auf Grund der Psychoanalyse seelischer Störungen. In: Ges. Schriften, Bd.II. Frankfurt/Main 1982

Adam, R. (1981): Das Selbst und die Glücksgefühle. Zeitschrift für Psychosomatische Medizin und Psychoanalyse, 27 (301-306).

Angel, Anny (1934): Einige Bemerkungen über den Optimismus. Int.Ztschr.f.Psa., 2 (191-199)

Argelander, Hermann (1970): Das Erstinterview in der Psychotherapie. Darmstadt

Arnold, Magda B. (1960): Emotion and Personality. New York

– (Ed) (1970): Feeling and emotions. The Loyola Symposium, New York

Augustinus, Aurelius (1950): Bekenntnisse. München 1982

Averill, James R. (1980): A constructivist view of emotion. In: Plutchik, Robert & Kellerman, H. (Eds): Emotion. Theory, research, and experience, Vol. 1: Theories of emotion. New York (305-340)

Bättig, Karl (1987): Die Neurophysiologie des Glücks. In: Keller, Frank B. (Hg): Momente des Glücks. Zürich (19-27)

Balint, Michael (1932): Charakteranalyse und Neubeginn. In: Die Urformen der Liebe und die Technik der Psychoanalyse. Stuttgart 1981

– (1968): Therapeutische Aspekte der Regression. Stuttgart 1970

Bartholomäi, Doris (1987): Psychologische Untersuchungen über das Verhältnis von Glücksspiel und Alltag. Unveröff.Diplomarbeit, Köln

Bataille, Georges (1961): Die Tränen des Eros. München 1981

Baudelaire, Charles (1885): Les paradis artificiels. Paris

– (1920): Intime Tagebücher, Bildnisse und Zeichnungen. München

Binswanger, Ludwig (1931-32): Über Ideenflucht. Schweizer Archiv für Neurologie und Psychiatrie, 27.-30. Bd. Zürich

Birbaumer, Niels (1983): Psychophysiologische Ansätze. In: Euler, Harald E./Mandl, Heinz (Hg): Emotionspsychologie. Ein Handbuch in Schlüsselbegriffen. München/Wien/Baltimore (45-52)

Bischof, Norbert (1989): Emotionale Verwirrungen. Oder: Von den Schwierigkeiten im Umgang mit der Biologie. Psychologische Rundschau, 40 (188-205).

Bleuler, Eugen (1930): Lehrbuch der Psychiatrie. 5.Aufl., Berlin

Bloch, Ernst (1933): Die Rampen Arkadiens. In: Bloch, Ernst: Verfremdungen II. Frankfurt/Main 1964 (46-51)
Blothner, Dirk (1985): ›Selbstsein‹ – Momente vielversprechenden Übergangs. Zwischenschritte 4(2) (32-43)
– (1986): Über das Flirtspiel. Zwischenschritte 5(2) (58-71)
– (1987): Warum war Marcel Proust glücklich, als er die Madelaine aß? Zwischenschritte 6(2) (68-71)
– (1988a): Vom alltäglichen Glück. Zwischenschritte 7(1) (42-55)
– (1988b): Die Bedeutung des Übergangsbereiches für das Seelenleben und die psychoanalytische Behandlung. Ein Beitrag zur Psychologie Winnicotts. Zwischenschritte 7(2) (89-96)
Böcher, Wolfgang (1976): Zur physiologischen Psychologie menschlicher Gefühle. Psychologische Beiträge 18 (143-173)
Bösel, Rainer (1986): Biopsychologie der Emotionen. Berlin/New York
Bollnow, Otto Friedrich (1943): Das Wesen der Stimmungen. 2.durchges. und erw. Aufl. Frankfurt/Main
Buytendijk, Frederik J. (1948): Über den Schmerz. Bern
Bühler, Charlotte (1971): Vorstellungen vom Glück in unterschiedlichen Altersgruppen in den Vereinigten Staaten. In: Kundler, Herbert (Hg): Anatomie des Glücks. Köln (99-117)
Cannon, Walter B. (1927): The James-Lange theory of emotions. A critical examination and an alternative theory. American Journal of Psychology, 39 (106-124)
Clark, Margaret S./Fiske, Susan T. (Eds) (1982): Affect and cognition: The 17th Annual Carnegie Symposium on Cognition. Hillsdale/New York
Cocteau, Jean (1930): Opium. Frankfurt/Main 1988
Contzen, Barbara (1987): Untersuchungen über die Störbarkeit des Flirtspiels. Unveröff.Diplomarbeit, Köln
Csikszentmihalyi, M u. I.S. (1988): Die außergewöhnliche Erfahrung im Alltag. Die Psychologie des Flow-Erlebnisses. Stuttgart 1991.
Dessoir, Max (1911): Abriß einer Geschichte der Psychologie. Heidelberg
Deutsch, Helene (1927): Über Zufriedenheit, Glück und Ekstase. Int. Ztschr.f.Psa., 13 (410-419)
– (1933): Zur Psychoanalyse der manisch-depressiven Zustände, insbesondere der chronischen Hypomanie. Int.Ztschr.f.Psa., 19 (358-371)
De Quincey, Thomas (1821/22): Bekenntnisse eines englischen Opiumessers. München 1985

Dilthey, Wilhelm (1894): Ideen über eine beschreibende und zergliedernde Psychologie. In: Dilthey, Wilhelm: Gesammelte Schriften, Bd. V. Stuttgart 1957
Domke, Wolfram (1984): Psychologische Untersuchungen über die Entwicklung von Kaufmotivationen. Unveröff.Diplomarbeit, Köln
Dostojewsky, Fiodor (1977): Der Idiot. München
Duffy, Elizabeth (1941): An explanation of ›emotional‹ phenomena without the use of the concept ›emotion‹. Journal of Genetic Psychology, 25 (283-293)
– (1962): Activation and behavior. New York
Ehrenfels, Christian v. (1890): Über Gestaltqualitäten. Vierteljahresschrift für wissenschaftliche Psychologie, 14
Elsenhans, Theodor/Giese, Fritz (1939): Lehrbuch der Psychologie. Tübingen
Epikur (1988): Philosophie der Freude. München
Euler, Harald E./Mandl, Heinz (Hg) (1983): Emotionspsychologie. Ein Handbuch in Schlüsselbegriffen. München/Wien/Baltimore.
Ewert, Otto (1983): Ergebnisse und Probleme der Emotionsforschung. In: Thomae, Hans (Hg): Theorien und Formen der Motivation. Themenbereich C, Serie IV, Band 1, Enzyklopädie der Psychologie. Göttingen/Toronto/Zürich (397-452)
Fehr, Fred S./Stern, John A. (1970): Periphal physiological variables and emotion: The James/Lange theory revisited. Psychological Bulletin, 74 (411-424).
Fenichel, Otto (1975): Psychoanalytische Neurosenlehre. 3 Bde., Frankfurt/Main
Ferenczi, Sandor (1938): Bausteine zur Psychoanalyse, Bd.IV. Berlin 1985
Field, Joanna (1936): A life of one's own. Los Angeles 1981
Flügel, John C. (1925): A quantitative study of feelings and emotion in everyday life. British Journal of Psychology, 15 (318-355)
Freud, Anna (1979): Psychische Gesundheit und Krankheit als Folge innerer Harmonie und Disharmonie. In: Die Schriften der Anna Freud, Bd.X. München 1980 (2733-2740)
Freud, Sigmund (1895): Studien über Hysterie. Ges. Werke I. London 1940ff. (75-212)
– (1900): Die Traumdeutung. Ges.Werke II/III
– (1904): Zur Psychopathologie des Alltagslebens. Ges.Werke IV
– (1905): Der Witz und seine Beziehung zum Unbewußten. Ges.Werke VI (1-285).
– (1914): Zur Einführung des Narzißmus. Ges.Werke X (137-170)

– (1916): Trauer und Melancholie. Ges.Werke X (425-446)
– (1916/17): Vorlesungen zur Einführung in die Psychoanalyse. Ges.-Werke XI
– (1920): Jenseits des Lustprinzips. Ges.Werke XIII (1-69)
– (1921): Massenpsychologie und Ich-Analyse. Ges.Werke XIII (71-161)
– (1927): Fetischismus. Ges.Werke XIV (309-317)
– (1930): Das Unbehagen in der Kultur. Ges. Werke XIV (419-506)
– (1933): Neue Folge der Vorlesungen zur Einführung in die Psychoanalyse. Ges.Werke XV
– (1937): Die endliche und die unendliche Analyse. Ges.Werke XVI (57-99)
– (1940): Ergebnisse, Ideen, Probleme. Ges.Werke XVII (149-152)
– (1950): Aus den Anfängen der Psychoanalyse. Frankfurt/Main 1962
Goethe, Johann Wolfgang von (1971): Faust. Der Tragödie erster Teil. Stuttgart
Graumann, Carl Friedrich (1971): Rivalität als Glück und Unglück. In: Kundler, Herbert (Hg): Anatomie des Glücks. Köln (152-164)
Greenson, Ralph R. (1948): On Gambling. The Yearbook of Psychoanalysis, 4 (110-123)
Grimm, Jakob u. Wilhelm (o.J.): Die Märchen der Brüder Grimm. München
Groskurth, Peter (1988): Macht Therapie glücklich? Brennpunkt 37 (5-11).
Grotjahn, Martin (1971): Humor, Glück und Aufbau von Persönlichkeiten. In: Kundler, Herbert (Hg): Anatomie des Glücks. Köln (127-135).
Häcker, Norbert (1987): Psychologische Analyse des Lampenfiebers bei Rockmusikern. Unveröff.Diplomarbeit, Köln
Hartmann, Heinz (1950): Bemerkungen zur psychoanalytischen Theorie des Ich. Psyche 9, 1955/56 (1-22)
Heine, Heinrich (1968): Werke. Frankfurt/Main
Heinzelmann, Helga (1989): Psychologische Untersuchung zu Sitzmöbeln. Unveröff.Diplomarbeit, Köln
Hesse, Hermann (1957): Gesammelte Dichtungen, Bd.4. Frankfurt/Main 1957
Heubach, Friedrich W. (1987): Das bedingte Leben. München
Hinske, Norbert (1971): Glück und Enttäuschung. In: Kundler, Herbert (Hg): Anatomie des Glücks. Köln (216-229)
Hoffmann, Rosemarie (1981): Zur Psychologie des Glücksgefühls.

Eine empirische Untersuchung. München
– (1984): Erleben von Glück. Eine empirische Untersuchung. Psychologische Beiträge, Bd. 26 (516-532)
Holmes, Thomas H. & Masuda, Minoru (1970): Life change and illnesss susceptibility. Preprint eines Vortrages vor dem Annual Meeting of the American Association for the Advancement of Science, Chicago
Izard, C. F. (1977): Die Emotionen des Menschen. Weinheim 1981
James, William (1884): What is an emotion? Mind 9 (188-205)
– (1920): Psychologie. Leipzig
Jaspers, Karl (1959): Allgemeine Psychopathologie. 7. Aufl., Berlin/Göttingen/Heidelberg
Joffe, Walter/Sandler, Joseph (1967): Kommentare zur psychoanalytischen Anpassungspsychologie – mit besonderem Bezug zur Rolle der Affekte und der Repräsentanzenwelt. Psyche, 21 (728-744)
Jones, Ernest (1960-62): Das Leben und Werk von Sigmund Freud. Bern/Stuttgart/Wien 1978
Joyce, James (1922): Ulysses. Frankfurt/Main 1967
Kafka, John, S. (1991): Jenseits des Realitätsprinzips: Multiple Realitäten in Klinik und Theorie der Psychoanalyse. Berlin/Heidelberg.
Keller, Frank Beat (Hg) (1987): Momente des Glücks. Rund um den Erdball – Geronnen zu Kunst. Zürich
Kernberg, Otto (1974): Reife Liebe: Voraussetzungen und Charakteristika. In: Kernberg, Otto (1981): Objektbeziehungen und Praxis der Psychoanalyse. Stuttgart
Khan, M. Masud R. (1973): D.W.Winnicott – sein Leben und Werk. In: Winnicott, Donald W. (1971): Die therapeutische Arbeit mit Kindern. München (VII-XLVIII)
– (1977): Über Brachliegen (Übersetzung von D. Blothner). Zwischenschritte 5(2) (30-36)
– (1979): Entfremdung bei Perversionen. Frankfurt/Main 1983
Klein, Melanie (1962): Das Seelenleben des Kleinkindes und andere Beiträge zur Psychoanalyse. Reinbek 1972
Koffka, Kurt (1919): Beiträge zur Psychologie der Gestalt. Leipzig
Köhler, Wolfgang (1928): Gestalt Psychology. New York
König, Rene (1971): Modelle des Glücks. In: Kundler, Herbert (Hg): Anatomie des Glücks. Köln (13-22)
Krishnamurti, Jiddu (1956): Schöpferische Freiheit. München
Krueger, Felix (1953): Zur Philosophie und Psychologie der Ganzheit, Schriften aus den Jahren 1918 – 1940. Berlin/Göttingen/Heidelberg.

Kundler, Herbert (Hg) (1971): Anatomie des Glücks. Köln
Lazarus, Richard S. (1966): Psychological stress and the coping process. New York
Lazarus, Richard S./Kanner A. D./Folkman, Susan (1980): Emotions: A cognitive-phenomenological analysis. In: Plutchik, Robert/ Kellerman, Henry (Eds): Vol. 1: Theories of emotion. New York (189-217)
Lazarus, Richard S./Coyne, James C./Folkman, Susan (1984): Cognition, emotion and motivation: The doctoring of Humpty-Dumpty. In: Scherer, Klaus R./Ekman Paul (Hg) (1984): Approaches to emotion. Hillsdale/London (221-237)
Lehr, Ursula (1971): Vorstellungen vom Glück in verschiedenen Lebensaltern. In: Kundler, Herbert (Hg): Anatomie des Glücks. Köln (86-98)
Lermer, Stephan (1982): Psychologie des Glücks. Ein Wegweiser zum persönlichen Glück. München
Lersch, Philipp (1951): Aufbau der Person. 4. völlig umgearb. u. erw. Aufl. von ›Der Aufbau des Charakters‹. München
Lesoldat-Szatmary, Judith (1978): Wohlbefinden. Zürich
Lewin, Bertram D. (1961): Das Hochgefühl. Zur Psychoanalyse der gehobenen, hypomanischen und manischen Stimmung. Frankfurt/ Main 1982
Lindsley, Donald B. (1951): Emotion. In: Stevens, S.S. (Eds): Handbook of Experimental Psychology. New York/London (473-516)
Luxemburg, Rosa (1922): Briefe aus dem Gefängnis. Berlin
Machleidt, Wielant/Gutjahr, L./Mügge, A. (1989): Grundgefühle, Phänomenologie, Psychodynamik, EEG-Spektralanalytik. Berlin.
Magnusson, David/Stattin, H. (1981): Situation-outcome contingencies: A conceptual and empirical analysis of threatening situations. Reports from the Department of Psychology, Stockholm (571)
Mandl, Heinz (1983): Kognitionstheoretische Ansätze. In: Euler, Harald E./Mandl, Heinz (Hg): Emotionspsychologie. Ein Handbuch in Schlüsselbegriffen. München/Wien/Baltimore (72-80)
Mandl, Heinz/Euler, Harald A. (1983): Begriffsbestimmungen. In: Euler, Harald E./Mandl, Heinz (Hg): Emotionspsychologie. Ein Handbuch in Schlüsselbegriffen. München/Wien/Baltimore (5-11)
Mandler, George (1975): Denken und Fühlen. Paderborn 1979
– (1980): The generation of emotion: A psychological theory. In: Plutchik, Robert/Kellerman, Henry (Eds): Emotion. Theory, research, and experience, Vol.1: Theories of emotion. New York (219-243)

Mann, Thomas (1981): Ein Glück. In: Mann, Thomas: Frühe Erzählungen. Frankfurt/Main

Marcuse, Ludwig (1949): Philosophie des Glücks – Von Hiob bis Freud. Zürich 1972

Maslow, Abraham A. (1968): Psychologie des Seins. München 1973

Mayring, Philipp (1991): Psychologie des Glücks. Stuttgart.

Mc Gill, Vivian J. (1967): The idea of happiness. New York

Meadows, Chris M. (1975): The phenomenology of joy, an empirical investigation. Psychological Report, 37 (39-54)

Metzger, Wolfgang (1954): Psychologie. 4.Aufl., Darmstadt 1968

Morgenthaler, Fritz (1974): Die Stellung der Perversion in Metapsychologie und Technik. Psyche, 28 (1077-1098)

Nietzsche, Friedrich (1874): Unzeitgemäße Betrachtungen. Zweites Stück. Vom Nutzen und Nachteil der Historie für das Leben. Frankfurt/Main 1981

– (1883-85): Also sprach Zarathustra. München 1961

– (1906): Der Wille zur Macht. Versuch einer Umwertung aller Werte. Stuttgart 1964

– (1940): Umwertung aller Werte. 2.Aufl., München 1977

Peterson, James A. (1971): Rolle und Funktion des Glücks in den Modellen privater Partnerschaft. In: Kundler, Herbert (Hg): Anatomie des Glücks. Köln (165-177)

Pfänder, A. (1920): Einführung in die Psychologie. 2.Aufl., Leipzig

Plügge, Herbert (1962): Wohlbefinden und Missbefinden. Beiträge zu einer medizinischen Anthropologie. Tübingen

Plutchik, Robert (1980): Emotion: A psychoevolutionary synthesis. New York

– (1984): Emotions: A general psychoevolutionary theory. In: Scherer, Klaus R./Ekman, Paul (Eds) (1984): Approaches to emotion. Hillsdale/London (197-219)

Plutchik, Robert/Kellerman, Henry (Eds) (1980): Theories of emotion. New York

Proust, Marcel (1979): Auf der Suche nach der verlorenen Zeit. Frankfurt/Main

Rapaport, David (1960): Die Struktur der psychoanalytischen Theorie. Stuttgart 1970

Rümke, H.C. (1924): Zur Phänomenologie des Glücksgefühls. Berlin

Russel, Bertrand (1930): Eroberung des Glücks. Neue Wege zu einer besseren Lebensgestaltung. Frankfurt 1977

Sacks, Oliver (1985): Der Mann, der seine Frau mit einem Hut verwechselte. Reinbek 1987

Salber, Wilhelm (1965a): Der Psychische Gegenstand. 3.Aufl., Bonn 1968
– (1965b): Morphologie des Seelischen Geschehens. Ratingen
– (1969a): Strukturen der Verhaltens- und Erlebensbeschreibung. In: Enzyklopädie der Geisteswissenschaftlichen Arbeitsmethoden. München/Wien
– (1969b): Wirkungseinheiten. Kastellaun
– (1973): Das Unvollkommene als Kulturprinzip. Anmerkungen zur Kulturpsychologie S. Freuds. Z.f.Klin.Psych.Psychother. 21, 2 (140-155)
– (1973/74): Entwicklungen der Psychologie Sigmund Freuds. 3 Bde., Bonn
– (1977a): Kunst-Psychologie-Behandlung. Bonn
– (1977b): Wirkungsanalyse des Films. Köln
– (1980): Konstruktion psychologischer Behandlung. Bonn
– (1983): Psychologie in Bildern. Bonn
– (1985a): Alltag behandelt All-Tag. Zwischenschritte 4(1) (17- 30)
– (1985b): Tanz mit Leib und Seele. Tanz-Illustrierte, Mai/Juni
– (1985c): Tageslauf-Psychologie. Zwischenschritte 4(2) (45-55)
– (1986): Der Alltag ist nicht grau. Zu einer psychologischen Theorie des Alltags. Zwischenschritte 5(2) (39-57)
– (1987): Psychologische Märchenanalyse. Bonn
– (1988): Kleine Werbung für das Paradox. Köln
– (1989): Der Alltag ist nicht grau. Bonn
Sander, Friedrich (1927): Experimentelle Ergebnisse der Gestaltpsychologie. In: Sander, Friedrich/Volkelt, Hans (1967): Ganzheitspsychologie. München (73-112)
– (1932): Funktionale Struktur, Erlebnisganzheit und Gestalt. In: Sander, Friedrich/Volkelt, Hans (1967): Ganzheitspsychologie. München (303-320)
Sander, Friedrich/Volkelt, Hans (1967): Ganzheitspsychologie. München
Schachter, Stanley/Singer, Jerome E. (1962): Cognitive, social and physiological determinants of emotional state. Psychological Review, 69 (379-399)
Scheele, Brigitte (1990): Emotionen als bedürfnisrelevante Bewertungszustände. Grundriß einer epistemologischen Emotionstheorie. Tübingen.
Scherer, Klaus R. (1984): On the nature and function of emotion: A component process approach. In: Scherer, Klaus R./Ekman Paul (Eds) (1984): Approaches to emotion. Hillsdale/London (293-317)

Scherer, Klaus R. (1990): Psychologie der Emotion. Enzyklopädie der Psychologie, Bd.3, Göttingen.
Scherer, Klaus R./Ekman Paul (Eds) (1984): Approaches to emotion. Hillsdale/London
Scherer, Klaus R./Wallbott, Harald G./Summerfield, Angela B. (Eds) (1986): Experiencing emotion. A cross-cultural study. Cambridge/Paris
Scheuch, Erwin K. (1971): Vorstellungen vom Glück in unterschiedlichen Sozialschichten. In: Kundler, Herbert (Hg): Anatomie des Glücks. Köln (71-85).
Schlosberg, Harold (1952): The description of facial expression in terms of two dimensions. Journal of Experimental Psychology, 44, (229-237)
– (1954): Three dimensions of emotion. Psychological Review, 61. (81-88)
Schmidt-Atzert, Lothar (1981): Emotionspsychologie. Stuttgart/Berlin/Köln/Mainz
Schraml, Walter J. (1988): Das psychodiagnostische Gespräch. Frankfurt/Main
Schütte, Franz (1985): Glücksspiel und Narzißmus. Der pathologische Spieler aus soziologischer und tiefenpsychologischer Sicht. Bochum
Schulze, Gerhard (1992): Die Erlebnisgesellschaft: Kultursoziologie der Gegenwart. Frankfurt/Main/New York.
Scott, John P. (1958): Animal behavior. Chicago
Searl, N. (1929): Die Flucht in die Realität. Int.Ztschr.f.Psa., Bd.15 (259-270)
Seneca (1984): Von der Seelenruhe. Philosophische Schriften und Briefe. Frankfurt/Main
Silbermann, Isidor (1985): On ›Happiness‹. The Psychoanalytic Study of the Child, 40 (457-472)
Stankau, Anneliese (1987): Glück ist kein reines Vergnügen. Kölner Stadt-Anzeiger, Nr.124, Köln
Strack, Fritz/Argyle, M./Schwarz, N. (Eds) (1991): Subjective wellbeing. An interdisciplinary perspective. Oxford.
Stralka, Regina (1982): Untersuchungen über die Dynamik von Langeweile. Unveröff.Diplomarbeit, Köln
Strasser, Stephan (1956): Das Gemüt. Utrecht/Antwerpen/Freiburg
Straus, Erwin (1956): Vom Sinn der Sinne. Ein Beitrag zur Grundlegung der Psychologie. 2.Aufl., Berlin/Heidelberg/New York
Strongman, Kenneth T. (1973): The Psychology of emotion. London

Tatarkiewicz, Wladyslaw (1962): Über das Glück. Stuttgart 1984
Tetens, Johann N. (1777): Philosophische Versuche. Berlin 1913
Thiele, Johannes (Hg) (1987): Glück. Das Buch der schönen Augenblicke. Stuttgart
Thomä, Helmut (1984): Der ›Neubeginn‹ Michael Balints (1932) aus heutiger Sicht. Psyche, 38 (516-543)
Toman, Walter (1971): Glückserwartungen neurotischer Persönlichkeiten. In: Kundler, Herbert (Hg): Anatomie des Glücks. Köln (136-151)
Tomkins, Silvan S. (1984): Affekt theory. In: Scherer, Klaus R./Ekman Paul (Eds) (1984): Approaches to emotion. Hillsdale/London (163-195)
Traxel, Werner (1960): Empirische Untersuchungen zur Einteilung von Gefühlsqualitäten. Bericht zum 22.Kongreß der Deutschen Gesellschaft für Psychologie. Göttingen (290-294)
– (1963): Gefühl und Gefühlsausdruck. In: Lehrbuch der experimentellen Psychologie. Bern
– (1983a): Zur Geschichte der Emotionskonzepte. In: Euler, Harald E./Mandl, Heinz (Hg): Emotionspsychologie. Ein Handbuch in Schlüsselbegriffen. München/Wien/Baltimore (11-18)
– (1983b): Emotionsdimensionen. In: Euler, Harald E./Mandl, Heinz (Hg): Emotionspsychologie. Ein Handbuch in Schlüsselbegriffen. München/Wien/Baltimore (19-27)
Tunner, Wolfgang (1978): Lust und Glück – Überlegungen zur Gefühlspsychologie. Psychologische Rundschau, 29 (287-298)
Ulich, Dieter (1982): Das Gefühl. Eine Einführung in die Emotionspsychologie. München/Wien/Baltimore
Valins, Stuart (1966): Cognitive effects of false heart-rate feedback. Journal of Personality and Social Psychology, 4 (400-408)
Volkelt, Hans (1934): Grundbegriffe der Ganzheitspsychologie. In: Sander, Friedrich/Volkelt, Hans (1967): Ganzheitspsychologie. München (31-66)
Wallbott, Harald G./Scherer Klaus R. (1985): Differentielle Situations- und Reaktionscharakteristika in Emotionserinnerungen: Ein neuer Forschungsansatz. Psychol. Rundschau 36, Heft 2, (83-101)
Weiner, Bernard (1982): The emotional consequences of causal ascriptions. In: Clark, Margaret S./Fiske, Susan T. (Eds): Affect and cognition: The 17th Annual Carnegie Symposium on Cognition, Hillsdale (185-209)
Wertheimer, Max (1922): Untersuchungen zur Lehre von der Gestalt. Psychol.Forsch. 1

Wieser, Heinz G. (1987): Messbares Glück? In: Keller, Frank. B. (Hg): Momente des Glücks. Zürich (28-37)
Winnicott, Donald W. (1935): Die manische Abwehr. In: Von der Kinderheilkunde zur Psychoanalyse. München 1983 (244-266)
– (1953): Übergangsobjekte und Übergangsphänomene. In: Von der Kinderheilkunde zur Psychoanalyse. München 1983 (300-319)
– (1954): Zustände von Entrückung und Regression. In: Von der Kinderheilkunde zur Psychoanalyse. München 1983 (208-221)
– (1958a): Die Fähigkeit zum Alleinsein. In: Reifungsprozesse und fördernde Umwelt. München 1984 (36-46)
– (1958b): Von der Kinderheilkunde zur Psychoanalyse. München 1983
– (1965): Reifungsprozesse und fördernde Umwelt. München 1984
– (1971): Vom Spiel zur Kreativität. Stuttgart 1979
Wlodarek-Küppers, E. (1987): Glücklichsein. Eine empirische Studie auf der Basis von persönlichen Gesprächen. Hamburg.
Wundt, Wilhelm (1910): Grundzüge der physiologischen Psychologie. 2.Bd., 6.Aufl., Leipzig
– (1913): Grundzüge der Psychologie. Leipzig
Zacher, Albert (1982): Zur Anthropologie der Manie. Z.f.Klin.Psych.Psychother. 30 (267-276)
Zimbardo, Philip G. (1983): Psychologie. 4. neubearb. Aufl., Berlin/Heidelberg/New York